Hija del camino

LUCÍA ASUÉ MBOMÍO RUBIO

Hija del camino

Grijalbo narrativa

Papel certificado por el Forest Stewardship Council®

Primera edición: octubre de 2019
Sexta reimpresión: febrero de 2023

Printed in Spain – Impreso en España

ISBN: 978-84-253-5808-1
Depósito legal: B-17.484-2019

Compuesto en Fotoletra, S.A.

Impreso en Rodesa
Villatuerta (Navarra)

GR 5 8 0 8 B

A quienes vais y venís, a quienes sois camino, a las llamadas periferias, también las de carne, hueso y piel. Siempre la piel.
A mi familia y a las amistades que han acabado por ser lo mismo. A la comunidad.
Si no nos contamos, nos traicionamos.

PRIMERA PARTE

Ojalá todo hubiera sido un mal sueño

Sandra se despierta alterada, boqueando como un pez al que lanzan sobre la cubierta de un barco. Aunque no lo recuerda, sabe que ha tenido un mal sueño porque aún tiene la sensación de angustia que le ha hecho despegar los párpados de repente... Lo primero que ve, justo enfrente de ella, es ese monstruo de dientes pequeños que le muestra sus fauces: su maleta. Todavía no la ha deshecho del todo, y eso que ya lleva varios meses en la ciudad. No se trata de pereza sino de tenerla dispuesta para partir de nuevo. A otra casa, a otra ciudad, a otro país.

Sobrecogida por la pesadilla, de manera casi instintiva se acaricia la pulsera de plástico naranja que le regaló su tía Celia cuando se despidió de ella en Malabo. Por alguna razón, siente que la tranquiliza, por eso la llama «la pulsera de la paz» y, pese a no ser bonita, nunca se la quita. Es como llevar a su tía con ella, siempre. Sin moverse de la cama, se queda ensimismada recordando que cuando su padre tenía una pesadilla se lo comunicaba a toda la familia porque para él era sinónimo de un mal presagio. Rara vez se equivocaba. A los pocos días, incluso pasadas unas horas, sonaba el teléfono. Antonio respondía en fang, su lengua materna, y gritaba con un dolor que le nacía de algo más profundo que las entrañas como respuesta a la noticia que acababan de darle desde Guinea Ecuatorial. Al rato, apesadumbrado y resignado por haber vivido tantas muertes desde la distancia, les contaba que alguien de la familia guineana había fallecido.

Su madre, su hermana y ella sabían que debían manifestar no solo su consuelo sino también su tristeza, aunque no conocieran a la persona cuya pérdida lamentaban. Entonces Antonio, que adivinaba la curiosidad en sus rostros serios y perplejos, iba a la estantería a coger el álbum de fotos en el que aparecía el difunto en cuestión. Después, en mitad de un ritual que se había repetido demasiadas veces, ellas observaban la imagen inanimada mientras su padre, que tenía una memoria prodigiosa, les hablaba con voz ahogada del pariente que había desaparecido, por si eso servía para alargarle la vida.

Ahora que Sandra está a muchos kilómetros de Alcorcón, y aún con algo de desazón por la pesadilla, retoza perezosa, con las piernas flexionadas, convirtiendo su lecho en una especie de tienda de campaña. Observa la ropa de cama de franela que le compró su madre «para que no pasara frío» y la acaricia con sus dedos largos y finos, peinándola y despeinándola. Su piel oscura contrasta con las sábanas blancas salpicadas de diminutas flores de un tono rosa cálido.

Respira con calma y mira la hora en su reloj de muñeca. Aún son las nueve. Nunca se ha despertado tan temprano un sábado tras ir de fiesta. Sin embargo, en Londres todo es distinto, ya que se sale pronto, se cena pronto, se vive pronto. Seguramente, la culpa de eso la tenga la falta de luz. La persistente neblina provoca que los ingleses no tengan persianas y dejen las cortinas abiertas ventilando la intimidad de sus casas. Desde que vive aquí, Sandra se entretiene en los trayectos observando las ventanas desnudas desde el autobús. Se traslada a sus cenas y se imagina cómo son sus conversaciones, felices o airadas, y las compara con las que tendrían lugar en su salón familiar de seguir en España: vacuas y animadas por su hermana o por ella. Entre sus padres, las rencillas enquistadas han provocado que casi ni se hablen en los últimos años.

Lejos de los suyos por decisión propia, continúa respirando sin prisa y pensando que la noche cae rápido en una ciudad que casi siempre es gris, oscura y lluviosa. Salvo en las dos semanas que le pareció que duraba el verano. Puede que esa sea la razón de que los habitantes de la ciudad la iluminen de una forma tan exagerada, con enormes neones para anunciar los musicales e indiscretos escaparates que atraen a la gente como si fueran polillas. El mundo entero tiene miles de embajadores en la capital inglesa, que han llegado interesados por el trabajo, por la posibilidad de aprender o mejorar el idioma y por su modernidad y diversidad. Sandra también se mudó a Londres por eso; fue en agosto, hace ya casi cinco meses.

La noche anterior decidió explorar el ocio nocturno de la ciudad. Visitó el típico pub al que van los estudiantes de inglés con Tony, su compañero de trabajo en la zapatería. Él es mucho más joven que Sandra, pero siempre consigue sacarle una sonrisa, ya sea en horario laboral o fuera de él. Sandra le considera algo así como su tabla de salvación para no pasar tanto tiempo sola. Fue Tony quien escogió el local. Su idea era practicar con las Erasmus las cuatro frases que Sandra le ha enseñado en castellano. Y ligar. Siempre quiere ligar.

Para la ocasión, Sandra se vistió de feliz, de joven, de abierta. Su abrigo cubría el mono negro y dorado que se había comprado en su tienda favorita, y estrenó unas botas con lentejuelas que le hacían daño. Tardó mucho en decidir qué se ponía. Miró y remiró en su perchero, cogiendo y lanzando con desprecio sobre la cama cada uno de sus «disfraces». Así llamaba a las prendas de su etapa anterior, el año que residió en Guinea Ecuatorial: trajes de chaqueta sobrios, tacones y bolsos con los que jamás se sintió cómoda, pero que estaba obligada a llevar por una cuestión de respetabilidad, de que la tomaran en serio, como si una camisa la convirtiera en alguien diferente. Sandra nunca había vestido así. Le gustaban los turbantes, la ropa deportiva, los colores, los pantalones anchos, los escotes, las faldas vaporosas y los vestidos largos, nada apropiados para el contexto en el que se había movido antes de ir a parar a Londres. En el año que pasó en Malabo, la capital de Guinea, había optado por adaptarse y transformarse en otra persona, al menos por fuera. Y ahora, de vuelta a Europa, ya ni sabe quién es. Tampoco por dentro. Echó un vistazo a su colcha y se rio de forma queda, las prendas que había ido tirando encima formaron una pequeña montaña de recuerdos desordenados y corpóreos que ya no tenían nada ver con ella. Caían ahí y sentía que se desprendía de una parte de su ser con la que jamás comulgó.

Antes de abandonar su cuarto se miró al espejo, de cerca, con los brazos pegados al tronco y las manos a la altura de los muslos. Vio a una chica que no le gustaba: bajita, demacrada debido a las tres o cuatro malarias que había contraído en África ese mismo año, con el cabello afro más largo de un lado que de otro y con un flequillo ralo que no solo no disimulaba su frente curvada sino que le daba un aspecto desfasado, de heavy de la década de los noventa.

Ese desaguisado capilar era el resultado de entrar en la primera peluquería que vio regentada por una mujer negra en Londres. Cuando cayó en la cuenta de que debería haber buscado otras opciones en la red ya era tarde. Tras vivir cerca de un año en Guinea Ecuatorial, donde solo era posible disfrutar de un internet lento y escandaloso yendo al locutorio, se había acostumbrado a que su única fuente de información fuese la gente y a dejarse llevar por sus primeras impresiones. Sin embargo, en Reino Unido no conocía a nadie ni existía la misma cercanía entre las personas que en Malabo, así que, sin preguntar, entró a ciegas en una peluquería que había cerca de su casa. El «salón de belleza» tenía fotos de mujeres negras con distintos modelos de trenzas y bustos blancos con pelucas de diferentes colores, largos y formas en las ventanas. Esa manera de decorar las peluquerías africanas y afroamericanas es internacional, de modo que, por extraño que parezca, se sintió en casa. También le resultó familiar el olor, una mezcla de productos más o menos agresivos capaces de alisar rizos minúsculos y de suavizantes que tratan de devolver el oxígeno a un cabello que el tratamiento anterior acaba de asfixiar. Sandra entró con timidez. Su voluminosa melena le llegaba al pecho. Era de color negro azabache con alguna mecha clara natural provocada por el sol impenitente de Guinea. La mujer que regentaba el local le dijo que ya no tenía tiempo para atenderla. Faltaban unas dos horas para cerrar y solo quedaban una chica joven que tenía la cabeza dentro de uno de esos secadores gigantes ovalados y una mujer mayor, con el pelo cubierto de papel de aluminio, que sostenía una revista en las manos. Sandra le respondió que solo quería cortarse el pelo, a sabiendas de que la mayor parte de las personas que van a las peluquerías afro se pasan allí el día entero porque los desrizados y las trenzas requieren mucho tiempo.

—¿Solo cortar? —insistió la peluquera mientras colocaba cajitas de tinte en un armario.

—Sí, quiero mantener el largo y que me hagas capas, porque la melena ya ha perdido la forma —le respondió Sandra acariciándose una mata de pelo fabulosa.

La señora mayor, que tenía acento nigeriano, le dijo que si ella tuviera la suerte de tener un cabello como el suyo no se cortaría ni un centímetro. Sandra sonrió y le contestó que no había pelo feo. Eso era lo que le decía su madre, de ahí que nunca se lo hubiera alisado, pese a que de pequeña lo deseaba con todas sus fuerzas.

La peluquera le pidió que se sentara en una de esas butacas que se pueden subir y bajar. Era seria y parca en palabras, pero trabajaba rápido. Le lavó el pelo en una pila de la que salía agua tibia, se lo secó un poco con una toalla y empezó a cortar. Sandra estaba acostumbrada a que se lo cortaran en seco, consciente de lo mucho que encoge el cabello al perder humedad, pero la peluquera ni siquiera contestó cuando Sandra le hizo esa observación. En solo unos segundos, vio cómo sus rizos resbalaban por el poncho de plástico que le había puesto y pasaba de tener un pelo larguísimo a que no le rozara los hombros. Sandra le pidió que parara, y la peluquera la miró seria para después murmurar, con un mechón de la zona de la nuca entre los dedos: «Déjame acabar. Mira, por detrás lo tienes bien largo, solo está corto por delante».

En lugar de enfadarse, Sandra se puso a llorar mientras veía cómo barrían sus rizos. Para ella, estar en la capital inglesa había sido como intentar alcanzar una meta a la que cuando parecía haber llegado se le sumaban dos kilómetros más, y otros dos, y otros dos, así hasta el infinito. El asunto del pelo no era grave, crecería, pero colmó un vaso que ya rebosaba y empapó todo de sus malas decisiones e inseguridades.

Sandra llegaba tarde a su cita con Tony. Salió de casa corriendo porque no quería que su compañero sueco recurriera al tópico de la impuntualidad mediterránea, de manera que cogió el metro. El subterráneo es un medio de transporte indiscreto. Obliga a mirar a la cara y a los ojos del que está enfrente y a ver cómo responde. Por eso la lectura es más que un recurso para que los trayectos se hagan más cortos: es una forma de protegerse de las miradas de los otros pasajeros. El metro londinense está empapelado de periódicos gratuitos, de modo que no hace falta ni cargar un libro. Sandra se pasó detrás de uno de esos tabloides de gran tamaño todo el camino, hasta que llegó a la parada de Leicester Square. Más céntrico imposible.

A las siete de la tarde las calles ya estaban llenas de personas vestidas como si fuesen a un baile de graduación, con atuendos que ella jamás se plantearía ponerse. De camino al local en el que había quedado, se detuvo bajo la lluvia, con las manos metidas en los bolsillos, para observar las colas a las puertas de las discotecas y los pubs. Aquello era un desfile incesante de lentejuelas *made in Broadway*, trajes de sirena y de pingüino, brillos, satén y sandalias, sin medias ni abrigo. Bajo su capucha, llegó a la conclusión de que para los ingleses siempre hay buena temperatura, pese a que los extranjeros se pelen de frío.

Aunque el clima no sea de su agrado, Sandra está enamorada de la ciudad y de sus inmensas posibilidades. Le encanta que haya lugares míticos y pubs que son la banda sonora de varias generaciones. Adora el rhythm and blues de los noventa y se siente feliz por poder visitar locales en los que no tiene que conformarse con el batiburrillo musical conocido como «pachanga». Ahora bien, esa noche su amigo la esperaba dentro de una discoteca gigante en cuya puerta había varios porteros pasando el detector de metales. De no ser porque ella ya conocía algunos locales de España con medidas de seguridad de ese tipo, tal vez se hubiera asustado y se hubiera ido.

Sandra buscó a Tony, pero el local estaba hasta arriba. Por el tipo de gente, le recordaba al típico bar de Huertas, una zona de ocio de Madrid en la que se concentran turistas de todas las edades, despreocupados y contentos.

Mientras se abría paso entre la multitud, pensó que si lo que Tony y ella pretendían era empaparse de la cultura del país ese no era el sitio más adecuado. Podía escuchar a italianos y a españoles desfogarse en su lengua natal, gritar las canciones que solían poner en las bodas, desde Raffaella Carrà hasta *La Bamba*. Pero ya estaba ahí, dispuesta a beber y a bailar, aunque las botas la estuvieran matando de dolor, y avanzó.

Tras varios empujones y «excuse me» localizó a Tony. Estaba en la pista, con los ojos cerrados y moviendo la boca como si se supiera la letra de las canciones, con la piel negra brillando por el sudor y una copa en la mano que le acompañaba en cada paso. Le sacaba por lo menos una cabeza a casi todos los que estaban a su alrededor y su imponente presencia provocaba miradas con una mezcla de curiosidad y fascinación.

Sandra le agarró por el brazo y en ese instante Tony pareció despertar de un sueño. Se quedó mirándola como si no la conociera y unos segundos más tarde, cuando pareció volver en sí, la agarró por los hombros para animarla a bailar. Juntos parecían el punto y la «i».

«¡Dale a tu cuerpo alegría, Macarena!», gritaba con un acento grotesco mientras sonaba el popular tema. Sandra consiguió zafarse y se fue a la barra, necesitaba soltarse la lengua y atreverse a bailar tal y como lo estaba haciendo su compañero. Estando ahí, sintió que se alegraba de haber salido de casa. Sabía que la música, la noche, el alcohol y las miradas furtivas le vendrían bien.

Pasaron un buen rato bailando, intercambiando guiños y palabras con unos y con otros e inventándose que eran hermanos para que Tony no perdiera la ocasión de conocer a alguna chica. Un grupo que estaba cerca y que no había dejado de mirarlos y sonreír en toda la noche se les acercó.

—¿De dónde sois? —preguntó un chaval joven y bien parecido, poniéndose de puntillas, a Tony.

—De Suecia —respondió él con su perfecto inglés americano.

—¿Y ella? —El chico señaló a Sandra, sin disimular demasiado.

—Es mi hermana.

—Vaya, no os parecéis. Ella es más clara y... más guapa —añadió con una sonrisa.

—¿Tú eres igual que tus hermanos? —Tony se puso serio y paró de bailar.

—Es verdad, tienes razón —murmuró el chico mirando al suelo, algo azorado.

—Entonces... —dijo Tony, que le había oído a pesar de que la música estaba altísima.

—¿Me la presentas? —continuó el chico, insuflándose otra vez de valor.

—A mí no tienes que pedirme permiso —concluyó Tony moviendo la mano y clavándole los ojos a Sandra, con el fin de avisarla de que el joven se acercaría a ella.

—¡Hola! ¿Así que eres de Suecia? —comenzó él, con cierto tufillo de conquistador y un acento que a Sandra le pareció español.

—Te está mintiendo, lleva así toda la noche. En realidad soy española, como tú, ¿no? —respondió ella en castellano y sonriendo.

—¿Española, española? —repitió como si en la discoteca hubiera eco.

—Sí, de Madrid —sentenció Sandra, cambiando el semblante porque se imaginaba el rumbo que podía tomar la conversación.

—¡Qué bueno! ¡Nadie lo diría! —exclamó el chico, visiblemente sorprendido.

—¿Por qué? —replicó Sandra, cortante.

—¡Por nada, por nada! —contestó él.

—Escucha... no sé cómo te llamas, pero bueno, me vuelvo con «mi hermano», que se me pierde. Un placer...

—Santiago, me llamo Santiago —dijo tocándose el pecho con la mano.

Sandra se giró para reunirse de nuevo con Tony y entonces escuchó cómo Santiago, que se había acercado a sus amigos, exclamaba:

—¡Una negra que dice que es española!

Furibunda, regresó sobre sus pasos y le soltó:

—Precisamente porque soy española entiendo lo que dices. Si no quieres que me entere, no grites.

El chico se quedó callado, o al menos ella dejó de oírle puesto que prosiguió su camino con los puños y los labios apretados. Como tantas veces había hecho.

Cuando estaba en España y le sucedía algo así, sus amigas trataban de consolarla con frases como «pasa de ellos, no valen nada». Lejos de lograr su objetivo, y a pesar de que tenían la mejor de las intenciones, irritaban aún más a Sandra, que estaba harta de que le quitaran peso a la historia de su vida siempre de la misma forma: «No es para tanto», «Ellos se lo pierden»,

«Era un pesado». Pero no fueron ni una ni dos ni tres personas, sino las suficientes como para que ella se cansase y se sintiera lejos y fuera de España, incluso cuando vivía allí.

Sandra intentó seguir bailando, pero solo aguantó un rato más. Le dolían los pies por culpa de las botas y se fue.

Ojalá todo hubiera sido un mal sueño.

Un mal necesario

Sandra cambia de postura y se acurruca de lado entre las sábanas de franela, al tiempo que saca la cabeza y siente un escalofrío repentino que la hace estremecerse.

En España le habían preguntado en más ocasiones de dónde era que cómo se llamaba. Tanto, que de niña llegó a pensar en inventarse un país para responder a todos los curiosos. Su mera existencia resultaba sorprendente. Su pelo, su piel, sus rasgos, era diferente al resto de los niños que la rodeaban y se lo recordaban constantemente de múltiples formas. La más invasiva era cuando hundían los dedos en su cabello para acariciarlo sin su permiso. Lo peor de todo es que ella estaba tan acostumbrada que ni siquiera oponía resistencia, se quedaba quieta y lo aceptaba frunciendo el ceño, con una resignación inusual en alguien de su edad. Cuando se cansaba de que la manosearan continuaba su camino, sin mediar palabra ni mirar atrás, con millones de porqués retumbando en su cabeza. En realidad, los niños no hacían otra cosa que imitar a los adultos. En los años ochenta, los desconocidos señalaban a su familia por la calle y cuchicheaban a su paso. Para esas personas, lo que tenían delante era todo un cuadro: una madre blanca, delgadita, hippy, con melena hasta la cintura; un padre negro, guapo, trajeado, con un afro cuidado y gafas de sol; y dos niñas que para la mayoría también eran negras, aunque fueran más claras. Su familia solo paseaba, iba a la compra o bajaba al parque como cualquier otra, no hacían nada que resultara excepcional, pero la gente giraba la cabeza al verlos, descorrían las cortinas para observarlos sin disimulo y, a su paso, dejaban una estela de comentarios que nadie había pedido:

«Menuda zorra tiene que ser para estar con un negro.»

«A esa seguro que no la quería nadie.»

«Se quedaría embarazada y ya tuvo que tirar para delante.»

A veces las opiniones eran pretendidamente amables pero igual de hirientes:

«Pues mira que han salido guapas las chicas, con lo negro que es el padre», decían entre risas.

«Desde luego, lo más bonito son las mezclas.»

«Cuando crezcan, estas pequeñajas ni nos van a mirar de lo buenas que van a estar.»

A su madre le preocupaba que a Sandra y a su hermana pudieran afectarles los comentarios, pero vivir algo así desde niñas las había hecho bastante inmunes al dolor. Sin embargo, la ira crecía en el interior de sus pequeños cuerpos y, en ocasiones, estallaba sin motivo aparente. También se apoderaba de ellas la vergüenza, porque pensaban que quizá habían hecho algo mal y por eso hablaban así de ellas.

Ya de adulta, su hermana Sara, de piel más clara que Sandra, les confesó un día mientras cenaban que cuando era pequeña prefería ir de la mano de su madre porque pensaba que les miraban mal por la tez oscura de su padre. Hasta que cayó en la cuenta de que ella tampoco era como los demás. Una niña no analiza ni comprende esas cosas, lo entendió por los sucesivos motes que les habían puesto desde que empezaron el colegio: «Conguito», «Baltasar», «Cola Cao», «Nocilla» o «Carbonilla». Esos apelativos hicieron sentir a ambas hermanas que eran distintas. Aunque trataron de restarle importancia porque todos tenían algún mote en la escuela. Sin embargo, hay insultos que trascienden las palabras, son los flecos que asoman de tejidos tan pesados y tan largos que su inicio está en otro tiempo y lugar. No siempre se da con el origen y hallarlo tiene efectos secundarios: provoca alivio y dolor al mismo tiempo.

Sandra era dos años mayor que su hermana y, sin necesidad de hablarlo, al llegar a quinto de EGB sintió que debía protegerla y evitarle los problemas que estaba teniendo ella. A una edad muy temprana tomó conciencia de que lo que vivía no era algo normal y coincidió con el momento en que pasó de los insultos a las manos. Odiaba pelearse. Defenderse y defender a su hermana significaba atacar o estar en alerta perpetua. Era extraño porque ella tenía un carácter amable y solícito. Sacaba buenas notas y prestaba sus deberes sin que se los pidieran. Buscaba amor, aceptación, como si hubiera cometido un grave error y tuviera que estar disculpándose constantemente a través de sus actos. Era responsable, buena conversadora para su edad, tenía un sentido del humor que provocaba que todos se rieran, caía bien a los profesores y al resto de alumnos, e incluso fue delegada varios cursos. No obstante, esa aparente perfección saltaba por los aires cuando se burlaban de su color de piel. Entonces se quitaba la mochila rápido, la tiraba al suelo, se olvidaba del material escolar, del desayuno que su madre le había preparado y, si hacía falta, se pegaba con el abusón de turno. Daba igual que fuese un niño o una niña porque en aquel instante no tenía miedo. Sandra era poca cosa, siempre fue bajita y no especialmente corpulenta, pero si tenía que pegarse lo hacía con tal fuerza que su tamaño era lo de menos. No era valentía sino rabia, la que llevaba conteniendo años.

Luis, un chico repetidor que estaba en sexto, un día le dijo en la fila a la pequeña Sara que los monos como ella deberían estar en una jaula. Todo el mundo lo escuchó. Hasta ese momento Sandra estaba contenta, le acababan de dar la nota de un examen de matemáticas y había sacado un nueve. Lo recuerda perfectamente. Sin embargo, aquel insulto consiguió que su alegría se fuera al traste.

Luis era mayor y hasta hacía poco a Sandra le gustaba porque era rubio y tenía los ojos claros; los guapos en la escuela eran siempre de esa forma. Sandra se acercó a Sara para decirle que se tapara los ojos y a continuación se dirigió a él decidida, con los brazos y las manos extendidas, para tirarle del pelo. Luis lo tenía tan corto que era casi imposible agarrarlo, así que ella comenzó a lanzar manotazos ciegos al viento. Él sabía usar los puños. Por suerte para Sandra, cuando se pegaba con alguien se salía de su cuerpo para no sentir el impacto de los guantazos que le daban.

En el patio, como si de una especie de imán se tratara, cuando pasaba algo así los demás niños solían parar de jugar y se encaminaban al sitio exacto en el que estaba teniendo lugar la pelea, atraídos por la lucha. Trazaban un círculo y coreaban enloquecidos: «¡Pe-le-a, pe-le-a!». Aquella vez no fue diferente, y a la consigna habitual se sumaron gritos de apoyo a los contendientes: «¡San-dra, San-dra!», o «¡Vamos, Luis, pega a esa negra!». Ella lo escuchaba ralentizado y lejano. Era como un trance en el que todo iba lento, incluso los golpes que le venían impenitentes del otro lado. Llegó un momento en que tuvo que curvar la espalda y adoptar una posición de parapeto, la batalla estaba perdida y prefería protegerse antes que darse por vencida, hasta que de repente distinguió la voz de su amiga Lidia, que le espetó con vehemencia: «¡A los huevos!». Y eso hizo. Levantó la pierna con fuerza y acertó a darle en la entrepierna. Luis aulló y tuvo que hincar las rodillas en el suelo, casi sin aliento. Sandra se sintió victoriosa. Entonces apareció Marce, su tutora, una mujer enjuta y vivaracha que rondaba los sesenta. Había visto tantas luchas de recreo que no se dejaba impresionar por un choque de trenes de juguete. Paró lo que ya se había convertido en un espectáculo y dispersó a la multitud. Para que no los llamaran como testigos, los alumnos se desperdigaron veloces por el inmenso patio, que contaba con una cancha de baloncesto, un campo pequeño de fútbol, un terraplén de cemento en donde caerse implicaba regalarse una marca indeleble en la piel, y una zona con arena que seis meses al año era barro. Sandra y Luis, por su parte, acabaron en el despacho del jefe de estudios, don Ricardo. Aquel hombre de mirada dura les hablaba como adultos, aunque dejando patente quién detentaba la autoridad. Su tono los asustó, pero más todavía la advertencia de llamar a sus padres. Jamás lo hizo. Después de todo, aquello solo eran cosas «de chiquillos».

Podría decirse que Sandra había vencido en esa ocasión. Pero no era una cuestión de ganar o perder. Es más, había perdido muchas de aquellas peleas. No obstante, para la Sandra niña, esas luchas servían para demostrar que las agresiones racistas no quedarían impunes. Así era la ley del patio. Los golpes concluían y la vida seguía, como si no hubiera pasado nada. Aunque aquel día Sandra supo que si alguien se planteaba insultarla a ella o a su hermana de nuevo, se lo pensaría dos veces.

A pesar de todo, las agresiones racistas se repetían. El «negra de mierda» se colaba con facilidad, incluso entre sus amigas del alma. Esas malditas palabras brotaban desde lo más profundo, ocultas por las lecciones de educación cívica o de religión. Si salían, era porque estaban ahí. Y aunque detestara ser consciente de esa realidad, Sandra asumía que no podía cambiarla.

Enrollada entre las sábanas de franela y con los pies todavía doloridos de la noche anterior, sumida en los recuerdos, Sandra ve claramente cómo la violencia fue un mal necesario que no hizo falta que le presentaran. Siempre estuvo ahí, fue un elemento de socialización más, como el colegio en sus primeros años, la familia o sus amistades; y la acompañó hasta que se hizo mayor. No obstante, no siempre se manifestaba con tanta crueldad. Había ocasiones en que era verbal, sutil y sin mala intención.

Aún tiene muy presente su primer día de colegio, aunque solo tuviera cinco años. Era algo menor que sus compañeros porque nació en noviembre y el curso comenzaba en septiembre. Entró en el recinto cogida de la mano de su madre, que la llevó hasta la fila. Los demás niños la miraban, pero ella los ignoró ya que centró su atención en aquel edificio enorme y descascarillado; no tenía nada que ver con el parvulario minúsculo y prefabricado del que provenía y en donde todos tenían la misma edad y se conocían.

Cuando se soltó de la mano de su madre y la tutora los acompañó a clase, lo primero que percibió fue el olor. Su aula olía al material escolar recién comprado, al heredado y al plástico del forro de los libros. Colocó con cuidado su mochila en el respaldo de la sillita en la que se sentó y apoyó los codos en la mesa. Estaba llena de agujeros de punzón, de fechas tatuadas en la madera y de firmas anónimas. Un minuto después se colocó a su lado una niña blanca muy alta que tenía el pelo igual que ella. Ahí comenzó su amistad con Lidia, que dura hasta hoy, y su relación con las cuatro decenas de alumnos con los que iba a compartir vida y milagros de primero a octavo.

Todos sus compañeros habían nacido en Madrid, si bien la mayoría de sus progenitores eran originarios de diferentes partes de España, cosa que se notaba en el habla. Algunos usaban el condicional norteño en vez del subjuntivo; otros aspiraban la jota porque eran extremeños y luego estaban los que seseaban, que venían del sur. En la fiesta de Navidad se juntaban todas las letras del curso y los alumnos comían quesadas, migas y otras delicias caseras de todo el país. Los cinturones de las grandes urbes siempre han sido lugares de llegada y en ellos se crea una identidad que fluye, se adapta y es muy abierta. Ahora también es latina, rumana, ucraniana, nigeriana o guineoecuatoriana. Pero ese 15 de septiembre de 1987 todavía era blanca y Sandra era la única de su clase que tenía un padre extranjero. Y negro.

Su madre le había puesto un vestido de domingo con estampado de lacitos, de esos con nido de abeja y cuello babero, quizá demasiado fino para ir a clase, pero en consonancia con la bondad, la rectitud y la elegancia por exceso que requieren las personas negras. Hasta las niñas se ven obligadas a romper con los estereotipos que les vienen dados. Aurora, su madre, obligó a Sandra a ponerse una ropa con la que ella no se sentía a gusto y, para que dejara de protestar, le explicó por qué tenía que vestirse así.

—Tú no eres como el resto. Te van a mirar más, así que no debes dar motivos para que piensen mal —le dijo su madre, con una crudeza demoledora y necesaria.

—¿Y por qué tienen que pensar mal, mamá? —Sandra seguía sin entender.

—Porque eres negra... Y eso no es malo, hija, pero mucha gente cree que sí, así que tienes que cambiar la idea que tienen sobre ti. —Lo dijo de corrido y tomó aire al final, como si hubiera soltado algo de mucho peso.

—Pero ¿por qué tengo que cambiarla yo, si no me conocen? —preguntó Sandra con los ojos brillantes, pero sin dejar que se le escapara ni una lágrima.

—Porque son unos ignorantes.

—¿Y eso qué es?

—Gente que no sabe lo inteligente y lo buena que eres. Demuéstraselo tú. —La besó en la frente sin ser consciente de la gran responsabilidad que acababa de depositar sobre alguien que no había cumplido los seis años.

Esa misma mañana, Sandra comenzó a entender a qué se refería su madre. Pasaron lista y todas las miradas se posaron en ella cuando la profesora se atascó al pronunciar su apellido: Edjang. La clase se echó a reír. Mientras, Sandra notaba que la piel del rostro se le encendía y que las manos, que no cesaba de cruzar y descruzar, se le empapaban de sudor frío. La maestra continuó citando nombres, pero los ojos de sus compañeros seguían entretenidos en escrutarla. Ella, rígida y seria, miraba al frente para no tropezar con ellos y se planteaba por qué no se apellidaba Martínez. No es que no estuviera orgullosa de ser quien era, es que no quería ser distinta. No era fácil ser la única. Todo el rato. En todos los sitios. Ni siquiera le gustaba que hablaran de ella en términos positivos cuando le decían «qué graciosa, la morenita» o «qué color tan bonito».

La profesora por fin empezó la lección. Estaban en primero, de modo que ella les daba clase de todo. Era joven y tenía la voz sembrada de eñes, algo nasal, y parecía siempre triste. Comenzaba sus frases con un «no me hagáis repetir», aunque todavía no hubiera dicho nada, como si no esperara otra cosa de sus alumnos o estuviera cansada de ellos. Muchos de sus compañeros no sabían leer porque no habían ido a preescolar. Era la primera vez que se separaban de sus madres y en varias ocasiones llamaron a la maestra «mamá». Sandra, en cambio, estaba mucho más espabilada. Su madre trabajaba, era una de las pocas que lo hacía en esa época, de manera que fue a la guardería cuando tenía pocos meses y de ahí pasó al parvulario. En su etapa anterior a la EGB pintó, aprendió a ir al baño, a comer de todo y también a escribir algunas letras. Y Antonio, su padre, la enseñó a leer en casa.

Cuando llegó la hora de salir al patio estaba nerviosa. Después del incidente de la lista pensaba que estaría sola, pero no fue así. Mientras unos jugaban al fútbol, otros se sentaron en círculo y empezaron a preguntarle cosas sobre África. Tenían una curiosidad sincera y pueril, y ella, que no había salido de España, mezclaba las historias que le contaba su padre de su infancia en la selva con las fotos que llegaban de sus familiares en Guinea Ecuatorial y con lo que se imaginaba.

—¿Pero en África hay sillas y mesas? —la interrogaban sus compañeras.

—Sí, también casas y coches —contestaba ella con cierta altanería.

—¿Y son como los nuestros?

—Claro, todo es igual, solo que allí hay negros —respondía levantando las manos para hacer ver lo ridícula que le parecía la cuestión.

Sandra se niega a abandonar su lecho y frunce el ceño pensando que es inaudito que las personas negras tengan que hacer pedagogía desde su más tierna infancia, aunque no quieran ni sepan. La constante interpelación obliga al desmentido perpetuo, y así se aprende o se desaprende. También se inventa y se pone bonito. Es otra forma de defensa.

Muchos niños nacidos en Europa acaban por decir que son africanos, cosa que le pasó a ella. La identificación con ese continente no se debe únicamente al vínculo con la tierra de los padres; a veces viene dada por la desconfianza que suscita repetir cual letanía que son europeos, pero también por la insistencia de la gente en querer saber de dónde son sin conocerles de nada, pese a sus acentos nacionales. Si se interesan por su procedencia es porque asumen que son de otro lugar. A muchos afrodescendientes les han dicho: «Vete a tu país», o les han hecho comentarios del tipo: «Esto en tu país no lo tenéis, ¿a que no?», ya sea hablando de electrodomésticos, de animales e incluso del sol. Así las cosas, es muy complicado considerarse de un sitio en el que tienes que convencer a todo el que se dirige a ti de algo tan estúpido como es la casualidad de nacer en un determinado lugar. Y si insisten es porque asumen que quienes responden mienten, lo cual es una forma tácita de considerar que ser de un continente es mejor que ser de otro. Y eso se lleva sobre los hombros desde la más tierna infancia o, más bien, desde la infancia, porque la ternura no cabe en determinadas historias.

Sandra vuelve a arroparse y trata de dormir un poco más. Es sábado y todavía no son ni las diez.

No eres española, eres negra

Sandra creció afirmando que era de Guinea Ecuatorial. Algún otoño mintió a sus compañeras y les dijo que había pasado las vacaciones de verano allí. En su relato fantasioso podría haber contado cualquier cosa, ya que su público era crédulo; no esperaban nada de África que fuera «normal». Pese a que aquel continente le era casi tan extraño y lejano como al resto de sus amigos, su sentido de pertenencia a ese lugar se fortalecía con cada episodio racista que vivía.

Sus últimos años en la escuela fueron especialmente duros. En sexto apareció David, un grandullón rapado que decía que era «sharpero» y «anarka».

—Anarka, con «k» —dijo a sus nuevos compañeros para que no lo escribieran mal; y les explicó que «sharpero» venía de SHARP: *skin heads against racial prejudice.*

David se sentaba en la fila de atrás, era muy educado con los profesores y al resto los trataba como si fueran sus sobrinos, con algo de condescendencia. Solía llevar sudaderas con capucha, pantalones apretados y botas militares por encima de los bajos. Se pasaba las horas dibujando cascos troyanos en su mesa y en la pizarra. Cuando juzgó que sus nuevos compañeros ya eran de confianza, les contó que se trataba del símbolo usado por el sello discográfico jamaicano Trojan Records, de ska, reggae y rocksteady, y que los sharperos se adjudicaron como propio. David había repetido un par de veces, así que, además de ser más corpulento que el resto, pensaba diferente, ya no era tan niño. Casi todos tenían en la cabeza el fútbol, el último *sketch* de la tele o los deberes; él, en cambio, se interesaba por la política, afirmaba ser de izquierdas y odiar a los nazis.

En aquella época, Sandra solo había oído hablar de los nazis en las clases de historia, y la Segunda Guerra Mundial le parecía un período tan aterrador como fascinante. Según entendió, los nazis defendían la pureza de la raza aria, que eran rubios de ojos azules, lo cual representaba un peligro mayúsculo para el grueso de la población española. Pronto supo que buena parte de los neonazis eran chavales de pelo oscuro que agredían a personas en situación de calle, no blancas u homosexuales, y a todos aquellos que, por cómo vestían, mostraran una adscripción diferente a lo que significaban sus ideas bárbaras. Ante esa realidad, había cuerpos que corrían peligro, también fuera del recreo. El de Sandra entre ellos.

Aquel curso, poco después de comenzar las clases empezaron las peleas: «fachas contra anarkas», David entre ellos. Tenían lugar enfrente de su colegio, en el Trompe, un parque que recibía ese nombre por un antiguo guardián que tocaba la trompetilla para amonestar o dar avisos a quienes paseaban por allí. Era un descampado informe, con sauces llorones y lleno de matorrales, que Sandra tenía que atravesar con su hermana a diario para llegar a su casa. En esa época no era extraño que los niños fueran solos al colegio con diez años o incluso menos, porque los padres les dejaban ser mayores antes.

Cuando había alguna pelea, el rumor corría como la pólvora en el colegio. Todos se enteraban y vivían con inquietud y cierta emoción los minutos previos a que sonara la campana. A veces también llegaba a oídos de los profesores, que o bien acudían a impedirlo o bien llamaban a la policía para que los disolviera. Pero no siempre aparecían a tiempo. Llegó un momento en el que casi cada jueves y viernes había alguna trifulca. La brutalidad se naturalizó tanto que la gente dejó de sorprenderse.

Sandra, que siempre esperaba a su hermana a la salida del colegio, empezó a recogerla dentro, en la puerta de su aula, y hacían el camino más largo para evitar cruzarse con algún facha. Pese a todo, ambas sabían que la que corría más peligro era Sandra, porque tenía más edad y la piel más oscura. Aunque en aquellos años el clima de violencia era real, ellas jamás hablaban de ello. Salvo un día en el que la pequeña sacó el tema.

—Me han dicho mis compañeros que siempre hay peleas porque hay gente que odia a los inmigrantes, a los mendigos, a los «mariquitas» y a quienes los defienden —comenzó tímidamente Sara mirando a los lados, como si no quisiera darle importancia al asunto.

—No digas «mariquitas», Sara —le respondió Sandra con firmeza—. Quiero que sepas que los nazis son malos, odian a todo el mundo, a nosotras también.

—A nosotras no, porque somos españolas —contestó Sara con seguridad.

—Eso a ellos les da igual —sentenció su hermana mayor.

—Yo nací aquí, en Madrid, en el hospital de La Paz, y casi no soy negra, no tengo la piel tan oscura como papá o como tú, y mi pelo es prácticamente liso.

—Vas lista si crees que esos tíos van a dejarte tranquila solo por ser más clara. Y aunque fuera así, ¿qué? ¿Te olvidas de papá? Papá es africano —señaló Sandra, irritada.

—Tiene pasaporte español, y tú también. No sé qué manía tienes con decir que eres guineana.

A diferencia de Sandra, Sara siempre se había sentido española. Incluso sus familiares paternos le habían dicho cosas como «qué bien, que ha salido tan clarita». De modo que pronto interiorizó que su tono de piel era un valor y eso le había hecho distanciarse, rechazar su parte africana y negra y verse más guapa que su hermana.

En los dibujos que hacía en preescolar, Sara había llegado a pintarse como su madre, de esa falacia que llaman «color carne», y a su padre y a su hermana de marrón o negro. Años más tarde, cuando Sandra regresaba quejándose de algún episodio racista, Sara le quitaba peso y la acusaba de ser demasiado sensible o excesivamente agresiva, hasta el punto de que Sandra llegó a plantearse si tenía razón.

Tras esa conversación con su hermana sobre los nazis, cuando llegaron a casa Sandra se encerró en el baño para ducharse, pero antes se quedó mirándose un buen rato en el espejo. Se observaba con la sudadera a medio quitar y se acariciaba las mangas que le caían por los hombros como si fueran una melena lisa y espesa. Como tenía el pelo muy corto y rizado, no sabía lo que era mover la cabeza y que el cabello le acompañara suave y «femenino». Su construcción mental de la feminidad, que bebía de la literatura, el arte y la televisión, era completamente ajena a su cuerpo. Su cabello solo crecía hacia arriba y hacia los lados. La llamaban «escarola», «micrófono» o «estropajo», y por eso había rogado una y otra vez a su madre que le permitiera alisárselo, pero Aurora se negaba. Fuera de casa, Sandra decía que le gustaba, incluso preguntaba a sus amigas que si tenían envidia de su abundante pelo, pero en su interior se rechazaba y no se paraba a pensarlo siquiera porque sentía que estaba fallando a toda su familia y a sí misma. Vivía una doble vida, luchaba contra el racismo que encontraba fuera y también contra lo que era. Su autoestima era endeble, aunque a ojos de quienes no la conocían pareciera de hormigón armado. En ese momento, frente al espejo, Sandra cayó en la cuenta de su falta de amor y lloró amargamente. Eso sí, en silencio y con premura, puesto que en las casas pequeñas y humildes es un acto de egoísmo acaparar los espacios compartidos, sobre todo si se trata del baño.

Sandra se veía fea, o peor, se sabía fea. A sus once años nunca le había gustado a un chico. Ni tan siquiera querían besarla en la mejilla cuando jugaban al conejo de la suerte, esa rueda musical que concluía con la frase: «Tú besarás al chico o a la chica que te guste más». Siempre preferían a otras. Ella era delegada, graciosa, simpática, amiga, inteligente, confidente. Y ya. Lo aceptaba sin dramas, como se acepta que es viernes o que al final del dedo hay una uña. Pero ese día, encerrada en el baño, era diferente. Su hermana pequeña, la de piel clara, la bonita, a quien ella protegía, le había recordado en qué lugar estaba cada una y por qué.

Su madre llamó a la puerta, así que Sandra terminó de desnudarse y se duchó rápido para que pudiera entrar el siguiente. Esa noche mojó la almohada de lágrimas. Las palabras de su hermana la habían herido en lo más profundo, provocando que su discurso identitario, que era su escudo, se tambaleara.

Pasaron varias semanas hasta que una terrible desgracia le sirvió para resarcirse y pensar que ojalá nunca hubiera tenido razón. Estaban en la cocina, disfrutando del desayuno con su madre, pues Aurora ese día entraba más tarde a trabajar, cuando escucharon por la radio una noticia que les heló la sangre.

«Una mujer ha sido asesinada y un hombre está herido de gravedad en Aravaca, Madrid. Ambos proceden de República Dominicana.»

—Pásame la mantequilla —interrumpió Sara.

—¡Calla! —le ordenó su madre, cortante—. No habléis.

Continuaron dando más detalles sobre la muerte de la mujer. Cuando les dispararon, las víctimas estaban cenando junto a otras dos personas en una discoteca abandonada llamada Four Roses. La policía aún buscaba a los culpables y barajaban la posibilidad de que la extrema derecha estuviera detrás. Los aludidos lo negaron y apuntaron que tal vez se tratara de un ajuste de cuentas por temas de droga, usando el estereotipo como excusa. Según relataban los periodistas, era la crónica de una muerte anunciada. Desde que la gente del país caribeño empezó a reunirse en un jardín de la localidad se había producido una escalada de rechazo hacia ellos que comenzó con críticas por el supuesto ruido que hacían, luego se cristalizó en una serie de pintadas xenófobas en las paredes aledañas y finalmente se difundió un panfleto que animaba a la acción directa contra los extranjeros.

Mientras escuchaba la noticia, Aurora miraba a sus pequeñas con una expresión que ni Sandra ni Sara le habían visto jamás. Deseaba que ellas no hubieran tenido que escuchar aquello. Estaba apoyada en la encimera porque no cabía en la mesita en la que sus dos hijas comían leche con galletas, y le temblaba tanto la mano que la taza de café se le cayó al suelo.

—Vamos, chicas, acabad el desayuno, que vais a llegar tarde. —Quiso ocultar sus nervios metiéndoles prisa mientras limpiaba el líquido derramado.

—Si supieras a qué hora salimos cuando tú no estás... —contestó Sara, ignorando el gesto que le hizo su hermana para que guardara silencio.

—Bueno, pues hoy no —concluyó, y apagó la radio.

Ambas se dieron cuenta de que su madre estaba asustada, y eso que desconocía el día a día de sus pequeñas. Desde hacía meses, Sandra y Sara tardaban más en llegar a casa porque hacían el camino largo para evitar las peleas en el Trompe, y para tranquilizar a Aurora le decían que se habían entretenido hablando con alguna amiga. Ninguna contaba lo que le sucedía dentro o fuera del colegio pues entendían que era algo que no formaba parte del mundo de los mayores. Pero Aurora no era ajena a la existencia del racismo ya que ella misma había tenido problemas con sus padres. Cuando se casó con Antonio dejaron de hablarle durante varios meses. Y en la fábrica en la que trabajaba escuchaba a diario los comentarios de sus compañeros sobre los inmigrantes. Parecía que todo era por culpa de los que venían de fuera: la falta de trabajo, la delincuencia o que la sanidad estuviera saturada.

Mientras Aurora revivía en su cabeza aquellos capítulos de su vida manchados por el racismo, sus hijas acabaron el desayuno en silencio y se llevaron su preocupación fuera de casa. De camino al colegio, la menor inició una conversación que ambas estaban deseando tener:

—¿Has visto cómo se ha puesto mamá? —soltó de pronto.

—Como para no verlo —respondió Sandra agitando la mano para imitar el temblor de Aurora.

—Es raro, ¿crees que le pasa algo?

—No. Solo está preocupada. Los mayores lo demuestran así. Pero mamá y tú podéis estar tranquilas porque no va a pasarnos nada a ninguna, te lo prometo —afirmó Sandra, con una sonrisa falsa y tratando de conferirle a su tono toda la convicción de la que fue capaz—. Esa gentuza es basura y pronto estarán todos en la cárcel.

—Claro, ¿por qué iba a pasarnos algo a nosotras? —insistió Sara, y Sandra ya no respondió.

En el colegio, sus compañeros no sabían nada todavía. Sandra entró en clase y mientras dictaban la lección rompió sigilosamente la esquina de una hoja de su cuaderno y, con una letra minúscula, se lo contó en una notita a su compañera de pupitre. Lidia le respondió escueta: «¡Cabrones!». Y añadió una posdata: «La voy a pasar. Esto se tiene que saber». Las dos eran muy habladoras, pero como eran buenas estudiantes la profesora no vio necesario separarlas. No obstante, más de una vez habían informado a sus padres de su exceso de locuacidad, de ahí que comenzaran a comunicarse a través de mensajes escritos. La nota circuló por toda la clase porque Lidia consideró que se trataba de un asunto de interés general. Cuando sonó la campana, ya estaban todos al corriente del suceso. A pesar de la violencia que veían de manera habitual, estaban muy sorprendidos porque nadie creyó que los nazis pudieran llegar a esos extremos. Aunque era lo lógico, teniendo en cuenta los precedentes: cada vez había más denuncias por agresiones de grupos de cabezas rapadas en Madrid. Buena parte de ellos eran menores de edad que, a sabiendas de que las consecuencias de sus actos no eran tan graves porque no tenían los dieciocho años, se aprovechaban para seguir delinquiendo.

Algunos neonazis provenían de familias conservadoras y con dinero, sin embargo, el perfil era de lo más variopinto y también había hijos del extrarradio que buscaban un chivo expiatorio para su falta de expectativas laborales y vitales. Ese era el caso de Luis, el chico con el que Sandra se había peleado el año anterior. Era huérfano de padre y su madre limpiaba casas. Cada cierto tiempo, la mujer iba al comedor escolar para pedir una prórroga del pago mensual porque sus ingresos se retrasaban. Luis renegaba de su madre y evitaba saludarla para que nadie descubriera el vínculo que les unía, pero todo el mundo lo sabía y, para que no se enfadara, la mayoría fingía ignorarlo.

El único que se encaraba con Luis era David, el anarka, que ideológicamente estaba en las antípodas y no soportaba sus provocaciones y chulerías. Los dos se retaban durante el recreo o cuando se cruzaban en los pasillos. Se clavaban la mirada o se ponían la zancadilla, y ya habían fijado la fecha para su «batalla final», así la habían bautizado, en el Trompe. La situación era tan absurda que la violencia había devenido en fiesta.

Todos estaban preparados para ver la «batalla final», hasta se habían organizado porras con el nombre del vencedor. El día de la pelea no cabía ni un alfiler en el parque. La tensión flotaba en el aire y se reflejaba en los rostros feroces y aniñados de los contendientes, que parecían estar esperando a que alguien gritara ¡ya! para comenzar. Sin embargo, nadie lo hizo. A pesar de lo que cabría imaginar, había un silencio espantoso. De pronto, Luis corrió hacia su rival y comenzó a golpearle en el costado. David le respondió hasta que se dio cuenta de que estaba sangrando. No había sentido el dolor de la hoja de metal atravesándole la carne. Como el resto, creyó que solo eran puñetazos hasta que vio el brillo de la navaja asomando en la mano de Luis. La sangre había empapado la sudadera y David, instintivamente, se tapó la herida para frenar la hemorragia. Los demás se pusieron a gritar y llamaron a voces a la policía. Algún vecino debió de escucharles porque a los pocos minutos aparecieron un coche patrulla y una ambulancia, momento que la gente aprovechó para dispersarse a la carrera. Sandra y Sara también echaron a correr.

Al llegar al portal, Sandra sacó las llaves de la mochila y mientras abría la puerta se dirigió a su hermana:

—Nunca reconoceremos que estuvimos ahí. Si nuestros padres se enteran, les matamos del disgusto.

Su hermana pequeña asintió y levantó el dedo meñique para que Sandra lo entrelazara con el suyo a modo de juramento.

—Nunca estuvimos —dijo a continuación.

Al día siguiente reunieron a todos los alumnos en el salón de usos múltiples. La policía les explicó que sus dos compañeros estaban bien. Luis se había entregado e iría al reformatorio y David estaba en el hospital, aunque probablemente ya no volvería al cole, no ese curso. Les dieron una charla acerca de los riesgos de pertenecer a grupos de cabezas rapadas y en cuanto se fueron el centro intentó volver a la normalidad.

Unas semanas después de aquello, Sandra estaba haciendo los deberes en su habitación cuando escuchó el rumor de la televisión y se levantó corriendo para ir al salón. La presentadora explicaba con gesto serio que a Lucrecia Pérez, la mujer que murió en Aravaca, la mató Luis Merino Pérez, un guardia civil de veinticinco años. Según la periodista, el asesino iba acompañado de tres chicos de apenas dieciséis años a los que conocía de reunirse con otros neonazis en la madrileña plaza de los Cubos. La funesta noche, uno de los chavales sugirió que fueran «a dar un escarmiento a los negros». Envalentonados, cogieron el coche y se dirigieron a Aravaca a sabiendas del clima hostil que se vivía en el barrio. En el trayecto se saltaron dos semáforos, razón por la cual les paró la policía. Por un momento todo podría haberse detenido ahí, pero no fue así. No hubo castigo porque el conductor se identificó como miembro de la Benemérita. Unos minutos más tarde, vestidos de negro y con la cara cubierta, entraron en la Four Roses dando una patada a la puerta. Dentro, un grupo de dominicanos apenas tuvo tiempo de darse la vuelta. El guardia civil no se lo pensó, disparó tres tiros y, tras abandonar a la carrera el lugar de los hechos, se jactó ante sus compañeros de que «había sido como tirar a dos chuletas de cordero».

Todos esos espeluznantes detalles llegaron en diciembre, cuando se celebró el juicio. Cada nueva información atravesaba de manera diferente a los miembros de la familia de Sandra. La madre lo vivía con un miedo atroz y controlaba las salidas de sus hijas; el padre no se separaba de la radio, y las niñas se tiraron varias semanas teniendo pesadillas y hablando sin cesar del asunto.

—¿Tenemos novedades? —preguntaba Lidia cada mañana, como si Sandra tuviera acceso a información inaccesible al resto. Pero a Sandra aún le quedaban muchos años para convertirse en periodista.

—No, solo lo que cuentan en la tele, Lidia. Yo paso de creerme lo que van diciendo en el cole. Vete tú a saber de dónde se sacan esos rumores.

En el colegio, los dimes y diretes y la realidad se mezclaban, y algunos de los bestias que se pegaban en el Trompe decían haber estado en la Four Roses o conocer a los autores del crimen para infundir más temor en sus rivales. Todo resultaba esperpéntico.

Una tarde, de camino a casa, Sandra le preguntó a su hermana si prefería hacer el camino corto, ya que el ambiente parecía tranquilo. Sara respondió que no lo veía necesario y que era mejor no fiarse. Los ojos de Sara miraban lejos y en su voz se adivinaba el temblor de a quien le faltan pocas palabras para romper a llorar.

—¡Pero si a ti no te daban miedo! ¿Tú no eras casi blanca? —le preguntó con algo de inquina Sandra, sin sospechar que su hermana estaba al borde de las lágrimas.

—¿Y Lucrecia? Sandra, ella era clara y aun así la mataron. Me la imagino cenando en ese sitio... No tenía ni casa, acababa de llegar. No le había hecho nada malo a nadie... —dijo de corrido y mirando al suelo.

—Te lo dije, no somos como el resto. Aunque hayas nacido aquí, para ellos tú no eres española, eres negra. Cuando el otro día te dije que no nos pasaría nada no me refería a los temblores de mamá, sino a que pudieran pegarnos. ¿Qué te creías?

Sara no respondió. Se limitó a llorar amargamente por una mujer a la que no conocía y a la que habían asesinado por ser negra, migrante y pobre. Sandra le apretó fuerte la mano, ejerciendo de nuevo de hermana mayor. Era 1992 y tenían once y nueve años.

La mirada de millones de años

La luz tenue que entra por la ventana del cuarto de Sandra pertenece al cartel luminoso del Tesco. En los pasillos del popular supermercado es más fácil encontrar cerveza de jengibre, especias para cocinar pollo jamaicano o hacer diecisiete tipos de tikka masala que una lata de tomate frito o una botella de aceite de oliva, algo que muchos españoles echan de menos cuando están fuera del país. Sandra aún no tiene claro qué extraña de España más allá de sus seres queridos, de los que hoy se acuerda especialmente tras la pesadilla que la ha alterado tanto. Después del año que pasó en Guinea, se fue corriendo de Madrid a Londres y no le dio tiempo a reconciliarse con la ciudad en la que nació, ni a enfadarse ni a vivirla ni nada. Solo pudo visitar a algunos médicos, cambiar la ropa de la maleta, sacar las sandalias y meter las botas de agua antes de iniciar una nueva vivencia en solitario bajo la lluvia inglesa.

La realidad de muchos hijos de migrantes es que su mejor compañera es la soledad. Con padres que trabajan infinidad de horas, los hermanos mayores suelen hacerse cargo de los más pequeños desde bien pronto. La madre de Sandra tenía un trabajo absorbente en una época en la que la conciliación laboral no existía, y su padre iba y venía a Guinea con proyectos increíbles y maravillosos que nunca se materializaban y que les dejaban más pobreza que alegrías.

Durante el curso, Sandra y Sara pasaban en el colegio mucho tiempo y luego se quedaban jugando en el parque o en casa de alguna amiga, alargando las tardes hasta que se encendían las farolas. En vacaciones la situación se complicaba porque, con casi tres meses por delante, buscar alternativas de ocio para entretenerlas era inviable desde el punto de vista económico. Sandra recuerda haber visto mucha televisión: programas de mayores, de pequeños, de naturaleza o dibujos, daba igual, salía gratis. Había anuncios que se sabían de memoria y series a las que se entregaban con fervor, como *El coche fantástico*. Pensando que eso no era lo mejor para ellas, su madre descubrió unos campamentos organizados para familias sin recursos y las apuntó.

La primera vez que fueron tenían diez y ocho años. Se despidieron de sus padres en la calle Santa Engracia, una zona bien de Madrid en la que solo veían a tantos pobres juntos una vez al año. Ahí era donde les esperaba el autobús que las llevaría a Sanlúcar de Barrameda, en Cádiz. Era la primera vez que viajaban solas, sin embargo las tranquilizó ver que ninguno de los niños de su alrededor lloraba, y eso que estarían quince días sin ver a sus padres. Se despedían con la mano, recibían palmadas en el hombro y se decían adiós con serenidad. Sentían el miedo a lo desconocido pero no a estar lejos de su familia, ya que la vida les había acostumbrado a estar distanciados aunque vivieran en el mismo hogar. Sus progenitores, por su parte, en lugar de deshacerse en mil abrazos y besos o llorar, les daban consejos con el gesto serio: «Cuida bien tu ropa», «Cierra la maleta con candado, que no te roben» o «No te pelees», advertía algún padre con severidad.

El contacto físico no es algo universal. En ciertas zonas del planeta, el cariño se demuestra de otras formas y aquellas despedidas sobrias lo evidenciaban.

En el viaje separaron a las dos hermanas para que se relacionaran con los demás, y ahí fijó Sandra el momento en el que hizo su primera amiga negra. Hasta entonces, tal era la realidad en España, nunca había hablado con una persona negra de su edad que no fuera hija de algún amigo de sus padres o de un familiar. La niña que estaba sentada a su lado se llamaba Sonrisa y era de Guinea Ecuatorial. A Sandra no le sorprendió su nombre. Por su casa habían pasado Sorpresas, Paciencias, Nicomedes y Leovigildos, puro santoral y creatividad. Que a ellas les pusieran Sara y Sandra fue un regalo que les hizo su madre, que pese a no tener un carácter especialmente fuerte no claudicó ante las sugerencias de nombres de más de dos sílabas que la familia de su marido les proponía.

Aunque hacía calor, Sonrisa llevaba una sudadera gruesa, de las que regalan en los patronatos deportivos, que contrastaba con sus short veraniegos. Iba completamente desconjuntada pero lo lucía con gracia.

Sandra, que no paraba de mirar su cabeza dividida en cuadrados sobre los que unas trenzas de hilo formaban pequeños puentes, le dijo que ella también era guineana, a lo que su nueva amiga respondió:

—Bueno... yo de Guinea, Guinea. —Tenía un acento diferente, y lo repitió para dejarle claro que ella sí había nacido en el país africano.

Lejos de molestarse, Sandra decidió coserla a preguntas. Antonio solo había hablado a sus hijas de la Guinea de cuando él era pequeño o de la Guinea de los adultos, y ella ansiaba conocer cómo era la Guinea actual vista con los ojos de una niña de su edad. Sonrisa le habló de las mangüeñas que vendía sobre una tela en la calle; de las fiestas de los domingos en la playa, con todo el mundo bailando y la música altísima; de su casa de madera, siempre llena de gente; de ir a buscar agua y de lo mucho que le sorprendió que en España no hiciera falta desplazarse a ninguna fuente ni cargar cubos para ducharse. Orgullosa de sí misma, Sonrisa le mostró su bíceps como prueba de todo lo anterior. Sandra flexionó su brazo enclenque para compararlo con el de su nueva amiga, tras lo cual asintió.

Después de unas cuantas horas en el autobús llegaron a lo que sería su hogar durante las dos semanas siguientes. Era una especie de colegio vacío, de una sola planta, en donde contaban con varias salas diáfanas llenas de literas. Sandra se despidió de su hermana con la promesa de que luego iría a visitarla a su cuarto, pero a Sara poco le preocupaba ya, pues parecía que también había encontrado a una nueva amiga de su gusto.

Tras dejar sus petates en las camas que les asignaron, el grupo al completo se encontró en la explanada que había delante de la entrada. Nando, uno de los monitores, les pidió por el megáfono que fueran para allá porque iban a hacer las presentaciones. Se refugiaron debajo de un árbol enorme que había en el centro y los ocho monitores empezaron a contar quiénes eran. La mayoría de ellos habían estado en las mismas colonias años atrás y contaban cómo les había cambiado la vida conocer a personas de orígenes tan diversos, visitar diferentes pueblos de España y fabricar anécdotas de las que alegran los inviernos cuando se echan de menos las vacaciones.

Sandra miró a su alrededor y se dio cuenta de que casi no había niños blancos. Entendió que la pobreza tiene la piel oscura y que raza y clase van de la mano. Varios eran negros, aunque también había un par de gitanos y uno que parecía árabe.

Durante esos días se acostumbraría a ver a los chicos jugando descalzos y sin camiseta en el patio. Sonrisa le decía que aquello le recordaba a Guinea porque allí muchos niños iban sin zapatos, ya que su piel era muy fuerte. Sandra se sentía extraña y se miró las zapatillas que su madre le había comprado en el mercadillo para que las estrenara precisamente en el campamento.

Sandra se levanta de la cama envuelta de recuerdos, se dirige hacia la percha que está detrás de la puerta y coge una sudadera vieja que usa para estar por casa. Se está quedando helada, lo nota en la punta de la nariz y en los dedos. Tienen calefacción, pero por las mañanas sus compañeros de piso nunca la encienden porque no suele haber nadie. Mientras está metiendo los brazos por las mangas esboza un gesto de orgullo con la boca, el mismo que hizo cuando Sonrisa le hablaba de las virtudes y las fortalezas de los guineanos, solo que ahora la mueca se ve desmejorada por los restos de carmín que enmarcan sus labios gruesos. La noche anterior llegó tan cansada que no se desmaquilló, algo extraño en ella, que sigue una rutina férrea de limpieza cutánea para evitar la aparición de espinillas, el último estertor de una pubertad de la que ya solo le queda eso. Se vuelve a tumbar en la cama y viaja de nuevo al patio arenoso y seco del campamento de verano.

Si en aquel momento las palabras de su amiga Sonrisa causaron admiración en Sandra, después de haber vivido en Guinea sabe que la fortaleza de aquellos niños no era una cualidad intrínseca: desde la más tierna infancia, sus pies se llenan de callos por la falta de calzado. No eran más fuertes, sino que estaban erosionados y su erosión era vital, iba más allá de sus pies.

La mayoría de los niños con los que se cruzó Sandra en aquellos campamentos se habían hecho adultos antes de tiempo. Casi nunca lloraban cuando se caían o se peleaban, cosa bastante usual. Tampoco se quejaban por la comida que ponían en el comedor; es más, solían acabárselo todo y acataban el calendario de distribución de tareas sin rechistar.

Cuando Sandra mencionó con algo de hastío que le tocaba servir las mesas, Sonrisa le contó que ella llevaba haciéndolo desde que tenía unos cinco años. Incluso limpiaba el suelo con amoníaco «para matar gérmenes» y sabía cocinar. Preparaba pollo con plátano y molía cacahuete y modika, una semilla que se usaba en la gastronomía guineana para hacer salsas. Le dijo que, como no llegaba bien a los fuegos, se subía encima de dos cajas de botellines de cerveza vacíos, que tenía que asegurar muy bien para que no se tambalearan. A fin de corroborar su historia, le enseñó los brazos salpicados de pequeñas quemaduras que le había hecho el aceite de palma que usaba para freír.

—A mí, mi madre no me deja acercarme a los fuegos. Solo hago tostadas —le reveló Sandra, casi con pudor por no estar al nivel de su amiga.

—Los niños aquí sois unos mimados. En Guinea tenemos derechos y deberes —afirmó Sonrisa con solemnidad y meneando la cabeza con un gesto de desaprobación.

—Bueno, aquí también. Mi deber es estudiar y saco muy buenas notas. Casi siempre soy la primera de mi clase y...

—¡Claro! —la interrumpió Sonrisa—. Pero nosotros trabajamos dentro y fuera del colegio. Yo cuido a mis hermanitos, les doy de comer, les cambio y lavo su ropa a mano —explicó acompañando cada cosa que decía con los dedos.

—Pero ¿por qué a mano, Sonrisa? ¿Eso no es demasiado trabajo?

—¡*Kié*, Sandra! —exclamó usando esa interjección tan profundamente guineana—. ¡Si teníamos que ir a por agua con cubos para bañarnos, para la ropa también! Allí no hay lavadora en todas las casas. A veces se va la luz todo el día porque hay cortes de electricidad constantemente, ¿cómo íbamos a tener una máquina de esas? ¿Para qué?

A Sandra le avergonzó que su amiga tuviera que explicarle todo aquello. Se comparaba con ella y, pese a ser muy joven, se daba cuenta de lo distintas que habían sido sus vidas. Así, que ¿ella era guineana o no?, se preguntaba ya por aquel entonces.

—Vamos, pongamos la mesa o nos reñirán los monitores —le recordó Sonrisa—. Te gusta mucho hablar —zanjó sonriendo.

Como parte de sus tareas tenían que servir la comida a sus compañeros. Les ponían un pedazo de pan, dos platos, un primero de cuchara aunque fuera verano, un segundo que oscilaba entre dos opciones: merluza o filete con lechuga, y un postre que, a excepción del último día que les daban natillas o arroz con leche, siempre era fruta. Nada de lujos.

Quienes servían no probaban bocado hasta que los demás no terminaban, de modo que Sandra y Sonrisa recorrían cargadas con las bandejas los carriles de comensales y a la vez los apremiaban para que acabaran rápido. Mientras lo hacían, notaban cómo se les aceleraba la producción de saliva y les sonaban las tripas, inaudible en un lugar en el que, con tanta gente, el ruido de los cubiertos cayéndose y de sillas arrastrándose, los decibelios seguro que superaban lo permitido en cualquier legislación.

Para que no fuera demasiado arduo iban rotando. Cada tres días, cuatro niños estaban a cargo de servir la comida a los de su rango de edad. Después lavaban la vajilla en la cocina. Había dos pilas enormes, así que unos enjabonaban y otros aclaraban, y a los restantes les tocaba secar.

Fue ahí donde Sandra conoció mejor a Nando, su monitor preferido. Había muchos, pero él le llamaba la atención porque siempre parecía estar algo apartado. Nando había nacido en Angola y era el más alto de todos los responsables del campamento. Era delgadito, pero estaba tremendamente definido. Llevaba el pelo rapado por los lados y una raya en el lateral. Su piel, mucho más oscura que la de Sandra, parecía estar pegada a sus músculos y a sus venas abultadas, sobre todo en sus antebrazos y en sus manos de dedos robustos y uñas esquilmadas. A pesar de su extraordinario tamaño, tenía cara de niño y mirada de anciano. Era silencioso, pero no hacía falta que dijera gran cosa porque ya hablaban por él sus ojos de color miel, que parecían aún más claros por el contraste con su rostro azabache. A veces, cuando los más pequeños gritaban demasiado, Nando giraba la cara y les echaba una de sus miradas, y al instante paraban. No era una expresión furibunda sino sabia, severa y algo cansada, pese a que solo tenía dieciséis años.

Un día que estaban especialmente revoltosos, jugando con el agua y empapando el suelo de la cocina, Nando se acercó arrastrando los pies como si fuera un árbol que acabara de desenterrar sus raíces y caminara inseguro por no estar acostumbrado a pisar el suelo.

—Chicos, no desperdiciéis el agua —les espetó con los brazos cruzados. En su manera de hablar podían distinguirse las eses y las eles propias de la lusofonía.

—Nando, tío, es verano y hace calor. Estamos aquí ayudando en la cocina mientras los demás juegan en el patio con la manguera o se van a la playa, ¡tendremos que divertirnos! —le respondió Watson, un niño guineano mayor que Sandra, que llevaba varios veranos repitiendo campamento y que conocía a Nando mejor que el resto.

—No sabéis lo que es morirse de sed o enfermar gravemente por beber agua contaminada.

—Ponerme malo, en muchas ocasiones; morir, no. No todos hemos tenido la desgracia de sufrir una guerra o ser un niño soldado como tú, pero yo también soy africano, me mandaron a España porque tengo mal la espalda, vivo muy lejos de mis padres y me permito jugar. ¡Ya no estamos allí! —se quejó Watson.

—Lo sé, pero yo nunca podré olvidarlo. —Nando volvió al rincón en el que estaba pelando patatas de la misma forma, despacio, pesado y con esa mirada de millones de años.

Watson guiñó un ojo a Sandra como para tranquilizarla y seguir jugando, pero a ella se le habían quitado las ganas. Desconocía lo que eran los niños soldado, pero sonaba a guerra y eso era malo. Al final no lo preguntó porque le dio vergüenza.

Una vez concluyó sus tareas, Sandra buscó a su hermana para contarle lo que había escuchado en la cocina. La vio al fondo del patio formando un corro con otras niñas. Estaban haciendo juegos de palmas frenéticos que incluían las piernas y giros sobre el cuerpo. Nunca había visto nada así. Parecía un baile. En su colegio todo era más calmado, como mucho flexionaban las rodillas cuando cantaban «En la calle-lle, veinticuatro-tro», pero nada comparable a ese espectáculo. Mientras se aproximaba, supuso que sería una de las múltiples aportaciones naturales que daba el cruce de culturas en esas colonias para niños pobres. Sara estaba con unas seis chiquillas y había una, bajita y rellenita, con un moño enorme en el que a duras penas recogía su voluminoso afro. Por su tono de voz, estaba claro quién era la que mandaba. Sara ya le había hablado de ella. Se llamaba Odomé, había llegado hacía poco de Gabón y todos los monitores alababan lo rápido que aprendía. Sus gestos eran enérgicos y seguros, y con un castellano esforzado y acento de muchos lugares, ordenaba con determinación al resto qué hacer y cómo tenían que hacerlo. Las demás niñas obedecían. A pesar de la aparente marcialidad de la escena, todas se reían mucho y Sara, que parecía no querer abandonar lo que estaba haciendo, cada cierto tiempo miraba a su hermana y levantaba la mano para indicarle que esperara un poco.

Tras un rato, fue corriendo a abrazar a Sandra y esa manifestación de afecto, tan inusual en ella, provocó que su hermana mayor sintiera cierto pudor. En ese lugar lleno de niños africanos casi nadie se hacía carantoñas, y solo se dio cuenta de eso al sentirse observada.

—Hoy te ha tocado trabajar, ¿eh? —le preguntó casi sin aliento Sara.

—¡Sí, alguien tiene que hacerlo! —respondió Sandra tocándose la cabeza.

—¿Qué querías, que venías tan seria?

—Nada, solo saludarte —mintió Sandra, y le pellizcó la mejilla.

De repente pensó que no era buena idea amargar a Sara con esas historias. Todavía era pequeña, aún jugaba con las demás niñas africanas sin entender que sus vidas no se parecían en nada.

—Las hermanas mayores se encargan de las pequeñas —repitió la frase de Sonrisa en voz alta. Al escucharse se sintió guineana.

Antonio

En Londres la gente dice que reside en casas, pero lo cierto es que su vida se divide entre su espacio de trabajo y su habitación. En muchas viviendas ni siquiera se molestan en construir un salón y, si lo hacen, ponen una cama y un escritorio, de forma que parece un cuarto más. Los espacios compartidos no existen, salvo el baño y la cocina. La soledad es una imposición de la que no es posible librarse ni en la intimidad del hogar.

Sandra lleva un buen rato tumbada sobre la colcha.

—Quédate quieta y disfruta del privilegio de no hacer nada —dice en voz queda mirando al techo.

Después alarga el brazo por debajo de la cama y toca con la yema de los dedos el libro que comenzó a leer hace algunas noches. Continúa abierto por la página en la que el sueño la venció y tuvo que parar.

La lectura para Sandra es más que un entretenimiento o una pasión. La conecta con su infancia, con su curiosidad infinita, con sus ganas constantes de saber más y con su padre, del cual se acuerda mucho últimamente. De niña daba igual que tuviera exámenes o que estuviera triste porque su ánimo podía condicionar el tipo de lectura, pero nunca dejaba de leer.

Antes de vivir en Guinea leía a diario, pero ahora tiene que obligarse a coger un libro y buscar el momento idóneo para abrirlo. Ese que nunca llega. Esta mañana quiere intentarlo. En un ataque de sinceridad reconoce que, aunque esté deseando volver al periodismo, todavía no domina el inglés como para aspirar a algo más que vender zapatos. Ni siquiera puede responder bien cuando la llaman por teléfono, y hay ocasiones en las que finge que tiene poca cobertura porque le cuesta entender lo que le están diciendo.

El título del libro, *Things Fall Apart*, está escrito con letras blancas sobre el rostro de un hombre negro que parece pintado encima de un suelo cuarteado. Pese a su amor por la literatura, en las maletas que se trajo a Londres no había ni un libro. Pensó en comprarlos una vez estuviera aquí para obligarse a leer en inglés. De modo que cuando llegó, sus primeros días en la ciudad los dedicó a comprar sartenes, sábanas, toallas y algunas novelas que ya tenía pero que le apetecía redescubrir en su versión original.

La relación de Sandra con la lectura venía de atrás. Su padre le había enseñado a leer siendo ella muy pequeña, antes incluso de empezar el colegio. Pasaban mucho tiempo juntos porque él empezó a trabajar por temporadas, lo cual le permitía disfrutar de la compañía de sus hijas, cuidarlas, peinarlas y llevarlas a la escuela. En la década de los ochenta lo normal era que los hombres trabajasen fuera y las mujeres en casa. Pero Antonio repetía que él no era como los demás. Su vida se dividía entre Guinea Ecuatorial y España. Era abogado y había ejercido varios años, tras licenciarse en la Universidad Complutense, en un bufete especializado en extranjería por donde pasaban muchos guineanos para tramitar el permiso de residencia o la nacionalidad, y también españoles que hacían negocios en Guinea.

Trabó especial amistad con Emilio, un cliente habitual cuyo padre había sido médico en la antigua Santa Isabel durante la época colonial. Cuando iba al despacho solía llevar una chapa o un pin con la bandera de Guinea Ecuatorial en la solapa de la americana y algunas fotos de la enorme colección que tenía de allí con su familia. Él nació en Madrid de casualidad, debido a que su madre, al ser primeriza, se empeñó en dar a luz en España para contar con la ayuda de su abuela y de su tía. Cuando Emilio cumplió un año, regresaron a Guinea y durante buena parte de su niñez le criaron «como un negro más». Le gustaba contarlo para demostrar su gallardía y su respeto hacia el lugar que le vio crecer. Explicaba que su padre, al acabar su turno en la capital, donde fundamentalmente atendía a personas blancas, iba a los pueblos cercanos y pasaba consulta gratis a los nativos.

A Emilio aquel discurso le venía muy bien para granjearse la amistad de los guineanos. Lo adornaba con palabras en pichi, en bubi o en el idioma de la etnia de su interlocutor. El tipo era un genio, tanto es así que, pese a lo mucho que hablaba, nadie tenía claro a qué se dedicaba.

Antonio le creía a medias. Él sabía que en la colonia no era lo mismo ser blanco que negro. Recordaba que a los españoles los trataban como a reyes, disponían de bares solo para ellos, en los medios de transporte ocupaban los asientos delanteros, tenían licencia para golpear a los trabajadores de las explotaciones agrícolas y muchas nativas los preferían a ellos.

No obstante, al padre de Sandra le caía muy bien Emilio. Pese a su charlatanería, el madrileño era gracioso, vehemente, desvergonzado, hablaba alto y parecía tener un baúl lleno de anécdotas. Las charlas entre los dos amigos se alargaban en bares donde recordaban episodios de su infancia e imaginaban todo lo que podrían hacer juntos en Guinea. Ambos tenían contactos, compañeros de colegio o familiares que ocupaban o habían ocupado algún cargo en el gobierno y que creían que podrían ayudarles a establecerse en el país.

Las conversaciones dieron paso a los viajes cortos, a los maletines y a los trajes de chaqueta. A Antonio no le bastaba con ser abogado, tenía que parecerlo. En España no era algo tan necesario, y menos aún en los años de las americanas de pana, pero en Guinea estaba muy mal visto que los hijos pródigos regresaran de la metrópoli sin vestirse de éxito. Era como faltarle el respeto a la familia que había apoyado la salida de uno de sus miembros resignándose a perder dos manos necesarias. Así que cuando volvió por vez primera, tras años en la península, Antonio se inventó un *look* de negro americano. Era guapo, alto, pesaba algo más que cuando se fue una década atrás, y llevaba una barba grande que parecía la continuación de su afro cuidado y un poco largo en la nuca. Por si eso no fuera suficiente, su socio era un hombre blanco, cosa que le daba estatus porque implicaba estar a su altura y que ese *ntangan*, término que podría traducirse como «blanco» o «extranjero», confiaba en él.

Era 1981, Guinea salía de su segunda dictadura tras la de Franco, así que a pesar de las carencias materiales se vivía cierta euforia. Antonio llegó en el momento adecuado y como un triunfador. El país recibía con los brazos abiertos a los emprendedores que necesitaba para dejar atrás su situación de miseria y aislamiento provocada por la dictadura y por su especificidad idiomática, pues estaba rodeado de países francófonos. Pronto su negocio de venta de piezas de coches y recambios empezó a funcionar bien. No les exigía mucho trabajo, pero sí viajar con frecuencia a Guinea, así que unos meses después de comenzar, Emilio, con sus excelentes dotes de persuasión, convenció a Antonio para que abandonara su trabajo como abogado en el bufete madrileño y se centrara en las exportaciones.

A Aurora le dio mucho miedo que Antonio dejara la seguridad de su empleo, pero el hecho de que el dinero entrara a espuertas hizo que, pese a los temores iniciales, decidiera apoyar a su marido. Las fotos de esos tiempos evidenciaban prosperidad, primero porque había muchas, algunas tomadas con una Polaroid de revelado instantáneo, y segundo porque todos llevaban ropa de marca y por los sucesivos cambios de peinado de su madre, en los que el flequillo toldo y los cardados no faltaban. Cuando Antonio estaba en España, como mínimo cenaban fuera un par de veces o tres por semana. Iban a restaurantes caros a «mancharlos de negro», como solía decir él. En la España de la década de los ochenta, en la que casi todo el mundo era blanco, nadie esperaba ver a comensales con esos porcentajes de melanina en los sitios finos. A menos, claro, que fueran estadounidenses. Eso siempre ha sido otra categoría. África está al sur, y eso invariablemente significa estar por debajo, reflexionaría Sandra años más tarde.

Emilio les visitaba a menudo y a Sandra, cuando tenía siete u ocho años, le daba algo de miedo. Le resultaba peculiar porque hablaba mucho y muy alto. En su ausencia, las dos hermanas le llamaban «el Ratoncillo» porque les recordaba a un roedor por su estatura, el tamaño de sus dientes y su mirada miope. A fin de congraciarse con ellas, siempre les llevaba cocos, mangos o algunos de los ingeniosos juguetes que construían los niños guineanos y que, según Emilio, «eran auténticos prodigios». Su padre, en cambio, nunca valoró ese tipo de dádivas. Es más, casi todas acababan en la basura tan pronto como Emilio salía por la puerta. El español parecía sentirse más orgulloso de Guinea que Antonio. El padre de Sandra vivía en una contradicción permanente, puesto que por un lado trataba de inculcar a sus hijas un sentimiento de pertenencia a su pueblo fang, presente en varios países de África Central, pero por otro daba la sensación de que tenía la obligación permanente de contarle a todo el mundo que tenía estudios, que trabajaba, «que no era como el resto».

Esa frase era tan recurrente en Antonio que Sandra, siempre curiosa, le preguntó una vez:

—Papá, ¿y cómo es el resto?

—Aún eres pequeña, Sandra, pero pronto te darás cuenta de que tu padre, aunque sea guineano, es un hombre serio.

Y a Sandra ese «aunque» se le clavó y le pesó más que todos los insultos que recibiría a lo largo de su vida.

De la bonanza inicial la familia pasó a una situación algo menos estable. Al olor del dinero, otros guineanos residentes en España decidieron volver después de que lo hicieran Antonio y Emilio, y en lugar de apostar por otros sectores hicieron lo mismo que ellos, ya que sabían que funcionaba. Eso se tradujo en que el volumen de trabajo descendió. Las fotos desaparecieron, y la ropa de marca y las visitas a la peluquería también. Prácticamente no habían ahorrado nada, puesto que jamás imaginaron que los días felices durarían tan poco.

En aquella época de penurias para la familia comenzó la pasión de Sandra por la lectura. Antonio se pasaba casi todo el día en casa, en un cuarto de estar al que llamaba «la biblioteca». No era muy grande, pero tenía buena luz, un sofá que, si hacía falta, se convertía en cama para las habituales visitas y un montón de estanterías que cubrían las paredes. Tanto a su madre como a su padre les gustaba leer y las dos hermanas les recordaban con un libro en las manos, o apoyado en las rodillas, encerrados en aquel lugar mágico. A Aurora le encantaban las biografías y las novelas de todo tipo y a Antonio, los ensayos.

Sandra aprendió a leer en la sala de estar con su padre. Primero las vocales, luego las consonantes, poco después las primeras palabras. Cuando lo hacía bien, saltaba del sofá y abría corriendo la puerta para contárselo a su madre o para presumir delante de su hermana, aunque Sara aún fuera muy pequeña para entender de qué hablaba.

Cuando regresaba a la biblioteca, su padre la estaba esperando y le decía muy serio que no debían perder tiempo porque aún le quedaban muchas palabras por aprender. En realidad, hasta la pequeña Sandra notaba que aquello era una pantomima y que la alegría le desbordaba. No obstante, ella sabía qué papel debía desempeñar, de modo que cambiaba el semblante, volvía a sentarse y trataba de aplicarse para hacer lo que Antonio le pedía.

De las palabras sueltas pasó a los libros infantiles. Había

una colección que clasificaba los libros por colores según la edad para la que se recomendaban: los de color blanco, con una tipografía gigante, mucho espacio entre líneas y dibujos por todos lados, eran para niños de siete años; los azules para niños de ocho; los naranjas para los de nueve, y a partir de los doce ya podían leer los rojos. Sandra siempre iba un color o dos por delante de lo que le correspondía. Leía de forma compulsiva y los terminaba enseguida.

Su padre, que leía lento y subrayaba muchos párrafos, le decía que esa no era la forma correcta de sacarle el jugo a una obra literaria.

—Seguro que en dos días ya no te acuerdas de nada.

Ella insistía en que la culpa de que leyera tan rápido la tenía él porque le había enseñado muy bien, y los dos se reían. Eran amigos, cómplices, desde el principio. Antonio y Sandra volaban. Padre e hija eran inteligentes, soñadores, creativos y puro caos. La habitación de Sandra siempre estaba desordenada y la vida de él, también.

En Guinea, las cosas iban cada vez peor. Por aquel entonces, Antonio y Emilio emprendían y reemprendían, huían hacia delante como única opción, pero nada cuajaba y se sentían atrapados. Llegó un momento en el que Antonio, sin comunicárselo a nadie, tuvo que admitir que ya no sabía trabajar de otra manera. Se había acostumbrado a los tratos informales de Guinea, en los que las mordidas para los directores generales de turno ni tan siquiera se consideraban corrupción. Y también a las extravagancias del lugar, donde esperar durante horas a los altos cargos, en salas con sofás incómodos de piel falsa y sillas doradas estilo Luis XIV, a las que tenían que ir con abrigo por culpa del aire acondicionado, era algo habitual.

Cuando Antonio estaba en Madrid con su familia, cogía aire y la tensión desaparecía. Odiaba tener que regresar a Malabo, pero necesitaba el dinero. Sus hijas cumplían años y cada vez tenían más necesidades.

Una mañana recibió una llamada mientras estaba en la biblioteca con Sandra. De repente, se le llenaron los ojos de lágrimas. No dijo nada, colgó y se encerró en su habitación. Horas más tarde entró Aurora, hablaron un buen rato y salieron los dos. Se pusieron en el centro del salón, apagaron la televisión y Aurora se dirigió a sus hijas muy seria:

—Papá tiene que deciros algo.

Durante un instante, a ambas hermanas se les pasó por la cabeza que iban a anunciar su separación. Aunque su relación parecía sólida, siempre era complicado adivinar la verdad de cualquier pareja.

—Hijas, Emilio me ha estafado. Me dijo que volviera a casa mientras él ultimaba los detalles del acuerdo que teníamos casi cerrado, y lo que ha hecho ha sido quedarse con el dinero. Me ha dejado sin nada.

Antonio quiso seguir dando explicaciones, pero no pudo. En lugar de eso, se tapó el rostro con las manos y se sumió en un silencio incómodo que Sandra decidió romper:

—Bueno, papá, saldremos adelante. No te preocupes, yo había pensado trabajar este verano para pagarme mis caprichos, pero podría empezar ahora.

—Sí, yo también —añadió Sara—. Además, mi amiga Odomé, ¿te acuerdas de ella?, la chica gabonesa de los campamentos, trabaja en una perfumería en el barrio y dice que necesitan gente.

—Vuestra prioridad deben ser los estudios —dijo Antonio, tajante.

—Y lo serán, te lo prometo.

—Te lo prometemos —secundó Sara.

Poco después, ambas se estrenaron en el mundo laboral. La pequeña en la perfumería y la mayor en una gran cadena textil, experiencia que años más tarde le serviría para poder trabajar en Londres.

Aurora y Antonio continuaron viviendo juntos por sus hijas y por pereza. Pero el revés guineano les afectó mucho. Casi no hablaban y, en la práctica, era como si estuvieran separados.

El primer día de trabajo de Sandra coincidió con el inicio de las rebajas de verano, de modo que fue bastante duro. Era una tienda gigante de dos plantas, en pleno centro de Madrid. A ella la pusieron en la sección de complementos, lencería y ropa de baño. Su encargada la dejó en el probador para que se fuera acostumbrando a perchar con velocidad las prendas que descartaban los clientes. Pronto tuvo en la mesa una montaña de bragas y biquinis tan grande que cuando se pasaron sus amigas a saludar ni siquiera las vio porque estaba concentrada abrochando sujetadores. Llegó a tener pesadillas con las pilas de ropa, hasta que le cogió el tranquillo y pudo relajarse y dormir en paz.

Allí conoció a gente con la que probablemente jamás hubiera tenido trato de no haber coincidido en la tienda. Había personas con más edad que ella que llevaban décadas trabajando en el sector y estaban encantadas, gente mayor que se quedó sin trabajo y tuvo que reciclarse, jóvenes que habían terminado la carrera y que no encontraban nada que se ajustara a sus expectativas laborales y chicas que, como ella, solo estaban media jornada porque también estudiaban. Como era habitual en aquella época, prácticamente toda la plantilla era blanca, menos un chico de origen peruano llamado Max con el que Sandra enseguida trabó amistad. Estaba haciendo un máster de Relaciones Internacionales y le gustaba hablar sobre política. Fue él quien se acercó y le preguntó de dónde era. Normalmente, a ella esa cuestión le molestaba mucho porque significaba que, pese a su acento madrileño, asumían que no era española; sin embargo, si se la hacía alguien de fuera, o cuya familia lo era, no tenía ningún problema en responder.

—¿Dónde he nacido o de dónde me siento?

—Interesante —contestó Max—. Las dos cosas.

—Soy mitad de Guinea Ecuatorial y mitad española. He nacido en Madrid, dicen que soy africana y yo me siento ecuatoguineana.

—¿Y por qué escoger? ¿No puedes ser ecuatoguineana y española? ¿Qué es eso de mitad y mitad? ¿Tienes una pierna guineana y un brazo español?

—Bueno, quiero decir que…

—Te he entendido —la interrumpió Max sonriendo—. Pero piensa lo que te digo —le comentó, y se dio la vuelta para regresar a sus quehaceres.

Y claro que lo pensó, y se dio cuenta de que Max tenía razón. En su esencia estaban las dos culturas mezcladas, incluso en su físico. Tenía la piel bastante oscura para ser mestiza, pero no tanto como la de su padre, y su rizo a la gente le resultaba minúsculo, pero no era comparable con el de Antonio, mucho más pequeño. Incluso tenía dos nombres, uno de cada hemisferio: se llamaba Sandra Nnom, que significa «mujer sabia», aunque solo la llamaban así los guineanos que pasaban por su casa. Era las dos cosas, le pesara a quien le pesase; ahora bien, en los sentimientos, la biología no mandaba. Si Sandra seguía sintiéndose de Guinea Ecuatorial era porque no la dejaban sentirse de España.

La amistad con Max fue creciendo durante los meses que trabajaron juntos. Sandra aprendía muchísimo con y de él. Max también era un devorador de libros y se intercambiaban ejemplares que después comentaban mientras doblaban la ropa en los probadores.

Una noche, cuando ya solo quedaban los dependientes a los que les tocaba el cierre, Max se dirigió a Sandra con cierto pudor. Él nunca tenía vergüenza, por eso ella se sorprendió.

—Sandra, me has dejado un montón de libros increíbles y te lo agradezco.

—Uy… Cuánta solemnidad, ¿qué quieres? —contestó mientras se reía y rompía el silencio de una tienda casi vacía.

—Quiero que me recomiendes una novela de un autor guineano o de cualquier otro país del continente africano.

Sandra tardó varios segundos en responder. No estaba midiendo sus palabras sino tratando de encontrarlas, y de paso buscando alguna excusa.

—No he leído ninguna. Y estaba buscando algún pretexto, pero no lo tengo. Reconozco que es porque en casa no hay ninguno de esos autores, pero eso me da aún más vergüenza —dijo dándole la espalda, mientras colgaba un body de encaje.

—Es normal. Vivimos donde vivimos —respondió él.

—Sí, pero mi padre es africano, pertenece a una generación que luchó por la independencia de su país, y yo creo que es alguien orgulloso de ser quien es.

—Ya, Sandra, pero todas las personas tienen dobleces. La colonización no fue solo un ejercicio de ocupación, también implicó que los pueblos sometidos perdieran autoestima.

Max hablaba como David, el «anarka», pero sin tanta rabia y sumándole mundos al que parecía ser el único mundo.

Sandra asintió con la cabeza y él prosiguió.

—Tengo este libro para ti. Lo leí después de *Las venas abiertas de América Latina* y me cambió la vida. Es para ti y para tu padre.

Sandra lo miró. Parecía haber pasado por mil manos. El tiempo había pintado de amarillo unas páginas que o estaban mordidas en las esquinas o subrayadas. El título podía leerse a duras penas: *De cómo Europa subdesarrolló a África.*

Aquel día, cuando llegó a casa fue directamente a la «biblioteca» en busca de su padre. En los últimos tiempos pasaba muchas horas allí, probablemente para aislarse de los problemas económicos. Sandra le mostró el libro y debajo de su abatimiento reconoció la misma expresión de orgullo que Antonio tenía cuando la enseñó a leer. Ella no le preguntó por qué en su amplia colección no había ninguna obra escrita por alguien que fuera negro. Pero, a partir de entonces, comenzaron a aparecer. Juntos exhumaron la historia enterrada y juntos recibieron el abrazo de una realidad en la que las personas negras no eran eternas segundonas sino protagonistas, héroes y heroínas. Primero los leía Sandra y después él, o a la inversa, y los comentaban. Cada página les daba un motivo para recordar que eran importantes, que existieron y que existían. Ni en el instituto ni en la facultad estudió o le citaron siquiera alguno de los títulos que padre e hija leían en esa habitación y que, antes de que apareciera internet, eran tan complicados de conseguir, y eso los hacía aún más valiosos.

Sandra deja de leer *Things Fall Apart* y mira la solapa de la cubierta donde está la foto del autor: Chinua Achebe. Ya le conocía. En esa imagen lleva un gorro negro que cubre sus canas. Aunque no sonríe, tiene una expresión simpática, cosa que tal vez tenga que ver con los barrancos de expresión que atraviesan su rostro. A veces la edad tiene ese efecto, dulcifica. Repasa mentalmente, sin cambiar de postura, algunos de los nombres de escritores que han contribuido a llevarla hasta su yo actual: Wole Soyinka, Walter Rodney, Eugenio Nkogo, Donato Ndongo, Chuck D, Frederick Douglass, Juan Tomás Ávila Laurel, Ta-Nehisi Coates, Justo Bolekia, Chigozie Obioma, Frantz Fanon...

La lista le recuerda una noche de azares en YouTube, de esas que comienzas buscando algo concreto y acabas viendo vídeos inconexos de lo más interesantes. Sandra se topó con una entrevista que le hicieron a una mujer que regentaba una librería feminista. Decía que llevaba años leyendo solo a escritoras.

—¿Y no lee nada escrito por hombres? —le preguntó la periodista.

—Nada. Ya lo he hecho toda mi vida, ahora nos toca a nosotras.

De repente, Sandra se levanta como un resorte, deposita sin cuidado el libro en la cama, abre su ordenador y teclea en el buscador: «black female writers». Un montón de nombres aparecen en la pantalla y a ella se le ilumina la cara.

Al abandonar la lectura estos últimos meses, Sandra se ha divorciado de sí misma, pero vislumbra una pronta reconciliación con su yo actual. Poco a poco va reconociendo todas y cada una de las identidades que creyó enfrentadas y que, sin embargo, conviven en ella cediéndose el turno, conversando serenas o discutiendo acaloradas, pero entrelazadas.

Max, su compañero de trabajo de juventud, tenía razón.

Para casarme, no

Son las once. Sandra ha pasado un buen rato adquiriendo libros por internet y haciendo cuentas para asegurarse de que la compra no ha dado al traste con su ajustada economía semanal. Abandona su cuarto y se dirige al baño para ducharse y lavarse el pelo. Ha quedado con Martha, la que fue su profesora nativa de inglés en Madrid, justo el año antes de irse a Guinea.

En la redacción en la que trabajaba en Madrid, unas cuantas compañeras se pusieron de acuerdo para pagar a alguien que las ayudara a refrescar sus conocimientos de inglés, oxidados por no usarlos. Llamaron a Martha porque la pareja de una de ellas ya la conocía y se la recomendó. Cuando apareció, a varias personas se les torció el cuello mirándola: rotundamente negra, voluptuosa, vestida con prendas que marcaban sus curvas, caminando con tacones de forma grácil y decidida, y llevaba una melena ondulada castaña que le llegaba casi por la cintura. Aunque no se pareciera en nada, se oyó en al menos tres o cuatro ocasiones: «Es igual que Beyoncé». A Sandra, en cambio, le recordaba a las protagonistas afroestadounidenses de las películas: profesionales, fuertes, independientes, seguras y, por todo lo anterior, tremendamente atractivas. Eran perfiles que ella, residiendo en España, no veía a diario.

Se juntaban en su hora para comer en la sala de reuniones pequeña, donde solían tener lugar los encuentros informales que requerían, más que confidencialidad, algo de silencio. En la sede de cualquier medio de comunicación, entre las llamadas telefónicas y las televisiones o las radios, permanentemente encendidas, rara vez puede haberlo. Pese a que disponían de sillas y una mesa enorme, con Martha no hacían falta puesto que prefería que todas charlaran mientras caminaban. Sus sesiones eran de todo menos convencionales, no daba lecciones de gramática ya que aseguraba que «a los españoles lo que les falta no es aprender los participios irregulares sino ponerse a hablar». Aprovechando que sus alumnas eran periodistas, hablaban en inglés sobre temas de actualidad. Martha no tenía problemas para expresar su opinión o incluso tocar asuntos que podían resultar espinosos, aunque eso pudiera traducirse en situaciones incómodas.

Un día, una de las compañeras de Sandra, Cristina, a quien todas admiraban por no tener miedo a hacer ninguna pregunta, se interesó por el racismo en Reino Unido. Martha le respondió rápido:

—Y tú, ¿qué opinas del racismo en España?

—Bueno, en realidad, en España eso no es un problema porque no hay mucha gente extranjera.

—¿Eso lo sabes, lo imaginas o quieres que sea así?

Martha le contestó mirando a Sandra, como si desaprobara que ella no hubiera tratado ese tipo de cuestiones en su contexto laboral, y Sandra se sintió tan incómoda que se vio obligada a romper su silencio. Ella prefería no hablar de esos temas en el trabajo, era cierto. Luchaba fuera, a espaldas de su profesión, casi a escondidas, porque pensaba que podría acarrearle consecuencias negativas. «Los periodistas no tienen opinión, solo hacen de altavoz del resto», había escuchado en alguna ocasión. Incluso buena parte de sus familiares y amigas, la mayoría blancas, negaban que existiera el racismo puesto que no lo padecían. Los comentarios de Sandra, siempre en inferioridad numérica, tenían que apoyarse en datos, imágenes y tesis doctorales que demostraban que no era una interpretación personal de la realidad.

Cristina respondió lo que pensaba que era más que obvio:

—Solo hay que verlo. Aquí los inmigrantes no queman coches como en las afueras de París por su falta de integración, no hay partidos de extrema derecha en el Congreso, no existe un Le Pen ni vamos pegando a la gente por la calle.

A Sandra se le removieron hasta los cimientos.

—Un porcentaje muy alto de los que quemaban coches han nacido en Francia, pero eran franceses de segunda. Tú les llamas inmigrantes porque no son blancos y eso es lo que provoca su enfado: no ser reconocidos en su tierra, estar condenados a residir en un gueto, a tener menos oportunidades laborales, a ser cuestionados, a que nadie espere nada de ellos, a que la historia de los países de sus padres no se aprenda en el colegio o a que les pidan los papeles a ellos y no a sus amigos blancos. —Sandra lo soltó en un inglés macarrónico, como pudo, en mitad de un suspiro largo que era una mezcla de alivio y de liberación. En ningún momento miró a Cristina a los ojos. La apreciaba y admiraba mucho y no quería discutir con ella.

—¿Pero aquí pasa eso? ¿Tú estás mal? Te quejarás, mucha gente estudia Periodismo y jamás puede ejercer.

—Primero, no se trata de mí solamente. Segundo, para estar donde estoy, he tenido que esforzarme mucho. Tú partes de cero y yo empiezo en negativo, teniendo que demostrar que no soy lo que los demás imaginan.

—No sabía que fueras una victimista —resopló la otra periodista.

—Cristina, esta es la razón por la que en España no se puede hablar de racismo. —Entonces Sandra expuso por primera vez, ante sus compañeras de trabajo, su mirada sobre aquella cuestión. Sabía que probablemente no la entenderían, pero quería expresar ese sentimiento de tristeza, enfado y hartazgo que la invadía—. La autopercepción de este país es excelente. Nos vemos como un sitio amable, simpático, siempre de fiesta, sangría y siesta, y lo es, pero no solo eso. Cuando algunas personas cuestionamos esa imagen basándonos en nuestras experiencias vitales o en leyes que lo refrendan, como la de extranjería, en lugar de escucharnos, nos regañáis como si fuéramos menores de edad y nuestro criterio fuera nulo. Eso también es racismo. Por supuesto que no todos los días son terribles, no nos insultan ni nos agreden a todas horas, pero sucede. Y con una vez vale, porque duele. Que no nos creáis, también duele. ¿Qué gano yo contándoos esto? ¿Merece la pena hacerlo?, ¿discutir con gente a la que quieres? —dijo con pena mirando a Martha.

—Sí, merece la pena, siempre, aunque el camino que te toque recorrer sea difícil —intervino la profesora—. Y, por cierto, Cristina, no voy a negarlo, en Reino Unido hay racismo, pero en una redacción como esta habría muchos más trabajadores no blancos de los que hay aquí. En España pensáis que es justo que los inmigrantes, sus hijos y hasta sus nietos solo se dediquen a aquello que los españoles blancos no quieren hacer. Si en Inglaterra hubiera sido así, mis padres, que son médicos nigerianos, no hubieran podido trabajar de lo que estudiaron. ¿He respondido a tu pregunta? —concluyó sonriendo fríamente.

Al finalizar la clase, Martha le pidió a Sandra que se quedara unos minutos. Cuando se quedaron a solas, ella simplemente la abrazó y le dijo muy bajito:

—Yo también he sido tú.

Sandra tuvo que hacer un esfuerzo para no llorar.

Ese episodio íntimo fue el punto de partida para que ambas se vieran fuera del trabajo. Sandra hacía de guía por la ciudad y le mostraba los lugares típicos, pero también las periferias literales y figuradas. Así fue como aquella chica de Londres conoció los locales de música africana de Móstoles y Torrejón de Ardoz, en los que bailó hasta el agotamiento, y los bares cutres en los que se empachó comiendo alitas picantes guineanas o huevos rotos madrileñísimos. Eso sí, nunca aprendió castellano en condiciones, aunque no le hizo mucha falta. Cuando estaban juntas, arreglaban y destrozaban el mundo charlando en una especie de *Spanglish*. Para Sandra, Martha era como una zona segura. Podía contarle todo lo que la molestaba sin que se escandalizara e iba con ella a sitios que sus amigas blancas no solían frecuentar. A su lado nunca había sorpresa, solo comprensión, enseñanzas e intercambio de los saberes que contenían los libros.

Con su compañera de trabajo, Cristina, la relación se vio afectada únicamente al principio. Se llevaban bien y se profesaban una admiración profesional y personal mutua, así que una semana después del «incidente» dejaron de evitarse.

—Vengo a pedirte perdón —le dijo Cristina al tiempo que le quitaba a Sandra los cascos para que pudiera escucharla bien—. He contado un problema desde los ojos de quien no lo padece y me ofendí porque sentí que me atacabas a mí. No fui justa. —Lo soltó de un tirón, con algo de vergüenza.

Cristina tenía solo tres años más que ella y ya era un peso pesado en la redacción, era raro verla así.

—Todo bien —respondió Sandra para zanjar aquello cuanto antes mientras arreglaba un poco el caos de la mesa del ordenador, en el que estaba transcribiendo una entrevista.

—No, no está bien. A partir de ahora, quiero que me digas cuándo me estoy equivocando. Por lo que publicas en tu Facebook, me consta que tú sabes, vives y lees sobre racismo, y yo tengo la suerte de tenerte cerca. Podemos hablarlo en castellano o en inglés, pero hagámoslo.

—*Let's do it*, ¡claro que sí! —le respondió Sandra, riéndose y sintiéndose en parte victoriosa.

Quizá Martha, sin darse cuenta, había logrado que Sandra se atreviera a tocar asuntos que solo abordaba con otras personas negras, gracias al exorcismo que suponía sacar los demonios internos y descubrir que la experiencia personal era, con matices, colectiva. Para hablar con las personas blancas y en el trabajo hacían falta dosis de pedagogía, paciencia, prudencia y valentía. Martha le había enseñado todo eso y también algo de inglés.

Sandra se desnuda corriendo delante de la minúscula ducha y entra con chanclas. Tras haber pasado muchos veranos en los campamentos compartiendo baño con decenas de personas y haberse contagiado de hongos, toma ciertas precauciones como rutina. El agua sale casi hirviendo, como a ella le gusta, y cuando ya nota las primeras rojeces en la piel se enjabona con un gel de coco y karité. A continuación se aplica uno de esos champús para pelo seco que parecen goma y que casi no hacen espuma, luego se aclara y se embadurna con una mascarilla gracias a la cual puede desenredarse con los dedos mechón a mechón. Después del desastre de la peluquería, su cabello es más corto, pero continúa teniendo mucha cantidad, y es tan fino que, aunque se peine, enseguida se le hacen nudos. Antes de salir, se retira la mascarilla y se envuelve en una toalla enorme, de esas de playa. El cuarto de baño se ha transformado en una sauna y todo a su alrededor es niebla. Sandra limpia el espejo con el reverso de la mano para poder ver su reflejo en él, echándose aceite de almendras y masajeándose la raíz con la esperanza de que eso sirva para que le crezca rápido.

Londres le resulta un paraíso en cuanto a productos capilares afro se refiere. En España, cuando era pequeña, no había nada, de modo que peinarse era una tortura que sus padres decidieron ahorrarse cortándoles el pelo a su hermana y a ella cada poco tiempo. Ahora resulta más fácil adquirir ese tipo de productos, pero no están en cualquier supermercado. Solo se consiguen en internet o yendo a barrios con una alta concentración de población negra. Hasta en lo más cotidiano se requiere un sobreesfuerzo que marca qué es «lo normal» y lo que está fuera, piensa.

Lleva un año y pico sin ver a Martha. Sandra se marchó a

Guinea y Martha volvió a Londres para trabajar como economista, que era para lo que había estudiado. En la distancia, únicamente habían tenido contacto a través de los comentarios que se dejaban en las redes sociales. Sandra quiere que su amiga la vea bien antes de enseñarle todas las heridas que le ha hecho la vida, pero el corte de pelo se lo pone difícil. Al no saber cómo peinárselo, todavía delante de ese espejo que refleja bruma, se ata un turbante en la cabeza como le enseñó su tía Celia, en Malabo, la que le regaló «la pulsera de la paz». Es la misma tela wax colorida que usará como mantel en el picnic con productos españoles que le ha prometido a su *teacher*.

Para convencer a Martha de que visitara su barrio ha tenido que prometerle que comerían embutido, su bien más preciado. Aurora, su madre, estaba obsesionada con que, pasara lo que pasase, no le faltara chorizo o jamón, daba igual que no tuviera agua, por lo que le metió en la maleta toneladas de paquetes. Sandra sabe que era su manera mesetaria, tímida y a la vez generosa, de expresarle su cariño, ese que no es capaz de mostrarle con besos o abrazos. Por eso, aunque no es una consumidora habitual de cerdo, de repente, a kilómetros de su casa, le parece tan necesario como respirar.

Cerrar una fecha parar verse con Martha ha sido más complicado de lo que imaginaba, puesto que siempre tiene algo que hacer, ya sea estar con su novio o trabajar. Un día canceló la cita porque quería ver con su pareja un partido en televisión.

—¿Pero tanto te gusta el fútbol? —quiso saber Sandra.

—No me gusta, pero es el único momento que voy a tener esta semana para estar tumbada en el salón con Eric.

En general, quedar con alguien en Londres es difícil. Para cualquier evento, ya sea un cumpleaños o un bautizo, la gente suele convocar a sus allegados con meses de antelación. La improvisación no es un valor en esta ciudad y a Sandra, que nunca sabe qué hará al día siguiente, esa costumbre le resulta marciana.

Se pone ropa cómoda y sale corriendo parar ir al supermercado. Gilson, el señor de Guinea-Bissau que siempre está en la puerta, la saluda en un portuñol entrañable, aunque él piensa que es español, y Sandra le grita mientras entra que no puede quedarse a hablar porque tiene mucha prisa. Recorre los pasillos de comida de colores hasta que llega a la sección de los vinos. A ella nunca le ha gustado el vino, de modo que no sabe cuál es bueno y se deja llevar por las denominaciones de origen que conoce: Rueda y Rioja. Coge uno de cada, a sabiendas de que probablemente no abra ninguna botella. Mientras paga, piensa en lo raro que le resulta estar comprando algo español a tantos kilómetros de distancia y en cómo los sabores, y hasta las formas y los nombres, son elementos de nostalgia. Alegran el estómago, pero también generan nudos en la garganta por estar separada de las personas queridas y de los escenarios conocidos.

Al salir, le da una libra a Gilson y se despide en portugués.

—*Até mais!*

—*Fica bem, minha amiga.*

Mete las dos botellas en la cesta para picnic que adquirió en el equivalente al todo a cien londinense cuando supo que el encuentro con Martha se haría realidad finalmente. En las últimas semanas, Sandra ha tenido una vida social tan poco interesante que preparar cada detalle para este *brunch* le hace ilusión. También mete pan, chorizo, lomo, jamón y unas aceitunas que tenía guardadas para una ocasión especial. Con todo listo, se dirige a la estación de tren de Battersea Park, donde ha quedado con su amiga para caminar juntas hasta el parque.

De repente nota que le vibra el teléfono y le entran unas ganas de llorar terribles porque piensa que es Martha, que vuelve a cancelar la cita. La estabilidad es frágil cuando no tiene pilares y aguanta por tozudez en el aire, por eso a la ilusión que le hacía comer lo de siempre pero en plena calle, le siguió una tristeza instantánea y honda. Sandra tarda un rato en encontrar el teléfono porque sus dedos se pierden en el desorden de su bolso. Cuando al fin da con él, sonríe aliviada mirando la pantalla. Es Miguel Ángel, su exnovio, pero como no es momento de hablar con él, lanza el móvil a las profundidades de las que salió. Justo entonces, alguien le da un golpecito en el hombro:

—*So, you are here, in London!* —grita Martha emocionada.

—Sí, Martha, ¡hace meses! De hecho, *I live in London* —responde Sandra mezclando lenguas y muy contenta.

Se dan un abrazo largo moviendo el cuerpo y las piernas de lado a lado, en mitad de una estación en la que reina el silencio y únicamente se escucha el paso del tren. Al separarse, se observan indiscretas de arriba abajo mientras se dedican piropos. Sandra sabe que Martha miente, porque pesa menos que antes, le ha cambiado la expresión de la cara, que ha dejado de ser alegre, y tiene el tono amarillento con el que le castiga esa ciudad sin luz. Pero Martha, algo más llenita, sí mantiene su esencia poderosa, sus andares ruidosos con tacones altos, aunque sea para ir de merendola, su seguridad aplastante, su melena larga y cambiante, ahora lisa, castaña y con flequillo. Le encantan las pelucas porque le resultan cómodas y versátiles. «No tiene nada que ver con estar acomplejada por mi color. Lleve postizo o no, se ve claramente que soy negra», contestaba cada vez que le sugerían que llevara su pelo natural.

Cogidas del brazo, se dirigen con pasos saltarines hacia el rincón que Sandra ha escogido en ese parque enorme, que está a solo unos metros del Támesis. Atraviesan un lago con aves y barcas vacías y pasan por delante de un edificio de dos plantas budista, la Pagoda de la Paz. Sin soltarse, se acercan a leer su historia en un cartel situado justo delante y descubren que su mera existencia resulta curiosa, teniendo en cuenta que Battersea Park nació siendo un campo de batalla. Por el camino, se sienten turistas y hablan del parque como si nunca lo hubieran visitado; tratan de reservar la charla real para cuando estén sentadas. Aún les queda un trecho y se topan con familias perfectas que pasean a sus hijos en carritos de cuatro ruedas o atados a unos cordeles elásticos que les ayudan a dar sus incipientes pasos. La primera vez que Sandra vio algo así le pareció terrible, y comparó a esos niños sobreprotegidos con los pequeños guineanos, independientes desde su infancia y con las rodillas llenas de cicatrices y picaduras. Pero ahora pasea por un lugar hermoso, burgués, vallado, sembrado de pistas para la práctica deportiva, bancos y senderos que se alternan con un césped que no sabe lo que es estar seco, y rodeada de gente que corre o patina sorteando el precioso manto de hojas rojas, marrones y amarillas que regala el final del otoño londinense. Si su cuarto tuviera las ventanas en el cabecero de su cama en lugar de en el lateral, podría verlo cada mañana porque está muy cerca. Sin embargo, su casa es humilde y fea, por eso Sandra ha preferido invitar a su amiga a un picnic en la intemperie, aunque por suerte no llueve.

Los contrastes son comunes en Londres, y las viviendas sociales salpican incluso los mejores barrios para evitar una guetificación que, pese a los intentos urbanísticos, es bastante habitual. A las escuelas públicas de los vecindarios pudientes asisten sobre todo aquellos que carecen de medios. Sandra se cruza a diario con alumnos vestidos de uniforme que a veces van cantando al colegio. Son niños negros británicos, originarios de mundos dispares, lejanos y cálidos. Al pasar por su lado, ella no puede evitar envidiarles. Su infancia fue muy distinta. La Sandra niña se sintió arropada y querida, sin embargo adoleció de falta referentes y espejos en los que reflejarse. A los ingleses, difícilmente les tocan el pelo sin pedirles permiso, porque ni sus rizos ni sus trenzas sorprenden a nadie.

Sandra hace de anfitriona en medio del parque. Saca ceremoniosa el trozo de tela que hará las veces de mantel y le pide a Martha que cierre los ojos mientras lo extiende sobre el césped y lo llena de sabores de España.

—¡Ya puedes abrirlos! —exclama orgullosa.

Martha parpadea incrédula y se abalanza sin pudor sobre las aceitunas marcando el inicio del banquete. Durante la comida hablan de chicos y chicas que aparecieron y desaparecieron, de Guinea y de los últimos meses de Martha en Madrid. Cuando regresan al presente, Sandra se muestra escueta ya que su vida en Londres le resulta aburrida. Martha, en cambio, se extiende hablando de sus planes de futuro con su pareja, un chico inglés al que conoció por mediación de una amiga. Llevan seis meses y en breve se irán a ir a vivir juntos a la zona 3, lejos del centro, pero a cambio tendrán jardín y podrán hacer barbacoas.

—¿Así que abandonas Peckham? —le pregunta Sandra, a sabiendas del amor que siente Martha por su barrio, una Nigeria a escala reducida en donde se habla pidgin e inglés.

—Eric se moriría viviendo en Peckham.

—¿Por qué?

—Porque no le gusta el ambiente, cree que es un lugar peligroso. Por no hablar de que si vivo en el mismo vecindario que mi familia estarán todo el día en casa. Ya sabes cómo son los africanos.

—Bueno... —respondió Sandra entre risas—. Eric ya debe de estar acostumbrado.

—No, no lo está.

—¿Cómo que no? ¿Qué pasa? ¿Es blanco?

—Sí... —musita Martha.

—No me lo creo, tú nunca habías tenido una pareja blanca.

—No miento —le responde mientras le pasa el teléfono para que ella misma le eche un ojo a la carpeta en la que están todas las fotos en las que sale con él en actitud cariñosa.

—Vaya, Martha —comenta Sandra con la mirada puesta en el móvil y el dedo deslizándose por la pantalla sin perderse ni una imagen—. No es que me parezca mal, pero por cómo eres con respecto al racismo, lo que me transmitías y tus relaciones anteriores, no me lo hubiera imaginado.

—Bueno, es que mis relaciones anteriores no eran serias.

—¿Y?

—Pues que un negro está bien para un rollo, pero para casarme, no.

—¿Cómo puedes decir algo así? ¡Tú eres negra! —dice Sandra algo exaltada, pero procurando que no se le note el enfado.

—Sí, y orgullosa de serlo. Pero no tengo nada que ver con la mayoría de las negras del barrio. No quiero aguantar a un vago, a un hombre que me va a ser infiel y que no se va a ocupar de los hijos que tengamos.

—Pero... ¿cómo puedes generalizar de ese modo? ¿Te imaginas que dijeran lo mismo de nosotras?

—Y probablemente lo digan, tanto blancos como negros... Eso sí, por suerte, Eric piensa distinto, y le gustan las mujeres negras.

—No es justo que hables así de los nuestros. Mi padre jamás ha sido infiel y es un padrazo —esgrime Sandra.

—Que tú sepas. El mío sí fue infiel, ¡millones de veces! Era tan descarado que hasta mis hermanas y yo nos enteramos. Y mi madre, aun siendo independiente económicamente, porque es médica, Sandra, mé-di-ca, lo ha aguantado con paciencia porque considera que «las cosas deben ser así».

Esta última frase la ha dicho imitando el acento nigeriano de su madre y luego se le ha formado una arruguita entre las dos cejas que agrieta su maquillaje, hasta ese instante impoluto.

—No pienso ser mi madre —prosigue, furibunda y triste a la vez—. Tengo derecho a vivir una relación romántica, como las de las películas, con un hombre que me cuide, que se acuerde de la fecha de mi cumpleaños o de nuestro aniversario, que no viva de mí o que sea violento. ¿No te das cuenta de que tu padre quizá sea una excepción?

—Nada de eso, Martha. Las excepciones no existen porque no existen personas que sean la regla. Ninguna comunidad es homogénea, por eso no deberíamos hacer lo que nos han hecho.

—¿El qué?

—Juzgarnos.

Después del clima de tensión, en algo que no es ni inglés ni español, las dos amigas cambian de tema, se cuentan anécdotas laborales, recuerdan juntas momentos graciosos en España y Sandra le pregunta que si ha aprendido alguna palabra nueva en castellano.

—Sí, «qué ohos tan helmosos, mami» —dice Martha apoyando la mano en su cintura para darse aires.

Las dos se ríen. El aprendizaje de la inglesa proviene directamente de la música latina que le gusta bailar, de modo que el léxico que incorpora le llega del Caribe. Por acuerdo tácito, ponen por encima de sus ideas el cariño que se tienen y permiten que, tras años sin verse, su conversación se llene de naderías que no escuecen. Acaban todo lo que hay sobre el mantel menos los vinos, que no abren porque Martha no quiere regresar bebida para que Eric no piense que se ha ido de fiesta. Mientras recogen y tiran en las papeleras aledañas los restos de pan y los plásticos que envolvían los alimentos, alaban la gastronomía española, tan sana, variada y sabrosa. Todo son risas y mentiras. Se despiden en la misma estación en la que se reencontraron fundiéndose en un abrazo intenso con aire de réquiem: algo ha muerto. Se dicen un hasta pronto, pese a que ambas son conscientes de que puede que jamás vuelvan a verse.

Sandra regresa a su hogar con la cesta casi vacía y repasa mentalmente la conversación con su amiga. Se plantea que, quizá, las negativas de Martha a quedar no estaban relacionadas con ver el fútbol sino con no querer mezclarse con gente como ella. Esto, sumado a la sensación que le ha dejado la pesadilla nocturna, le provoca tal desazón que empieza a dolerle la tripa. Lo peor es que no es la primera vez que escucha algo así y, en esta ocasión, ni aun tocándose la «pulsera de la paz» se siente mejor.

Sara también

De vuelta a casa, Sandra cruza el pasillo hasta la cocina como una exhalación. Tiene prisa por prepararse una manzanilla y tumbarse otra vez en la cama.

Sobre el fregadero hay una ventana con vistas al parque en el que acaba de estar y, encima, un armario repleto de infusiones que le recuerdan que está en una tierra en la que se bebe mucho té. Saca un sobre de manzanilla de la caja y lo pone en un vaso de agua que mete en el microondas.

Espera sentada a que suene el pitido y se rodea el vientre con los dos brazos. La conversación con Martha la ha removido. Ella le insufló el valor para ser honesta en cualquier situación, para afirmarse como negra política, más allá de su porcentaje de melanina, como un ejercicio de reconocimiento y responsabilidad, también en el entorno laboral. Si su pilar se tambalea se debe a que no era de piedra, como ella creía, sino de plástico, como las pelucas que lleva.

Recuerda las fotos de Eric, un inglés blanco como los miles que ve por la calle. Al lado de Martha parecía aún más pálido por el fuerte contraste.

«Fíjate, somos el día y la noche», le decían a Sandra sus compañeros en el colegio cuando juntaban los brazos, como si ella no se hubiera dado cuenta. Nunca le gustó que la escrutaran por su diferencia; ni de pequeña, cuando le tocaban el pelo sin cesar, ni al ir creciendo. En la adolescencia, su cuerpo cambió y dejó de ser un insecto palo para llenarse de unas curvas que nadie se hubiera imaginado. No es que se convirtiera en una sinuosa guitarra pero sí en un violín, pues su cintura resultaba mínima al lado de sus generosas caderas, su trasero voluminoso y un pecho que en el transcurso de un verano se hinchó y se irguió.

Esa metamorfosis coincidió con el campamento anual, donde empezó a notar que su físico transicional generaba entre sus compañeros reacciones diferentes a las de otros años. Fue un verano extraño. Sonrisa no estaba y flotaba un rumor indiscreto que decía que se había quedado embarazada y que por eso no podía unirse al resto del grupo. Sandra tenía más amigas allí, pero con Sonrisa todo era especial. Era su guía y su puente hacia Guinea y, aunque ya apenas le quedaba acento malabeño, a excepción de la erre francesa, continuaba ilustrándola acerca de lo que era ese país, al que su padre seguía yendo pero que ya no conocía en profundidad. Pese a que solo coincidían dos semanas al año, podía decirse que se habían visto crecer y habían compartido confidencias inocentes, pequeñas trastadas y tardes de lágrimas cuando les tocaba despedirse en ese barrio bien en el que se asustaban al ver a tantas personas negras.

A Sandra le dolía que se rumoreara sobre un posible embarazo adolescente de Sonrisa, no porque no pudiera ser verdad, ella tenía constancia de más de una prima en Guinea que había sido madre-niña, sino porque creía que en las cartas que se enviaban en papel perfumado a juego con su respectivo sobre, ella debería haberle contado algo. Eran muy buenas amigas.

Aquel verano tuvo que aprender a vivir el día a día de las colonias sin Sonrisa. Sandra se sentía desparejada, igual que la ropa que le gustaba llevar a su amiga. Sara también estaba en el campamento, pero tenía su grupo de amistades, que se mantenía intacto, aunque ya no jugaran a las palmas.

Con algunos años más y las hormonas revolucionadas, lavar los platos dejó de ser un castigo, puesto que la cocina se convirtió en el lugar perfecto para tontear. Los grupos que servían la mesa eran mixtos y las bromas infantiles dieron paso a los roces de manos, piernas y brazos. Ya no se mojaban los unos a los otros para incordiarse, sino para llamar la atención de la persona en la que se habían fijado. Los más osados lanzaban piropos, medio en broma medio en serio, para ver el efecto que provocaban: sonrojo, sonrisa, risa o mirada al suelo.

Muchos chicos querían coincidir con Sara, que devolvía las bromas sin el pudor que experimentaba su hermana mayor. Tenían los papeles invertidos: la más joven se desenvolvía con una seguridad aplastante, acostumbrada al halago; en cambio, para la mayor todo era nuevo. Sandra nunca había sido coqueta, pensaba que no merecía la pena puesto que poco podía hacer por mejorar su aspecto. Ella siempre había sido Sandra «la fea» o Sandra «la flacucha», mientras que su hermana era Sara «la guapa». De niñas, Aurora peinaba con facilidad las ondas enormes de Sara, pero con los rizos cerrados de Sandra no era capaz de hacer nada que no fuera cortárselo. Cuando creció y fue dueña de su cuerpo empezó a atarse el cabello en una coleta, de la que dejaba escapar algunos mechones para cubrir su amplia frente abisinia. Y en el campamento, ese año en el que todo el mundo parecía haber cambiado, sus compañeras de habitación empezaron a peinarse las unas a las otras. Unas se colocaban en el borde de la cama y otras ponían en el suelo su almohada y se sentaban encima mientras les hacían las trenzas. Sandra observaba aquello con cierta distancia y pensaba que era un ritual bello, de mujeres en construcción que mimaban a otras mujeres y que perpetuaban una transmisión de conocimientos que comenzó hace siglos en otro continente.

Mientras sostiene la taza caliente en sus manos y sopla la manzanilla, Sandra piensa que ahora, con su espíritu periodístico, habría grabado aquella escena de campamento de las niñas trenzándose el pelo y hubiera hecho un pequeño documental, pero a las puertas de la adolescencia se conformaba con registrar las vivencias en su retina y en su memoria. Quizá antes era mejor.

Una mañana, una compañera del campamento, Mayoko, le dijo a Sandra que había llegado su turno de trenzarse. Era una chica algo mayor que ella, mestiza y de Móstoles, como gran parte de los guineanos del campamento. Hablaba con firmeza y de manera amorosa, salvo cuando, por lo que fuera, no podía desayunar y se le ponía una nube gris delante del rostro. Daba la impresión de que siempre sabía lo que hacía y, sin ser autoritaria, todo el mundo le hacía caso. Ella casi siempre llevaba el pelo suelto y sin embargo trenzaba mejor que nadie, así que Sandra obedeció en silencio. Mayoko le humedeció el pelo con un espray del que salía un líquido que olía bien. «Lleva aceite. Si no, no podría peinarte», le dijo. Después de un rato, su pelo seco, fino y frágil empezó a ser manejable y Mayoko dibujó rayas sobre su cuero cabelludo con un peine que acababa en punta y que le servía tanto para marcar las separaciones como para desenredarle cada mechón. Más tarde, con las nalgas entumecidas, Irene, la chica con la que compartía la litera y ocupaba la cama de abajo, le llevó un espejo pequeño para que se mirara. Se le abrieron los ojos y la boca: por primera vez, se veía guapa. Le había hecho trenzas en zigzag en la parte de arriba, como si de una diadema se tratara, y le quedaba genial. Su frente amplia y curvada, que la acomplejaba tanto, quedó al descubierto, pero también sus ojos con forma de almendra, su nariz ancha y sus labios carnosos. Su resumen de dos mundos era ese y debía aprender a amarlo... de una vez.

Ese mismo día varias personas, incluso algunos de los monitores, le dijeron que el cambio de look le sentaba bien y Sandra respondió tímida a todo el mundo con una media sonrisa. No estaba acostumbrada.

Y como esa semana le tocaba servir la mesa, el campamento al completo vio el trabajo que había hecho Mayoko en su cabeza y varios chicos la observaban de una forma diferente. En la cocina le tocó lavar la vajilla con el hermano pequeño de Nando, Nuno. Se parecía mucho al monitor, pero Nuno era más bajito y su mirada era otra, la de un niño que oyó la guerra a lo lejos; a él no le tocó crecer detrás de un rifle. O delante. Le contó a Sandra muchos capítulos de su vida en Luanda y le reveló algún que otro secreto, como que su hermano aún gritaba algunas noches o se despertaba sobresaltado y empapado en sudor. Ni siquiera a él le había querido contar todo lo que padeció durante el conflicto, antes de que pudiera escapar y venir a España. Nando seguía yendo al psicólogo e intentaba perdonarse a través de las buenas acciones por todo lo que hizo en el pasado. Fuera lo que fuese.

La confianza entre Nuno y Sandra trascendió el rato de la cocina. Se juntaban fuera, en el patio, y hablaban de África, de historia, del campamento y de sus visiones pretendidamente maduras de la vida. Con el paso de los días, Sandra empezó a sentir algo más que alegría al verlo. Se le aceleraba el pulso y, hasta que no se sentaban y entraba en calor, balbuceaba. Ella creía que él sentía lo mismo, porque buscaba su compañía siempre que podía.

Un día, Nuno apareció nervioso y le dijo que tenía que hablar con ella. Automáticamente, Sandra pensó que se le iba a declarar, así que solo sonrió y fueron a sentarse en un bordillo en el extremo opuesto en el que se estaba jugando un partido de voleibol, donde había menos jaleo.

—Verás, Sandra, no quiero que pienses que me he acercado a ti solo por lo que te voy a decir —le dijo muy serio y clavándole la mirada.

—¿Tengo que asustarme? —respondió ella riéndose.

—Para nada —contestó, y se sumó a su risa…

—Pues tú dirás.

—Verás… En el campamento hay una chica que me gusta mucho.

—¿La conozco? —Sandra estaba haciendo un esfuerzo ímprobo por disimular la alegría que le embargaba en ese instante.

—Claro que la conoces, y muy bien.

—¿Y quién es? —preguntó casi a gritos y mostrando todos los dientes.

—Tu hermana Sara.

Sandra se quedó sin palabras.

—Ah, claro, ¡normal! —dijo para disimular.

—¿Normal? —se sorprendió él.

—Sí, es muy guapa. De hecho, es la guapa de las dos, je, je.

—Bueno, tú también eres guapa, pero…

—Sin peros, Nuno. Tú y yo somos amigos, claro, es diferente. —Le dio una palmada en el hombro como para ratificar sus palabras—. ¿Y qué quieres que haga? ¿Que se lo diga?

—Sí… A mí me da corte. Coméntaselo disimuladamente, a ver qué te dice.

—¡Cuenta con ello, tío! —Levantó la mano para chocarla con la suya y se incorporó para irse, como si tuviera que hacer algo.

—¡Ah, otra cosa! Con los nervios se me ha olvidado chivarte que le gustas a Watson.

—¿A qué Watson? —contestó ella haciéndose la sorprendida, pues sabía perfectamente a quién se refería.

—Al guineano con el que has coincidido alguna vez lavando los platos. Por aquí no hay muchos con su nombre.

—¡Es verdad! Es simpático, pero no me gusta. —Sandra se sintió doblemente incómoda, rechazando después de ser rechazada—. Bueno, Nuno, me tengo que ir. ¡Luego hablamos!

—¡Hasta luego, hermana! —se despidió Nuno.

La había llamado «hermana» y la rabia le quemaba las entrañas. Sabía que lo decía como algo normal entre las personas negras, por la hermandad que existe entre aquellos a quienes no les quedó más defensa que unirse, pero ella no quería ser su hermana. Ya tenía una.

Caminaba con los puños apretados, como cuando se enfadaba de pequeña. Iba casi resoplando y se topó de frente con Sara. Decidió no esperar ni decírselo con disimulo.

—Sarita, tienes loco a Nuno —le soltó a bocajarro.

—¿A qué Nuno? ¿Tu amigo?

Sandra solo asintió. Se estaba sintiendo fatal por habérselo dicho de esa forma.

—Yo pensaba que le gustabas tú. Y más ahora que llevas esas trenzas. Te quedan muy bien, ¿eh? —le comentó Sara acariciándoselas.

En ese momento, Sandra se dio cuenta de que él ni siquiera había comentado su cambio de peinado e, inconscientemente, apretó los puños de nuevo.

—A mí no me gustan los negros —explicó Sara con tranquilidad.

—¡Pero si tú eres negra! —Sandra temió que lo que vivieron con el asesinato de Lucrecia se le hubiera olvidado...

—Sí, lo soy, ¿y qué? ¿Por eso tienen que gustarme? Estoy acostumbrada a ver a chicos blancos, salvo los quince días que pasamos en este campamento, así que prefiero sus rasgos.

—Pero...

—Hermanita, tienes que respetar mis gustos. Además, no hablo solo del físico, creo que tenemos más afinidad con la mayoría de los chicos blancos que con los africanos con los que convivimos aquí. Han llevado una vida más dura que nosotras y eso marca.

—Nuestro padre es africano —contestó Sandra con tono reprobatorio.

—Sí, y eso es todo lo que tenemos de África —zanjó—. Bueno, me voy corriendo. Venía a decirte que si te apuntas a ver una película que van a poner en la videoteca. Se titula *Kids*, va de jóvenes que están todos unos con otros.

—Quizá luego... —murmuró Sandra, y bajó la mirada con los ojos vidriosos.

De repente, Sara lo entendió todo y le dio una palmada en el hombro que a Sandra le cayó tan mal como un diploma de consolación.

Sandra le contó a Nuno que a Sara le gustaba un chico de Madrid, por no darle muchas más explicaciones, y la reacción del muchacho fue seguir jugando con el balón y hacer como si no hubiera escuchado nada. Sandra temió que no quisiera hablar más con ella, pero tras unas horas volvió a buscar su compañía y no mencionó a su hermana.

Después de beberse la manzanilla, Sandra se levanta y lava la taza con un detergente que huele a manzana. Tiene la impresión de que en Reino Unido hay lo mismo que en España, pero con millones de sabores y olores diferentes. Incluso la gente es así. Cuando termina, se dirige a su cuarto y se cruza en el pasillo con uno de sus compañeros de piso.

—*How are you doing?* —le pregunta el chico, que ocupa la habitación situada al lado de la puerta y del que ni siquiera recuerda el nombre.

—*I'm ok, and you?* —contesta ella.

—*Fine.*

Besos ortopédicos

A Sandra todavía le quedan un par de horas libres porque hoy le toca cierre en el trabajo y entra más tarde. Es un día raro de conexión con su pasado, de conversaciones duras, llamadas no contestadas y malos sueños. Se arrodilla y saca de su maleta entreabierta una especie de libro forrado con tela de colores y cuentas brillantes. Es el álbum de fotos que le regalaron sus amigas cuando se marchó de Madrid. A Lidia la conoció en el colegio y a Mónica y a Elsa, en el instituto. Hicieron piña en el patio y, más tarde, fuera de él. Todas vivían cerca y han seguido viéndose siempre que han podido, pese a haber escogido sendas laborales y vitales diferentes. Le robaban tiempo al tiempo para poder quedar. Ahora que están lejos se vuelcan en un grupo de WhatsApp llamado «El Círculo», que oscila entre la serenidad y la actividad frenética.

En el álbum hay imágenes a las que Sandra prendería fuego, de no ser porque no puede evitar reírse de sus pintas, testimonio fehaciente de la interpretación que hacían de la moda en el extrarradio madrileño en los noventa. Por aquel entonces, ya eran amigas y se intercambiaban la ropa de mercadillo o de los tres o cuatro comercios de «jóvenes» del barrio. Todas llevaban flequillo; Elsa, además, tenía unas gafas gruesas de cuando no existía la reducción de lentes. Aunque Sandra haya visto las fotos mil veces, le siguen resultando terapéuticas y no deja de sonreír. Se entretiene en cada página, volviendo a unos tiempos en los que lo peor, en realidad, no era nada.

Sandra avanza y se encuentra una foto en la que aparece con Daniel, su primer novio, delante del grafiti que él pintó con el nombre fang de Sandra en un muro de su barrio: «Nnom», en letras rosas con un borde verde. No estaba muy bien dibujado, pero ella le agradeció el gesto. Dani era tan blanco que se le notaba el verde de las venas bajo la piel traslúcida. Tenía unos ojos enormes, de color azul claro, el pelo rubio de punta, y llevaba pantalones anchos y zapatillas. Ella lucía un par de moños, camiseta asimétrica y pantalón debajo de la falda. Hacían buena pareja.

Si bien era cierto que Sandra en el campamento no tuvo mucho éxito, tras ese verano de cambios en su cuerpo empezó a arrasar en el instituto. Alababan su «tipazo», porque era delgadita y tenía pecho, aunque casi siempre añadían alguna coletilla: «de cara no es nada guapa», «le falla la nariz» o «tiene las facciones muy marcadas».

Los cánones de belleza son losas, da igual el hemisferio en el que se esté. Para buena parte de los africanos, la delgadez no es bonita; en cambio, a ojos de los españoles blancos de principios del milenio resultaba fundamental.

Daniel era repetidor y cuando empezaron a salir él estaba en un curso superior al suyo, en segundo de bachillerato. Por amigos comunes, coincidían no solo en el recreo sino también en los parques a los que iban los fines de semana a hacer botellón. Sandra no bebía, pero participaba de esas reuniones multitudinarias en las que el alcohol unía y hacía entrar en calor en los inviernos fríos.

Ella se había fijado en Dani. Era de los guapos del instituto y notaba cómo la miraba cuando pasaba por su lado, aunque nunca habían hablado. Él iba con un grupo de chicos que, como él, vestían ropa ancha y escuchaban rap. A menudo llevaban un radiocasete en el que sonaba El Club de los Poetas Violentos, un grupo madrileño que tenía un par de componentes que eran de Alcorcón. Varios de sus amigos eran grafiteros, inspirados quizá por unas calles que por aquel entonces eran un auténtico museo al aire libre. Había hasta un *Guernica* pintado en colores vivos con espray.

Una tarde de sábado, el grupo de Dani y el de Sandra se sentaron en bancos contiguos del parque. Ella se puso de espaldas y le pidió a Lidia, que era la que los tenía de frente, que le contara qué hacían. Se moría de la vergüenza y no se atrevía siquiera a girar la cabeza. Lidia le transmitió puntualmente sus acciones, que básicamente eran beber vino con Coca-Cola y licor de mora en vasos de litro, a los que llamaban «mini», mover la cabeza al ritmo de la música y repetir en voz alta las letras que salían del radiocasete. Cada cierto rato se acercaban a los matorrales que tenían enfrente a orinar, y entonces cualquiera de sus tres amigas le decía: «¡Que se levanta!», y a ella se le subía el estómago a la garganta.

Justo al volver de una de sus visitas a los matorrales, Dani se acercó al banco en el que Sandra estaba con sus amigas y se dirigió a ella.

—Hacía tiempo que quería hablar contigo —dijo con la lengua de trapo.

—¿Para qué? —respondió Sandra con todo el pudor que le cabía en el cuerpo, aumentado por la presencia de sus amigas cuchicheando.

—Para decirte que eres preciosa. Sé que te llamas Sandra y que vamos al mismo instituto, poco más. Yo soy Daniel —dijo señalándose con la mano—. Hoy voy un poco borracho, pero lo pienso de antes y me gustaría conocerte más. ¿Te apetece que quedemos mañana y así hablamos?

—Mmm... ¡Vale! —contestó Sandra deprisa, para que aquel trago maravilloso y terrible se acabara lo antes posible.

—Venga, pues a las cinco en el Kaura.

—¿Dónde?
—En el quiosco de helados.
—¿Te acordarás?
—Claro —respondió él sonriendo.

Sandra se acuerda hoy de aquello y se ríe a mandíbula batiente pensando en lo ridícula que fue la escena: ella rígida, él bebido, sus amigas delante, y ni siquiera se dieron dos besos al saludarse. En ese momento creyó que era lo mejor que podía sucederle, sin embargo, los botellones no son el mejor escenario para que aflore el romanticismo.

Con el álbum todavía sobre las piernas, acaricia las fotos en las que ve a sus amigas con sus mochilas cargadas de libros o en excursiones a la sierra con un bocadillo envuelto con papel de aluminio en las manos. Revive aquellos tiempos en los que no había móvil y cuando se quedaba con alguien no se podía avisar de que llegabas tarde o inventarte una excusa para no aparecer. En esa época, el Kaura, un parque grande en el que había unas canchas de baloncesto, era el epicentro de la vida de muchos adolescentes de Alcorcón, la ropa se heredaba, las deportivas se cambiaban solo si estaban muy rotas y en los bolsillos llevaban unas cuantas pesetas. Muy pocas. A su barrio llegaron tarde los centros comerciales, de modo que los ratos de ocio, ya fuera invierno o verano, se pasaban al aire libre y todo lo que comprabas era una bolsa de pipas y algún refresco.

El día de la cita, Dani llegó un poco antes que ella. Estaba guapo con su sudadera azul y unos pantalones vaqueros en los que cabían tres personas. Sandra se pasó horas decidiendo qué ponerse. Era domingo, pero habían quedado en un parque y le parecía un sinsentido ir muy arreglada, aunque era la primera vez que quedaban... Finalmente y tras dar multitud de vueltas, optó por una sudadera más o menos ajustada y unos pantalones de cuadros marrones y azules.

Se sentaron en un banco y hablaron durante horas, sobre todo de los profesores que tenían en común y de las anécdotas del instituto. No profundizaron mucho más, pero se rieron bastante. Sandra era tímida con los chicos, sin embargo tenía sentido del humor y era una excelente conversadora. Por su forma de ser, aunque la encasillaban en el grupo de las empollonas, también se llevaba bien con los repetidores. En el instituto no se había tenido que pegar con nadie, pero contestaba con dureza si alguien le decía algo concerniente a su raza, de modo que sus compañeros sabían qué «bromas» no debían hacer.

El tiempo pasó volando. Cuando miraron el reloj, ya era muy tarde para Sandra, y su familia era muy estricta con los horarios. Simplemente, se levantó y salió corriendo, gritando en la distancia:

—Ha estado guay, ¡me voy porque me van a matar!

—¿Nos veremos otro día? —quiso saber Daniel.

—Claro, ¡hablamos en el insti!

—Vale. ¡Que no te regañen mucho! —gritó él, agitando la mano para despedirse.

El reencuentro en el instituto fue de lo más natural. Ella se había preparado unas palabras para acercarse a Dani si él no lo hacía, pero no fue necesario. Coincidieron subiendo las escaleras, él la acompañó a su aula y le preguntó qué clase le tocaba. Fluyeron, se rieron y, cuando volvió a sonar la campana, él le cogió la mano y tardó un rato en soltársela.

—¿Nos saltamos la última hora? —le dijo.

—Tengo tutoría, ¿por qué no?

—Te espero en la puerta.

En clase estuvo dispersa pensando en su nueva cita. Estaba emocionada y nerviosa. El día anterior no se habían besado, y ella sentía que ese momento se iba acercando y le daba pánico. Tenía dieciséis años y jamás se había besado con un chico. Solo en la cara, al saludar, y temía no saber hacerlo. Su amiga Lidia, que ya había pasado por ese trance porque tenía un novio en el pueblo, la tranquilizaba diciéndole que eso salía solo, pero a Sandra sus palabras le servían de poco. Era perfeccionista, estaba acostumbrada a destacar en aquello que hacía, salvo en el deporte, y detestaba sentirse torpe.

Sonó la campana de nuevo y metió el material escolar en su mochila muy despacio, como si quisiera que el profesor de la clase siguiente la pillara abandonando el aula y le impidiera salir. No pudo ser.

Dani la esperaba en la puerta del instituto muy sonriente. Sin preguntar, la cogió de la mano y pasearon juntos hasta el Kaura. Volvieron al banco del día anterior, pero Sandra estaba inquieta por si pasaba algún vecino, así que se metieron en el interior opaco de la construcción de los toboganes, fabricados en madera, metal y plástico. Se contaron cómo les había ido el día mientras se comían unos risketos. Luego vieron sus dedos manchados de naranja y se rieron de lo antiestético que era comer aquel snack de maíz con colorante si pretendían gustarle a alguien.

De nuevo, los minutos volaron, y se dieron cuenta de la hora cuando vieron pasar a varios chicos con mochila que salían del instituto.

—Me tengo que ir, si no llegaré tarde a comer —señaló Sandra.

—No pasa nada, ya sé que te veré mañana.

—Sí, pero yo lo de hacer pellas no voy a repetirlo —dijo ella con firmeza.

—Es verdad, los que sacáis buenas notas sois así —respondió Daniel muy serio, y luego empezó a reírse mientras apuntaba con el dedo a Sandra.

Ella tardó un poco en contestarle porque sabía que tenía razón y, cuando fue a abrir la boca para hacerlo, él la besó. Sandra, siguiendo el consejo de sus amigas, intentó dejarse llevar, pero no pudo. Daniel la abrazaba y la atraía hacia sí, al tiempo que ella dejaba los brazos muertos a ambos lados y movía la lengua como si estuviera inmersa en una centrifugadora. Después de unos minutos, se dio cuenta de que parecía un espantapájaros inerte y, sin despegarse de sus labios, levantó la mano derecha, se la puso a Dani detrás de la nuca y colocó la izquierda en su cintura. Tras un rato, se separaron. Ella le miró y empezó a reírse. Tenía la boca del color de una grosella. A él le sorprendió su reacción y pareció sentirse contrariado, pero después se unió a su risa.

En casa de Sandra las muestras de afecto no eran demasiado habituales. Por parte de su madre algo más, pero solo recordaba darle dos besos a su padre cuando viajaba a Guinea. El resto del tiempo sentía el cariño paternal de otras formas, a través de su interés por lo que hacía o por el tiempo que le dedicaba, pero nunca como lo practicaban las familias blancas, besándose, haciéndose caricias o abrazándose constantemente. De hecho, le resultaba muy gracioso que sus amigas besaran a sus padres cada vez que entraban o salían de casa, como si no fueran a verse nunca más. No era el único ámbito en el que eso sucedía, la puerta de su casa era una frontera que dividía dos mundos: Guinea Ecuatorial, que llevaba el sello de su padre, y España. Las dos hermanas interpretaban su papel y, con la naturalidad de quienes llevan haciéndolo desde pequeñas, se desenvolvían de manera correcta en los dos sitios, aunque a veces, como en esos primeros besos, necesitaban un tiempo para encajar.

Sandra miró su reloj y se puso corriendo la mochila. Ya era muy tarde.

—¿Quieres que te acompañe a casa? —le preguntó Daniel.

—Pero no hasta el portal, por si nos ve alguien. Mis padres no me dejan salir con chicos aún —le explicó Sandra con naturalidad.

—Vale, sin problema, pero antes quería preguntarte algo.

—Dime.

—¿Era la primera vez que besabas a alguien?

—¿Tanto se ha notado? —contestó ella, tímida.

—¿Quieres que te diga la verdad o que te mienta?

—Ya me estás respondiendo...

—No, en realidad me ha encantado, pero te he notado muy nerviosa al principio...

—Tiene que haber una primera vez para todo —dijo Sandra mirando al exterior del tobogán para evitar el contacto visual.

—Y me alegra que haya sido conmigo.

A Sandra le gustó que Dani fuera tan comprensivo y, sin más, se convirtió en su novio. Cualquier otro se hubiera reído de su poca pericia, ya que la mayoría de las chicas de su clase estaban mucho más experimentadas que ella. Dani, en cambio, no la cuestionó.

Empezaron a hacer cosas juntos, aunque solo contaban con el dinero de la paga y no podían hacer grandes planes. Pero, de tanto en tanto, cogían un autobús y se iban a Madrid a mirar ropa o al cine, o simplemente a pasear cogidos de la mano.

En una de esas escapadas, Sandra vio por primera vez a gente vendiendo el periódico *La Farola* en la calle. Eran chicos mayores que ella, sobre todo africanos, que se ponían en las puertas de los supermercados e intentaban vender aquella publicación que nadie leía. Ella compraba uno siempre que se topaba con alguno de ellos, pero se sentía incómoda porque notaba cómo ambos eran conscientes de la enorme distancia que marcaban las páginas de aquel boletín entre el vendedor y ella. Eran realidades distintas. Sandra se sentía negra y africana, pero sabía que sus vidas distaban demasiado.

Hasta la década de los noventa, el hecho migratorio estaba lejos de ser considerado un problema para la mayor parte de la población española, que aún conservaba el recuerdo de todos los que tuvieron que abandonar el país para buscar un futuro en Alemania, Suiza, Francia, Argentina o Venezuela. Luego las tornas cambiaron, España dejó de emitir para recibir, se creyó próspera y se quedó sin memoria. En la actualidad, «migración» puede ser sinónimo de hostilidad, de «nos quitan los puestos de trabajo», de miedo, de pena, de asco. Pero para Dani no era así, le encantaba la cultura afroamericana y, por extensión, todo lo que estuviera relacionado con las personas negras.

Muchas veces, cuando iban juntos por la calle, los miraban y Sandra notaba que él se hinchaba de orgullo. Dani le hablaba de los hijos mestizos que tendrían en unos años, con el color de sus ojos y el tono de piel de ella, como si eso se eligiera. Ponía videoclips en los que señalaba a varias chicas negras increíbles y decía que todas le recordaban a su novia, aunque ella no se pareciera en nada a esas cantantes y bailarinas exuberantes. Profesaba absoluta admiración por los jugadores negros de la NBA y, según le había contado, su habitación estaba forrada de pósters de Michael Jordan y de Wu-Tang Clan, un grupo de rap neoyorquino compuesto por una decena de negros. En alguna ocasión, Dani llegó a decir que le encantaría haber nacido negro y, ante semejante afirmación, Sandra no se vio con ganas de revelarle lo difícil que eso podía llegar a ser.

Un día, estaban dando una vuelta por Alcorcón y se encontraron con los padres de Dani. Iban cogidos de la mano y él se soltó enseguida. A Sandra le pareció tan raro que se miró la mano por si tuviera alguna cosa y, al levantar la cabeza, lo entendió todo. Los reconoció por las fotos que él le había mostrado. Con todo, no dejó de impresionarle la belleza de su madre, que era una versión femenina y adulta de su vástago. También le llamó la atención su mirada fría y su tono condescendiente cuando Dani la presentó como su amiga.

—Amiga, ¿no? Yo me llamo Conchi y él —dijo señalando a su marido— Eduardo.

—Sí, señora, amigos del instituto. Encantada —respondió Sandra.

—¿Y de dónde eres?

—De aquí, de Alcorcón.

—¿De Alcorcón, Alcorcón?

—Sí, por el Parque Ondarreta —contestó Sandra, a sabiendas de que lo que quería saber era su origen.

—Ah, muy bien. ¿Y tus padres...? —insistió la madre, insatisfecha con la respuesta inicial.

—Bueno, mamá, nos vamos, que ella llega tarde —la interrumpió su hijo.

—Ha sido un placer —se despidió Sandra.

—Igualmente —respondió ella.

Ni siquiera escuchó la voz del padre, que no se molestó en abrir la boca ni para decir adiós.

Como en todas las ciudades dormitorio, en Alcorcón había zonas más pudientes que otras. La familia de Dani residía en un vecindario de casas grandes y ajardinadas donde, en verano, se juntaban todos en un polideportivo privado. Buena parte de los que residían ahí compartía cierto orgullo de pertenencia y de superioridad con respecto al resto de habitantes del municipio.

Dani acompañó a Sandra a su casa, pero en el trayecto no volvieron a darse la mano. Tampoco intercambiaron una palabra hasta que llegaron cerca de su portal. Ella, con una seriedad que él desconocía, le preguntó que por qué no había reconocido que eran pareja. El rostro de Daniel se tornó rojo. Abría la boca y no emitía ningún sonido.

—No se lo has dicho no porque fueran a regañarte por tener novia, como me pasaría a mí, sino porque soy negra —concluyó Sandra.

—No es eso —contestó él a la defensiva.

—Sí lo es, no sabías ni qué decir. ¡No me mientas! Admiras mucho a esos negros que escuchas en tu radiocasete, pero luego no eres capaz de contar quién soy, como si fuera algo malo.

—Te prometo que lo haré.

—No tienes por qué hacerlo.

—Te he dicho que lo haré, es solo que hoy... me ha pillado de sopetón.

—Muy bien. ¡Buenas noches!

Sandra subió a casa, saludó a sus padres fugazmente y se encerró en su cuarto. En el escritorio la esperaba su cuaderno abierto con la tarea sin terminar, precisamente por salir con Dani aquella tarde. Era una habitación bastante sobria, casi sin adornos. Solo había un par de cuadros con motivos africanos y un corcho con fotos de sus amigas en las que podían observarse sus cambios físicos, año tras año.

Durmió intranquila y amaneció antes de lo normal. Pensó en contárselo a su hermana, sin embargo, temía hacerlo porque sabía que Sara sería tajante y le aconsejaría cortar de inmediato. Sandra, en cambio, quería darle a Dani la oportunidad de que le pidiera perdón.

Ambas hermanas caminaban una al lado de la otra, y en los quince minutos de trayecto desde su casa hasta el instituto casi no hablaron, por lo que Sara intuyó que pasaba algo. No obstante, prefirió no preguntar. Cuando llegaron a la puerta del centro, se toparon con Dani.

—¡Hola! —les saludó sonriendo.

—¡Hola y adiós, Dani, me voy a clase! —respondió Sara, consciente de que era preferible dejar sola a su hermana, quien no se molestó en responder.

Dani extendió la mano para coger la suya y Sandra se zafó con brusquedad.

—¿Estás enfadada? —acertó a decir él, algo contrariado.

—¿Tú qué crees? —contestó ella.

—¿Y qué te parece si nos saltamos la primera hora de clase y así lo hablamos?

—No, ya sabes cómo somos las empollonas. Prefiero que hablemos durante el recreo —dijo Sandra con retintín.

—Hecho. Te espero en la puerta de tu clase.

—Vale —concluyó lacónica.

De nuevo, Sandra sintió nervios en las horas que precedieron al encuentro, aunque esta vez también tenía algo de miedo a lo que pudiera suceder, a la pérdida. Cuando al fin sonó la campana del recreo, se dirigieron a un muro de piedra que había junto a la pista de baloncesto del patio, donde había menos ruido. Dani apoyó la espalda en la pared; tenía una pierna estirada y la otra flexionada y miraba al frente, evitando a Sandra, quien se puso delante de él. Pese a sus temores, le buscaba. De lo que tenían que hablar no era de amor sino de racismo, y en ese campo se sentía poderosa porque la vida le había dado armas.

—He hablado con mis padres y les he dicho que eres mi novia —comenzó él.

—¿Y qué les ha parecido? —quiso saber Sandra.

—Lo primero que me preguntó mi madre es que si tienes DNI. Temen que estés conmigo por los papeles, por interés. —Al concluir su frase, Dani emitió una risa sorda.

—¿Qué papeles?

—Ya, ya... ya les he dicho que eres tan española como yo.

—Y aunque no lo fuera.

—¡Claro! Pero así están más tranquilos. También les he contado que eres de las que mejores notas saca en el instituto y que tu madre es blanca.

—¿Por qué les has dicho eso?

—Es la verdad, ¿no?

—Sí, pero tú has repetido. ¿Es que tengo que hacer las cosas mejor que tú para merecerte?

—¿A qué te refieres?

—A que no tenías que justificar que estemos juntos ni deshacer los prejuicios que tu madre tiene en la cabeza para que ella se quede tranquila. Y seguro que sigue creyendo que tengo algún interés oculto y que valgo menos que tú. Sin conocerme, automáticamente, te considera mejor no solo porque seas su hijo, sino porque yo soy negra. Y por eso has tenido que darle millones de explicaciones que, a mi modo de ver, deberían ser innecesarias.

—Bueno, no sabía muy bien cómo decírselo, Sandra. Pensé que contándoles que eres una chica de sobresalientes sería más fácil que mis padres te aceptaran. Si supieras lo primero que me dijeron al entrar en casa...

Sandra esperó a que él continuara la frase en silencio, pero clavándole una mirada furiosa y contenida.

—Me dijeron que las parejas mixtas nunca funcionan. Yo les hablé de tus padres, les dije que ellos se llevan muy bien, y mi padre contestó que «eso habría que verlo».

—Dani, haz caso a tus padres y búscate otra novia. No quiero que nadie tenga que aceptarme.

—¿Por qué? Una cosa es lo que digan ellos y otra lo que diga o sienta yo.

—Te lo repito, a mí nadie tiene que aceptarme. He tomado una decisión, respétala. —Sandra se recogió un mechón que se le había soltado y añadió—: Solo una cosa más, las personas negras somos de carne y hueso, no una fantasía ni la banda sonora de tus tardes de botellón con tus amigotes. Tú nunca vas a experimentar lo que yo vivo. Por mucho rap que escuches, jamás serás negro. Por suerte o por desgracia.

Sandra zanjó la conversación dándose la vuelta y, con la barbilla levantada y las manos en los bolsillos, se marchó. No giró la cabeza ni él trató de pararla. Dani no le pidió el perdón que ella necesitaba. En cuanto entró en el servicio se encerró para llorar y poco después aparecieron sus amigas, que la habían estado observando desde lejos mientras conversaba con Dani por si las necesitaba. Ellas siempre estuvieron, aunque no entendieran lo que le pasaba ni supieran ayudarla. Es más, Lidia, en un arranque visceral, le dijo a Sandra: «De haber sabido lo que iba a pasar, no te hubiera enseñado a besar», provocando que la risa se le juntara con las lágrimas. Cuando sonó el timbre que indicaba el final del recreo, se lavó la cara y se fue a clase.

Su primer amor acababa de romperse y era por el mismo motivo de siempre. El racismo no era un insulto puntual ni una pelea de chiquillos, se trataba de una guerra incesante y ella se comportaba, desde niña, como una soldado dispuesta a defenderse y a luchar. Al fin y al cabo, por aquella época ya estaba pertrechada por las conversaciones con Max, por los silencios compartidos con su padre en la biblioteca y por todos los libros que leía, que le estaban enseñando que no debía vivir de rodillas.

Un mes más tarde, Dani estaba con otra chica negra, una más en su lista. Daba igual cómo se llamaba o cómo era por dentro, lo importante era su melanina.

Tú sí, ellos no

Sandra cierra el álbum de fotos con fuerza y se desprenden motas de polvo que brillan con los últimos rayos de sol de la tarde. La constancia de la falta de luz la lleva a mirar nerviosa el reloj: son las cinco y ya es de noche. Tiene que salir de inmediato porque quiere aprovechar para mirar ropa en el centro comercial antes de incorporarse al trabajo. Pese a que hoy solo trabajará unas horas, detesta ese turno debido a que a los clientes les entra la prisa consumista cuando saben que les queda poco tiempo y es cuando más desordenan. Mete el polo del uniforme en una bolsa que, a su vez, coloca dentro de su mochila, se cerciora de que lleva las llaves de casa en el bolsillo del abrigo y se va.

Cuando se sienta en el tren, saca de su neceser un espejito y unos polvos oscuros con los que empieza a maquillarse, cubriendo cada centímetro de su rostro con delectación. Piensa en el privilegio que supone estar en Londres, pues allí dispone de muchos más tonos de maquillaje que en España. Es un sitio que, además de tener diversidad, la reconoce. En varias de las fotos de adolescente que acaba de ver en ese «álbum noventero de los horrores» tiene la cara gris por culpa de un maquillaje que no era del color de su piel. Si la imagen estaba oscura no se notaba tanto, pero si la foto se hacía con flash resultaba más que evidente. En ese momento, Sandra no era consciente, pero las pequeñas carencias eran muchas, por eso desde niña tuvo claro que su rincón en el mundo estaba lejos del país en el que había nacido.

Cuando estaba en cuarto de EGB, el colegio facilitó que pudieran cartearse con niños de una escuela de Amsterdam. Ella escribía a Mark, un holandés rubísimo con el pelo a tazón, un corte que se llevaba mucho en aquella época y que era similar al del monje joven de la película *El nombre de la rosa*. Teniendo en cuenta que no tenían más de diez años, el contenido de sus misivas se limitaba a hablar de su cotidianidad, las comidas típicas, los horarios o la familia. Un buen día, Mark le mandó una foto con sus compañeros de clase. En cuanto la vio, Sandra fue corriendo a «la biblioteca» para enseñársela a su padre.

—Papá, ¡mira! —gritó mientras le ponía la foto tan cerca de la cara que casi no podía verla.

—¿Qué tengo que mirar? —respondió él mientras apartaba su mano con suavidad.

—¿Has visto cuántos negros? Son los compañeros de mi amigo holandés, Mark.

—En mi clase había muchos más —dijo Antonio riéndose.

—Ya, papá, pero tú eres africano. Ellos son holandeses.

—Seguro que algunos son originarios de Surinam, un país de América del Sur que fue colonia holandesa, como Guinea Ecuatorial lo fue de España.

—Muy bien, pues de Surinam y holandeses —contestó Sandra con una sonrisa radiante—. Cuando sea mayor viviré en Holanda.

En realidad, le daba igual qué país fuera con tal de que no fuera el suyo. Incluso en las competiciones deportivas, Sandra apoyaba a los equipos nacionales en los que había más afrodescendientes. De algún modo, sentía que era de los «suyos».

Esa admiración por países más plurales la llevó a matricularse en francés como segunda lengua extranjera cuando empezó el instituto. No sentía un amor concreto por Francia, pero sí hacia su población diversa. Soñaba con que quizá, algún día, iría para allá... Y pasó. Cursaba cuarto de ESO y, pese a las distracciones propias de su edad, era una excelente alumna, cosa que le permitió participar en un programa de intercambio junto a otros alumnos de rendimiento similar. Eso significaba que iría tres semanas al instituto y a la casa de una chica de Lyon, y que luego la estudiante francesa vendría a España y se quedaría en la suya. De esa forma, el único desembolso económico sería el del billete de avión. Para evitar que las familias con menos recursos tuvieran que renunciar, pusieron en marcha un sistema de venta de lotería y Sandra se deshizo de todas sus papeletas enseguida porque casi todos sus vecinos se las compraron.

En las semanas previas, Sandra comenzó una relación epistolar con la que sería su anfitriona, Johanna. La primera carta se la encontró en su habitación al regresar de clase. Antonio la dejó sobre su escritorio. En un impulso pueril, la cogió con las dos manos y se la llevó al pecho conteniendo la respiración. A continuación abrió el sobre con cuidado para no romperlo. Estaba contenta y, al mismo tiempo, nerviosa porque era la primera vez que iba a viajar fuera de España. Antes de leer el contenido, se fijó en el papel, reciclado, amarillento y áspero. Johanna tenía una letra grande y redonda, legible, casi de cuaderno de caligrafía. A Sandra le causó un gran alivio comprobar que su nivel de español no parecía muy superior al que ella tenía de francés. Con ganas y gestos no tendrían problema para entenderse.

En su carta, Johanna le contaba que vivía con su madre en un chalet con piscina, y que iba al instituto en bici porque estaba un poco apartado de su urbanización. Su descripción era superficial pero, tras la alegría inicial, a Sandra le provocó cierta angustia. «Urbanización, piscina y chalet» era una combinación que estaba muy alejada de lo que su familia podía ofrecer:

el sofá cama de «la biblioteca». Sandra nunca había tenido complejo por cómo vivía, pero porque en su entorno no existían diferencias tan notables. Temía que Johanna se sintiera defraudada.

De repente se le hizo un agujero en el tórax enorme; era pena, miedo y desilusión, y le quitó el sueño varias noches. Sandra pensó en decírselo a sus padres, pero no quería lastimarlos, ni que pensaran que ella se avergonzaba de lo que tenían o de quiénes eran. Por ello, perdida, preocupada y nerviosa, prefirió dejar que el tiempo actuara y le trajera algo de paz. Sin embargo, pasó algo muy distinto. Al parecer, varios alumnos que iban a participar en el intercambio experimentaron el mismo temor que Sandra y algunos hablaron con los profesores, quienes decidieron convocar una reunión a la que invitaron también a los progenitores para poder solventar dudas. Sandra se sintió aliviada cuando se enteró, pero todavía se aplacaron más sus miedos y complejos cuando escuchó a don Enrique. Sin dilación, explicó a los asistentes el motivo de la reunión, aunque por alguna razón él también mostraba cierto nerviosismo:

—Varios alumnos han expresado su preocupación por la disparidad existente entre los hogares que visitarán y aquellos en los que residen —comenzó—. Pues bien, quiero que sepan que pueden estar tranquilos. Aquí no se trata de tener la casa más grande sino de cuidar y acoger bien a esos chicos que lo que necesitan es una cama, alimentarse y, algún día, si ustedes no son muy rigurosos, salir de noche. Nada más. Ellos ya saben adónde vienen y el criterio de selección de las familias no estaba relacionado con la renta sino con las calificaciones de los estudiantes.

—Pero ¿seguro que lo saben? —preguntó la madre de Lidia, cuyas notas eran excelentes—. En mi casa, mi hija dormirá en el salón y le cederá su habitación. No tenemos más hueco.

—Lo saben, señora. No se preocupen, de verdad. —Don Enrique se detuvo un momento, inspiró y soltó la frase que había estado ensayando la hora previa a la reunión—. Pero, además, quería poner en conocimiento de todos ustedes que la mayor parte de los padres de estos chicos están separados.

En el salón de usos múltiples del centro se instaló un silencio sepulcral. Pese a que en España la ley del divorcio se había aprobado en 1981, romper el matrimonio todavía sonaba a algo excepcional, sobre todo entre las familias más tradicionales. Algunos de los asistentes se sintieron mejor tras escuchar a don Enrique porque consideraron que, a pesar de los escasos metros cuadrados de sus hogares, quedaban en tablas.

Unas semanas más tarde, llegó el día del viaje. Sandra llevaba una maleta gigante llena de «por si acasos»: por si salía, por si hacía frío, por si hacía calor, por si la familia era muy formal, por si eran todo lo contrario. Por suerte, a lo largo de su vida aprendería a reducir su equipaje y a vivir con imprescindibles. Pero para aquel vuelo en avión, el primero de tantos, se había dejado aconsejar por su madre y cuando llegó al aeropuerto sus compañeros se rieron de ella porque apenas podía arrastrar la maleta. No obstante, Sandra no fue la única en pensar en planes B, C o D, pues Lidia apareció con un monstruo similar y empezaron a bromear sobre quién era más exagerada.

Tras facturar la maleta, con la ayuda de Aurora y Antonio para subirla a la cinta, y rezar para que no hubiera exceso de kilos, se despidió de sus padres como si no fuera a verlos durante años. Antonio llevaba su bolso de mano y se resistía a entregárselo. Parecía querer tenerla con ellos un rato más. Pero erar incapaz de decirle nada bonito o de inflarle a besos como hacían los demás padres. Su madre, seguro que a causa de los nervios, se puso a regañarla.

—Qué mal te has peinado hoy. Anda, que tienes hasta berretes —le dijo mientras trataba de quitárselos con el pulgar que previamente había mojado con su saliva...

Sandra se dejaba hacer muerta de la vergüenza, hasta que

don Enrique dio una voz para avisarles de que tenían que salir ya y pudo zafarse.

—Papá, ¿me das mi bolso?

—Sí, perdona. Buen viaje, hija, pórtate bien —contestó Antonio, serio y conmovido, como si acabara de comprender que su hija mayor había dejado de ser una niña.

—Y si no estás a gusto, llamas —añadió su madre.

—¡Estaré muy bien! —respondió Sandra riéndose y tratando de disimular sus nervios—. ¡Me voy con Lidia!

Con torpeza, se dieron un abrazo en el que cabían los tres y luego Sandra cruzó el control de seguridad con una maraña de emociones nueva: se iba al extranjero.

Pese a las risotadas cuando la vieron aparecer con aquella maleta gigantesca, Sandra se percató de que sus compañeros estaban algo desorientados en el aeropuerto y sintió un ligero orgullo, pues ella se conocía aquel lugar al dedillo. No se acordaba de la primera vez que estuvo en Barajas, pero sí de haber pasado allí largas horas durante los primeros años de su infancia. Cada martes, antes de que su padre dejara el despacho de abogados, un montón de guineanos de la periferia de Madrid se congregaban en el aeropuerto para recibir a los que llegaban en el vuelo procedente de Malabo. Nadie esperaba a ninguna persona en concreto. Solo aguardaban, sin más. Estando en Guinea, muchos años después, Sandra supo que eso era algo bastante habitual: dejar que pasara el tiempo, que los días y las noches se dieran el relevo. El caso era que cuando se abrían las puertas por donde salían los pasajeros, aparecían en tropel rostros negros que se encontraban con paisanos sedientos de información de un país que, por culpa de su situación económica, política y social, estaba cerrado a cal y canto.

Recordaba a su padre acercándose a las personas a las que conocía con las palmas de las manos hacia arriba y con gesto interrogante, para después saludarlos, solemne, a la manera fang, chocando sus sienes con las de su interlocutor. Entonces, el recién llegado abría su bolsa de mano y sacaba alguna carta o le comunicaba en voz baja los mensajes de sus padres o sus hermanos. No era raro que allí mismo abrieran sus maletas, que olían a semanas de humedad, y sacaran piñas, cocos o mangos envueltos con papel de periódico, o incluso cintas de VHS en las que grababan los programas que emitían en la televisión de Camerún, el país vecino. Ese era uno de los regalos más preciados. En su casa, las ponían los sábados por la mañana y bailaban todos en el salón, que tenía un espejo en el que se veían los cuatro, incluyendo a su madre, castellana. Sandra la recordaba metiendo los labios, inflando los carrillos, flexionando las rodillas, levantando los brazos a la altura del ombligo y cerrando los puños, transportándose mientras bailaban a un lugar en el que, salvo su padre, jamás habían estado. Por eso las esperas en el aeropuerto merecían la pena, porque regresaban a casa con mercancía, noticias y melodías. Cuando su padre empezó a hacer negocios en el país y a pasar más tiempo allí, ya no tenía sentido seguir yendo al aeropuerto. Con todo, Sandra conservaba el recuerdo fresco mientras cruzaba la puerta de embarque.

El grupo de estudiantes de intercambio estaba compuesto por doce alumnos y un par de profesores que, como habían facturado al mismo tiempo, estaban sentados juntos en el avión. Sandra subió sujetando del brazo a Elsa porque le daba miedo volar. Casi no se conocían, ya que no iban a la misma clase y solo coincidían en Francés. Cada una tenía su grupo de amigas y ni siquiera se sentaban cerca. No obstante, Sandra entendió que en ese momento Elsa la necesitaba. En una de esas adaptaciones habituales en su vida, de lo que ella era y de lo que sabía que el resto consideraba normal, la ayudó a acomodarse en el asiento del centro y le agarró la mano. Pegada a la ventanilla estaba ya Mónica. También iba a Francés e, imitando a Sandra, sin preguntar, cogió la otra mano de Elsa para darle fuerzas. Ella, como gesto de agradecimiento, susurró «gracias, chicas» y no dijo nada más.

Sandra la observó de reojo antes de despegar: tenía los

nudillos blancos de lo fuerte que apretaba y el sudor provocaba que se le resbalaran las gafas. Mientras la azafata recitaba las medidas de seguridad, Elsa se santiguó de manera compulsiva, encomendándose a Dios para que esa máquina infernal la dejara sana y salva en el aeropuerto de Lyon. Era la típica alumna modelo que sacaba buenas notas, no faltaba a clase, tenía un cuaderno impoluto, siempre hacía los deberes y jamás los prestaba. Es más, cuando se los pedían, solía responder como si fuera una institutriz, regañando a sus pupilos irresponsables por no hacer sus tareas, así que preferían dejarla en paz. Mónica, en cambio, tenía un perfil más parecido al de Sandra. Ninguna era la clásica empollona. A veces hacían pellas, nunca se sentaban en la primera fila y había días que hacían los deberes en los cinco minutos de descanso que había entre asignatura y asignatura. Sandra, además, aunque fuera educada, era algo distante con los profesores. Para ella, su lejanía altiva era como una especie de venganza por tener que desmontar cada inicio de curso la idea que tenían de ella los docentes que no la conocían. «Las personas negras rara vez parten de cero, siempre comienzan en negativo», repitió en su mente.

Tras el despegue, Elsa aflojó la mano y sus nudillos recuperaron el color. Levantó la cabeza despacio, como para evitar marearse. Estaba ojerosa y parecía haber llorado, pero forzó una sonrisa que dedicó a sus compañeras y se desabrochó el cinturón.

—¿Alguna me acompaña al baño? —dijo.

—Pero... ¿te atreves a levantarte? —quiso saber Sandra.

—Tengo que atreverme. Me gustaría viajar por todo el planeta y me temo que para eso me tocará subirme a más de un avión.

—Pues arriba —le respondió sonriendo.

—Voy con vosotras —dijo Mónica.

Elsa se apoyó en el hombro de Sandra y la usó de bastón los primeros pasos. Luego se soltó, anduvo unos metros sin flexionar las rodillas, rígida y dubitativa, hasta que se sintió segura y entró en el aseo.

Mónica y Sandra comenzaron a hablar mientras la esperaban fuera. Su compañera le contó que no era la primera vez que volaba porque había estado con sus padres en Euro Disney poco después de que lo inauguraran. Vivía en el barrio de Daniel, de modo que Sandra dedujo que sus padres tenían dinero. Sin embargo, ella carecía de la arrogancia que caracterizaba a algunos de sus vecinos. Parecía una chica sencilla, que iba en chándal casi siempre y a la que le gustaba jugar al fútbol en el recreo. Al igual que a Sandra, el avión no le daba ningún miedo, pero su nivel de francés o la relación que pudiera tener con su anfitriona, sí.

Estaban imaginándose posibles situaciones absurdas que podrían pasarles en Francia cuando Elsa salió del aseo. Parecía otra persona. Se había lavado la cara y volvía a ser ella.

—Veréis, chicas, yo no soy como vosotras. A mí me toca esforzarme para sacar buenas notas y... hasta para subirme a un avión.

—Yo también me esfuerzo, no te creas —replicó Sandra.

—¡Mentirosa! —dijo Elsa, y le salpicó con las manos aún húmedas tras habérselas lavado en el baño.

De vuelta a sus asientos, Mónica y Elsa se quedaron dormidas. Sandra no logró conciliar el sueño y le estuvo dando vueltas a las palabras de Elsa hasta que aterrizaron. Era cierto que había pocas cosas que la amilanaran, pero eso no significaba que la vida hubiera sido fácil para ella; al contrario, tuvo que barrer el miedo utilizando como escoba la rabia.

El aeropuerto de Lyon se llama Saint-Exupéry. Sandra admiraba al escritor galo por su obra *Tierra de hombres* y porque había viajado mucho. Su maleta salió de las primeras en la cinta transportadora y solo entonces, a escasos minutos de conocer a Johanna y a su madre, se le aceleró el corazón. Le hubiera gustado pedirle ayuda a Elsa, Lidia o Mónica, contarles que estaba nerviosa y asustada, sin embargo, su orgullo se lo impidió. Esperó a que el resto de sus compañeros recogieran su equipaje y se dirigieron juntos a la salida.

Llegaron a la puerta automática que debía abrirse delante de ellos, cosa que le recordó a los concursos de la tele, tan de moda en los noventa, en donde los participantes las cruzaban de paisano y volvían a aparecer caracterizados para imitar a los cantantes que admiraban. También había algo de teatro en todo lo que estaban viviendo, en aquella escenografía aérea que implicaba conocer cada paso que se daba. Para ella, acostumbrada a conciliar dos mundos, en realidad siempre lo había. Fuera de casa, España, y dentro, una Guinea inventada, mezclada y extraña.

Enseguida reconoció a Johanna. Era de las pocas chicas de pelo oscuro que les estaba esperando. Su cabello contrastaba poderosamente con una piel blanca que parecía refulgir. Tenía los ojos de color verde intenso y muy grandes, acordes a sus labios y su nariz. No era mucho más alta que Sandra pero, aunque solo tenía un año más, parecía mayor por cómo iba vestida y maquillada. Johanna la esperaba con un cartelito de bienvenida junto a su madre, Jacqueline, una mujer con el pelo teñido de rojo que no se parecía en nada a su hija. Antes de acercarse a su «nueva familia temporal», se despidió de sus amigas con un «suerte». De repente, Elsa se mostraba altanera, caminaba con seguridad, como si no hubiera pasado nada durante el vuelo. De haber tenido más tiempo, Sandra le habría preguntado qué había sucedido para que se produjera ese cambio, pero Elsa ya estaba junto a su familia de acogida. Sandra lo interpretó como que a su compañera no le gustaba mostrar su debilidad y no le dio importancia. No obstante, años más tarde, el tema salió en una cena. Elsa les contó que sentía tanta vergüenza por lo que había pasado en el avión que con su actitud arrogante quiso convencer a todos los que la vieron de que nada de lo anterior había sucedido.

Sandra se acercó arrastrando la maleta hasta Johanna y Jacqueline sin dejar de sonreír, pues pensaba que no existía mejor carta de presentación. Tanto la madre como la hija le respondieron de la misma forma. Le dio dos besos a Jacqueline y esta lanzó el tercero al aire.

—*Pardon, ici vous donnez trois* —dijo con un acento que, de no ser por la falta de confianza, le hubiera hecho reírse a carcajadas de sí misma.

—*Oui, on est ici, pour apprendre les unes des outres.*

—*C'est vrai* —contestó Sandra, feliz al comprobar que se entendían.

Después le dio tres besos a Johanna, que decidió llevar su maleta, sirviéndose de las dos manos, hasta el coche.

Si su primer choque cultural fuera de España tuvo que ver con una muestra de afecto, el segundo llegó cuando vio que sería Johanna quien conduciría el coche. Jacqueline le explicó que en Francia los jóvenes podían conducir a partir de los dieciséis años siempre y cuando les acompañase un mayor de edad con carnet.

La familia de Johanna vivía a las afueras de Lyon y tardaron unos cuarenta minutos en llegar a la urbanización, pero aquello no se parecía en nada a la periferia del sur de Madrid. Todo estaba limpio, y había una garita de seguridad en la entrada desde la que un señor negro alzó la barrera mientras levantaba la cabeza a modo de saludo. Una vez la cruzaron, se abrió ante ellas una hilera de chalets independientes y distintos entre sí, con parcelas grandes y con piscina. La joven madrileña se sentía en el paraíso al observar que todo a su alrededor estaba verde y floreado. En la frondosa La Tour-de-Salvagny la primavera no se manifestaba sino que explotaba; nada que ver con su Meseta Central, rubia, seca e infinita.

Sandra se quedó boquiabierta cuando Johanna le indicó que ellas dos ocuparían la planta baja de la casa y que tenían una entrada independiente. En las próximas semanas dormiría en el sofá cama de un salón gigante con televisión y mesa de ping-pong. Nunca había visto una dentro de un salón. Johanna le pidió que dejara la maleta y que la acompañara. Caminaron por un largo pasillo hasta su habitación, que tenía baño propio. A Sandra le sorprendió el desorden. Aquello era un auténtico desastre, tanto es así que lo primero que pensó fue que alguien había entrado a robar. La ropa estaba desperdigada por la cama y por el suelo, donde también podían verse esmaltes de uñas e incluso salvaslips. Sandra, a quien Aurora regañaba por desordenada, se rio entre dientes pensando qué hubiera sido de su madre de haber tenido una hija como Johanna. No obstante, lo que más le chocó fue que Johanna no pensara que debía recoger para la ocasión, y lo cierto es que esa falta de pudor le gustó. En España, en general la gente solo invitaba a otras personas a su casa después de limpiarla a conciencia; que su anfitriona francesa no lo hubiera hecho le transmitió una especie de confianza.

La primera noche cenaron en la planta de arriba todas juntas, a las seis de la tarde. Hablaron del clima de España, un tema recurrente. Antes del divorcio, la familia de Johanna al completo había estado en numerosas ocasiones en Torre del Mar, Málaga, y adoraba Andalucía. Jacqueline comentaba que su sueño sería instalarse allí cuando se jubilara para poder comer espetos a diario y pasear junto al mar de enero a diciembre sin pelarse de frío. Sandra se reía más que hablaba. Por una parte, porque no siempre entendía todo y se limitaba a imitar lo que hacían ellas; por otra, porque cuando intentaba decir una frase más larga o trasladar un pensamiento de mayor complejidad se daba cuenta de que le faltaba el léxico necesario para expresarse tal y como lo haría en castellano. Eso le frustraba muchísimo, así que prefería seguir comiendo y sonriendo.

La mesa estaba llena de productos que le eran totalmente desconocidos y ella, que tenía buen saque, se moría por probarlos todos. Sandra no recordaba ningún alimento que no le gustara, y lo relacionaba con el hecho de haber tenido que ir al comedor desde muy niña, puesto que su padre y su madre trabajaban fuera de casa. Eso había provocado que ni Sara ni ella tuvieran reparos en comer lo que fuera y con gusto. En Lyon, además, la decoración era de cuento: un mantel a juego con las servilletas y las cortinas y velas pequeñas haciendo un dibujo en zigzag sobre la mesa. Nunca había visto nada así en su casa. Delante de ella tenía un pastel de patatas con nata, o eso le pareció entender cuando Jacqueline se lo explicó; una cesta con pan blanco, negro y con semillas; ensaladas a las que habían puesto fruta de los árboles del jardín y, de postre, infinitas variedades de queso. Pese a lo hermoso, sorprendente y apetecible que le parecía todo, Sandra decidió reservarse para cenar más tarde y no ofender a sus anfitriones. Aunque antes habían dicho que ya habían preparado *le dîner*, «cena» en francés, Sandra pensó que, por la hora, debía de tratarse de una merienda copiosa. Pero llegó la hora de la cena y no vino nada más, así que se pasó toda la noche con las tripas rugiendo de hambre.

Al día siguiente desayunó con Johanna. Devoraba las tostadas y le contó, con su francés de parvulario, lo que le había pasado la noche anterior. Las dos se rieron en voz alta hasta que Johanna paró en seco, abrió mucho los ojos y la previno:

—Sandra, ten en cuenta que aquí desayunamos fuerte y la comida es más ligera, y al mediodía.

—En España también se come al mediodía.

—No, al mediodía; me refiero a las doce, no a las tres. Sé que coméis muy tarde por nuestros veranos en Andalucía.

—Un segundo... —la interrumpió Sandra—. ¿Me estás diciendo que coméis a las doce?

La pregunta sonó con un asombro tan sincero que ambas comenzaron a reírse de nuevo. Los primeros compases de la relación entre las dos jóvenes parecían sonar de maravilla.

—Chicas, *allez, allez, c'est tard!* —Jacqueline asomó la cabeza por la cocina y les hizo señas para que se dieran prisa.

Johanna le dio un casco a Sandra, que nada más verlo se temió que no le entrara con su pelo abultado, y se fueron al instituto en bicicleta. Por el camino, Johanna le contó cómo era su instituto, quién le caía bien en clase y a quién no soportaba. «Para que estés prevenida», añadió en español con las erres francesas.

El centro parecía una antigua abadía, no tenía nada que ver con el instituto de Alcorcón. Todo el mundo iba muy arreglado menos Sandra y el resto de españoles, cuyo atuendo era bastante más informal. Allí las chicas llevaban tacones y se maquillaban igual que cuando Sandra lo hacía a escondidas, en el ascensor, para salir de fiesta por la noche. Los llevaron a todos a una sala grande y los fueron dividiendo según su edad y las asignaturas que cursaban en España. Había muchas más aulas que en su instituto y también turno de noche para quienes ya trabajaban. A Sandra le tocó la letra «F», a Johanna la «B», así que no iba con ella, pero sí coincidió con un par de compañeros de Madrid a los que colocaron lejos para favorecer que se relacionaran con los alumnos franceses.

Al lado de Sandra se sentó una chica con hiyab que la saludó amigablemente y detrás un joven con rasgos asiáticos. Cuando levantó la vista y miró a su alrededor, se dio cuenta de la mezcla de orígenes que había en aquel lugar. Se preguntó de dónde serían y enseguida se reprendió. A ella le indignaba que las personas a las que acababa de conocer se interesaran siempre por saber su nacionalidad o la de sus familiares antes que cualquier otro aspecto de su ser. Sin embargo, ahora era ella la que se estaba comportando de ese modo. Con todo, la sorpresa mayor para Sandra llegó cuando apareció el profesor de Biología. Era un señor mayor negro, enfundado en un traje elegante, que inundó la sala con un intenso perfume. Sandra se sintió turbada, no por la fragancia sino porque nunca había tenido un profesor que no fuera blanco y le costó disimular su júbilo. La clase fue correcta, sin nada reseñable, pero Sandra jamás olvidaría a aquel hombre: Marra Ngom.

Sandra sale del vagón corriendo y, por los pelos, coge el autobús que la dejará justo delante del centro comercial. Es la única que saluda al conductor, un hombre negro con rastas hasta la cintura. Nadie repara en algo así, pero a ella le sigue llamando la atención ver a personas negras en Europa, ya sea en las vallas publicitarias, trabajando de policías, atendiendo en el banco o simplemente caminando por la calle. En las charlas que tenía con Martha, cuando estaban en Madrid, hablaban de que las mujeres blancas se quejan del techo de cristal y de que las mujeres negras, directamente, caminan encorvadas porque su supuesta cima laboral les llega a la altura de la nariz. Y no se equivocaban, piensa ahora; rara vez las jóvenes negras cuentan con modelos a las que imitar porque, aunque existen, apenas tienen visibilidad. Y antes, chicas como Sandra, Martha, Sara o Sonrisa ni siquiera tenían licencia para soñar.

Sandra se acomoda en una esquina del piso de arriba. En la parada siguiente se sienta a su lado un hombre trajeado, de los que trabajan en la City, y cuyo perfume le devuelve de inmediato a la temporada que pasó en Lyon. Huele como aquel profesor de Biología y también es negro.

Los primeros días en Francia le resultaron muy duros. Por las noches, incluso soñaba con las lecciones que recibía durante la jornada y de las cuales solo entendía la mitad. Hasta que al fin notó que el oído se le había hecho al idioma. Cuando llegó el primer fin de semana, Sandra estaba exhausta por el esfuerzo mental que le suponía hablar en otra lengua, sin embargo, no quiso rechazar la invitación de Johanna de ir de fiesta con sus amigos.

Para sorpresa de Sandra, fueron a una discoteca de música africana. La madrileña jamás había ido a una; sabía que existían, pero las asociaba a gente de la edad de sus padres. Y allí había casi el mismo porcentaje de personas negras que de árabes o blancas. Sandra se dejó llevar y bailó igual que lo hacía los sábados en casa desde que tenía cinco o seis años, cuando danzaba delante del espejo al ritmo de la música que sonaba en el viejo radiocasete de su padre: sin pudor, poniendo caras, soltando todas las partes de su cuerpo y libre. A su alrededor, todo el mundo tenía la misma actitud. En alguna ocasión había bailado así en los bares de «pachanga» de España y siempre había desconocidos que le hacían un corro o le decían que cómo se notaba que llevaba el ritmo africano en la sangre. Sin embargo, Sandra detestaba cualquier «elogio» que fuese una manera más de encasillarla. Lo odiaba tanto que optó por mover solo la cabeza y no menearse demasiado cuando salía con sus amigas de fiesta.

Pero en Lyon se sentía a gusto siendo ella misma. Cuando llevaban un buen rato bailando aparecieron dos chicos, uno muy alto y el otro más normal y de complexión fuerte. Johanna se los presentó como Karim y Nour-Eddine, su novio y el mejor amigo de este. Karim era muy blanco y tenía los ojos claros, que contrastaban con un pelo moreno que le dibujaba una uve en la frente. A Sandra le recordaba a Drácula. Curiosamente, Karim se daba un aire a Johanna, lo cual confirmaba la absurda teoría de su hermana Sara sobre que las parejas se atraen cuando se parecen entre sí. Nour-Eddine también tenía el cabello moreno pero rapado en los laterales, con unos rizos engominados en el centro y una mirada oscura preciosa, profunda y circundada por unas pestañas espesísimas. A ojos de Sandra, ambos eran muy guapos. Por sus nombres, la española dedujo que debían de ser de origen norteafricano, sin embargo tenían un acento lionés igual que el de Johanna.

Aunque siguieron bailando y divirtiéndose, a Sandra le había desconcertado que Johanna no le dijera que saldrían de fiesta con su pareja; es más, su nueva amiga ni siquiera le mencionó que tenía novio. No obstante, estaba a gusto. Ambos fueron muy atentos, trataban de incluirla en las conversaciones que, por culpa de la música, eran a gritos. Entre eso y la dificultad idiomática, Sandra no se enteraba de nada y pedía perdón cada dos por tres azorada por su bajo nivel de francés.

—¿Que tú tienes bajo nivel? ¡De eso nada! Tendrías que ver a mi madre. Lleva veinte años en Francia y aún tengo que acompañarla a hacer recados porque no es autónoma.

—¿De dónde es ella? —quiso saber Sandra, ahora que sí tenía sentido preguntar.

—De Argelia, y mi padre también. Somos cinco hermanos; los dos pequeños nacimos aquí y los tres mayores allí, en la Cabilia, una región del norte en la que la mayoría de la gente tiene la piel y los ojos claros, como yo. Muchos pasan por franceses. ¿Y tú?

—Mi padre es de Guinea Ecuatorial, el único país de África en el que se habla español, y mi madre es española. Yo nací en Madrid. —Dijo que «nació» y no que «era» de allí porque el verbo «ser» depende también de un sentimiento que Sandra solo profesaba a ratos.

Al acercarse la medianoche, obedecieron las consignas de Jacqueline y abandonaron el local para estar en casa a las doce y media. Karim las llevó en su coche, tenía dos años más que Johanna y podía conducir sin supervisión. Cuando llegaron a casa de Johanna entraron por la planta baja con cuidado de no despertar a Jacqueline. Estuvieron viendo vídeos de Tupac y de varios grupos de rap americanos. Sandra se quedó dormida al cabo de una hora, así que no se enteró de cuándo se fueron los chicos.

A la mañana siguiente se levantó antes que Johanna y subió sola a desayunar. Jacqueline estaba en la cocina y se interesó por su velada nocturna.

—¡Lo pasamos muy bien! Fuimos a una discoteca increíble. Yo conocía muchas de las canciones que ponían porque las había escuchado en casa.

—¿Te gusta bailar?

—Sí, me encanta.

—¡Cómo se nota que eres española! —dijo riéndose.

Sandra no supo qué contestar. No estaba acostumbrada a que la llamaran «española», y menos aún a representar los estereotipos que se asocian a la supuesta españolidad. Es más, si conocía los temas que habían sonado la noche anterior era porque su padre era de Guinea, no porque ella hubiera nacido en Madrid.

—¿Estuvo con vosotras ese argelino? —continuó Jacqueline, rompiendo abruptamente el silencio que se había instalado entre ellas.

—¿Quién? ¿Karim? ¡Pero si ha nacido en Lyon!

—Ya, bueno... Sí, ese —respondió seria—. Pero es musulmán.

—Estuvo un rato. Vino con un amigo, pero se fueron pronto. —Sandra intuyó que quizá estaba hablando de más, pero ya era imposible disimular que no le conocía.

—Ese chico no me gusta nada. Yo no soy racista —intentó aclarar Jacqueline—, no tengo nada en contra de las personas negras. De hecho, mírate, estás aquí y yo encantada. Eres una niña muy educada. Pero los musulmanes son otra cosa. ¿Sabías que su madre va cubierta de arriba abajo? Solo se le ven los ojos y nunca la dejan ir sola a ningún lado.

—Bueno, no sé, creo que es porque no habla bien francés. La verdad es que a mí me pareció muy simpático.

—A mí también, al principio. Pero luego supe más sobre su familia y dejó de hacerme gracia. No quiero que mi hija acabe tapada, yo la estoy educando para que sea una mujer libre.

En ese momento Sandra se dio de bruces con una discriminación que desconocía: la islamofobia. Karim tenía la piel más blanca que muchas de sus amigas españolas, y por la calle seguro que nadie dudaba de que fuera francés, a diferencia de lo que le ocurría a Sandra, cuyo color la hacía «evidentemente foránea» en España. No obstante, si Karim iba con su madre o escuchaban su nombre también lo prejuzgaban.

Sandra decidió que lo más inteligente era no seguir esa conversación. Por un lado se sentía cobarde por no hablar claro con Jacqueline. Sin embargo, pensó que nada de lo que dijera cambiaría la mentalidad de aquella mujer francesa de mediana edad. Así que empezó a hablarle de sus primeros días de clase y de las anécdotas de viajera primeriza, y se rieron tanto que a Sandra se le olvidaron sus preocupaciones.

Cuando Johanna amaneció, se unió a ellas y le anunció a Sandra que irían al centro de la ciudad para hacer turismo.

—Desayuna fuerte porque hoy pasaremos el día fuera visitando lugares bonitos —le advirtió Johanna.

—¿Cómo de fuerte?

—Muy fuerte, porque hasta la cena no volverás a sentarte. Para comer compraremos algún sándwich por el centro y ya está.

—Entendido —respondió mientras rellenaba de nuevo su tazón con cereales y todas se reían.

Pasearon por la colina de Fourvière, visitaron la basílica, los restos arqueológicos, recorrieron sus calles y se pararon a contemplar Lyon desde arriba. Sandra vio parte de esa Europa hermosa, majestuosa, ordenada, pluscuamperfecta y algo aburrida que reconoció en casi todos sus viajes posteriores por el continente. Cuanto más al norte, más orden, más limpio y menos improvisación. La sobrecogió la belleza que observó, se sintió pequeña en espacio y tiempo, y quiso hacer mil fotos para mostrárselas a su familia y también a Elsa, Mónica y Lidia, a quienes solo veía en el recreo. No pararon de andar, ya que la ciudad estaba sembrada de tesoros que Johanna le iba explicando, como si fuera una guía turística. A Sandra le dio por pensar en la cantidad de cosas que tendría que aprenderse de memoria sobre los lugares que le enseñaría a Johanna cuando le tocara el turno de viajar a Madrid. Tenía trabajo por delante... Estaba inmersa en esas reflexiones, de camino hacia el punto en el que habían quedado con Jacqueline para que las llevara a casa, cuando unos chicos les gritaron algo desde un coche que Sandra no entendió.

—¿Qué han dicho? —preguntó a Johanna.

—¿Ves? —le contestó resoplando—. Por eso a mi madre no le gusta Karim. Cree que todos los argelinos son iguales.

—Pero ¿qué nos han llamado?

—Guapas.

—¿Y cómo sabes que son argelinos? ¿No podrían ser de aquí?

—Bueno, suelen hacerlo chicos argelinos o marroquíes.

—Entonces dile a tu madre que no se vaya a vivir a Málaga porque allí le pasará lo mismo. Y en toda España. De hecho, si hablamos de su forma de ser, yo creo que Karim y Nour-Eddine se parecen más a la mayoría de los españoles que a los franceses que he conocido en el instituto. Y en cuanto a lo de piropear a las chicas desde el coche, me temo que no es exclusivo de un país ni de una cultura.

—Quizá deberías decírselo tú...

—Pero si no sé hablar bien francés, ¿qué le voy a decir? —contestó Sandra, haciendo que lloraba y provocando que Johanna se echara a reír.

Realmente, durante su estancia en Lyon, Sandra se sintió apreciada por esa familia de dos. Sin embargo, en más de una ocasión se percató de que la madre se congratulaba por tener a una persona negra en su casa. Aquello le producía cierto resquemor a Sandra, ¿acaso su familia no iba a acoger a una chica blanca? La madrileña no consideraba que fuera algo heroico ni digno de alabanza. Seguramente fue eso lo que hizo que se sintiera más cercana a Karim y a Nour-Eddine, a quienes, como Jacqueline no los aceptaba, veía menos de lo que le hubiera gustado.

Una tarde fueron con los chicos a un bar a ver un partido amistoso de la Selección francesa. Los dos llevaban la camiseta del equipo nacional, en el que había jugadores negros, blancos, árabes e imazighen. Cuando sonó el himno galo, se levantaron y lo cantaron junto al resto de las almas que había en el local. Sandra se quedó boquiabierta y llegó a sentir envidia, porque ella jamás había experimentado ese amor exacerbado hacia su patria o a los símbolos que la representaban. Tampoco odio. Le faltaba pasión. De pequeña no la dejaron formar parte de aquello y después fue ella la que no quiso ni pudo. Para ser, era necesario existir, y ni ella ni las personas no blancas existían en el imaginario español excluyente, que se retrataba y se retrata a sí mismo solo de una manera: siendo blanco.

Con todo, Sandra le dio a su sentimiento patriótico deportivo alguna oportunidad. Años más tarde, la joven fue al estadio Santiago Bernabéu a ver un partido en el que se enfrentaban la selección de España y la de Israel. Fuera había cabezas rapadas, con sus cazadoras bomber verde militar, en las que sus madres habían cosido parches con esvásticas, cruces celtas o el «88», una forma de esconder «Heil Hitler» (el 8 es la octava letra del abecedario, la hache, así que dos ochos juntos serían «HH»). Acompañaban su indumentaria con las botas de punta de acero que todavía le provocan pesadillas a Sandra. Había mil leyendas en torno a ellas y al uso violento y criminal que les daban. Circulaba una atroz, según la cual los bárbaros ponían la boca de sus víctimas sobre un bordillo y después les aplastaban el cráneo.

Fue allí con su amiga Lidia. Se habían pintado las mejillas la una a la otra de rojo, amarillo y rojo y estaban pletóricas. En ningún momento imaginaron que se encontrarían algo así, por lo que caminaban despreocupadas, mirando los puestos de bufandas y camisetas y buscando alguno en el que comprar comida antes de entrar. De repente, se dieron cuenta de que tenían delante a decenas de jóvenes y no tan jóvenes dispuestos en filas y columnas, como si se tratara de una formación marcial. Se dejaban la garganta gritando «Hitler» para provocar a una hinchada judía que no se molestó en responder, puesto que eran minoría y debían de estar muertos de miedo, como ellas. Los cabezas rapadas levantaban el brazo derecho y extendían la mano sintiendo que tocaban el cielo. Eran poderosos y estaban unidos, armados y drogados, a juzgar por su euforia y sus ojos perdidos.

Todo eso sucedía a los pies de la Castellana, una de las grandes arterias de Madrid, con la policía al lado. Algunos de sus agentes incluso iban montados a caballo. No todo el mundo se acuerda ya de aquello, ni los medios de comunicación ni el común de los mortales a los que no les dolía, indignaba o afectaba. Hay quien afirma que eran cuatro gatos y, probablemente, no fueran tantos, pero para Sandra eran un ejército y los que eran como ella estaban en el bando contrario.

En aquel momento, a Lidia no se le ocurrió otra cosa más que decirle que se pusiera la capucha del abrigo para que nadie se diera cuenta de que era negra y tenía el pelo rizado. Y a Sandra le pareció una buena idea, y hasta se metió las manos en los bolsillos para ocultar su piel, y corrió así, incómoda y con el corazón en la boca. Cuando llegaron a la puerta de acceso a las gradas se quitó la capucha y solo entonces se dio cuenta de que estaba llorando. No supo por qué había entrado al campo, pero lo había hecho. En ese momento seguía a la masa.

A medida que el partido iba avanzando, Sandra fue relajándose y trató de meterse en el juego, cosa harto difícil porque al fondo estaba viendo sus pancartas racistas y podía escuchar las consignas que ladraban al equipo rival. Deseaba fervientemente que España ganara, pero no solo por haber nacido ahí, sino por temor a las reacciones que pudiera tener su derrota.

Entonces «la Roja» metió un gol y, a pesar de lo que había vivido a la entrada del estadio, se puso de pie y aplaudió como hacían los chicos que estaban a su alrededor. Uno de ellos le agitó una bandera en la cara mientras le decía «gol de España, no de África» y ella ni se inmutó. Estaba cansada de tener miedo y asqueada. Sabía que no todo el mundo era así, como su propia madre o su amiga, que la miraba preocupada, pero los que le escupían su odio le hacían mucho más daño que el afecto de la mayoría.

Ahora, al recordar aquel episodio en el Bernabéu, la anécdota de aquellos franceses de origen argelino, rechazados, prejuzgados y cuestionados, bramando «*bleu, blanc, rouge*», los colores de la que sí consideraban su bandera, sabe que se ha hecho fuerte y se ha recolocado. Probablemente es lo que más recuerda de su paso por Lyon, piensa al tiempo que desciende del autobús, con una bolsa en la mano, camino a su trabajo.

Nos vamos al pueblo

Un mes después de su estancia en la ciudad francesa, Johanna visitó Madrid. Los preparativos en casa de Sandra se convirtieron en una prioridad, lo que no dejaba de ser curioso porque estaban acostumbrados a recibir gente, pero nunca a nadie que no fueran allegados guineanos. Pese a que Sandra se cansó de decir que cuando ella estuvo en Lyon nadie hizo nada especial ni, desde luego, llamaron a una brigada de limpieza, sus padres no la escucharon. Toda la familia se puso a organizar el hogar como si alguien de la realeza fuera a visitarles.

El día que llegó su amiga francesa, los cuatro fueron al aeropuerto a buscarla para agradecerle lo bien que habían tratado a Sandra. El encuentro fue muy diferente al primero, pues ya no tenían nervios, se conocían y estaban desando verse para ponerse al día. Así que tras las presentaciones pertinentes y el abrazo sentido de bienvenida que dieron a Johanna, las dos amigas se pusieron a hablar de camino al aparcamiento en un francoespañol chapurreado. Antonio y Aurora, aunque no se enteraban de nada, no dejaban de sonreír orgullosos de su hija políglota. En cambio, Sara, que sí entendía algo, refunfuñaba porque no le hacían partícipe de sus confidencias. Johanna le reveló a Sandra las últimas novedades, fundamentalmente romances entre alumnos de allí y de aquí que se vieron interrumpidos y que ahora tendrían que afianzarse o dejarse morir.

Ya en el coche, en voz baja, Johanna le contó que Nour-Eddine le había dicho que la echaba de menos. El desconcierto provocó que se le encendieran las mejillas. A Sandra le pareció que era muy educado, divertido y hablador, pero nunca hubiera imaginado que tuviera interés en ella. Aún no estaba acostumbrada al cambio de cómo la veían en su infancia y primeros años de juventud, cuando la consideraban fea por distinta, y el éxito relativo que tuvo después. Relativo porque en muchos casos hubo más de fetiche que de interés real, se quedaban con el envoltorio y no con la persona, como le pasaría más adelante con Dani, su exnovio.

Con Nour-Eddine, que por su piel oscura también fue extranjerizado, le había gustado compartir experiencias vitales y culturales, como el hecho de pertenecer a dos mundos y no encajar del todo en ninguno, la idea de familia extendida y de deber ante ella, o el deseo de volver a la tierra de sus padres, porque nunca entendieron que el regreso fuera una ida. Tanto él como Sandra sabían que eran hijos del camino y de la casualidad, y que podrían haber nacido a mil kilómetros o a la mitad. El azar quiso que se encontraran en algún punto de ese trecho, pero Sandra sabía que no era posible ir más allá de un mero intercambio epistolar. Como tarde o temprano Nour-Eddine desaparecería sin previo aviso, cercenando su conexión, ella prefirió quedarse con el sentimiento que había calentado sus mejillas y nada más.

Johanna se adaptó bien al instituto. Los profesores explicaban la materia con calma para que los estudiantes de intercambio no se quedaran atrás, y organizaron salidas con el fin de que toda la responsabilidad de la visita turística no recayera sobre los alumnos. El primer día fueron al Museo del Prado y se centraron en las obras de artistas que eran cronistas a la vez, de modo que pudieron repasar la historia y, al mismo tiempo, admirar los juegos de luces y sombras que los maestros lograban con su pincel. Tras recorrer varias salas y admirar los cuadros de algunos de los mejores pintores de Europa, tenían los pies doloridos, así que, agotados, se fueron al parque del Retiro a comer, sentados sobre el césped, mirando al lago y charlando.

El viernes de la primera semana, aprovechando que había puente y que ni el lunes ni el martes tenían clase, fueron al pueblo de Aurora. Descubrir el entorno rural era una manera excelente de mostrarle esa otra España a su amiga francesa.

La madre de Sandra había nacido en Puerto de Béjar, un pueblo de Salamanca que, como su nombre indica, estaba en lo alto de una montaña. De inviernos rigurosos, en primavera y verano las temperaturas eran amables durante el día y refrescaba cuando caía el sol. Su población habitual se multiplicaba exponencialmente en las vacaciones y los festivos, así que Johanna lo conoció en su máximo esplendor, con gente que llevaba meses sin verse porque vivía fuera y que quería celebrar su reencuentro.

Se quedaron en la vivienda de José, el padre de Aurora, donde no había problema de espacio. Residía solo en una casona de muros gruesos de la que Johanna se enamoró. Estaba acostumbrada a su chalet y en un piso se sentía enjaulada, así que absolutamente todo lo que vio le pareció genial.

Después de los saludos protocolarios, salieron a la calle y Sara se fue a la plaza, y Sandra y Johanna, por su parte, se dirigieron directamente a la plaza de la Olivilla. Era uno de los puntos de encuentro habituales con sus amigos. En los pueblos la gente no queda; sale y se acaba topando con las personas que conoce. Cuando las vieron aparecer a lo lejos, se levantaron para saludar: ellas simpáticas y ellos... desconocidos, galantes, raros. Las nuevas siempre triunfaban y en esa ocasión no fue diferente. Se turnaban para ver quién le resultaba más ingenioso, simpático o guapo, y Johanna, que todavía se estaba haciendo con el castellano, respondía con amabilidad como podía.

Cuando llegó la hora de la comida, las dos tomaron el camino de piedras que conducía a la casa del abuelo José:

—¿Te has dado cuenta de que les has gustado a todos? —dijo Sandra.

—¡No! —contestó Johanna mordiéndose los carrillos para controlar la sonrisa que se le escapaba.

—¡Sí te has dado cuenta, mentirosa! —le dijo pellizcándole el brazo.

—Bueno, sí, un poco —respondió con una risilla nerviosa.

—Y a ti, ¿te gusta alguien?

—¿Y a ti?

—¡Pero qué respuesta es esa! A mí no, son como mis hermanos. Además, yo tampoco les he gustado nunca. La mayoría de los que estaban en la Olivilla han estado entre ellos, pero conmigo no ha querido salir nadie.

—¡No me lo puedo creer!

—Pues ya ves, pero… no me has respondido.

—A mí me gusta Karim, aunque a mi madre no le haga ni pizca de gracia. Seguramente preferiría a algún chico de aquí. Ya sabes los amores que siente por España…

Después de la siesta, costumbre que Johanna aceptó con placer, se fueron a visitar Béjar, la ciudad más grande que hay en las inmediaciones. Vieron varias iglesias, la imponente muralla y pasearon por la calle Mayor, mirando al cielo para no perderse los balcones ni tampoco los carteles de los comercios centenarios. Su amiga no paraba de lanzar exclamaciones al viento. Aquel lugar no tenía la majestuosidad de Lyon, pero su encanto sobrio era indiscutible. Entraron en una pastelería y compraron un hornazo, un bollo típico relleno de embutido, para que Johanna se lo llevara a Francia.

Regresaron a casa cuando las farolas empezaron a encenderse. En Puerto no lo hacían todas al mismo tiempo, sino que parecían contagiarse: primero una, a continuación otra, luego la siguiente y así hasta que alumbraban todas, en un arpegio al que no le hacía falta música. Tras la cena, en la que Johanna explicó a todos sus impresiones sobre Béjar, salieron de nuevo.

Se juntaron con la gente del pueblo en las escuelas, lugar escogido por estar algo alejado. Sobre los escalones de piedra del patio, que hacían las veces de gradas, había vasos de plástico, un refresco de cola de marca blanca y whisky barato. Las economías juveniles no suelen gozar de buena salud. La noche era fría, como casi todas, y había quien bebía solo para entrar en calor y otros porque se creían mayores. En realidad, cualquier excusa era buena para empinar el codo. Se bebía por aburrimiento, por entretenimiento, por frío y por calor.

Tras unas horas llegaron los juegos que tocan a esa edad en la que ya se ha dejado de jugar: el de la botella, el «yo nunca», «beso, verdad o atrevimiento». En realidad eran estratagemas para dar besos con lengua, y el objeto de atención y deseo de aquella noche era Johanna, que esquivaba las preguntas y las pruebas con pericia, incluso las más incómodas.

—¿Es verdad que las francesas sois fáciles?

—No lo sé. Francia tiene millones de habitantes —contestó muy digna.

A Sandra le avergonzó tanto esa pregunta que quiso regañar al que la había formulado. Una vez más, tropezó con esa prisión que son los estereotipos, que impiden ver a los demás como iguales para verlos como «el otro». Estaba a punto de gritarles cuando vio una sombra de color rosa acercarse hacia ellos. Era Aurora, a quienes sus amigos llamaban «la señora de la bata» porque iba a buscarla de esa guisa siempre que se retrasaba. Los chavales comenzaron a carcajearse, pero a ella le traía sin cuidado que se rieran o que cualquiera de sus hijas se quejara. No tenía sentido del ridículo y lo que quería era tenerlas en casa porque sabía lo que sucedía a esas horas en los pueblos.

A miles de kilómetros, Sandra cruza parsimoniosa la puerta de Westfield, el centro comercial en donde trabaja. Aún le quedan unos minutos para empezar su turno. «Queridas, ¡cuánto tiempo! ¿Estáis bien?», escribe en el grupo de WhatsApp que tiene con sus amigas de Puerto. Como respuesta recibe varios corazones. Hace mucho que no escriben nada y es consciente de que tampoco hace falta, su relación está cimentada por los años y por haber experimentado juntas muchas primeras veces: primera cabaña que construyeron con sus propias manos, con madera, clavos y goteras; primera vez que subió a una bicicleta; primera excursión sin alguien mayor; primera vez que hicieron autoestop; primeras borracheras; primer adiós doloroso.

La niñez de Sandra en el pueblo fue feliz por la libertad que le confería estar en un lugar en el que todo el mundo se conocía, en donde los amigos, chicos y chicas, se contaban por cientos, y en el que la casa solo era el lugar al que se iba a comer, a dormir o a ver *El coche fantástico*.

Ir al pueblo, además, significaba ver a su abuelo José, un tipo castellano, adusto y muy recto. Sin embargo, tuvo que tragarse su orgullo cuando su hija apareció con un hombre negro en el pueblo y lo sembró de habladurías. Al principio dejó de hablarle y luego trató de disuadirla, pero, en vista del escaso éxito, optó por conocerle y le cogió mucho cariño. Y fue José quien tuvo que justificar las ausencias de Antonio cada vez que le afeaban el hecho de que dejara que su mujer y sus hijas fueran allí sin él.

—José, y tu yerno ¿dónde está? —le preguntaban en las partidas de cartas que echaban en la plaza.

—En la Guinea.

—Y qué hace que no está aquí con la Aurori. ¡A ver si se va a quedar allí, que esos son infieles por naturaleza!

—¡No me hagas hablar, Manolo! —respondía José riéndose, sin mirar a los ojos a su interlocutor.

—Que no, que va en serio, ¡que en África los hombres tienen dos y hasta tres mujeres!

—¡Qué sabrás tú de África! Antonio es más serio que cualquiera de los que estáis aquí. Lo que tiene es mucho trabajo, por eso no pierde el tiempo hablando de los demás. No como vosotros, ¡panda de vagos!

Aurora, que nunca ignoró lo que se decía sobre ella, aguantó estoica porque sabía que los chismes eran algo común. Y que si ella no les seguía el juego acabarían hablando de otra persona.

A José le encantaban sus nietas, pero era un hombre de otra época, algo rudo, así que rara vez las besaba y, desde luego, jamás le escucharon decir te quiero. Era serio, le gustaba que las cosas se hicieran a la hora convenida, exigía que le sirvieran a él primero cuando ponían la comida y que fueran las mujeres quienes recogieran la mesa. Sus nietas solían quejarse y, pese a que él se mostrara enfadado, en su interior se alegraba de que tuvieran carácter y no se plegaran a lo que les mandaban. Las llamaba las «negrillas», y verle paseando con ellas, él tan alto, con su boina tapando unos ojos azul intenso que sufrían con el sol y pegado siempre a su garrote, resultaba sorprendente para quienes les veían por primera vez y hermoso a ojos de Aurora.

Durante mucho tiempo, para el resto de la gente del pueblo fueron «las hermanas café con leche» y ellas no se lo tomaban a mal. Sandra sería consciente años más tarde de lo discriminatorio que era aquel apelativo, pero eso no impidió que se sintieran muy queridas en el pueblo. Jaleaban a Sara cuando llegaban las fiestas y había competiciones deportivas. Aplaudían a Sandra, quien solía llevarse los premios de redacción, o los de playback. Para prepararse la actuación se juntaba con su grupo de amigas, escogían unos días antes alguna de las canciones del verano y se inventaban una coreografía. Bailaban como mínimo ocho niñas que casi nunca estaban coordinadas, pero para ellas era fantástico, su gran objetivo estival y su gran alternativa de ocio. En ocasiones, se generaban ciertas asperezas con los otros grupos que participaban, nada que no se olvidara en los inviernos gélidos, que obligaban a reunirse en alguno de los tres bares que tenían maquinitas o en el suelo de piedra de las escuelas, en donde encendían hogueras.

Cumplir años les quitó gracia y les sumó vergüenza y pudores absurdos. Ahora bien, también les trajo otras cosas, como una autoafirmación en su negritud que se tradujo en que le dijeran a la gente que preferían que las llamaran por su nombre y no por atributos que hicieran alusión a su color. A casi todo el mundo le molestó, puesto que en los pueblos los motes son religión y no suelen tener mala intención. Sin embargo, ni a Sandra ni a Sara les hacía gracia. Es más, viniendo directas del campamento, donde nadie las llamaba negras porque ese no era el elemento que las diferenciaba, les parecía intolerable. En el pueblo todo el mundo conocía su nombre de pila y, gracias a su firmeza, lograron que comenzaran a usarlo.

No obstante, cuando iban a las fiestas de otros pueblos era como volver a empezar. Los lugareños las miraban, las señalaban, les preguntaban a sus amigas que de dónde las habían traído, como si ellas no entendieran lo que estaban diciendo o como si alguien tuviera que llevarlas, y también les hacían «bromas».

—¿Sabéis dónde está la plaza? —les gritaron una noche desde un coche en el que iban dos hombres bastante mayores que ellas.

—Está de frente y a la izquierda —contestó Sandra—, pero allí no se puede aparcar porque...

—¿Y Boney M.? —la interrumpieron, y luego aceleraron dejando solo la estela de sus carcajadas y, de nuevo, rabia.

Por situaciones como esas, según fueron creciendo, se hicieron más reacias a pasar tantas semanas en el pueblo.

La visita de Johanna sirvió para pasar allí unos días y ver a su abuelo, que seguía tan serio como siempre pero más mayor y, quizá por eso, algo más dulce. Cuando estaban a punto de marcharse, seguro que para mantener su imagen distante, repitió la frase que les decía siempre que se despedían:

—Que tanta paz llevéis como me dejáis.

—Abuelo, no mientas, ¿cómo vas a alegrarte de que nos vayamos si te quedas solo? —le dijo Sandra desde el coche.

—Porque sois muy majas, pero me rompéis la rutina y a los viejos nos gusta saber qué va a pasar cada día.

—Vale, pero ¿nos dejarás llamarte desde Madrid?

—Si no queda otra...

Lo dijo con una sonrisa tan triste que a sus dos nietas, y hasta a Johanna, les entraron unas ganas enormes de bajarse del coche y abrazar a aquel gigante cascarrabias con boina.

No lo hicieron nunca ni tampoco ese día. Se querían a su modo.

SEGUNDA PARTE

Aurora

A pesar de que iba con tiempo, al final Sandra va a llegar por los pelos. La pesadilla y el regusto amargo que se le ha quedado tras el picnic con Martha han provocado que se haya entretenido buceando en algunos episodios de su vida. Después de volver la vista atrás, ha caído en la cuenta de lo mucho que echa de menos a su familia y a sus amigas. Al cóctel emocional le suma que ha recibido una llamada de Miguel Ángel, su exnovio y, aunque no se lo ha cogido, solo con ver su nombre en la pantalla se desestabiliza.

El centro comercial es tan grande que necesitará varios minutos para llegar a la zapatería. El Westfield de Shepherd's Bush tiene tres plantas. En la que está a pie de calle hay tiendas caras y muy caras, con escaparates en los que Sandra sabe que jamás encontrará los precios de los artículos que exponen. Para los compradores habituales, eso es algo secundario. Los dependientes están especializados en artículos de lujo, tratan a sus clientes mejor que a sus padres y hablan con fluidez las lenguas de los rincones del planeta predilectos de los dueños de las marcas: árabe y mandarín. El mundo se concentra y se revuelve a gusto en esos templos de consumo donde se olvidan las diferencias con las que los medios de comunicación martirizan y atemorizan a la población. Entre los pudientes que lo visitan, todo son sonrisas.

En la primera planta están las tiendas en las que el común

de los mortales puede consumir, del estilo de las del gallego que empezó de cero y tocó el cielo, Amancio Ortega. Sandra quiere devolver las botas que lleva en la bolsa, las que estrenó ayer, pero la cola es tan grande que ni siquiera se acerca al mostrador.

Desciende por las escaleras mecánicas a la zona noble, donde está la tienda en la que ella trabaja. Eso significa que no puede ignorar a los clientes y esperar a que ellos le pidan algo. Debe ser atenta, solícita y, a ser posible, ingeniosa, porque cuando alguien está dispuesto a gastarse cerca de quinientas libras en un par de zapatos espera recibir buen trato y conversación, cosa que no le viene mal del todo para practicar inglés.

En su época de estudiante trabajó de dependienta en Madrid y conoce el sector, no le tiene miedo a los días de rebajas ni a los probadores de colas inmensas o a las devoluciones. Pero con treinta y dos años, después de haber trabajado como periodista mezclando pasión y oficio, de haber salido a la calle con una cámara y un bolígrafo para conocer historias y personas, ser dependienta ya no es lo mismo. En su etapa anterior, cuando alguien le preguntaba a qué se dedicaba y ella respondía que era comunicadora, automáticamente le ponían la etiqueta de persona de mundo e interesante. Ahora, no. Ahora no es nadie.

Su primer día en aquella tienda coqueta fue difícil. Una hora antes de que abriera al público ya estaba ahí con su compañera Ewa, una chica polaca muy guapa que no sabía que lo era, algo más joven que ella, afable, locuaz y metódica, a la que le encantaba lo que hacía. Se dividieron las tareas, Ewa repondría el calzado que se había vendido el día anterior y ella se encargaría de quitarle el polvo al expositor, aspirar el suelo y limpiar los cristales.

Cinco minutos antes de levantar el cierre, su compañera

revisó lo que Sandra había hecho. Asintió contenta hasta que se paró delante de un espejo.

—¿No has visto esta mancha? —le dijo.

—¿Quién iba a verla?

—Si la veo yo, la puede ver el comprador actor —respondió Ewa.

A continuación le explicó que se trataba de un ardid de la empresa para ver si desempeñaban bien sus funciones. Sandra abrió la boca y se hizo la sorprendida para dar a entender lo importante que le parecía lo que su compañera acababa de decir, pero en el fondo aquella amenaza le daba igual.

Tardaron en entrar los primeros clientes, así que le dio tiempo a observar la cadencia del centro. El villancico «*All I want for Christmas is you*» de Mariah Carey sonaba en bucle sobre la pista de hielo que estaba frente a la tienda y que arrastraba el frío hasta dentro. Había muchos niños patinando, abrigados como si estuvieran en Laponia, que alternaban risas y caídas bajo la mirada tierna de sus padres. Fuera, la masa compraba, pese a que aún faltara cerca de un mes para las fiestas navideñas. Se les veía felices tirando el dinero que habían ganado trabajando sin cesar para poder sumergirse en una espiral de gastos, que incluían vacaciones en sures mágicos de alcohol barato y vitamina D. Aquello era como estar de figurante en un telefilm navideño estadounidense, pero del lado de las que no eran populares. Es más, sirviendo a las que lo eran.

Después de un buen rato en posición de firme, mirando al frente, con las manos detrás de la espalda y la sonrisa congelada, entró una persona. A Sandra se le aceleró el corazón. Como si se tratara de un examen oral, intentó recordar el diálogo que aprendió en las clases de inglés del instituto el día que estudiaron el lenguaje comercial. Pero Ewa se adelantó:

—*Do you need any help?*

—*No, thanks, I'm just having a look.*

—*Ok, if you need something, just let me know.*

Memorizó esas frases y algunas palabras más que jamás

había dicho ni en castellano relativas a modelos de botas o a la anatomía del pie gracias a sus compañeros.

Lo cierto es que se lleva bien con todos sus colegas, aunque no considera que sean sus amigos. Excepto Tony. Hoy coincide en turno con él y, cuando la ve entrar apresurada, se mira la muñeca como si llevara un reloj. Ante su cara de pavor, la tranquiliza diciéndole que el jefe, Clément, está en el almacén.

—¡Corre, cámbiate en el vestuario para que no te pille!

Nada más salir, ya con el uniforme puesto, una pareja le pide que le mida el pie a su hijo porque no saben qué talla tiene. Sandra se arrodilla disimulando su hastío y saca del bolsillo una especie de regla de madera en la que coloca el pie del pequeño. El niño no para de moverse y de gritar mientras los padres se concentran en sus móviles. Cuando por fin concluye su misión, les informa con una sonrisa falsa y estos le piden tres pares de tres modelos diferentes. Como en la tienda no hay suficientes, se dirige a su jefe para que le dé las llaves del almacén. Subir hasta allí le supone un extra de trabajo, pero en esta ocasión lo agradece. Acaba de comenzar la jornada y ya necesita salir y respirar hondo. No sabe cuánto tiempo tendrá que dedicarse a algo que no le gusta y que ocupa el grueso de su tiempo en Londres. No es algo en lo que se pare a pensar los días amables; sin embargo, un solo cliente complicado le hace replantearse todo.

Camina a través de un laberinto repleto de plásticos y burros de metal hasta que llega a su destino, una sala gigantesca llena de cajas ordenadas por referencias y tamaños. Al fondo, los modelos de mujer; en el centro, los de hombre, y en un montón pequeñito a la izquierda, los de niño. Justo cuando iba a coger lo que le han pedido siente la vibración del WhatsApp en el bolsillo y, aprovechando que no está al alcance de su jefe, le echa un ojo.

«Hola, hermanita, ¿cómo llevas la tarde? ¿Te apetece que hagamos un Skype con toda la familia hoy?»

«Hola, Sarita, no sé a qué hora saldré, me pillas de milagro, estoy en la tienda.»

«¿Tan tarde? Madre mía, qué explotación.»

«Jajajaja. Ya ves. Te dejo, que tengo que llevar unos zapatos carísimos a un niño que no para de dar voces.»

«Jajajajaja ¡Suerte! ¡Avisa cuando acabes!»

«Vale.»

Ahora sí, coge las cajas y las mete en un carro junto a otros modelos de adultos para reponer los cajones de la planta de abajo y adelantar la faena de sus compañeros del turno de mañana. En el ascensor le avisa su encargado por el walkie talkie:

—*Sandra, they are waiting for you.*

—*I'm coming, so sorry* —contesta, deseando que el elevador se dé prisa.

Por fin, entra de nuevo en la tienda, abre las cajas y le entrega a los padres los zapatos que le han pedido. Ellos miran primero a Sandra y después a los pies de su hijo, como una especie de exhortación muda para que se los ponga ella. No es su obligación, pero es tarde, su jefe está delante y no quiere tener problemas. Con los dientes apretados, calza al niño y le pide que se levante para palpar su pulgar y ver si está cómodo. Obedece, pasea y se mira en todos los espejos que encuentra. Parece que le gustan y Sandra se siente aliviada de poder irse para atender a otros clientes.

Cuando se incorpora, observa a su alrededor y, una vez más, se ofrece a ayudar a las personas que aún inundan la tienda. La mayoría responde que solo están mirando, pero no es verdad, toquetean, descolocan y se prueban tallas que no son las suyas a sabiendas de que no les quedarán bien. «La fiebre de la última hora», le dice moviendo los labios a Tony, que se ríe sin emitir sonido alguno.

De repente, alguien le toca el hombro. Ella cierra los ojos y se demora unos segundos antes de darse la vuelta, lo que tarda en esculpir con cincel otra sonrisa forzada. Cuando se gira, sin tiempo de ver quién es, alguien la abraza y le da dos besos. Su primer impulso es apartarse, hasta que ve que es su madre y que detrás está su hermana vigilando las maletas. Busca a su padre con la mirada, pero no da con él. Aurora, que rara vez se arregla, está radiante, vestida de domingo... como si a su hija le fuera a importar su atuendo. Hasta se ha cortado el pelo y se nota que acaba de pasar por la peluquería porque lo tiene más ahuecado que de costumbre. Su rostro alargado, de ojos grandes y expresivos y barbilla pronunciada, es la versión original y blanca del de Sandra. Juntas es imposible no ver que son madre e hija.

—Pero, pero, pero... ¿qué hacéis aquí? —pregunta Sandra sin poder contener su alegría.

—¡Sorpresa! —dice su hermana levantando las manos.

—Anda que... ¡Menudo lugar para trabajar! Cuánta gente, qué frío, y tú en manga corta y con una pista de patinaje al lado. Normal que te pongas enferma... —Su madre, más madre que nunca, le dispara doscientas palabras por minuto olvidándose de que Sandra está en su puesto de trabajo.

—¡No me puedo creer que estéis aquí! De verdad que me hace mucha ilusión, pero ahora tenéis que iros porque no puedo recibir visitas y la tienda está llena —les explica mirando a su alrededor y bajando la voz.

—Pues qué tontería, si hemos venido de España...

—Mamá, vámonos y la veremos después —la interrumpió Sara—. Tú no dictas las normas, no estamos en casa. Avísanos, Sandra.

—Hecho. Y gracias —añade mientras ellas abandonan la tienda.

Con toda la vergüenza del mundo, se dirige a la caja, donde su jefe la está mirando con aire divertido mientras cobra a un cliente.

—Mi madre hubiera montado un espectáculo más grande, tranquila.

—Y la mía —apunta la madre del niño al que había puesto los zapatos, que ya estaba en la cola para que Clément la cobrara.

Normalmente, cuando tiene mucho trabajo, el tiempo pasa volando, pero desde que ha visto a su madre y a su hermana discurre lento, igual que el agua en los meandros.

A las diez en punto, el jefe apaga la música, cobra a los clientes rezagados y se va, dejando a Tony y a Sandra a cargo de la tienda.

—Sandra, no sabía que tu madre era blanca —le dice su compañero mientras recoge un zapato que estaba debajo de una banqueta.

—Pero si te lo he dicho mil veces, Tony —responde Sandra desde el suelo, metiendo un par de botas en la caja que le corresponde.

—Ya, pero creía que lo decías de broma, porque no pareces española.

—Por favor, Tony, ¿tú también? ¡Pero si tú eres negro y sueco!

—Ya, pero es que tú pareces etíope por tu color, tu pelo, tu cara alargada y esa frente inmensa que intentas tapar —dice riéndose mientras le levanta el flequillo—. Además, las mestizas de mi país son mucho más claras, rubias, algunas hasta tienen pecas.

—Sí, pero vuestros blancos no son nuestros blancos.

—Ja, ja, ja... ¡No lo había pensado! En eso tienes razón. De hecho, no sé si en Suecia llaman «blancos» a los españoles.

—¿Y cómo los llaman?

—¿«Españoles»? O quizá «latinos». No lo tengo claro.

Que las razas son un concepto relativo y contextual es algo que Sandra ya sabía, porque en Guinea a ella la llamaron «blanca». Ahora bien, nunca pensó que en esa categoría líquida entraría también su madre.

Al terminar, se despide de Tony y este, mientras está echando la llave, le confiesa que siente envidia de que su familia le haya hecho esa visita por sorpresa, puesto que a él, en cuatro años, no ha ido a verle ningún miembro de su familia.

Tony es simpático, locuaz, ingenioso y habla muy bien inglés. No obstante, quizá su rasgo más característico es que es un mujeriego. Sandra le ha pillado intentando ligar con clientas o con dependientas de otros comercios en incontables ocasiones, y con cierto éxito. Antes de irse, refrendando la opinión que Sandra tiene de él, le pregunta hasta qué día se quedará Sara y que si tiene novio. Ella le da un empujón leve y le contesta que jamás le presentaría a su hermana porque le conoce. Él se ríe bien alto mientras le dice adiós con la mano.

Cuando Sandra empieza a rebuscar en la cartera para coger el móvil y escribir a su hermana ve que tiene otra llamada perdida de Miguel Ángel, la segunda del día. La inquietud comienza a llenarle el cuerpo, pero un grito de su madre se la arranca de cuajo:

—¡Ya estamos aquí!

—Vale, no grites —le dice en un tono mucho más bajo y riéndose. Ahora que ya no está en el trabajo, no le importa en absoluto que su madre sea ella misma.

—¿Dónde quieres que cenemos? Aquí está todo cerrado.

—Esperad, ¿y papá?

—Le han operado de cataratas. No te lo quisimos decir para que no te preocuparas. Está perfectamente, solo que los médicos han dicho que era mejor que no volara.

—Pero ¿cuándo le han operado? ¿De verdad que está bien? ¿Cómo se os ocurre no decirme nada? No me mintáis, por favor —les suplica cambiando el tono y la expresión de la cara—. Nada es más importante que la familia y...

—Sí, en serio, de lo contrario no hubiéramos venido —la interrumpió su hermana—. Y no te pongas tan seria, que tú cuando estuviste en Guinea estuviste enferma cientos de veces y nos lo ocultaste. Venga, llévanos a comer algo, anda, que voy a desmayarme del hambre.

—Vale, en cuanto a la cena... ¡Sí! Bienvenidas a esta capital cosmopolita idealizada en la que la gente cena a las seis. Las opciones son escasas: comprar pollo frito, riquísimo pero radiactivo, en una de esas tiendas que no cierran nunca o que vengáis a casa.

—Pues a tu casa —dice su madre, encantada de poder investigar el lugar en el que reside su hija.

—¡Y compramos pollo de ese por el camino! Por tu descripción pinta muy bien —añadió riéndose Sara.

Salen juntas del centro comercial, con Sandra en medio y su hermana y su madre arrastrando sus maletas y cosiéndola a preguntas. En realidad, gracias a las nuevas tecnologías se comunican con asiduidad y están al tanto de todo, pero nada puede sustituir el hablar cara a cara, sin una pantalla entre medias o el retraso que impone la comunicación a trompicones y sin saludos ni despedidas que es el WhatsApp.

Muchos días Sandra pierde la noción del tiempo por la cantidad de horas que pasa dentro del centro comercial bañada en una luz potente y artificial. Hoy, de nuevo, la oscuridad la espera a la salida del trabajo, pero esta vez va acompañada de quien más quiere, feliz aunque sin gritarlo a los cuatro vientos, visible solo para quienes la conocen desde que nació. Ellas, Aurora y Sara.

Afuera, el viento las despeina y cae una lluvia fina que cala primero sus zapatos, luego los bordes de los pantalones, especialmente los anchos que se ha puesto su hermana. Se nota que viene de Madrid, que es la tierra del sol comparada con Londres. Para cuando llegan al metro, están tan mojadas que se quitan los abrigos porque pesan toneladas. Los vagones están atestados y si no fuera por su estatura, inferior a la de la mayoría, sentirían el aliento de sus compañeros de viaje en la nuca. La temperatura sube y la ropa húmeda se les pega a la piel destemplándolas, incomodándolas. No cabe un alfiler y la mitad del vagón lleva equipaje, igual que ellas, porque la temporada alta de turismo en la ciudad es siempre. Londres es un sitio para vivir y para visitar en fin de semana, para ir a conciertos, para comprar, para salir, para ir a ver a los familiares que migraron y para ser precarios ganando libras en lugar de euros. Hoy, como ayer y mañana, también está lleno y todo el mundo parece ir en esa línea de metro.

Al fin llegan a su parada. La puerta se abre sola y todo el mundo sale a borbotones, como huyendo. Saltan en tropel, como si fueran a tomar la calle. Ellas hacen un trasbordo en la estación de Victoria y cogen el tren que las lleva a la estación de Clapham Junction, donde siempre huele a comida deliciosa e insana. Según van subiendo las escaleras, el olor se intensifica, es dulzón y vaporoso, del que se adhiere a los rizos y provoca hambre.

—¿Es aquí donde se compran las alitas? —pregunta Sara.

—Unos metros más adelante —responde Sandra, que reconoce el apetito súbito de su hermana.

Justo al salir, hay un par de locales con un letrero amarillo con letras rojas. En ambos hay cola y gente entrando y saliendo con cajas de cartón que tienen manchas de grasa.

—Este es el sitio —dice señalando uno de ellos.

—Deja que las compre yo, Sandra, así practico mi inglés —le pide Sara.

—¿Y si dejamos que lo haga mamá? —sugiere su hermana mayor.

—¡Sí, sí! ¡Venga, mamá!, ¿cómo era? *Can I «jaf»?* —A Sara le entra un ataque de risa y ya no pueden entenderla.

—*Jav* —le corrige Sandra, y termina contagiándose del ataque de su hermana.

—Pero ¿qué academia de inglés es esa en la que en lugar de aprender desaprendes, mamá? —le pregunta Sara con los ojos llenos de lágrimas.

—¡Ay, yo qué sé, una muy barata que hay en el barrio! —contesta Aurora haciéndose la enfadada—. A mí olvidadme, que estoy agotada. Además, ya sabéis que no me gusta la comida de la calle. Hoy accedo porque estoy cansada, pero mañana me gustaría hacer la compra.

Ante la negativa de su madre, es Sara la que finalmente entra. Al cabo de unos minutos, se van con dos cajas medianas llenas de unas alitas que tienen una capa de empanado dorado y crujiente de dos centímetros de grosor. Aprovechando que ya no llueve, van dando un paseo hasta casa y pasan por delante de la peluquería en donde le hicieron el estropicio a Sandra, que les relata la historia desnuda, sin drama. La madre, seria, con su sinceridad castellana y descarnada, le dice que muy guapa no está y, con el mismo tono sin emoción, le aconseja que esté tranquila porque crecerá. Sandra asiente, lo sabe y lo sufre. Su hermana, por su parte, hace uno de esos chistes que solo entienden las personas que son o tratan con mujeres africanas o negras: «La que te lo cortó lo habrá vendido», y todas se ríen porque no descartan que los rizos largos que barrieron hayan acabado en una formidable peluca de pelo natural que en esos momentos esté en la cabeza de otra persona.

Aurora, que salvo a París en su viaje de novios no ha viajado mucho, está contenta. Camina resuelta entre la gente, mirando al frente. No se fija en los edificios bajos de color oscuro ni en los comercios, puesto que en esta ocasión no viene a hacer turismo. Viene a ver a su hija la impenetrable, la que siempre dice que está bien y se esfuerza para que sea verdad. Estando ya cerca de su hogar se cruzan con un zorro en mitad de un parque pequeño y Sara da tal grito que provoca que algunos perros ladren. Su madre sigue impertérrita.

—¡Qué susto! Mamá, ¿a ti no te da miedo?

—A mí lo que me da miedo es ver tu casa, Sandra, y que sea un cuchitril, que esté desordenada o que malvivas. Hija, yo soy de aldea y no he visto zorros, pero sí perros que se comportan como lobos. A este le damos más miedo nosotras que otra cosa, ¿has visto cómo ha salido corriendo?

Así es ella, una señora de pueblo, como le gusta decir, difícilmente impresionable. Sin el pelo rojo ni mechas de colores, una madre con aspecto de madre común, pero mucho más moderna que la mayoría de las personas que Sandra conoce, incluso las jóvenes. Y todo por sus hijas. Se abrió una cuenta de correo electrónico cuando Sandra se fue a estudiar a Portugal de Erasmus, que le sirvió cuando Sara hizo lo propio en Leipzig. Aprendió a usar Skype en el momento en el que Sandra decidió irse a vivir a Guinea y se compró su propio billete de avión en cuanto supo que, por motivos laborales, su hija no podría regresar a casa por Navidad.

Aurora siempre fue una mujer sin miedo y a la que no le preocupó el qué dirán, por eso cuando comenzó a salir con Antonio, su marido en la actualidad, no tuvo reparo en decírselo a su padre, y no como un acto de valentía sino porque no tenía la sensación de estar haciendo nada especial.

Desde niña fue muy decidida, de hecho abandonó pronto su hogar, en Puerto Béjar. Su madre falleció cuando tenía diecisiete años y, con diecinueve, continuaba echándola de menos a diario, tanto que no soportaba estar en el lugar de siempre sin ella. Por otro lado, se daba cuenta de que a su alrededor todo el mundo era igual y a ella eso le aburría. Decidió irse a Madrid a estudiar un curso para ser secretaria, lo que más tarde se llamaría «administrativa», y los primeros meses se quedó en casa de Isidora, una tía viuda y sin hijos, que vivía en un barrio de militares situado a las afueras. Era una mujer chapada a la antigua, cariñosa pero muy tradicional. Vigilaba las entradas y salidas de su sobrina, también las llamadas telefónicas, y si Aurora se quejaba de su actitud controladora, Isidora se bajaba las gafas para echarle una mirada reprobatoria y levantaba las cejas hasta que las arrugas de la frente se convertían en caminos tortuosos hacia sus sienes.

—En mi casa no voy a tolerar ningún escándalo. No querrás que tu padre me culpe de que te vayas con algún hombre que no sea para ti —le decía una y otra vez.

No obstante, Aurora no pensaba en tener pareja. Le gustaban las clases porque siempre fue buena para los números. Probablemente, de haber nacido más tarde hubiera estudiado una carrera de ciencias, pero, por aquel entonces, para conseguir trabajo no era necesario pasar por la universidad, además de que no era barato ni ella sentía que tuviera tiempo para eso. Quería formarse cuanto antes para independizarse del todo.

La convivencia con su tía Isidora no era mala, solo algo castrante. Hablaban mucho del pueblo, de la familia y de la juventud de Isidora en Madrid. Le advertía de los «peligros existentes en la capital», palabras que pronunciaba con cierto engreimiento, como si a Aurora le fueran a impresionar. Por su educación, Isidora le repetía que tenía que aprender a cocinar, coser y bordar para poder casarse, y Aurora, paciente, asentía como si de verdad le importara. Lo que Isidora desconocía era que a Aurora le daba igual casarse y tener hijos, y que solo pensaba en conocer sitios y ampliar sus márgenes hasta el infinito. Explicárselo a su tía hubiera sido igual de inútil que hablar con la joven Aurora del encaje de bolillos.

La escuela de secretariado, donde les enseñaban mecanografía, taquigrafía, contabilidad y algo de francés, estaba en Sol, en pleno centro. En realidad era un piso de techos altos en el que había varias mesas con máquinas de escribir y una pizarra al fondo. Tenían una profesora que afirmaba haber trabajado en las mejores empresas del país. Siempre iba vestida de color gris y hablaba muy alto. Allí asistían chicas de todas partes de España. Había algunas de familia bien, que se formaban para trabajar en la empresa de sus padres; las que eran de familia aún más bien estudiaban pensando en que les daba puntos a la hora de buscar marido; por supuesto, también había mujeres que lo que buscaban era su independencia económica, y luego aquellas para las que ser secretaria era algo vocacional. Aurora quería trabajar, sin más, y vivir entre mucha gente que no le pusiera cara ni nombre.

Una tarde, al salir de clase, se quedó a merendar con sus compañeras en La Mallorquina, una pastelería antigua que extendía su fantástico olor por el kilómetro cero. No era algo que Aurora pudiera hacer a menudo porque todavía no tenía ingresos, pero ese día contaba con algo de dinero porque había cuidado al hijo de un vecino el fin de semana anterior. En la mesa contigua había dos hombres negros hablando en un español perfecto que se convirtieron en los protagonistas de la tarde. Aurora nunca había visto a una persona negra y le costó apartar la mirada de ellos, de uno especialmente, que tenía los ojos almendrados y que, de vez en cuando, desviaba su atención de la conversación para dedicarle una sonrisa repleta de dientes blancos.

Cuando ella y sus amigas ya se iban, pasaron por su lado y él, atrevido, le cogió la mano:

—¿Ya se va? —quiso saber.

—Sí, me voy a casa —contestó Aurora, apartando la mano con suavidad.

—¿Y cómo podría hacer para verla de nuevo?

—Estudio en la escuela de secretariado de ahí al lado —respondió de corrido y a sabiendas de que sus compañeras podrían tildarla de fresca por decirle eso a un desconocido.

—Iré a buscarla.

—¡Adiós!

—¡Hasta pronto!

Aurora no tenía muy claro que aquel hombre sin pudor aparente fuera a cumplir su palabra, pero los días posteriores al encuentro se arregló más que de costumbre y acabó levantando las sospechas de su tía, que no paraba de interrogarla.

Apareció justo cuando Aurora ya no esperaba volver a verle, y era tan atractivo como le recordaba. Se excusó hablándole de reuniones y exceso de trabajo y la invitó a merendar en el sitio en el que la vio por vez primera. Él se llamaba Antonio, aunque le gustaba que le llamaran Anthony. En esa época los militares afroestadounidenses de la base de Torrejón de Ardoz causaban sensación, de modo que los guineanos extranjerizaban sus nombres, profundamente españoles, para darse aires. Conversaron largo y tendido, hablaron de sus planes de futuro, de Guinea y de Salamanca, y decidieron que la charla merecía continuarse, así que siguieron quedando.

A los pocos meses, su tía se enteró de aquellos encuentros porque un vecino le contó que había visto a su sobrina con un negro en el portal. Cuando Aurora llegó a casa, Isidora estaba hecha un mar de lágrimas, se sentía fatal por no haber sabido cuidar de su sobrina y temía contárselo a su hermano José. A Aurora le dio tanta pena que decidió, delante de ella, llamar a su padre y eximir a su tía de toda culpa. Le contó que se había enamorado de Antonio, un guineano elegante y educado, que estaba acabando la carrera de Derecho y que era feliz con él, de modo que su padre también podía alegrarse por ella.

Al otro lado solo se oía silencio y Aurora lo aprovechó para evitar su réplica:

—Padre, imagino que te habrá sorprendido mucho —le dijo para tapar la pausa incómoda que le llegaba del otro lado—. La próxima vez que vaya a Puerto, te lo presento para que lo conozcas mejor. De verdad que te va a encantar, es muy buen chico, y ya sabes que a mí no se me engaña fácilmente —añadió, en vista de que José seguía callado.

—Ni se te ocurra venir por aquí —le espetó su padre con la voz temblando por la ira y la vergüenza—. Desde ahora te retiro la palabra. Para ti estoy muerto.

A continuación colgó y dejó a su hija a solas con el sonido de la línea telefónica. Aurora estaba más decepcionada que triste. No podía creerse que su padre, sin conocer a su pareja, reaccionara así. Se quedó un rato mirando el aparato, esperando a que llamara de nuevo y le dijera que se había equivocado. Pero eso no sucedió. Aurora se fue a su cuarto, ignorando el llanto de su tía, y solo allí se permitió llorar con los puños cerrados, un gesto que luego heredaría su hija Sandra. Aunque estuviera triste, sentía más rabia que pena ya que se sabía en posesión de la verdad. Al fin y al cabo, no había hecho nada malo.

Pasaron casi seis meses hasta que José volvió a marcar el teléfono de su hermana Isidora. No hacía tanto que se había quedado sin su mujer y no quería perder también a su hija.

—Aurora, que te llamo para decirte que se me ha pasado el cabreo y que ya que estás con ese... chico, digo yo que lo mínimo será conocerle.

Aurora aprovechó su predisposición y llevó a Antonio al pueblo. Los primeros días fueron la comidilla. Los lugareños les paraban a cada paso con excusas peregrinas para poder mirar a su novio de cerca y oírle hablar. No obstante, en los sitios pequeños, los escándalos duran poco porque enseguida se suceden otros. A la semana, la curiosidad por Antonio casi había desaparecido.

Madrid era otra cosa. La hostilidad hacia su relación se hizo manifiesta desde el principio y nunca cesó. Aurora no le reconocía a Antonio que, al igual que él, veía cómo les clavaban miradas inquisitorias porque no quería preocuparle. Incluso en el centro en el que estudiaba, donde ya se había enterado todo el mundo, seguían escrutándole como si fuera un completo desconocido. Durante aquella época, Aurora evitaba hablar de cómo se sentía realmente. Optó por centrarse en sus estudios y, gracias a su tenacidad, obtuvo muy buenas calificaciones. Poco tiempo después le salió un trabajo en una fábrica textil de Alcorcón, lugar que escogió la pareja para instalarse cuando se casaron.

Las miradas y los murmullos, siempre presentes, le dolieron más cuando fue madre. De nuevo generó cierta expectación y la gente, al verles pasear con el carrito, se abalanzaba sobre él para saber «a quién habían salido las niñas». La vida la enseñó a sortear a esas personas y a responder cortante pero con calma si le preguntaban «de dónde se las había traído».

Sandra guía a su madre y a su hermana hasta su habitación del piso compartido en Londres y se ofrece a dormir sobre un par de mantas en el suelo para que ellas puedan ocupar su cama. En las llamadas de los primeros días, mintió diciéndoles que tenía una cama doble para que creyeran que su situación era mejor y, aunque Aurora frunce el ceño al entrar en el cuarto, no se lo recuerda.

Su madre abre la maleta y saca varios paquetes transparentes. Luego vuelve a cerrarla y la coloca en vertical a los pies de la cama. No hay espacio para más. A Sandra se le ilumina la mirada.

—¿Qué llevas ahí? —le pregunta quitándole uno de los paquetes para verlo de cerca.

—Pues tu comida favorita. Si creías que iba a venir con las manos vacías es que no conoces a tu madre.

—¿Tú sabes lo que echo de menos tus croquetas? No sé qué me hace más ilusión, si las croquetas o veros a vosotras —dice con sorna abrazando el paquete.

—Venga, déjate de rollos que las vas a aplastar. Vamos a la cocina, poned la mesa que yo me encargo de freírlas.

—¡Croquetas! —repite Sandra con la voz temblorosa y salivando.

—Sí, pero todavía hay más sorpresas. Te he traído pollo con salsa de cacahuete. Te lo meto en el congelador para que no se estropee.

—¿Pero papá está para ponerse a cocinar? ¿No está recién operado? ¿Está bien o no?

—Lo he hecho yo, que a mí las recetas guineanas se me dan muy bien. Tranquila, que él es muy indómito pero está de maravilla. Oye, me dijiste que embutido ya tenías, por eso te he traído platos cocinados —le explicó cambiando de tema—. Hija, aunque pases las fiestas sola, podrás cenar como Dios manda, comida rica y casera, y no el pollo ese radiactivo, que tiene una pinta horrorosa.

—¿Y no os han parado en el aeropuerto por traer comida?

—No nos han abierto la maleta —contesta Sara—. Pero no sabes el miedo que hemos pasado al salir, parecía que habíamos robado un banco o algo —concluye riéndose.

—¡Menos mal! —dice Sandra uniéndose a las risas de su hermana.

Durante la cena, varios compañeros de piso aparecen al olor de la comida y a todos les invitan a probar. Solo uno de ellos, con el que se había cruzado al volver de estar con Martha, y que por su indumentaria parece recién sacado de *Piratas del Caribe*, se anima a comer algo. Después de decir que está *delicious*, da las gracias en español seseando.

—Hija, me has dicho por Skype que no hablas con tus compañeros de piso, pero por aquí han pasado todos a saludar. Yo creo que a veces exageras —señala Aurora.

—Es por la comida, mamá. Cualquiera se acerca a comer tus croquetas.

—Está claro que no es por el pollo ese que has comprado, Sara —indica su madre, y todas ríen de nuevo.

Después de cenar se van directamente a dormir, cansadas, contentas, juntas y con la promesa de hacer turismo al día siguiente. A Sandra le cuesta conciliar el sueño. La luz del supermercado parpadea y ella mira al techo, que se apaga y se enciende. Lleva meses en una ciudad en la que nunca le pasa nada y hoy parece haber vivido de golpe todas las emociones que no ha experimentado en este tiempo. Cosas buenas y malas. Por la mañana se despertó con una pesadilla, luego se estuvo acordando de su padre y, ahora, su madre y su hermana duermen a su lado. «No está nada mal», se dice, y deja que se le desplomen los párpados.

Coimbra

Los murmullos de Aurora y Sara despiertan a Sandra e interrumpen el mal sueño que estaba teniendo; ya son dos noches con pesadillas. «Al menos no llueve», piensa mientras se despereza, todavía algo sobrecogida. Las ganas por mostrarles la ciudad hace que no le conceda demasiada importancia a su desasosiego y se dan prisa por salir cuanto antes a recorrer la capital inglesa. Bien abrigadas y con paraguas. Tienen un *planning* inusual para turistas, que pasa por ir al barrio de Brixton, comprar productos para el pelo y maquillaje, comer pollo picante y adquirir libros, música, ropa y pendientes.

En la estación de Brixton, salir a la calle puede llegar a ser un shock para las personas negras que siempre estuvieron rodeadas de gente blanca.

—Es un lugar en el que las mayorías y las minorías están invertidas —les explica Sandra—. Hay gente como nosotras por todas partes.

Mientras caminan, se cruzan con un grupo de mujeres negras, con pestañas postizas que parecen mariposas y las uñas largas pintadas en tonos flúor a juego con la ropa ajustada que apenas cubre sus cuerpos.

—¿Qué decían? —pregunta Sara—. Es como inglés, pero no entiendo nada.

—Es patois, el idioma que hablan en Jamaica. Bebe del inglés, sí, pero está mezclado con diferentes lenguas africanas. Tranquila, yo tampoco me entero de nada.

—Pues anda que yo... —se suma Aurora a la conversación.

Para lo que es ella, su madre lleva muy callada toda la mañana, observando en silencio. Por mucho que Aurora lleve décadas entre guineanos, casada con uno, recibiendo a familiares en casa y asistiendo a sus celebraciones, está como fascinada. Guinea, además, es un punto diminuto de África al lado de gigantes como Nigeria y de todos los descendientes del continente nacidos en el Caribe. Ignorando por completo a sus hijas, se queda parada delante de un grupo que parece estar escuchando el sermón de un predicador que se desgañita en mitad de la calle. Sujeta un libro en una mano y con la otra hace gestos vehementes a los que sus seguidores responden asintiendo o aplaudiendo. La mayoría de ellos, todos hombres, van muy arreglados, con traje, pajarita y aire respetable.

Sandra coge a su madre del brazo para seguir con su paseo. Entiende cómo se siente ya que la primera vez que ella fue a Brixton, años atrás, se pasó callada los diez primeros minutos y sintió un escalofrío tan largo que pensó que jamás se le quitaría. Sitios así solo los había visto en las películas y, pese a que ahora está mucho más acostumbrada, visitar aquel barrio de vez en cuando le hace recordar por qué escogió Londres como continuación del camino que emprendió hacia sí misma.

Algo así experimentó durante su Erasmus en la ciudad portuguesa de Coimbra. Gracias a la beca y a los precios asequibles del país, pudo cursar allí cuarto de Periodismo. Sus compañeras y amigas se marcharon a otras partes de Europa en avión; Sandra, en cambio, se fue en autobús porque la ciudad a la que iba solo estaba a unos cientos de kilómetros. Su madre trabajaba, su hermana estaba en clase y su padre, en algún viaje desesperado a Guinea, de modo que no tuvo una despedida lacrimógena. Fue con tiempo a la estación porque, como iba muy cargada, temía retrasarse, así que le sobró una hora que pasó en la sala de espera, rodeada de maletas, asaltada por las dudas y pensando que quizá iba a tirar un año de su vida por la borda yendo a un sitio que, probablemente, fuera muy parecido a España. Los minutos pasaron y a Sandra se le arrugó la cara de forma involuntaria. De uno de sus pliegues le brotaron lágrimas enormes. Hipando, se subió en el vehículo, se colocó en su asiento y miró por la ventana, hasta que Madrid se quedó atrás y ella, dormida. Se despertó cuando la voz del conductor anunció la primera parada, al otro lado de la frontera. Se bajó en el área de servicio para tomar un refresco y se sentó a la barra, pidió en castellano y la entendieron a la perfección, «porque son dos idiomas casi iguales», reflexionó ella. Sin embargo, en la televisión la locutora hablaba en portugués y Sandra no comprendía ni una palabra. Tras los primeros meses en Coimbra, cayó en la cuenta de que el camarero había querido ser amable, que la mayor parte de los portugueses se apañan en «portuñol», esa mezcla entrañable entre las dos lenguas, y que ellos sí entienden sin problemas español puesto que, a diferencia de los españoles, oyen, ven y se informan acerca del país con el que comparten península. Sin embargo, en aquel momento solo hubo una cosa que llamó poderosamente su atención: el volumen del ambiente. En el bar había bastantes personas que conversaban y reían quedo, en el permanente susurro que generan sus «eses» largas. Se bebió su refresco y regresó al autobús, donde sacó de su mochila *Os pastores da noite*, de Jorge Amado, para hacerse un poco al portugués, y el resto del trayecto lo pasó leyendo e imaginando que Coimbra se parecería un poco al Salvador de Bahía vibrante del libro.

Al llegar a la estación, se permitió el lujo de coger un taxi y en menos de diez minutos estaba en su casa. Se quedó impresionada, puesto que no era igual verla en fotos que tenerla delante. Era una mansión de estilo colonial de tres plantas, salpicada de azulejos blancos y azules. La casera, Caterina, fina como el coral, le contó que muchas de las casas de la ciudad eran de colonos que hicieron fortuna en África y que tuvieron que volver tras las independencias de los PALOP (Países Africanos de Lengua Oficial Portuguesa), en 1975, de las más tardías del continente. Ella misma nació en Maputo, aunque seguía llamando a la capital mozambiqueña Lourenço Marques, como en la época colonial. Al tiempo que le mostraba su nuevo hogar, hablaba de su ciudad natal con la nostalgia de quien tiene que abandonar el paraíso de su infancia, donde se era rey o reina solo por el color de la piel.

Le enseñó cómo funcionaba la lavadora y le contó que tenían un bote común para comprar detergente y que, por consenso, habían decidido no hacer la colada más de dos veces por semana. Después abrió la nevera y le señaló la balda en la que podría dejar su comida; luego apuntó con el dedo al calendario de trabajo que todas debían cumplir.

—Para evitar que alguna se escaquee, ya sabes.

Sandra solo sonrió, no le daba miedo hacer ninguna tarea después de los veranos que pasó en los campamentos.

Su habitación estaba en la última planta, enfrente de la de otra chica que venía de España y que a esa hora no estaba en casa. Había seis cuartos más, todos ocupados por portuguesas a las que tampoco vio. Sandra pagó a la casera por adelantado la fianza y dos meses y se despidieron. A continuación se metió en su habitación a deshacer las maletas. Lo hizo de forma mecánica y con cierta premura, como si tuviera algo que hacer después. Era la primera vez que vivía sola, aunque fuese en una vivienda compartida, y tenía miedo de que nadie la esperara o la echara de menos, de no ser. Se sentó en el borde de la cama, en esa postura que incomodaba a todo aquel que la miraba, con los codos apoyados en las rodillas, las palmas de las manos sosteniendo su cabeza y la espalda hacia delante, como a punto de levantarse. Estuvo así unos minutos y luego se incorporó, cansada y desorientada, como quien se despierta de una siesta larga, para ir a presentarse a sus compañeras de casa.

No sabía si estarían porque no se oía ni un ruido, pero probó, tocó sus puertas y varias chicas que tendrían más o menos su edad abrieron y se presentaron. Las conversaciones duraban poco, le preguntaban qué tal el viaje, le daban la bienvenida y se ofrecían a ayudarla si necesitaba algo. Notó que tenían acentos distintos e infirió que procedían de diferentes partes del país. Estudiar en Coimbra, la ciudad universitaria por excelencia, era el sueño de muchos jóvenes.

Bajó a la calle y admiró la villa a pie, aprovechando que aún le quedaban varias horas de luz. Había muchas casas coloniales, como su nuevo hogar, con distintos grados de conservación y pisos no muy altos que parecían apartamentos de playa. En la parte baja de algunos de ellos había bares en los que se vendían sándwiches, bocatas, empanadas, pasteles de nata y donde se servía café con millones de nombres. Al pasar por su lado solo oía silencio, y eso que había gente tomando algo dentro. Era la segunda vez ese día que caía en la cuenta de lo sigilosos que eran.

En el supermercado tuvo que hacer números. Su asignación mensual no llegaba a los cuatrocientos euros, incluyendo el alquiler, que por suerte era barato. Con pena, comprobó que no había tomate frito, así que llenó su mochila de pasta, latas de atún, nata y crema de cacao, y se fue para casa a pasar lo que quedaba de tarde sola.

Al regresar se dio cuenta de que solo la nata requería frío. Así pues, su balda de la nevera continuó vacía. Su estómago, en cambio, se llenó de crema de cacao y se fue a dormir con el vientre hinchado.

A la mañana siguiente madrugó mucho para no coincidir en el baño ni molestar a sus compañeras. El agua salía templada, por lo que la ducha fue corta porque a ella le gustaba que casi le quemara la piel. Mirándose al espejo, se hizo un moño bajo y se dejó un par de mechones a cada lado de la frente con el fin de disimular y cubrir lo evidente. De vuelta en su cuarto, se vistió sobria y no se maquilló. No deseaba llamar la atención, acostumbrada a que solo por su pelo y su piel fuera objeto de miradas que la consideraban la novedad. Cuando ya iba a salir, alguien se dirigió a ella en español y se dio la vuelta.

—¿A qué facultad vas? —le preguntó una chica con el pelo verde y una mochila a la espalda.

—¡Hola! ¿Cómo te llamas? —contestó Sandra, algo sorprendida por un abordaje tan brusco, sin un saludo de por medio siquiera.

—Soy Karen. Me dijeron que ya habías venido, pero cuando llegué era tarde y no quise despertarte.

—Encantada. Me llamo Sandra y estudio Periodismo en la Facultad de Letras.

—Yo hago Arte en el departamento de Historia de la misma facultad. Si quieres vamos juntas, ayer estuve explorando la ciudad y me aprendí una ruta.

—¿Está lejos?

—¡Qué va, aquí nada lo está! ¡Vamos!

Por el camino, Karen le contó que era de Madrid y que también estudiaba en la Universidad Complutense, en la Facultad de Bellas Artes. Aquella chica con la cara llena de *piercings* le gustó, en una sola frase mezclaba conceptos elevadísimos y los más prosaicos, sacados de la televisión, como si nada. Subieron con brío los primeros peldaños de piedra desiguales que conducían a la zona alta de la ciudad. Empezaron fuerte y Sandra se cansó pronto, así que tuvo que bajar el ritmo y llegó sin resuello a su destino, como una metáfora física, tangible y dolorosa de la vida. De la vida sin aliento. De la vida, en ciertos momentos.

Karen la esperó arriba y juntas se dirigieron emocionadas hacia su facultad. Era el primer día de clase y había mareas de estudiantes que se comportaban como afluentes que confluían en las escaleras monumentales para alcanzar el mar, la Universidad de Coimbra, una de las más antiguas de Europa.

Desde la distancia pudieron contemplar el imponente edificio en el que pasarían los siguientes nueve meses. Karen le explicó que las cuatro estatuas de aire clásico que estaban delante representaban la elocuencia, la filosofía, la historia y la poesía. A continuación había una escalinata menor que conducía a las cinco puertas de entrada, coronadas por las letras que lo bautizaban: «Faculdade de Letras». El trasiego de estudiantes y docentes que entraban y salían con prisas era enorme. Algunos llevaban capa y traje negro y buscaban a *caloiros*, «novatos», para hacerles trastadas. Karen y Sandra los miraron sorprendidas y luego se despidieron, no sin antes desearse suerte mutuamente.

Una vez sola, Sandra se limitó a tomar aire y a observar con prudencia, a apresar los instantes previos a su último año universitario. Ya no había vuelta atrás. Entrar ahí suponía descender por la rampa en cuyo final se daría de bruces con la madurez, el mundo laboral y las responsabilidades. Al año siguiente tendría que empezar a buscar un trabajo de cuarenta horas y bajarse de la juventud estudiantil, sin excusas. Y aunque siempre había contado con eso por provenir de una familia con pocos recursos, le dio algo de miedo.

Dejó a un lado las reflexiones pesadas y comenzó a andar de forma mecánica. Una vez dentro, caminó por un claustro tan hermoso como frío, de modo que pese a estar todavía en septiembre tuvo que ponerse sobre los hombros la cazadora que llevaba atada a la cintura. Preguntó a un par de personas, en un esperanto ibérico grotesco, dónde estaba su aula y, finalmente, dio con ella.

El miedo dio paso a la sorpresa cuando vio su clase y una alegría inmensa se apoderó de ella. Inmensa e incontrolable, y sonrió exultante mientras escogía asiento al fondo, para tener una perspectiva completa del aula. La profesora de la primera hora apareció puntual y, tras presentarse, preguntó quiénes eran los estudiantes procedentes de otras facultades europeas. Varias personas levantaron la mano. Había tres de la Universidad de Murcia, dos chicas alemanas y una de Estonia. Los demás eran portugueses y de los PALOP, brasileños y de Timor

Oriental, un estado asiático con pasado luso que había obtenido su independencia ese mismo año. Aproximadamente, un treinta por ciento del alumnado era negro, y a Sandra le emocionó tanto que en el primer descanso salió del aula y, con su exiguo saldo, llamó a su hermana para contárselo.

—Sara, esto está lleno de negros —le dijo mientras caminaba de un lado a otro por un pasillo atestado de gente.

—¿Como que lleno? —Su hermana no se extrañó de que no hubiera ni un hola ni un qué tal.

—Lleno, hay un montón.

—Pero ¿dónde estás? —contestó Sara contagiándose de la euforia de Sandra.

—En clase.

—¡¿En clase?!

—Sí, tía. —Se tapó la boca con las manos para que no la escucharan—. Son de las antiguas colonias u originarios de ahí, y nadie me ha preguntado nada cuando he dicho que soy española.

—¡Y te quejabas de ir a Portugal! Que si está muy cerca, que si se iba a parecer a España... Parece que doña Quejica se ha equivocado.

—Y no sabes cuánto me alegro de que sea así.

—Entonces ¿es como en los campamentos a los que íbamos de pequeñas?

—¡Casi! —le dijo contenta, porque su hermana le había hecho recordar un momento lejano que le transmitió felicidad.

Después solo escuchó el «pi pi pi», que significaba que se le había acabado el saldo, aunque fue como una señal para regresar al aula antes de que entrara el siguiente profesor.

Volvió a su pupitre mordiéndose los carrillos para controlar una risa que se le escapaba. Ella llegaba de España, donde no había espacios especialmente negros, y menos en la Universidad. Allí no esperaban ver a personas como ella, y ese sentir era tan generalizado que incluso a la propia Sandra le llamó la atención ver a iguales en Coimbra. A su asombro le siguió una reprimenda interna por haber interiorizado un discurso que le hacía sentirse superior, ridículamente orgullosa y distinta al resto de personas negras por ser universitaria.

Con los años entendió que «el resto» no existía, que era una mentira muy bien construida, que ella no era la primera en nada y que el contexto era importante. Sandra, que tuvo que empezar a trabajar pronto para aportar en casa, fue consciente de que las necesidades de las familias con experiencia migratoria eran urgencias. Los progenitores trabajaban muchas horas, sus hijos no siempre tenían ayuda para hacer los deberes y, a veces, ni los que deberían exigir consideraban que fuera posible alcanzar según qué metas.

En Ciencias de la Información, la facultad de Madrid en la que ella estudió, había cerca de diez mil alumnos y solo seis eran negros. Sandra saludaba a todos con afecto, pero pasado el tiempo, mucho después, reconoció con toda la vergüenza que le cabía en el cuerpo que, en algún momento, una llama de competitividad le ardió dentro. Interiorizó que solo podía haber una periodista negra, porque la sociedad no aceptaría a nadie más como ella en el mundo laboral. Llegó a creer que era más útil luchar contra otras personas negras que hacerlo con ellas para lograr ser más. Tantas que no se pudieran ni contar. De haber crecido en Portugal, seguramente no hubiera pensado de ese modo. Ser la única negra de su entorno, sin duda, distorsionó su forma de verse en el mundo.

Para el mediodía, Sandra ya había entablado conversación con algunas estudiantes de su clase, casi todas Erasmus, como ella, que llegaban solas y con ganas de tener un año para el recuerdo. Le cayeron bien, pero con ninguna sintió la conexión que tuvo con Karen, a quien ya tenía ganas de ver para que le contara qué tal le había ido el día.

Al finalizar la jornada, Sandra estaba agotada de hablar en otro idioma, como cuando fue a Lyon en su adolescencia, pero esta vez en portugués. Esforzarse todo el tiempo, tratar de traducirse a sí misma y mostrar su verdadero yo le era imposible por mucho que fueran lenguas cercanas. Entendía casi todo lo que le decían, pero se le perdían bastantes expresiones. Aquel acento le resultaba del todo nuevo y le costaba conversar o tomar apuntes. Con todo, rezumaba felicidad porque era curiosa y descubrir cosas nuevas le parecía un regalo.

Estaba en la puerta de la facultad esperando a Karen cuando se le acercó un chico de su clase y le dijo que se llamaba Almiro y que era de Cabo Verde. Quería invitarla a la fiesta que celebrarían en su casa con motivo del inicio del curso. A Sandra le comía la prisa por vivir, por lo que aceptó casi a ciegas, y luego Karen, a quien le encantó el plan, le prometió que la acompañaría.

No tenían ni idea de lo que se iban a encontrar. Solo que iban a la fiesta de un grupo de chicos de los cuales no sabían absolutamente nada, pero es lo que tiene ser joven. La edad trae conciencia y la experiencia, miedos. Cuando llegaron a la vivienda, llamaron a la puerta y un chico alto, de piel muy oscura y el pelo afro y voluminoso las invitó a pasar con una sonrisa y, sin preguntarles quiénes eran, las condujo directamente hasta la cocina, donde se notaba que habían cambiado la mesa de sitio por las marcas que había en el suelo. Estaba en un lateral y sobre ella había comida y bebida. Sandra dejó ahí la botella de alcohol que habían comprado de camino y se fijó en la olla gigante que estaba en el centro. Fue incapaz de reconocer lo que contenía. Parecía una especie de cocido, pero le resultó raro que por la noche sirvieran un plato tan pesado.

Su compañero de clase, que acababa de llegar, las saludó y les explicó que era cachupa, el plato típico de su país hecho a base de maíz y carne. A continuación se dirigió a Sandra muy serio:

—Pero tú sí lo sabías, ¿no?

—¿Yo? —dijo Sandra señalándose a sí misma—. ¿Por qué iba a saberlo?

—¿Acaso tus padres no te han enseñado nada de tu cultura? —le preguntó frunciendo el ceño.

—¿A qué cultura te refieres? —contestó ella a la defensiva.

—A la tuya —continuó él arrastrando cada sílaba—, a la de Cabo Verde.

—Yo no soy caboverdiana —espetó ella, poniendo los brazos en jarra.

—Da igual que nacieras en España si tus padres son de allí.

—¡Aaah, no, no! —logró decir Sandra en mitad de un ataque de risa—. Mi padre es de Guinea Ecuatorial, el único país de África en el que se habla español —explicó, acostumbrada a aclararlo.

—¿En serio? ¡Vaya! Disculpa... Es la primera vez que vemos a una chica de Erasmus negra procedente de España y dimos por hecho que serías descendiente de los caboverdianos que fueron a trabajar en las minas del Bierzo. Ahí hay muchos —le explicó cambiando el semblante.

—Pues ya ves que no, supongo que por eso nadie me ha preguntado de dónde soy —reconoció Sandra levantando los hombros con resignación.

—Supongo —murmuró entre dientes—. ¡Vaya! Discúlpame... es que me da mucha rabia la gente que reniega de lo que es y pensé que quizá...

—Almiro, sé lo que quieres decir, a mí tampoco me gusta ese tipo de gente —dijo mientras le tocaba el hombro para quitarle hierro al asunto—. Y ya que has empezado a contarnos cosas, dinos: ¿qué música es la que suena? —preguntó mirando a los que bailaban agarrados y de forma sensual en esa cocina convertida en pista.

—Es kizomba. Se parece al zouk caribeño, pero nuestras canciones son en portugués.

—Pues es bonito. Que yo sepa, en Guinea Ecuatorial no hay danzas así.

—¿Así cómo?

—Agarradas, con tanto contacto —le explicó Sandra cogiéndose la cintura como si bailara.

—¿Has estado en Guinea? —Almiro cambió el rumbo de la conversación de repente.

—No, pero sí en muchas fiestas que custodian la transmisión de nuestras costumbres.

—¿Crees que es suficiente?

—No. Siempre he querido ir a Guinea, pero...

—Pero...

Y ese «pero» la martilleaba. A ella le hubiera encantado visitar el país, sin embargo, su padre siempre encontró una excusa para evitarlo: falta de dinero para comprar cuatro pasajes de avión, ausencia de alojamientos que a su juicio fueran *sálubres* o que no era el momento adecuado, por elecciones, por rumores de golpes de Estado, por etcéteras varios que ella había heredado.

Almiro desapareció y Sandra se quedó con Karen, comiendo y observando cómo se movía la gente. Era muy diferente al ambiente que recordaba de la discoteca de música africana que visitó en Lyon. Allí nadie bailaba en pareja, en cambio la kizomba parecía un ejercicio de confianza que permitía relajarse y dejarse llevar. Las chicas apoyaban la cabeza sobre los hombros de los chicos o de otras chicas y cerraban los ojos. Entonces sus esqueletos parecían fundirse y moverse solos. No se limitaba al encuentro y el roce entre cuerpos, era otra cosa, algo hermoso.

Había cerca de veinte personas en la cocina, contándolas a ellas dos, casi todas bailando sin hacer mucho ruido; solo se oía la música, los zapatos deslizándose por el piso, un rumor y los tenedores cayendo sobre los platos. Sandra nunca habría llamado a eso fiesta y, desde luego, no la habría apellidado africana. Y ahí estaba su error, en asumir que África era su África, en repetir lo mismo que hacían con ella. Por fuera interactuaba con la gente, chapurreaba y aprendía algunas palabras, asentía, saludaba, pero por dentro vivía tormentas. Por extraño que pareciera, lo que le gustaba era vivir tormentas, reconocer y reprenderse por sus contradicciones. Se acordaba mucho de su hermana, que era la única persona que podía entenderla por haber tenido vidas parejas, aunque Sara fuera la guapa, la clara, la pequeña y no hubiera vivido algunas de sus experiencias desagradables. Pero ahí estaba Sandra, rodeada de africanos de nacimiento, algunos con ojos claros y el pelo más liso que el de su madre, cayendo en la cuenta de que seguía sin saber nada.

Al cabo de una hora, ya no querían comer más y pensaron en irse, dado que no se atrevían a bailar, pero una mano le cortó el paso cuando echó a andar.

—¿Bailas? —le preguntó un chico negro con perilla, en el que ella ya se había fijado por lo bien que se movía.

—No sé —contestó con timidez.

—Yo te enseño. Así han empezado millones de danzas y de conversaciones —respondió él con una fórmula que Sandra pensó que ya habría usado muchas veces.

—No, en serio, es que aquí todo el mundo sabe bailar y yo...

—Todos ellos tuvieron una primera vez —la cortó, y se la llevó al círculo con el resto.

—Me llamo Sandra —murmuró, súbitamente abrazada a él, al tiempo que daba pasos cortos y torpes.

Se sentía ridícula y observada. Era la nueva, la española negra, la exótica, y no por su color de piel, puesto que la mayoría de la gente en aquella cocina era como ella, sino por la combinación de esa dermis con su lugar de nacimiento. Otra vez rara.

Cuando notó que el chico se pegaba mucho hizo del abrazo un corro, para poner distancia, y en cuanto acabó la canción se separó de él, pensando que estaba intentando ligar con ella de una manera burda y rastrera. Volvió a la posición inicial, con Karen, a la que también habían sacado a bailar.

—Estos aprovechan para frotarse —dijo Sandra entre dientes.

—Pues yo no lo veo así. Francamente, a mí se me da fatal y ni siquiera me gusta bailar, estoy aquí por ti, sin embargo creo que esto no tiene nada que ver con ligar. Es la manera de expresarse de un pueblo que no se deja llevar por los tabúes de Occidente, pero supongo que lo ves así porque eres europea.

La palabra «europea» dirigida a ella, tras una perorata cargada de razón, que parecía sacada de un libro académico, le retumbó en el cerebro durante unos segundos. Karen era una chica abierta y muy consciente de los prejuicios racistas y xenófobos porque en la facultad de Madrid pertenecía a una asociación de izquierdas donde solían debatir esos temas. Sandra bajó la cabeza. El pudor le estaba comiendo el estómago y le cerró la garganta.

—Tienes razón —dijo de manera casi inaudible.

Tras esa fiesta vinieron otras. Sandra dejó de escandalizarse por aquella danza que jamás aprendió a bailar bien pero a la que le cogió el gusto. Por las mañanas, con ojeras o sin ellas, iba a la facultad y no se perdía ninguna clase. El nivel académico le parecía superior al de España debido a que eran pocos alumnos y hacían actividades que en la facultad madrileña era imposible llevar a cabo.

Las asignaturas eran similares a las de España, pero en literatura y en historia también les hablaban de escritores como los mozambiqueños Noémia de Sousa o José Craveirinha, de figuras políticas como Amílcar Cabral, que luchó por la independencia de Cabo Verde y Guinea-Bissau, o de Agostinho Neto, primer presidente de Angola. Sandra solía comparar el conocimiento generalizado de la historia que tenían en la universidad portuguesa con la amnesia española en lo concerniente a la etapa africana. En Coimbra, incluso en las bibliotecas de barrio, pequeñitas, disponían de secciones dedicadas a los que fueron territorios de ultramar: Mozambique, Timor, Santo Tomé y Príncipe, Angola, Goa, Cabo Verde, Brasil, Guinea-Bissau, Macao... En Madrid, para encontrar esa información tenía que hacer varios kilómetros en transporte público o conformarse con la biblioteca que entre su padre y ella estaban creando en casa. Pero Portugal iba más allá, incluso en la cadena pública de radio y televisión, RTP, contaban con canales y emisoras centradas en África. Y en las «*noites* africanas» de las discotecas, los miércoles, se escuchaban los mismos temas que en Luanda o Praia.

En Londres, África y las Antillas están presentes en todos los espacios de una manera o de otra; ni siquiera hace falta ir a una discoteca determinada para escuchar ciertos ritmos. El azonto, un estilo musical de África Occidental, se escucha en las radios inglesas con normalidad. De igual manera que el pollo picante no intimida a nadie.

—Sara, ¿te gusta Brixton? —le pregunta Sandra a su hermana.

—Me encanta, esto está lleno de cosas que sería imposible encontrar en España. Voy a tener que comprar una maleta para meter todo lo que quiero llevarme.

—Tranquila, usa la mía —dice su madre metiéndose en la conversación—. La he traído llena de comida y me la llevaré vacía.

—Esta noche salimos por aquí y te enseño más.

—¿Y yo? ¿A mí no me sacáis? —pregunta Aurora.

—Bueno, si quieres venirte... —responde Sandra sin convicción.

—Tranquila, era una broma. Yo lo que quiero es descansar, que llevamos el día entero dando vueltas y vosotras gastando dinero.

—Pues esto no ha hecho más que empezar, mamá —dice Sara mientras se detienen delante de una librería.

En la pared, justo al lado del escaparate, hay un grafiti de una mujer negra con un pañuelo atado en la cabeza. En la parte de abajo han escrito con letras mayúsculas «NANNY», el mismo nombre que figura en el letrero situado sobre la puerta de la tienda.

—Fue una de las heroínas de Jamaica, luchó contra la esclavitud —les explica Sandra a su madre y a su hermana—. Supe de su existencia aquí.

—¡Este sitio es una mina! —exclamó Sara desde el interior.

—La primera vez que entré en Nanny Books me recordó a la *Associação* de Coimbra, pero no porque allí vendieran libros, sino por el trasiego cultural y de gente joven. Os he hablado de ella, ¿no?

—¡Mil veces! —gritó desde el fondo Sara, perdida en alguno de los pasillos.

La cosa se pone caliente

La Asociación Académica era un local que estaba cerca de la Universidad de Coimbra y que, desde hacía más de cien años, congregaba a los estudiantes a diario. Al principio Sandra no entendía muy bien su función; luego supo que aglutinaba los diferentes intereses de los alumnos a través de agrupaciones deportivas y culturales. Detrás de cada puerta había jóvenes que jugaban al ajedrez, otros que se interesaban por el tiro con arco, el taekwondo, los derechos humanos o el cine. Todo el mundo encontraba ahí su espacio y, cada cierto tiempo, se organizaban actividades en el bar que los conectaban a todos. También había una biblioteca, que en los meses más fríos se llenaba porque buena parte de las viviendas no tenían calefacción. Sandra conoció allí a Nelson.

Una vez más, los lazos existentes entre la clase, la raza y el origen se hacían patentes. Los estudiantes africanos o aquellos que tenían menos recursos se congelaban en sus cuartuchos baratos, así que se juntaban en aquella sala bien iluminada y dejaban que las horas se sucedieran mientras se perdían entre sus cifras y sus letras.

Sandra solía ir con Karen, cuya amistad no dejaba de fortalecerse, al contrario que con sus compañeras portuguesas, que las regañaban constantemente por gritar cuando, a su modo de ver, estaban hablando en un tono normal. Para no molestarlas, dejaron de tener las típicas charlas de pasillo y empezaron a pasar ratos en el cuarto de la una o de la otra, contándose primero cómo había ido el día y después hablando de la vida. Cuando el frío comenzó a hacer difícil incluso coger el boli porque tenían los dedos ateridos, la biblioteca de la *Associação* dejó de ser una opción y se convirtió en una necesidad.

Sandra, que solo tenía que leer apuntes y hacer esquemas, se equipaba igual que si fuera el primer día de colegio. En su estuche había hasta una regla pequeña para subrayar. Lo cierto es que luego no usaba nada de lo que se llevaba, pero le hacía sentirse aplicada y responsable.

Tras dos semanas yendo a la misma hora y ocupando los mismos asientos de una mesa que llamaban «nuestra mesa», coincidió con Nelson. Le llamó la atención porque, a diferencia del resto de estudiantes, que miraban fijamente sus folios manuscritos en tinta azul o negra, él aporreaba una calculadora que por la cantidad de teclas que tenía parecía de la NASA. Después garabateaba los resultados en un cuaderno de cuadros minúsculos con números también minúsculos.

No cruzó su mirada con Sandra en ningún momento, razón por la que ella se sorprendió tanto cuando apagaron las luces de la sala y él se acercó tímido, con las manos metidas en los bolsillos, mirando a un lado y a otro, fingiendo que buscaba o esperaba a alguien, hasta que se armó de valor y se dirigió a ella.

—*Oi, sou Nelson, é modi, tudu dretu?* —le preguntó en criollo caboverdiano.

—*Nâo falo a tua lingua, só portugués* —respondió Sandra mientras metía en el estuche con parsimonia la colección de bolígrafos y rotuladores que tenía esparcidos por su lado de la mesa.

—*E porque nâo?*

—*Porque sou espanhola.*

—*ES-PA-NHO-LA? Fogo!*

Abrió mucho los ojos, evidenciando que le sorprendía de veras que Sandra fuera española. *Fogo* significa «fuego», sin embargo, también es la manera de evitar decir *foda-se*, o sea «joder».

Sandra, al tiempo que se colgaba la mochila para abandonar la sala, le dijo que había nacido en Madrid pero que su padre era de Guinea Ecuatorial, y él le confesó que jamás había conocido a nadie de allí y que no tenía ni idea de la historia de «la Guinea española». Caminaron por el pasillo y mantuvieron una charla corta en la que él le contó que estudiaba Ingeniería Química. Parecía tímido, porque se despidió con prisas, pero antes le preguntó si volvería al día siguiente. Ella respondió que sí. Nada más.

En cuanto Nelson se fue, Sandra se dio la vuelta y Karen empezó a darle codazos de complicidad. Ella, sin poder ocultar la risa nerviosa, la chistaba para que hablara más bajo.

—Te estás equivocando —dijo—. No quiere ligar, solo saber más de Guinea. ¿No ves la pinta de estudiante repelente que tiene?

Karen, por su parte, seguía dándole codazos.

—¿Te gusta?

—¡Yo qué sé! No le conozco.

—No estamos hablando de eso, sino de si te gusta, de si te parece guapo.

—La verdad es que no me había fijado en él, pero ahora que hemos hablado un ratito me parece que tiene una boca preciosa. Eso sí, viste como el típico empollón.

—No se puede tener todo en esta vida, amiga —replicó Karen guiñándole el ojo.

—Pero me ha encantado conocer a un chico negro en una biblioteca.

—¿Eso también lo dirías si el chico fuera blanco? —espetó Karen con gesto serio.

Sandra se quedó callada porque rebuscó en su cerebro, pero no encontró palabras ni excusas válidas.

Sandra camina cabizbaja por los pasillos de Nanny Books, ojeando obras que rescatan del olvido historias y personas que rara vez tienen hueco en las librerías. Piensa en lo que dijo al salir de la biblioteca aquel día que conoció a Nelson y concluye que no, que seguramente no lo hubiera dicho de ser blanco. Pero no se trababa de racismo sino de endorracismo, una forma atroz de autodesprecio derivada de la interiorización de los estereotipos que existen en torno a lo que se supone que es ser negro.

«Para ser negra eres guapa», «Fíjate qué buenas notas saca, y eso que es negra», «Es negra, pero no da problemas», «Ya sabes cómo son los negros», «¿Quedamos a una hora o con horario de negros?» o «Pero si tú de negra solo tienes el color», eran frases que ella combatía y que llevaba prendidas en las entrañas. Quitarse esos prejuicios no era tan fácil, requería darse la vuelta como un calcetín y arrancarse los ojos para cambiar su mirada.

Se fueron a casa y Sandra se metió en su habitación para seguir estudiando, ya que al día siguiente tenía un examen. Ni siquiera cenó. No quería volver a ver a Karen, al menos ese día. Su amiga se había dado cuenta de lo incómoda que estaba y antes de que se encerrara, intentó encarrilar la conversación y llevarla por otro lado, pero le resultó imposible. Sandra estaba comida por la vergüenza que le generaba esa oscilación constante entre la euforia del encuentro con otras personas negras y los complejos que arrastraba por ser lo que era. Se acordó de su padre, un africano orgulloso que tenía una habitación llena de libros escritos por hombres blancos, e intuyó que ni ella ni Antonio eran los únicos que vivían en un péndulo, moviéndose entre dos extremos.

Vació la mochila y tiró sus apuntes al suelo. Ni siquiera tenía escritorio, solo una cama y un armario. Se puso su pijama gordo y desparejado y se sentó sobre un cojín, al calor débil de una estufa halógena, que también le daba luz y que casi nunca encendía para que su factura no se disparara. Le hubiera gustado dormir al menos unas horas para ir fresca al examen, pero no consiguió conciliar el sueño La mayoría de la gente pensaba que cursar una beca Erasmus era algo sencillo, y en muchos destinos había algo de verdad. Sin embargo, en Portugal permitían a los estudiantes españoles examinarse en castellano, de modo que el desconocimiento de la lengua no era una excusa para ellos. A sabiendas de esto, Sandra se preparó lo mejor que pudo e hizo un examen decente.

Al salir de clase fue directamente a la biblioteca con el temario de tecnología de la información, porque dos días después se examinaría de esa asignatura. La sala estaba bastante llena y había estudiantes fuera, desperdigados entre un par de bancos y el suelo. Había mucho más ruido que en el interior, por el sonido que llegaba del bar de la Asociación, pero todo el mundo parecía bastante concentrado. Miró a su alrededor buscando un hueco y a Nelson, sin suerte, hasta que una chica negra, con el pelo muy corto teñido de rubio platino que estaba en un banco, levantó la cabeza, se desplazó a su derecha y le hizo un gesto con la mano para que se sentara a su lado.

Sandra se dirigió hacia allí.

—Gracias —le dijo en voz baja.

—De nada —dijo ella, y riéndose le preguntó—: ¿De dónde es ese acento tan raro?

—De España.

A su compañera de banco se le abrieron los ojos de par en par y dijo a voz en grito:

—¡Fijaos, esta negra es españolita!

Todo el mundo se giró hacia ellas y algunas personas pidieron que bajaran la voz. Sandra se quedó seria, estaba empezando a cansarse de ser un espectáculo.

—Me llamo Deolinda, pero llámame Deo. Disculpa, ¡no te enfades!

—No me enfado —contestó Sandra, seca.

—Sí, te ha sentado mal. ¿Es porque te he llamado «negra»?

Alguien volvió a chistar para que se callaran, así que Deo le susurró al oído que dejaran los apuntes allí para guardar el sitio y que salieran a hablar tranquilas.

—No puedo, tengo que estudiar.

—¡Vamos, será un segundo! —la convenció Deo.

Sandra estaba molesta, pero consideró más inteligente abandonar aquel lugar que continuar desconcentrando a la gente. Dejó un cuaderno y un subrayador encima del asiento y se levantó.

Ya en la calle, quiso contestar a lo que le había preguntado Deolinda.

—No es que no me guste que me digan que soy negra, es que estoy cansada de que la gente se sorprenda de que sea negra y española —dijo en la puerta de la Asociación, casi a voces por el trasiego que había y sintiéndose ridícula por dar explicaciones a aquella desconocida tan peculiar.

—¡Aaah! Tienes que entenderlo. Llevo viviendo muchos años aquí y nunca había visto a una negra española. Y eso que yo veo la televisión de España, porque me encanta una serie en la que sale una mujer que cuida a muchos niños... ¿cómo se llama? —le preguntó chasqueando los dedos.

—No sé... —balbuceó Sandra, desconcertada.

—¡Sí! ¡*Ana y los siete*! Y también veo las noticias y el fútbol, y no recuerdo que salgan personas negras.

—Es que no salimos, pero estamos ahí —contestó, sorprendida de que alguien le hablara de esa serie en otro país—. Mi padre nació en Guinea Ecuatorial, que fue colonia española hasta hace menos de cuarenta años, pero nadie se acuerda.

—Entonces ¿por qué te sienta tan mal que a mí me llame la atención? —Lanzó la cuestión y luego apartó suavemente a Sandra de la puerta para no interrumpir el tránsito incesante que tenía el centro en plenos exámenes.

—Porque me pasa todo el rato —contestó bajando la cabeza.

—Pues no lo diré más. ¿Cómo te llamas?

—Sandra.

—De acuerdo, ya no serás más la negra española sino Sandra. ¿Mejor así? —le preguntó extendiendo el brazo para darle la mano.

—Desde luego. —Sandra se la estrechó, como si estuvieran cerrando un trato, y continuó hablando—: ¿Y de dónde eres tú, Deo?

—¿A ti también te sorprende que yo sea negra y portuguesa? —le dijo con sarcasmo levantando una ceja.

—No, es que tu acento tampoco parece de aquí —contestó Sandra, un poco nerviosa.

—¡Es una broma! ¡Claro que mi acento no es de aquí! Yo soy de Angola. Llegué hace unos años por la guerra que hay en mi país —dijo mientras se levantaba el jersey y mostraba unas manchitas negras en la espalda.

—¿De qué son esas manchas?

—Pisé una mina y me trajeron para recibir atención médica. Me quedé con unos familiares porque era pequeña y ahora estoy genial, estudiando, como tú —le explicó Deo bajándose el jersey.

—Yo coincidí en un campamento con un chico que fue niño soldado en tu país, pero nunca hablaba de ello, y tampoco tuve valor para preguntarle por el tema.

—Sí, aquello no es el paraíso. Bueno, ¿y estás contenta en Coimbra? —añadió, cambiando el rumbo de la conversación.

—Me gusta, sí, aunque casi no tengo amigas que sean de aquí.

—Normal. La gente ya tiene sus círculos de amistades cerrados y... a los portugueses, los españoles les parecéis muy escandalosos, igual que nosotros. Por cierto, ¿alguna vez has ido a África?

—No, pero iré —contestó Sandra con firmeza.

—Bueno, entretanto estamos en Portugal, que probablemente es lo más parecido a África que hay en Europa. ¿Ya has salido por las fiestas de música africana?

—¡Claro, desde el primer día!

—¿Y has probado la comida de allí?

—Solo la cachupa, de Cabo Verde.

—Eso lo vamos a solucionar. Tengo un grupo de amigas y amigos de muchos sitios. Quedamos para ver películas, cocinar y nos intercambiamos libros. Te los presentaré.

—¡Muchísimas gracias! ¿Volvemos? —Sandra empezaba a estar agobiada, no podía perder más tiempo.

—¿Quién te gusta en la Asociación?

—¿Qué? ¿Por qué? —respondió Sandra algo turbada.

—Porque cuando viste que no había sitio, pusiste una cara de pena tan grande que pensé que no podía ser solo por eso...

El silencio de Sandra contestó por ella. Deolinda le tendió la mano y regresaron juntas al interior del edificio.

Tras unas horas estudiando, incómoda y encorvada, se despidió de Deo, como ella prefería que la llamaran, intercambiaron los teléfonos y quedaron en verse más adelante, aunque Sandra no creía que volvieran a cruzarse. Le pareció una chica simpática, pero quizá demasiado excéntrica.

Cuando estaba abandonando la Asociación se encontró a Nelson, que entraba corriendo.

—¿Adónde vas?

—A casa, no hay sitio y llevo horas estudiando en un banco —le explicó Sandra, algo molesta.

—¿Y por qué te has quedado? —le preguntó sonriendo, como si adivinara que ella le estaba esperando.

—Porque estando aquí, me parecía una tontería volver —mintió Sandra con total naturalidad.

—Ah, bueno, te acompaño.

Caminaron unos quince minutos y luego se quedaron hablando en la puerta de su casa. Él había buscado en internet información sobre Guinea Ecuatorial y quería saber de qué etnia era ella. Le explicó que su país fue una antigua factoría insular de esclavos provenientes de otras partes del continente que se iban a llevar a América, pero que al final se quedaron allí. En el archipiélago se mezclaron con europeos y estos les arrebataron sus apellidos y les renombraron. Por eso tenían apellidos como Lima, Carvalho o Da Rosa. Con el tiempo, olvidaron su historia y sus lenguas y crearon una nueva que era un híbrido de todas. Sandra le contó que ella era fang y le confesó que solo sabía algunas palabras en el idioma de su padre. La charla fue fluida y amena. Se notaba que él había estado indagando por internet y eso a ella la enterneció. Definitivamente, Nelson era un empollón que le gustaba.

Se vieron muchos días más hasta que se besaron torpemente por vez primera, y no por falta de experiencia sino por nervios, vergüenza y timidez. Nelson no tenía nada que ver con algunos caboverdianos que Sandra conocía, que vestían con ropa ancha, llevaban años estudiando el mismo curso y a los que era más fácil ver en las discotecas que en la universidad. Era responsable y vivía en una residencia tan alejada que le tocaba coger un autobús para llegar al centro. La beca que había conseguido, gracias al gobierno de su país, solo le daba para compartir habitación en una residencia de estudiantes. No obstante, pasaba poco tiempo ahí porque se sacaba un extra como camarero en un restaurante. Su vida era sencilla y monótona: trabajaba, iba a clase, comía en la cantina de su facultad y, las horas que le quedaban libres estudiaba en la biblioteca.

El día que besó a Sandra acababan de salir de la Asociación Académica y paseaban por esas aceras color crema portuguesas, resbaladizas, de las que ponen a mano pedazo a pedazo, y tan delicadas que siempre estaban en construcción y reconstrucción. Caminaban despacio para estirar su momento juntos y se rozaban el brazo o la mano, castos, como sin querer. Cada vez que sus pieles se encontraban, Sandra notaba cómo se erizaba y miraba al suelo, por si él se daba cuenta. Desde que estuvo con Dani, que le había roto el corazón, se había encerrado en sí misma y, quizá por su falta de autoestima, no había vuelto a tener pareja. Pero Nelson era diferente.

—¿Cuál es tu sueño, Sandra? —le preguntó a bocajarro.

—Quiero ser periodista y viajar por el mundo, cubrir guerras, golpes de Estado, ser corresponsal en el extranjero, vamos. Me gustaría que fuera en un periódico, porque la televisión y la radio me dan pánico —confesó riéndose.

—¡Vaya! ¿Así que quieres volar? —dijo él levantando los brazos como si fueran alas.

—Sí, volar —respondió sonriendo—. Eso suena bien.

—¿Y a qué esperas? —Nelson le devolvió la sonrisa.

—A que me den la oportunidad. ¿Y tú? ¿Qué quieres hacer cuando acabes?

—Volver a Cabo Verde. Allí las empresas se pelean por nosotros, porque llegamos con un buen nivel de Europa. Nos valoran más que a los que estudian ahí.

—Hummm, supongo que eso es una buena noticia —dijo ella intentando domar sus sentimientos.

—Supongo que sí. Por eso en mi esquema mental no entra tener pareja. Necesito terminar la carrera lo antes posible —sentenció Nelson.

Y a partir de ahí se abrió un barranco de silencios entre los dos. Continuaron su paseo callados, sintiendo que no había nada más que añadir. A Sandra, que se había enamorado despacio de su forma de hablar, de su acento insular, de sus pausas, de su manera de rascarse cuando la timidez le vencía, aquella frase le vació el pecho. Continuó con la mirada fija en aquel suelo hasta que él frenó en seco. Pensando que sucedía algo, Sandra alzó la cabeza y se dio cuenta de que a su alrededor no pasaba nada, solo estaba él, mirándola con el dolor que le causaba traicionarse. Cerró los ojos y acercó sus labios a los de ella. Se besaron lento, con los ojos abiertos, las narices chatas, aplastadas, sin necesidad de girar la cara, abrazándose por las mochilas que aún llevaban puestas, ortopédicos, en mitad de una calle muerta. Estuvieron así segundos o minutos u horas y, cuando se separaron, volvieron a andar, pero ya cogidos de la mano.

—Perdona, ¿tú no decías que...? —empezó Sandra, consciente de que estaba rompiendo un momento mágico. Su inseguridad la llevaba a buscar certezas, aunque no las hubiera.

—Ya lo sé —la cortó él—. Ya sé lo que he dicho. Es la primera vez que no sé qué estoy haciendo y no quiero pensar.

—Entonces no pienses. —Sandra le entretuvo la boca con un nuevo beso.

Al llegar a casa, subió tan rápido las escaleras que sus compañeras pensaron que le había pasado algo. El hecho de que llamara a la puerta de Karen con urgencia acentuó esa sensación de alarma. Karen abrió despeinada, como si se acabara de levantar.

—Ya ha pasado —acertó a pronunciar.

—¿El qué? Espero que sea algo importante... Estaba estudiando —contestó Karen riéndose con cara de dormida.

—Nos hemos besado. —Sandra seguía tiesa, sin entrar en la habitación de su compañera y esperando que ella la invitara para poder contárselo en detalle.

—Venga, anda, entra... —dijo, apartándose un poco para que pasara.

Karen se sentó en el suelo, sobre una alfombra fina y peluda de color marrón y, con mucha ceremonia, le hizo un gesto con la mano para que se sentara a su lado. Sandra le contó todo, todavía echa un manojo de nervios, pero con los detalles frescos, y cuando concluyó le pidió su opinión a Karen, que se había mantenido en silencio todo ese tiempo.

—Muy bonito, me alegro. Y... ¿cuándo y dónde vais a follar? —soltó de pronto—. Nuestras compañeras no dejan que suban chicos y él comparte cuarto...

—No es algo en lo que haya pensado todavía —balbuceó.

—¿Por qué? Os gustáis, sois mayores de edad y vuestros padres están a cientos o miles de kilómetros.

—Bueno, todo llegará.

—¿Eres virgen?

—¿Qué? —fingió no escuchar bien.

—¡Eres virgen!

—Sí, lo soy, pero es porque...

—No tienes que explicarme nada —continuó Karen—. Cada cual tiene sus ritmos. Lo único que tienes que tener claro es si quieres hacerlo. No te sientas obligada por el entorno ni presionada por él.

—Eso haré, y la primera en saberlo serás tú.

—¡Oye, que no quiero conocer todos los detalles! —dijo poniendo cara de asco.

Sandra, muerta de la risa, la golpeó con un cojín.

En efecto, Sandra no se había acostado con nadie. No tenía nada que ver con la moral religiosa sino con ella, con las jaulas en las que encerró su deseo y con el miedo a hacer realidad los estereotipos. Le repugnaba que la gente pensara que se ajustaba a la imagen de negra caliente, así que vivía al otro lado de esa construcción y se amuralló. Tampoco, se decía, podía echar de menos algo que no había vivido.

Tras el primer beso con Nelson vinieron más. No muchos, porque él no quería descuidar sus quehaceres a causa de su relación. Se veían entre la biblioteca y su hogar. Y algún día que otro, él subió a escondidas a su cuarto y se acariciaron los cuerpos y las pieles, de nuevo tímidos y torpes, pero sin llegar a más.

Sandra, como tenía algo más de tiempo, iba con asiduidad a la Asociación o paseaba por la ciudad, con Karen o en solitario, hasta que llegaba al río Mondego y desandaba el camino. Una tarde se encontró con Deolinda mientras deambulaba. Estaba en la rua Quebra Costas, «rompe espaldas», que recibe ese nombre por lo difícil que resulta transitarla ya que está en cuesta.

—¿Adónde vas, españolita?, digo Sandra... —le preguntó de lejos, apoyada en el marco de la puerta de una vivienda.

—¡Hola, Deo! —le respondió casi sin aliento mientras caminaba hacia ella—. Estaba dando una vuelta.

—Pudiendo quedar conmigo y con mis amigos, ¿prefieres estar sola?

Sandra miró al suelo y no contestó. Se sentía mal por no haberle cogido el teléfono cuando, días antes, la angoleña la llamó. Deo le hacía gracia, pero no sabía muy bien por dónde iba a salir, de modo que prefirió ser prudente.

—Anda, entra —le dijo la angoleña echándose a un lado—, que quiero enseñarte mi república.

—¿Cómo que tu república?

—Sí, es una casa normal, pero el alquiler sale mucho más barato a cambio de que los inquilinos promovamos la vida cultural de la ciudad. Tienen diferentes nombres y esta se llama «La Quimera». La mayoría de los que residimos aquí somos africanos.

Todos los rincones de aquella vivienda eran salas de estar llenas de cojines, esterillas y telas wax vivas y desvaídas. Las paredes estaban empapeladas con poemas y dibujos a boli, algunos de hacía tan solo unos minutos y otros de unas cuantas décadas atrás. En el salón, que era el corazón desde el cual bombeaban las letras, las rimas, las acuarelas y los colores, había una sábana blanca colgada del techo enfrente de un proyector antiguo.

Sandra miró a Deo.

—Cada día organizamos alguna actividad interesante, aunque lo más habitual es que hagamos cinefórum porque es lo más fácil de preparar. Ponemos una película del género que sea y luego la comentamos —le contó.

Estando ahí, Sandra entendió más el carácter extravagante y abierto de Deo, vio que estaba acostumbrada a relacionarse con proyectos de artistas. Le gustó tanto ese sitio que, en cuanto pudo, regresó con Karen, a quien como estudiante de Bellas

Artes también le encantó. Aquella casa, república y republicana, era un lugar sin vergüenza ni miedo a crear, a desnudarse y a vestirse con lienzos, grafitis o exposiciones de fotos que mostraban una Coimbra nocturna o ilustrada o negra o anciana o culta o borracha. En aquella casa Sandra fortaleció su vis africana, que en España solo era negra o solo guineoecuatoriana. Su piel y su pelo, las marcas visibles que la extranjerizaban, eran su mástil y su tela, la de una nación que no tenía fronteras y cuya bandera eran sus cuerpos africanos y afrodiaspóricos diseminados por toda la tierra. Admiraba a los que habitaban la casa y a los que pasaban y dejaban su huella en ese lugar joven tan anciano. Poco a poco se fue gestando su idea de volver al lugar al que nunca había ido y que había construido en su mente como una ilusión: Guinea Ecuatorial, su otra casa.

A Nelson, menos aficionado al arte que a los números, no le gustaba «La Quimera» y tampoco aprobaba que Sandra se pasara ahí todo el día. Criticaba que sus nuevos amigos fueran jóvenes acomodados que podían permitirse dilatar su estancia en la universidad y dedicarse a organizar fiestas. No obstante, Sandra sabía que parte de su enfado constante tenía que ver con unos celos que era incapaz de dominar. Ella no se lo discutía con palabras sino con hechos; simplemente, continuaba yendo y ampliando su visión y sus conocimientos en aquella ciudad pequeña llena de mundos.

Deolinda, lejos de mediar, hacía más grande el hueco que les separaba. Se metía con Nelson a la cara, le llamaba aburrido y le afeaba el que no quisiera que su novia pudiera disfrutar plenamente de su experiencia Erasmus.

—¿Otra vez vas a esa república? —le preguntó Nelson a Sandra un día que coincidieron los tres en la biblioteca. Él quería irse ya a casa y ellas todavía no. Después giró la cabeza y, cambiando el tono para mostrar su desprecio, se dirigió a Deolinda—. ¿Qué pasa, es que ahí nunca estudiáis?

—¡Claro que sí, y aprobamos! Lo que pasa es que quieres que Sandra se quede en casa mientras tú no estás y te da igual si ella se aburre como una ostra —replicó Deo, con mirada altanera.

—No me conoces de nada, pero te gusta hablar...

—¡Basta! —les interrumpió Sandra—. No soy una niña, no tenéis que hablar por mí ni decidir qué quiero hacer. Me voy al cine, sola, ni a tu casa —dijo furiosa señalando a su amiga, y luego a Nelson—: ni a la tuya.

Cuando salió del cine tenía varias llamadas perdidas y mensajes de los dos.

«Discúlpame, tienes razón, avísame cuando salgas. Necesito hablar contigo», le escribió su novio en el último.

Sandra no le contestó hasta que llegó a casa. Lo hizo con un simple «Dime».

«Prefiero hablar en persona, ¿quedamos en tu casa?»

«De acuerdo. Avísame cuando estés en la puerta para que no te oigan las portuguesas.»

A los diez minutos, Sandra recibió una llamada perdida de Nelson. Ya con el pijama puesto, bajó las escaleras sin ganas, le abrió y le pidió con gestos que se quitara los zapatos y que anduviera de puntillas. Cuando llegaron a su cuarto, ella se sentó en la cama y él se quedó de pie, caminando de un lado a otro hasta que paró y empezó a soltar un discurso que parecía haber ensayado. Lo hizo como los niños pequeños en las obras de teatro del colegio, mirando al vacío, con las manos entrelazadas detrás de la espalda, con energía, pero con un ligero temblor provocado por los nervios.

—Disculpa, tenías razón —comenzó.

—Eso ya lo has dicho.

—No me lo pongas difícil, Sandra —dijo con una sonrisa.

Ella, pétrea, se limitó a mover las manos para indicarle que continuara.

—¿Recuerdas que una vez te dije que no quería tener novia? —Sandra asintió y el prosiguió—. Lo dije porque no quería desconcentrarme. El problema es que no me he hecho caso a mí mismo, y me alegro, sin embargo a veces temo que después de todo, tú, saliendo, conociendo a gente más interesante, no quieras estar conmigo.

—¡Qué tontería! Si no quisiera ser tu novia te lo diría.

—Pues quizá necesitaba algo de esto por tu parte, seguridad.

—Cuenta con ello. Pero nunca me digas qué debo hacer, ni con quién salir ni cuándo. Deo es mi amiga, eso no va a cambiar. Me consta que no os lleváis bien, de modo que en adelante, si de mí depende, no compartiréis espacios comunes.

La conversación fue larga. Volvieron a hablar de sus metas futuras y de las más cercanas, del tiempo que pasarían juntos lo que les quedaba de curso, y poco a poco sus posiciones se fueron ablandando y ellos también, hasta que Nelson se sentó a su lado en la cama. Al cabo de unos minutos le cogió la mano y empezó a hacerle cosquillas en la palma, con su dedo de uñas comidas, grueso y áspero, y ella le respondió haciéndole lo mismo en el antebrazo. Finalmente se besaron con pasión y cayeron de costado en el colchón, mirándose y acariciándose cada centímetro del cuerpo, hasta que Nelson empezó a quitarle la ropa y, al ver que Sandra no hacía lo mismo con él, también se despojó de la suya. A ella no le había dado tiempo a poner la estufa, cosa que no importaba porque de sus cuerpos emanaba un calor humano que, pese a todo, no evitaba que Sandra tuviera el vello de punta por causas ajenas al frío.

De repente empezó a tiritar, le castañeteaban los dientes, así que Nelson le cubrió con la colcha y la abrazó.

—No es eso.

—¿El qué? —respondió él.

—Que no necesito la colcha, es que... estoy algo nerviosa.

—Eres virgen, ¿verdad? No tenemos por qué hacer nada.

—Pero yo quiero —afirmó Sandra con rotundidad.

—¿Estás segura?

—Del todo.

Se besaron de nuevo, y comenzaron una vez más aquella coreografía improvisada en la que ninguno de los dos sabía bailar especialmente bien. Ella pensaba lo que debía hacer en lugar de dejarse llevar, porque nunca supo cómo tocar, ni besar, ni dejar que los sentimientos se le escaparan por la yema de los dedos. Hizo lo que pudo, torpe, pero sin dolor y en confianza.

Nelson se quedó esa noche con ella y los momentos antes de dormirse fueron hermosos. Intercambiaron pocas palabras y se hicieron un ovillo debajo de las sábanas.

A la mañana siguiente, se levantaron temprano para que las compañeras de Sandra no se enteraran de que él había estado ahí. Le acompañó sigilosa a la puerta, se besaron y se abrazaron con intensidad y prisa y quedaron en verse más tarde.

Subió las escaleras de vuelta a su cuarto en una nube, sonriendo y deseando que Karen se despertara para contarle todo. Justo cuando iba a entrar en su habitación se abrió la puerta del cuarto de su compañera y apareció con los ojos aún hinchados de dormir.

—¡Estaba deseando que Nelson se fuera ya para que me contaras! —le dijo con una sonrisa pícara.

—Pues... aunque suene raro, ¡yo también! —le respondió Sandra tapándose la boca para que no se oyera su risa.

Karen la empujó a su cuarto con el fin de que pudieran hablar tranquilas, sin molestar a nadie, y ahí Sandra se explayó, le contó cómo fue su noche con todo lujo de detalles y le confesó su torpeza.

—¡Nadie nace sabiendo, Sandra! Lo que pasa es que, como eres una perfeccionista, estás acostumbrada a que todo te salga bien. Mi primera vez fue terrorífica, y no es que ahora sea una experta, pero ya me apaño mejor.

—¡Poco a poco!

—¡No te lo crees ni tú, lo de poco a poco! ¡Voy a tener que mudarme! —le dijo muy seria antes de estallar en una carcajada.

Todavía riéndose, Sandra se despidió de Karen para intentar dormir un rato.

Una vez en su habitación, se quedó observando la cama deshecha. Fue como un pellizco que sirvió para comprobar que nada de lo que había vivido con Nelson había sido un sueño. Antes de tumbarse de nuevo, quiso escribir a su hermana para hacerle partícipe del que ella consideraba uno de los grandes hitos de su Erasmus.

«Me he acostado con Nelson, el chico del que te hablé, y ha sido genial.»

«¡¡¡¿¿Qué???!!!»

«Mi primera vez, hermanita. En las películas mienten, me ha gustado la sensación de tenerle dentro de mí, pero te confieso que no he sentido gran cosa. Quizá no he sabido hacerlo.»

«Eso cambia, ya lo verás. A mí también me pasó al principio, luego vas aprendiendo. Y antes de que me preguntes, sí, yo también lo he hecho con Juan. No te lo dije porque estaba esperando a contártelo en persona.»

«¡No te lo voy a perdonar! Cuando te vea, te vas a enterar. Tú siempre fuiste más rápida, hermanita. ¡Besos!»

«Beso.»

Sara llevaba meses saliendo con un compañero de universidad. Un chico al que Sandra no conocía personalmente pero que estaba en su grupo de amigos. Le había visto en algunas fotos y le recordaba a Daniel, su primer novio, solo que Juan, el novio de su hermana, además de llevar ropa ancha tenía dilataciones en las orejas. Reflexionó sobre lo que pensarían sus padres de sus parejas. Nunca se lo había planteado porque no tenía intención de presentarles a nadie. Hasta la fecha, habían sido muy severos con el tema de que ellas estuvieran con chicos, ya fueran blancos o negros.

Al salir de la librería, Sandra cavila acerca de cómo cambian las personas. Ahora ella es más reservada y procura mantener sus espacios separados, su pareja por un lado y su familia por otro. Y Sara, en cambio, ha sido de las que lleva a su novio a comer los sábados a casa de sus padres y los domingos va a la de los progenitores de este.

En la actualidad, ambas están solteras y no piensan demasiado en chicos, aunque es inevitable que, paseando por Brixton, las dos hermanas se miren cómplices al cruzarse con alguno que les parece guapo. Con todo, su interés fundamental en ese barrio es abastecerse de cultura, así que entran en una tienda en la que venden pendientes grandes con la forma de la cruz de anj y del continente africano, vestidos coloridos y camisetas con el rostro de figuras de la lucha por los derechos civiles.

—Este viaje va a dar al traste con mi economía —dice Sara muy seria.

Sandra se echa a reír.

—A mí no me hace nada de gracia, hija. No hemos venido a gastar sino a ver a Sandra y a conocer la ciudad.

—¡Y eso es lo que estamos haciendo, mamá! —grita desde el probador su hija menor.

—Me encantaría que estuviera aquí papá, parar disfrutar también con él —dice Sandra con una sonrisa triste—. Llevo un par de noches teniendo pesadillas y me acordé de sus presagios, aunque parece que me equivoqué porque, en lugar de recibir malas noticias, habéis aparecido vosotras.

Sara sale del probador para que Sandra y Aurora la vean e intercambia una mirada fugaz de preocupación con su madre.

—¿De verdad que está todo bien con papá? —insiste otra vez Sandra.

—Hermanita, no te mentiría. Y ahora no me mientas tú, ¿no es el vestido que mejor me queda del universo?

—Sin duda.

—Pues mamá, no te enfades, pero me lo tengo que comprar.

De nuevo las tres estallan en risas y el dependiente, que las observa de lejos, levanta los hombros sin entender nada.

Sandra estuvo profundamente enamorada de Nelson. Fue su primer amor verdadero y durante meses mantuvieron la llama de su relación intacta, incluso después de terminar el Erasmus en Coimbra, cuando Sandra regresó a Madrid. Se llamaban desde locutorios y tenían conversaciones encendidas y cursis a la vez. Pero la distancia fue apagando la pasión inicial, y los trámites burocráticos que tenía que hacer él para visitarla, por no ser ciudadano de la Unión Europea sino caboverdiano, lo complicaron todo. Sandra tenía que escribir cartas de invitación que después pasaban por un notario, con el consiguiente gasto, para que Nelson pudiera estar en España un par de días o tres, que era lo máximo que sus obligaciones en Coimbra le permitían.

Un día recibió un e-mail suyo con la palabra «adiós» en el asunto. En él, su novio le explicaba que no podía seguir con la relación porque estaba descuidando sus labores y, si continuaban así, no podría cumplir sus sueños. Al final, y como excusa, le dijo que tampoco quería que ella regresara a Portugal porque eso significaba cortar sus alas.

Sandra se pasó varios días llorando a escondidas para que su madre no le preguntara, hasta que una mañana se despertó sin lágrimas y dispuesta a levantar el vuelo de nuevo. No volvió a saber nada más de él, pero no consiguió olvidarle.

Con Deolinda, en cambio, y gracias a las redes sociales, continuó la relación, aunque se redujera a darse *likes* a las fotos y comentar alguna vez. Sandra nunca vio fotos de ella en Angola. Al parecer, prefirió vivir África sin moverse de la península Ibérica. Ella, que ya era una chica grande por todo lo que había vivido, siguió creciendo y bebiendo de las mil fuentes que manaban de aquella república llena de magia, «La Quimera». Comenzó a cantar en un grupo y lo último que supo de ella era que hacía coros a músicos famosos de Portugal.

De la ceca a la meca

—Visitar el Museo Británico solo sirve para enfadarse —dice Sandra en voz baja pero lo bastante alto como para que su madre y su hermana la oigan.

—Entonces ¿por qué nos has traído? —contesta Aurora mientras sortea una de las vitrinas que hay en la inmensa sala con columnas, techos altos y paredes cubiertas de frisos y bustos de Grecia, y de un sur del planeta esquilmado que le sienta «bien» al imponente edificio de corte neoclásico.

—No sé, nunca había estado y creí que sería buena idea venir con vosotras —responde sin darse la vuelta, quizá por vergüenza.

—La verdad es que te paras a pensarlo y es muy fuerte todo lo que hay aquí. Se han traído media África, incluso a sus muertos, ¡hay momias!, y las exponen fuera de contexto. Es arte, pero le arrebatan su significado —prosigue su madre sin bajar la voz, pensando que nadie puede entenderla—. ¡Menos mal que no ha venido tu padre!

Continúan caminando y admirando todos esos siglos de batallas perdidas atrapadas entre cristales y reducidas a un cartel explicativo.

—Sandra, no es a malas, pero... ¿tú no te sentías mal cuando hacías tus reportajes fuera de España? —dice su hermana—. En cierto modo, también grababas a gente en su país y luego lo emitían editado, cortado, transformado...

—¿De verdad te parece lo mismo, Sara? Siempre intenté sacar lo mejor de cada sitio.

—Tú lo has dicho, sa-car.

Lo pronunció despacio, separando las sílabas, y Sandra se fijó en su bonita boca de labios gruesos pintados de color morado, a juego con el abrigo que no se había quitado pese a estar a resguardo.

—Me refiero a dar la mejor imagen.

—Lo sé, te conozco desde que nací —le dice su hermana cogiéndola por la cintura y acercándola hacia sí—. No pretendía ofenderte.

Siguen una hora más visitando el museo, admiradas por los prodigios de civilizaciones, imperios y sociedades de las que jamás les hablaron en el colegio, y luego reanudan su tour por la ciudad caminando bajo la lluvia, con los paraguas abiertos, cada uno de un tamaño y un color, tropezando con los del resto de transeúntes a quienes no les asusta el agua que cae del cielo. Aunque Aurora, que lleva el abrigo rojo de paño, está empapada, sugiere visitar el barrio de Candem porque varias amigas le han hablado de él. Al llegar, comprueban que da igual el tiempo que haga ya que sus calles están siempre atestadas de turistas que hacen sus últimas compras en las únicas tiendas que saben que no encontrarán en sus países. La mayor parte de los establecimientos tienen en la puerta figuras gigantes del producto que venden, que les recuerdan a las fallas valencianas, y el volumen de la música tan alto que parecen discotecas. Fuera, hombres y mujeres con crestas verdes, naranjas o fucsias, *piercings*, tachuelas y botas militares se mantienen anclados en un movimiento y una estética que nació en Gran Bretaña en los años setenta. Aurora no contiene su curiosidad y gira la cabeza para escrutar a los habitantes de un mundo que nada tiene que ver con el suyo, y ellos ni se inmutan, acostumbrados a que les observen como si se trataran de un monumento más.

—¿Comemos? —La voz de Sandra sacude a su madre, que

estaba obnubilada, entretenida, sobreestimulada, como una niña pequeña en un parque temático.

—¿Qué? —responde Aurora.

—Que si comemos —le dice Sara riendo—. ¿Qué te pasa?

—Pues que estoy «flipada», como decís los jóvenes.

—Ahora sí que vas a flipar —anuncia Sandra—. ¿Qué preferís, comida india, indonesia, japonesa, peruana, griega o italiana? Española no, porque imagino que de eso estaréis hartas.

—¿Cogemos un poco de todo? —sugiere Sara.

—Hecho.

Se paran en varios puestos, decididas a comerse el planeta. Se hartan de mezclar sabores separados por miles de kilómetros y cuando tienen la tripa llena regresan a casa para echarse la siesta. Duermen todas menos Sandra, que ya está acostumbrada a los horarios de Inglaterra, en donde no se contempla descansar después del almuerzo. Aprovecha esos minutos de soledad relativa para buscar en el ordenador los enlaces de los reportajes que ha grabado en medio planeta, porque aún siente el escozor que viene tras los golpes, por lo que le ha dicho su hermana acerca de su manera de retratar otros países. Quiere quitarle la razón y sabe que es probable que no pueda hacerlo. Mientras busca sus auriculares para escucharlos sin molestar, recuerda cómo comenzó a trabajar de periodista.

Sandra acabó la carrera y envió cientos de currículums a la sección de recursos humanos de todos los periódicos que conocía, incluyendo los locales. En vista de que ni siquiera contestaban, empezó a probar en otros medios hasta que la llamaron primero de una radio local, donde le hicieron un contrato de prácticas de un mes, y más tarde, de una productora pequeña que hacía reportajes por encargo para hoteles, oficinas de turismo y agencias de viajes. La cogieron porque hablaba varios idiomas, ninguno a la perfección, pero con el nivel suficiente como para gestionar permisos de grabación en parques naturales, museos y otras atracciones turísticas.

Al principio no salía de la redacción, únicamente mandaba e-mails y hacía llamadas telefónicas. Pero poco a poco fue colaborando en los guiones que escribían antes de salir a filmar y que casi siempre eran iguales: comenzaban con una pareja heterosexual maravillosa que se subía al avión; después metían planos aéreos llegando a un lugar paradisíaco, de playas de arena blanca y mares de color azul anuncio de colonias; continuaba con los afortunados enamorados, porque estaban enamorados, entrando en alojamientos fantásticos, palafitos construidos sobre barreras de coral que contaban con suelos deslizantes para alimentar a los peces que se arremolinaban debajo y con camas que les recibían cubiertas de pétalos de rosas. Por la mañana, pedían el desayuno y uno de los camareros se lo llevaba en piragua, de modo que no tenían que abandonar el lecho si no lo deseaban. Cuando se cansaban de estar en el paraíso, hacían excursiones a sitios de naturaleza exuberante, en donde «los nativos hacían de nativos» para ellos y bailaban o cantaban con máscaras y el cuerpo pintado, vaciando de contenido celebraciones, ritos y luchas que para ellos sí significaban algo y que, desde el otro lado, no eran más que un folclore pintoresco, exótico y hermoso. El vídeo concluía con una puesta de sol que emocionaba a sus protagonistas y fundía a negro. Estaban concebidos para ser proyectados en las teles de los hoteles, de los aviones o en ferias y eventos y, pese a que una voz en off varonil leía todo a la perfección, si no se oía tampoco pasaba nada, puesto que las imágenes resultaban espectaculares.

Llevaba un año ahí cuando uno de los compañeros de producción que viajaba con el equipo dejó el trabajo, así que, en lugar de buscar fuera, le preguntaron a Sandra si quería asumir sus funciones. No lo dudó ni un minuto, le encantaba viajar y encima le pagarían por ello. En los rodajes en exteriores había un director, que era el que coordinaba todo, y ella iba como su ayudante; se aseguraba de que no faltara bebida ni comida, de adelantarse buscando localizaciones para ciertas escenas o de arreglar el papeleo. A veces también la dejaban meterse en contenidos y alterar un poco el guion original.

Gracias a ese trabajo, que fue el primero como «periodista», pudo visitar un montón de lugares preciosos. Su nivel de interacción con la población local era bajo, pero descubrió que la nación de la afrodescendencia no tiene fronteras, y que conserva aspectos de la cultura de ese continente del que sus nativos se fueron o les arrancaron, aunque hayan pasado siglos desde que se los llevaron. Viajar le sirvió para sentirse de y en casa en medio planeta.

La luz va cayendo fuera. Su madre y su hermana continúan durmiendo plácidamente sin que los destellos que entran por la ventana del luminoso supermercado parezca interrumpir su descanso. Sandra las mira un momento, están ahí por ella, incómodas, compartiendo un colchón minúsculo, soportando la lluvia y comiendo mal y raro. Por ella. Aurora tose, Sandra la observa y teme que haya cogido frío, así que se quita los cascos, se incorpora lentamente y, con el máximo sigilo, coge una manta del armario y se la pone por encima mientras contempla su rostro dulce y su pelo liso, tan diferente al suyo. Sobre la almohada parece tener tentáculos tiesos que dibujan una especie de sol, de esos que se pintan en el colegio con carita sonriente.

Vuelve a sentarse frente al ordenador y busca el reportaje que hizo en Panamá. Pulsa con el ratón el triángulo del play y trae el pasado al presente y se lo pone delante de los ojos. Fue su primer viaje de trabajo, precisamente por eso era muy importante para ella. Pese a que ya ha transcurrido cerca de una década, conserva frescos algunos detalles pequeños que contaban muchas cosas.

Cuando llegó a Panamá, nada más salir del aeropuerto vio a infinidad de ancianos de su color. No compartió sus pensamientos con nadie, puesto que no quería que se rieran, pero sentía que le iba a estallar el corazón. El resto del equipo no podría entender lo que estaba viviendo Sandra, que nunca había visto en persona a una abuela mestiza. No tenía nada que ver con lo que experimentó en Portugal porque allí, por ser una ciudad universitaria, sobre todo había estudiantes de su edad. Sin embargo, ni ella ni Sara sabían qué aspecto podrían tener cuando envejecieran ya que, salvo por la televisión, solo había visto a viejos blancos o negros. Pero ahí estaban aquellas señoras mayores, con el cabello atado en moños bajos de rizos blancos o cubierto por sombreros; con las arrugas, como autopistas de la vida, marcándoles los rostros; con la ropa floja y fina cubriéndoles unos músculos que habían cedido a la ley de la gravedad.

Sandra le escribió un mensaje a su hermana:

«Ya sé qué pinta tendremos cuando seamos viejas.»

«¿Has visto a alguien que se parezca a nosotras?», le contestó Sara.

«No, nos he visto a nosotras», le respondió con rotundidad.

Para Sandra, crecer sin referentes era como caminar sin rumbo y sola; como caerse muchas veces, limpiarse el polvo de las rodillas y continuar.

Pero en Panamá todo el mundo dio por sentado que Sandra era panameña, tan solo se sorprendían de que no se alisase el pelo; era raro ver a chicas de su edad con el cabello natural. En los barrios de la capital se mezclaba el ruido del tráfico con el de las chivas parranderas, unos autobuses que ponían música y luces y organizaban fiestas en movimiento por toda la ciudad, pero también sonaban los secadores a toda potencia de las peluquerías, estirando raíces, también las capilares.

Un día fueron a Kuna Yala, la tierra de los kuna, los que estuvieron ahí desde el principio. Para entrar, los turistas tenían que pagar y cobraron a todo el equipo menos a Sandra porque la tomaron por panameña, y todo el mundo se alegró por el ahorro que suponía para la producción. Ella en cambio celebraba que la hubieran reconocido como alguien del lugar y lo agradeció por dentro y por fuera.

Grabaron a los kuna fabricando sus molas, un arte textil de infinita belleza que trasladó a las telas los diseños que las mujeres se hacían en el cuerpo cuando los misioneros españoles se escandalizaron por ver pieles y senos al descubierto. Y se llevó a su casa algunas de sus obras, con fondo granate y bordados amarillos, verdes y morados. También filmaron a jóvenes emberá, de melenas largas, espesas, brillantes y negras, que hicieron un baile para ellos. Iban en fila y se agachaban y se levantaban, emulando los movimientos de la naturaleza. Cuando concluyeron el rodaje, les pidieron que les prestaran sus collares de cuentas para hacerse una foto que Sandra guardó en algún cajón.

Ahora que lo piensa, se horroriza de haber convertido una cultura en un disfraz, un souvenir, una instantánea. Pero por aquel entonces no lo tenía tan claro, solo lo barruntaba, y a veces ni eso. La certeza de haberse equivocado en el pasado se hace patente en sus mejillas, que se le ponen rojas y calientes.

Sandra critica todas las prácticas que ella misma llevó a cabo y que, en su momento, le salieron de manera natural, casi por la inercia que da ser del hemisferio norte, por muy oscura que sea tu piel. Llevar cámara o estar en un equipo audiovisual puede convertir a muchos profesionales o a simples viajeros en ladrones de momentos e historias que luego cuentan en Europa dándose aires de intrépidos. Incluso hay quien lo usa para ligar. Sandra ha conocido a más de uno que le habló del viaje que le había marcado. Tailandia, Perú y Senegal solían ser los destinos que más se repetían. Pasaban allí su mes de vacaciones haciendo un voluntariado y luego afirmaban que sus vidas prósperas, plagadas de bienes innecesarios y, precisamente por eso, vacías, habían cambiado gracias a treinta días mágicos. Tras sus periplos por las alcantarillas de la tierra, algunos regresaban renovados, repartiendo lecciones y valores, explicando sus hazañas cuando tenían que ir a por agua a los pozos. Pero a Sandra siempre le ha espantado ese perfil de persona, y recuerda que en aquellos años no hablaba demasiado de lo que hacía en el trabajo, salvo si le preguntaban, y aun así era parca en detalles porque no quería que la gente pensara que era una arrogante.

Busca un nuevo reportaje, estira las piernas y apoya el ordenador sobre sus rodillas. En la pantalla aparece un cartel blanco con letras azules y rojas en el que puede leerse: «Welcome to Fabulous Las Vegas». La pareja es la de siempre y en este vídeo se ve cómo se casan disfrazados: él de Elvis y ella, con peluca rubia y un vestido blanco como el de Marilyn Monroe.

Cuando a Sandra le dijeron en la productora que se iban a Las Vegas tenía muchos prejuicios. Todo el mundo le había dicho que era como un parque de atracciones para adultos, de manera que se imaginaba fiestas sin principio ni final en los casinos, todo al rojo, todo al negro, con mucho humo y el sonido de las tragaperras.

Al llegar, comprobó que eso solo era una parte de la verdad. Había personas que desde por la mañana bajaban en bañador a desayunar, con joyas alrededor del cuello y en las muñecas, maquillaje waterproof y tacones, pero también familias enteras que andaban por la única calle que parecía haber en la ciudad, la Strip. En esa vía había hoteles a ambos lados con nombres de lugares que en Nevada resultaban exóticos: París, Venecia o Luxor, en los que habían recreado algunos de los grandes monumentos de esos emplazamientos. Era extraño ver a todo el mundo divirtiéndose mientras ellos trabajaban.

Tuvieron algunas noches libres, pero los espectáculos que podían verse en los hoteles o eran muy caros o no le interesaban.

El cuarto día, cansada de ver todo el rato lo mismo con distintas formas, fue con el resto del equipo al valle de Moapa, también en Nevada. Tuvo que darse la vuelta y caminar un trecho sola para que nadie viera que lloraba por la emoción que le provocó escuchar el silencio por vez primera en mitad de aquel paraíso vacío. Solo estaba a unos kilómetros de la confusión de Las Vegas y el paisaje que tenían delante era diametralmente opuesto. La arena y las rocas contenían todos los tonos del marrón, del amarillo, del morado y del rojo, y se degradaban cuando los movía el viento y se encendían según caminaba el sol.

Sandra se da cuenta de que no tiene ninguna foto porque por entonces los móviles no tenían cámara, pero lo conserva todo en la retina. De hecho, tras entregarle el reportaje al cliente, no lo había vuelto a ver hasta hoy. Y también recuerda que uno de los pensamientos que le vino a la cabeza estando allí fue que no estaba compartiendo ese momento con las personas a las que quería y le hubiera encantado que pudieran disfrutar de ello.

No obstante, el viaje que supuso para ella un antes y un después fue el que hizo a Haití, antes del terremoto. Rebusca en la carpeta de documentos y da con imágenes del vídeo que grabaron. El Caribe azul turquesa perenne abre un reportaje en el que aparecen cascadas, el Capitolio previo a su derrumbe, iglesias, vudú y playas fantásticas de arena blanca.

Haití, siempre a la sombra de República Dominicana en el sector turístico, buscaba la forma de mostrar sus tesoros al mundo y alejar de la memoria colectiva las desgracias recurrentes, naturales o provocadas por los humanos. Sin embargo, la fama de lugar peligroso le precedía y sus compañeros de la productora no consiguieron desprenderse de todas las noticias malas leídas. Llegaron al hotel en el que se iban a alojar, que también era donde tenían que grabar. En la puerta, dos o tres hombres con uniforme caqui que llevaban una chapa con su nombre en el bolsillo de la camisa empezaron a ayudarles a bajar las maletas de la furgoneta que les había llevado desde el aeropuerto. Lo mismo que en otros destinos que habían visitado, pero allí sus compañeros tuvieron un comportamiento distinto. Al no poder comunicarse en francés, se mostraron agresivos con el personal, arrebatándoles el equipaje de las manos de malas formas.

—Cuidado, no vaya a ser que estos negros nos roben el material y luego a ver cómo grabamos el reportaje —comentó Ignacio, uno de los cámaras, con cierta sorna.

—¡No, lo llevo yo! —acertó a decir a gritos Sebas, el sonidista.

—Chicos, ¿qué hacéis? —chilló Sandra, que normalmente hablaba poco porque tenía asumido su rol de joven, inexperta y eterna recién llegada.

—¿No sabes dónde estamos? —le contestó Mario, el director, que ya estaba metiendo él mismo su maleta en el hotel.

—Sí, en Haití —contestó ella de forma casi inaudible, sabiendo que estaba diciendo una obviedad.

—Sí, en Haití —repitió imitándola Sebas—. ¿Y sabes lo que significa eso?

—Claro —replicó enfadada—, que estamos en un país lleno de negros y os dan miedo, ¿no? Haití fue el primer país libre de América, eso es lo que yo sé de este país.

Ignacio, un hombre bastante mayor que ella y que ya estaba de vuelta de todo, con experiencia en el oficio y poco acostumbrado a que le reprendieran, se quedó boquiabierto y no respondió. No obstante, la regañina pareció funcionar porque depuso su actitud y dejó que los empleados hicieran su trabajo.

El hotel estaba en Pétion-Ville, una de las zonas ricas de la capital, Puerto Príncipe. Era un barrio limpio y tranquilo situado en una colina en donde se levantaban infinidad de casitas coloniales y mansiones en tonos pastel ocupadas por las grandes familias de esa mitad de la isla. El hotel mantenía la línea elegante con la fachada en beis, y fuera tenía un gran porche de madera oscura, con sillas y mesas y grandes ventiladores colgando del techo. Quedaron en verse allí para cenar una hora más tarde.

Cuando se reunieron de nuevo, Sandra volvía a ser la chica espabilada pero poco habladora que todos conocían. Se abstrajo de lo que comentaban en la mesa y, mientras comía, se dedicó a observar a las personas que cenaban a su alrededor. Vestían con trajes claros y supuso que eran encuentros de trabajo entre empresarios o personal de organizaciones humanitarias.

—Sandra, yo no soy racista —le dijo de repente Ignacio, el cámara al que se había enfrentado hacía un rato y que, estratégicamente, se había sentado a su lado.

—¿Disculpa? —respondió ella algo turbada.

—Que no soy racista, tía, que me caes muy bien —se justificó mientras se colocaba la gorra de surfero de la que se le escapaban algunos mechones grises.

—Tranquilo, ya lo sé —dijo Sandra con la esperanza de que la conversación acabara ahí.

Mintió. Sí le había parecido racista, pero Sandra aún ocultaba sus reivindicaciones, como si el deseo de hacer justicia fuera algo que, por su bien, tuviera que esconder para no tener problemas, para caer bien, para ser querida. Quizá ese fuera uno de los rasgos de su carácter, el juego maniqueo entre la necesidad de agradar y la de reivindicarse, con el fin de romper los estereotipos que le colgaban encima sin conocerla.

Una camarera se acercó a tomar nota y, en cuanto se dio la vuelta, sus compañeros empezaron a piropearla. A Sandra le incomodó tanto que pensó en cambiarse de mesa y cenar sola, sin embargo, no tuvo el valor de hacerlo. Cuando la chica, algo más joven que ella, regresó con la comanda, miró a Ignacio de manera descarada y con tal atención que casi le derramó el botellín de cerveza encima. Él sonrío. Aquel flirteo no cesó en toda la cena y, cuando terminaron, Ignacio dejó sobre la mesa un papel con su nombre y su número de habitación.

En aquellos viajes no era raro que sus compañeros tuvieran ese tipo de encuentros. Sandra nunca veía cómo se llevaban a sus parejas ocasionales a sus habitaciones, y eso que a veces aguantaba mucho tiempo despierta. Si se enteraba, era porque a la mañana siguiente no paraban de pavonearse por sus conquistas. Lo mismo que en aquella ocasión.

—Definitivamente, no me gustan las negras. Tienen la carne demasiado dura.

Así fue como Ignacio abrió la charla durante el desayuno.

—Pues a mí me encantan, tienen la piel tersa y ni un centímetro de celulitis —respondió Sebas, mirando de reojo a Sandra y creyendo que estaba defendiendo a todas las mujeres de una raza.

—Te juro que la de ayer era como un hombre, tenía más músculos que yo —exclamó con fastidio su compañero, tocándose la panza.

—Bueno, es que yo solo he estado con mulatas. Supongo que no es lo mismo —continuó Sebas, escapando de la mirada de desprecio de Sandra que, en silencio, se retorcía en su silla del asco.

—Chicos, me voy a lavar los dientes —dijo Mario, el director, incorporándose.

Mario no era especialmente hablador, pero se notó que aquella conversación le incomodaba tanto que prefirió no escucharla. A Sandra le hubiera gustado proceder de la misma forma, pero ella no dirigía nada, solo era una ayudante.

Los dos técnicos le miraron y enseguida continuaron con su charla.

—No es igual, no me jodas. Cuando hicimos escala en Santo Domingo, casi me muero. Aquello era un paraíso —prosiguió Ignacio.

—Totalmente —coincidió Sebas.

—¡A ver si nos sale una grabación ahí! ¿Con quién hay que hablar, Sandra? —le preguntó Ignacio, que hasta ese momento ni la había mirado.

A continuación, los dos hombres estallaron en risas. Sandra prefirió no hacer ningún comentario al respecto, se puso la mochila y les apremió para que se fueran a grabar de inmediato.

Desde el coche, se dedicó a admirar Puerto Príncipe sin decir ni una palabra. La noche anterior, al haber poca luz, no pudo hacerse una idea de cómo era la ciudad. Para su desgracia, ya estaba acostumbrada a que sus compañeros hablaran de mujeres delante de ella como si no estuviera y a que las describieran del mismo modo que si fueran objetos inanimados y vacíos. Llevaba poco tiempo con ellos, pero ya no se sorprendía de las burradas que decían y tampoco les reprendía; es más, ni se inmutaba lo más mínimo. En su interior, la rabia que le cerraba los puños, como ya lo hiciera en su infancia, prendía su llama, pero sabía que en su entorno laboral estaba en inferioridad numérica y era mejor callar y entretenerse con el paisaje. No obstante, su cobardía tampoco le hacía sentir muy bien.

A pesar de todo, ese trabajo, en ese momento de su vida, recién licenciada y con el cerebro lo bastante blando como para poder empaparse de personas, rincones y cosas, fue como el mejor de los másteres. Descubrió que en el mundo había muchas más semejanzas de lo que los medios de comunicación se empeñaban en mostrar y que el ser humano podía ser terrible y maravilloso. Aun así, siempre tenía la sensación de estar perdiéndose muchos momentos irrepetibles con sus seres queridos, con sus amigas y su familia. Con los chicos tampoco le iba muy bien porque parecía que, por una fatal coincidencia, si conocía a alguien interesante se iba de viaje al día siguiente o dos días después, con el consiguiente enfriamiento de la emoción del principio.

Cuando se cansó de estar todo el día de la ceca a la meca, su experiencia escribiendo guiones le sirvió para empezar a trabajar en el periódico en el que conoció a Martha. Comenzó cubriendo una baja por maternidad en la sección de cultura y cuando la mujer a la que sustituía regresó, se abrió un hueco en el área de sociedad, que era como un batiburrillo, y allí se quedó. Y aunque le gustaba lo que hacía, persistió el gusanillo del sector audiovisual, de poder contar historias con imágenes, música, ruido y palabras.

—Pero ¿qué hora es? —chilla asustada su madre al comprobar que a su alrededor todo está oscuro.

—¡No grites! Aún son las seis. Recuerda que estamos en Londres —la tranquiliza Sandra al tiempo que enciende la luz.

—Mira que me parece una ciudad original, pero cuánta tristeza. ¿Y así estás todos los días? Y encima sola...

—Si te sirve de consuelo, no me entero de la hora ni de si llueve o hace sol porque casi siempre estoy encerrada en el centro comercial. De hecho, salvo los cuatro sitios a los que os llevado, tampoco conozco tanto la ciudad. No la veo.

—Pues menudo plan —dijo su hermana Sara levantándose con la espalda recta y los brazos estirados, tal y como lo haría Nosferatu.

—Hablando de plan, ¿os apetece que cenemos por el barrio y luego nos vamos a escuchar música en directo? —propone Sandra.

Aurora y Sara están de acuerdo.

—Pues venga, que aquí da igual que sea domingo y a partir de cierta hora es imposible encontrar algo abierto para comer.

Español, italiano o griego

Aurora se arregla rápido. Ha traído solo dos jerséis y los pantalones que lleva puestos. Nunca fue coqueta y, quizá porque es de otra generación o por su pasado hippy, no le gusta ir de compras ni le da demasiada importancia al exterior. Es delgadita, de modo que le vale la ropa de sus dos hijas y se la pone en infinidad de ocasiones. A veces, cuando van por la calle, Sandra ve a su madre de espaldas y le recuerda a una chica joven. Su rostro, en cambio, no miente y refleja sus años. Tiene dos arrugas entre las cejas que comenzaron como un gesto y se transformaron en grietas, y alrededor de los ojos su piel tiene la textura del papel de estraza usado. Con todo, mantiene una belleza despreocupada, la de las personas que no saben que son bonitas y a las que su físico siempre les dio igual.

—Es que no hay forma —dice Sara entre dientes mientras coge su maleta y vacía iracunda su contenido sobre el suelo—. Aquí las chicas siempre están guapas, y no sé si es por la ropa, por cómo se peinan y se maquillan o qué, pero me veo horrible a su lado. ¡Ayúdame, Sandra! ¡No te quedes ahí parada! —exige airada a su hermana.

—Ten cuidado con lo que dices, Sarita, que a mí me pasó lo mismo y eso me llevó a meterme en una peluquería en la que me desgraciaron —le dijo Sandra jocosa.

—¡Y tanto! —le responde su hermana muy seria, para luego abalanzarse sobre ella y despeinarla cariñosamente—. Da igual que salgas así, tampoco hay tanta diferencia de como vas habitualmente.

—Olvídate de que te preste ropa —contestó Sandra, y rompió a reír y apuntó con el dedo hacia el burro en el que tenía colgadas todas sus prendas—. Venga, coge lo que quieras.

Sabe lo que está sintiendo su hermana porque ella ya ha pasado por eso. Llegar de un lugar pequeño, aunque el tamaño es lo de menos, y sentir que eres pequeña al lado de todas esas mujeres negras increíbles y estilosas, un adjetivo que, a sus treinta y dos años, jamás pensó que utilizaría. El físico no lo es todo, pero está ahí y es lo primero que se ve.

Sara está desperchando casi todas las prendas para mirarlas bien y, en un minuto, la habitación que comparten las tres se convierte en un caos.

—¡Prometo que ahora lo recojo todo! —dice antes de que la regañen Sandra o su madre.

—Más te vale, porque no vamos a caber —le contesta su hermana—. A todo esto, a cambio de la ropa, ¿qué?

—¡Pues te peino!

—De acueeerdo...

A diferencia de Sandra, Sara sí sabe trenzar. La enseñó Mayoko en el campamento y durante bastante tiempo fue una fuente de ingresos para ella. Cuando lo hacía de forma habitual, la gente decía que podía dibujar lo que quisiera en el pelo, y tenían bastante razón. Para Sara era un reto trazar formas imposibles sobre la cabeza y, a pesar de que muchos días acababa con los dedos doloridos, le encantaba. Solo dejó de hacerlo cuando empezó a trabajar de lo suyo, como bióloga, con una beca de investigación. No gana mucho dinero y absorbe casi todo su tiempo, pero le gusta lo que hace y le da para vivir sola en un apartamento de treinta metros cuadrados que alquiló en el Paseo de Extremadura. Está a gusto porque reside en Madrid, cerca del centro, pero en un barrio muy barrio, de los que aún tienen mercados sin sushi, tiendas de ultramarinos, un comercio en el que hasta el nombre parece de otro siglo, y mercerías con combinaciones color visón, esa prenda que sirve para evitar que las transparencias se transparenten. Sus vecinos son una amalgama cada vez más habitual en la capital de personas mayores, jóvenes que han tenido que dejar el centro por la escalada de precios y personas migrantes. La mayoría no sabe en qué grupo incluirla a ella.

Sara hace un montoncito en la esquina de la cama con la ropa que descarta, igual que si estuviera en el probador de un centro comercial, y comienza a ponerse y a quitarse varias camisas y camisetas de colores vivos y tejidos brillantes. Ha cambiado su look habitual, continúa teniendo el pelo largo y ondulado, pero se lo ha teñido de color caoba y lo lleva trenzado en un solo lado. De repente, empieza a resoplar. La ropa de Sandra, que siempre fue más delgada que ella pero que volvió de Guinea pesando aún menos, le queda pequeña. Sandra le explica que ha bajado una talla, pero la anima a que siga buscando porque tiene cosas de otros tamaños y así es como, por fin, encuentra algo que le va. Se mira en el espejo y se estira la manga del vestido gris con estrellas naranjas y negras. Cuando Sandra se lo pone, lo lleva suelto, con deportivas y calcetines negros subidos. A Sara, en cambio, que tiene otro estilo, se le pega a su cuerpo voluptuoso, macizo, rotundo. Así ha sido siempre su cuerpo, desde pequeña. Su hermana mayor no puede evitar mirarla con orgullo. Le parece una mujer preciosa, también por fuera, aunque recuerda que durante la adolescencia padeció trastornos de alimentación.

En casa, al principio ninguno se dio cuenta de lo que le pasaba a Sara porque su pérdida de peso fue paulatina. Ella comía en la mesa y al rato desaparecía, pero nadie notó nada.

A los dos o tres meses ya era más que evidente que había adelgazado; además, tenía mala cara, estaba ojerosa y casi siempre andaba irascible. Sus padres lo atribuyeron a los exabruptos propios de la edad del pavo. Pero Sandra sospechaba que había algo más, porque su hermana, que siempre le contaba todo, se había vuelto hermética, como si estuviera ocultando algún secreto. Iban juntas al instituto y ya no le hablaba de nada, solo le decía con quién tendría la primera clase y poco más. Por otro lado, comía de manera compulsiva y cada poco rato. El bocadillo que les preparaba su madre o su padre lo devoraba por el camino, mucho antes del recreo, aunque hubieran desayunado, y lo hacía con el ansia de quien tiene hambre.

Un día, Sandra empezó a bromear con ella.

—¿Quieres mi brazo? —le dijo acercándoselo a la boca.

—¿Qué? —respondió ella.

—Nada, que como veo que tienes hambre, quizá quieras comerte mi brazo. Es huesudo, pero tiene buen sabor —comentó entre risas.

Sara la miró con las cuencas de los ojos vacías.

—Si tú supieras —le dijo.

A Sandra se le helaron las bromas que tenía preparadas.

—¿Qué te pasa?

—Nada, ya sabes, he discutido con mis amigas, pero pronto estaré bien.

—Eso espero, si no, ya sabes que aquí está tu hermana mayor para protegerte —dijo impostando la voz para hacer que pareciera mucho más grave, pero lo único que recibió fue una sonrisa triste en un cuerpo que parecía débil.

A los pocos días de esa conversación, Sara, que siempre había sido muy vaga para hacer deporte, empezó a salir a correr. Daba igual que lloviera o que hiciera un calor de justicia, nada la frenaba. Durante alguna comida, su familia llegó a admirar su abnegación, porque la veían más flaca y lo achacaban al ejercicio. Por lo demás, cada vez que alguien que hacía tiempo que no la veía se encontraba con ella, alababa su cambio físico y le decía que estaba mucho más guapa, de manera que ella, lejos de parar, continuó visitando el baño tras cada comida o evitando las cenas por «haber comido mucho durante el día».

Una tarde, haciendo los deberes, Sandra se equivocó y no encontró su corrector líquido por ningún lado. Sara había bajado a por el pan y abrió el bolsillo pequeño de la mochila de su hermana, donde sabía que lo guardaba. Al meter la mano, lo que halló fue un blíster de pastillas empezado. Sabía que no tenía catarro y que no había ido al médico, de modo que memorizó el nombre del medicamento y lo buscó en internet, creyendo que podría tratarse de algo similar a la valeriana, para relajarse. Se equivocó, en la pantalla lo ponía claro, era un laxante. Su mente empezó a atar cabos. Buscó los síntomas de la bulimia y se asustó cuando comprobó que su hermana manifestaba varios. También descubrió que había aspectos de su forma de ser que coincidían con los de buena parte de las afectadas: era muy autoexigente y buena estudiante. Aparentemente, perfecta.

Un miedo inmenso se apoderó de Sandra. Temía que Sara, que veía la vida de color de rosa y nunca había dado problemas, estuviera en un punto de no retorno. Se culpaba por no haberlo detectado antes y no entendía por qué ella le había ocultado sus inseguridades. Llorando, pensaba en lo mucho que le hubiera gustado decirle o incluso gritarle lo bella que era.

Sandra no sabía qué hacer, pero desde el principio tuvo claro que no se lo contaría a sus padres. Desconocía cuál sería su reacción. Por otro lado, siempre estaban preocupados por las facturas y el dinero que no llegaba, así que no quiso darles un quebradero de cabeza más. No, al menos, sin valorar otras vías y hablar primero con su hermana.

Sara volvió al rato con la barra de pan mordisqueada y se fue directa al cuarto de baño. Cuando salió, Sandra estaba fuera esperándola.

—Ven, quiero hablar contigo —le dijo en voz baja. Se metieron en la habitación y Sandra le entregó las pastillas—. Sé lo que son y creo que sé lo que te pasa. ¿Quieres contármelo?

—¿Y qué son, a ver? —contestó Sara a la defensiva.

—Lo he mirado en internet, son laxantes y no puede ser casual que hayas perdido tanto peso.

—No se lo digas a papá y mamá, te prometo que dejaré de tomarlas. Lo que menos me apetece es ser un incordio para ellos. No se lo digas, por favor —le suplicó llorando.

—Esto no es algo que puedas arreglar tú sola. Ni siquiera conmigo. Lo he leído, hermanita, necesitas ayuda de un profesional, lo ponía muy claro. No sé qué hacer, esto me supera —reconoció Sandra con preocupación.

—Papá y mamá se van a llevar un disgusto enorme si...

—Vale, se me ha ocurrido una idea —la interrumpió Sandra—. No me chivaré a papá y mamá, pero... ¿te parece que vayamos a hablar con la orientadora del insti, a ver qué nos dice?

—Lo que quieras.

Sara aceptó, más que nada porque no quería que sus padres se enteraran. La orientadora del centro, Noemí, se ocupó del caso. Le explicó a Sara que el canon de belleza que marcaban las revistas, el cine o la televisión era extremadamente delgado y muchas alumnas pasaban por lo mismo. En efecto, solían ser chicas perfeccionistas y que estaban por encima de la media en cuanto a calificaciones. Como psicóloga, ella se había formado en ese tipo de trastornos. Primero se ganó su confianza y luego se lo dijo a sus padres, a quienes les pidió que no reconocieran que lo sabían. Les necesitaba para que vigilaran sus hábitos en casa.

Fue una época complicada. La familia al completo tuvo que revisarse y asumir responsabilidades. Antonio y Aurora lamentaron haberse centrado en sus problemas económicos y haber descuidado la crianza de sus hijas, que estaban en una edad difícil. Las veían tan centradas, maduras y autónomas que se olvidaron de que eran adolescentes y les necesitaban. Así que trataron de enmendarse, de hablar con ellas y estar más pendientes de sus vidas. Sandra también se hizo cargo, y se acordó de su amiga Sonrisa cuando le decía que los hermanos mayores cuidaban de los pequeños. Debía hacerlo.

Sara tuvo varias recaídas y tardó años en estar bien del todo, pero llegó un momento en el que no solo se aceptó sino que se quiso entera, con sus curvas y sus rectas.

Ojalá les hubiera tocado vivir el momento actual, en el que la diversidad no es plena pero la publicidad, los medios de comunicación y, sobre todo, las redes sociales muestran modelos que no se rigen por un único patrón, reflexiona Sandra mientras se pone un mono morado con cremallera. «Ahora bien, las mujeres negras seguimos fuera de casi cualquier imaginario», se dice.

Su hermana está terminando de maquillarse y cuando Sandra comienza a ponerse los polvos sobre la cara, Sara le coge el pelo sin preguntarle y, sirviéndose de un espray, le pulveriza agua con suavizante.

—¿Qué te hago?

—¿Y tú me lo preguntas, reina del cabello? ¡Lo que quieras, pero tápame la frente! —le pide Sandra.

—Déjate de complejos. Tienes la frente grande porque tienes mucho cerebro.

—Esa bobada me la decía yo con seis años y ya no cuela.

—A mí me gustas como eres, pero ya que insistes, te haré algo bonito. Eso sí, no podrás mirarte hasta que termine.

Sara hundió sus manos en el pelo de su hermana. No le hizo daño, no estiró, solo separó y junto mechones, y al cabo de unos minutos le pidió que se levantara y se mirara al espejo. Unas semanas después del estropicio de la peluquería, Sandra se veía guapa de nuevo. Sara le había hecho un recogido que le cubría parte de la frente con una especie de tupé y le quedaba francamente bien.

—Deberías quedarte por aquí, hermanita, y peinarme a diario.

—Solo si me pagas —responde Sara riendo.

—Pero qué hijas tan guapas tengo. Las dos. ¿Estáis listas? —las interrumpe Aurora—. Si dices que cierran tan pronto los restaurantes tenemos que darnos prisa, no quiero comer más pollo de ese.

—Menuda lástima, a mí me encantaron esas alitas y dudo mucho que vaya a encontrar un sitio así en Madrid —afirma Sara, con tal sinceridad que provoca que se rían todas de nuevo.

Muy cerca de la casa de Sandra, de camino a la estación de Battersea, hay un local en el que se puede beber una copa, escuchar música y cenar. Según entran, se dan de bruces con un concierto de folk y a su madre le gusta tanto que, a pesar de tener hambre, les pide quedarse un rato a ver «a esos chicos que tocan tan bien el violín». Cuando empiezan a sonarle las tripas, se sientan en una sala contigua con más luz y menos ruido para poder cenar y charlar a gusto. Aurora no para de decir lo bonito y moderno que le resulta todo. Parece una niña pequeña, mirando con descaro a su alrededor, sin perder ripio, para contárselo luego a sus amigas. Se la ve contenta de poder pasar tiempo junto a sus hijas. Al día siguiente viajarán de vuelta a Madrid y las conversaciones con Sandra solo podrán tener lugar a través del teléfono o el ordenador.

El camarero, un chico guapo con acento de algún lado, como casi todas las personas que trabajan en Londres, las saluda y les deja la carta sobre la mesa. Aurora, que de un tiempo a esta parte necesita gafas, se las pone y pasa el dedo por encima de cada plato.

—No quiero comer más guarradas. Yo aquí solo veo «hamburguer» y no puedo más. Hija, aunque solo fuera por esto, deberías volver a España.

—Mamá, tranquila, que también hay ensaladas —le dice Sandra quitándole la carta—. A ver, deja que mire.

—Se ha flipado con el inglés desde que salimos de Madrid —le explica Sara muy seria—. En el avión entendió lo de ponerse el cinturón y desde entonces no ha parado.

—Hace bien, para eso va a sus clases de inglés, ¿no, mamá? —le pregunta Sandra.

—Pues sí. No sé si la profesora es buena, pero yo me lo paso muy bien. Si dices que hay ensalada, yo quiero una que lleve «avocado». —Lo pronuncia con su inglés de academia de barrio y todas se ríen.

Sandra se sorprende pensando que lleva tiempo sin reírse así, a cada rato, sin fingir, y solo ahora se da cuenta de que su búsqueda en solitario, su vida en el camino, reconociéndose en los perdidos que lo transitan, es necesaria pero difícil.

—Tendría que ser así siempre —dice en voz alta mientras continúan riéndose.

Su madre y su hermana creen que se refiere a esa noche, a esa mesa, a ese inglés de barrio. Y no. Está feliz por la visita, pero cansada de buscar su sitio. Lleva buscándolo desde antes de saber que lo hacía, cuando escribía cartas al niño holandés, cuando decidió aprender francés y se fue de intercambio. Lo buscó con más ilusión que nunca cuando se fue a Guinea Ecuatorial. Y no se encontró. Quizá debía aceptar que su lugar está en el limbo, en ese camino, pero con los suyos cerca, porque en sus risas, sus abrazos parcos y sus charlas siempre se está bien.

El camarero se aproxima, pregunta que si ya puede tomar nota y sonríe a Sandra. Ahora ha percibido su acento aunque no sabe si es español, italiano o griego, porque siempre los confunde. Sara le da una patada a su hermana por debajo de la mesa y Sandra baja la cabeza.

—¿A qué edad se madura, mamá?

—A la que quieras, Sandra, tal vez nunca —responde Aurora, distraída, observando sin disimulo las mesas que tienen al lado.

Sandra pide por todas y le entrega la carta al chico. Al hacerlo, él acaricia sus dedos brevemente mientras clava sus ojos en los de ella, que, pese a su timidez, le corresponde.

La cena es rara, con comida rica, con interrupciones fugaces del camarero, que se preocupa por saber si necesitan algo, y con conversaciones que vuelan de un lado a otro como libélulas, sin entretenerse demasiado en ningún lugar.

En el postre, a Aurora se le cierran los ojos. Ha sido un día largo para ella. Sandra hace un gesto al camarero para que se acerque y le pide la cuenta.

—Españolas, ¿verdad? —pregunta en inglés.

—Sí, ¿y tú? —responde Sara.

—Como todos.

—Entonces hay tres posibilidades: español, italiano o griego —contesta Sandra coqueta, enumerando con los dedos.

Los europeos que han tenido que dejar su país a causa de una flagrante falta de empleo suelen bromear desde su exilio económico. La falta de trabajo no fue la causa que motivó a Sandra a salir de España, pero sabe que ha movilizado a miles de personas.

—Sandra, ve pagando y te esperamos fuera, que mamá ya se ha puesto el abrigo y aquí hace muchísimo calor. Y date prisa, que se está durmiendo —le dice Sara guiñándole el ojo, cómplice por el flirteo que había tenido durante toda la cena con el camarero.

—Sí, sí, tranquila.

El camarero vuelve con la cuenta, mira a un lado y a otro y levanta las manos, como preguntándose por el resto de comensales.

—Mi madre está agotada y me esperan en la puerta —le dice Sandra, ya en castellano.

—¡Ah! ¿Era tu madre? No os parecéis —comenta sorprendido.

—¡Ya estamos! A ver, iguales no somos, pero creo que se nota que somos familia —le responde, aunque menos amable—. Lo que pasa es que ella es blanca y yo no. Supongo que te refieres a eso, ¿no?

—¡No, no! ¡Si a mí me da igual! —afirma él algo azorado—. ¿Y qué harás tú? ¿También te vas a casa?

—Vamos a llevar a mi madre y luego iremos a Brixton a ver

algún concierto. Es el último día de mi hermana aquí y queremos aprovechar.

—¿Y tú te quedas? —le pregunta nervioso, secándose las manos ya secas en el delantal que lleva atado a la cintura.

—Claro, yo no tengo billete de vuelta, vivo aquí.

—¿Aquí? ¿Dónde? ¿En el barrio?

—Sí, a dos pasos.

—Pues me gustaría verte de nuevo, fuera del trabajo, así que te voy a dar mi número y si te apetece me llamas. Sin compromiso.

—¡Hecho! —contesta Sandra alargando el brazo y entregándole su teléfono para que lo apunte él mismo.

—Me llamo Pedro —le dice devolviéndole el móvil.

—Yo Sandra.

Ella se pone el abrigo y se dispone a marcharse del local, pensativa. Lleva años sin salir con chicos blancos. No es que no le parezcan guapos, interesantes o le caigan mal, es que tiene sentimientos encontrados. Le da pereza tener que luchar en vertical y en horizontal contra estereotipos que se asocian a su color de piel por esa construcción falsa que se dio en llamar raza, o tener que explicar conceptos, o no encontrar empatía ni en la calle ni en la cama. Le sucedió con Dani cuando todavía era una cría, y aún le duele.

Aunque no hay garantía de que con un hombre negro fuese diferente o mejor. Con Miguel Ángel, por ejemplo, su pareja en Guinea, las cosas no han sido fáciles, pero puede que la culpa no fuera de él sino del contexto.

Hay gente que piensa que el racismo no es más que una sarta de complejos que sirven para justificar fracasos, y luego hay personas como Sandra, para quienes es un pulpo con infinidad de tentáculos que condicionan sus relaciones y los abocan a la soledad. A la soledad de la mujer negra de la que tantas revistas femeninas hablan. Detrás de eso hay cientos de hipótesis: que son las mujeres negras las que no quieren estar con hombres blancos; que piensan que los hombres negros prefieren estar con mujeres blancas; que asumen de manera injusta que para un hombre blanco serán bombas hipersexualizadas, que las querrán para acostarse con ellas pero jamás como novias, y que se contienen, de forma inconsciente o consciente, para llevar la contraria a la imagen caliente que se tiene de ellas.

Y luego, sin irse tan lejos, está la vida sin más, el deseo o la falta del mismo de tener pareja, la suerte de conocer a alguien con quien haya cierta conexión y saber ligar. A Sandra nunca se le dio bien ligar y en Londres tiene la impresión de que son las mujeres las que entran a los hombres. Ella es algo insegura, jamás podría acercarse a alguien con esa actitud. Sonríe de medio lado imaginándose a sí misma caminando hacia el camarero sin tropezarse y diciéndole alguna frase ingeniosa y picante.

Pero ella se considera de todo menos sexy, piensa mientras se acerca a la puerta. Le falta valor para hacer o decir ciertas cosas. Por no hablar de la dificultad añadida de hacerlo en inglés. Se considera espontánea, funciona a impulsos, y nada de ese protocolo cabe en su mente. No es sexy, no le sale, porque ¿qué es ser sexy?, se pregunta. ¿Ser sexy es andar como una pantera y mirar entornando los ojos? En su interior sabe que eso, como la raza, es otra construcción. En cualquier caso, si ella tratara de caminar como un felino se sentiría completamente ridícula. Y se caería.

Cuando sale del bar, su hermana y su madre están esperándola frotándose las manos por el frío. Caminan, de nuevo con los brazos entrelazados, los escasos metros que las separan de la casa de Sandra y dejan a Aurora metida en la cama.

—No os quedéis hasta tarde, que mañana viajamos —dice Aurora, como para recordar quién es la persona con más autoridad de todas mientras besa a sus dos hijas en la mejilla.

En su casa, su madre nunca ha dejado que las emociones se vean tanto como en otras familias más cariñosas, pero la edad, la separación y los viajes parecen haber hecho mella en su sobriedad. Se besan corriendo y torpes, sin saber, y con el miedo de que quizá no se vuelvan a ver en mucho tiempo. Especialmente a Sandra, la joven con alas. Se besan mal, a veces y por si acaso. El por si acaso es fundamental en la ecuación.

De camino a la parada del autobús que las llevará a Brixton, Sara no espera ni un minuto para preguntarle a su hermana.

—¿Y bien?

—Pues nada, vamos a coger un autobús porque a esta hora el metro tarda muchísimo —le explica acelerando el paso.

—¡Sandra, por favor! ¿Qué ha pasado con el camarero? —le dice agitando mucho las manos.

—¡Ah! Me ha dado su número —le confiesa con cierta timidez, mientras saca el móvil del bolsillo del abrigo para mostrárselo.

—Bueno, ¡pues llámale y dile adónde vamos!

—No sé si le llamaré... —le responde guardando de nuevo el teléfono.

—¿No será porque es blanco? —Sara frena en seco.

—No exactamente —contesta su hermana mirando al suelo.

—Mira, Sandra, por si no lo sabes, mamá es blanca, tus amigas de Alcorcón son blancas y tú eres mitad blanca. Te quedarás sola por andarte con esa especie de autorrestricción.

—¿Quién te ha dicho que me importe quedarme sola? —responde Sandra con altivez a su mirada reprobatoria.

—Te conozco, Sandra, eres una mujer inquieta y con millones de planes, y sé que no necesitas una pareja para ser feliz. Pero también me consta que te gusta que te quieran —dice su hermana dulcificando el tono—. Estoy segura de que te encantaría compartir algunos de los miles de planes que llevas a cabo con más gente.

Sara comienza a caminar de nuevo y su hermana la sigue. La tensión entre ellas ha desaparecido por completo.

—Y los comparto, con amigas. Bueno, aquí con nadie —se corrige riéndose—. Solo con Tony y cuando no trabajamos. No te voy a mentir, la verdad es que en Londres no tengo muchas amistades, pero eso no significa que necesite pareja.

—¡De acuerdo, disculpa! ¡Ya sabes que soy más clásica que tú en esto!

—O no. A ver, no soy de piedra. Casi siempre es así, pero hay momentos que no tengo claro si es convicción o resignación. En el día a día estoy bien sola, sin embargo a veces recuerdo que de pequeña yo imaginaba otra vida para mí. El amor romántico y la tele han hecho mucho daño a las mujeres, me temo —reconoce haciendo una mueca.

—Y a ti, además, las series afroamericanas —dice riéndose Sara para romper toda esa solemnidad y dándole un pequeño empujón en el hombro.

—No, en serio, tal vez llame al español. Al menos, seremos más afines culturalmente.

—¡Ah, pero entonces es un problema de afinidad cultural...! Sí, sí, ese criterio siempre te ha servido.

—Sí y no. —Sandra se ríe del comentario irónico de su hermana y la pellizca en el brazo—. Es más, por un lado prefiero que no sea español porque sé cómo piensan y...

—No puedes guardar rencor a un país entero. Supongo que te refieres a algunos —la interrumpe Sara.

—Eso es, algunos, seguramente una minoría, pero me da pereza meterme en ese jardín porque estoy segura de que voy a analizar lo que digan con lupa. Y en lo concerniente al rencor... puede ser que lo tenga y que no sea justa. Es más, te reconozco que viviendo fuera de España echo mucho de menos a la gente de allí, la cercanía, la espontaneidad, la calidez y todos mis momentos buenos, que han sido muchos más que los malos. Es curioso, pero a día de hoy, aquí en Londres, me siento más española —dice mirándola a los ojos mientras suben al autobús.

—Entonces, la cosa es que tienes una espinita que hay que sacar —resume su hermana ocupando uno de los asientos libres.

—Exacto —afirma sentándose a su lado.

—¿Y cómo se llama el español?

—Pedro.

—Pues que te la saque él.

—Y Miguel Ángel, ¿qué? —le pregunta Sandra, esperando que Sara tenga una respuesta.

—Que yo sepa, ya no sois pareja. Además, vive en Malabo. A miles de kilómetros de aquí. —Las últimas palabras las pronuncia más lento, como si lo que estuviera diciendo fuera una obviedad que ya ha dicho mil veces.

Sandra decide no continuar con la conversación y se queda mirando por la ventana, pensando en las llamadas de Miguel Ángel que no se ha atrevido a atender. Inevitablemente, Pedro pasa a un segundo plano.

Al fin llegan a Brixton. Por la noche el barrio parece otro. Todas las tiendas están cerradas y no hay tanta gente por la calle, así que no suena igual. Casi no suena, de hecho. Solo se ve algo de ambiente alrededor del McDonald's de la esquina. Caminan por algunas calles con la capucha puesta y llegan a una vivienda antigua en cuya terraza hay un montón de gente que no teme a la lluvia, bebiendo, fumando, comiendo y conversando en distintos idiomas en bancos de madera. Desde fuera se escucha algo de música, pero cuando abren la puerta se sumergen en otro mundo. Un DJ se deja la piel pinchando funky mientras la gente enloquecida se deja el cuerpo bailando. Sudan y sienten. Enseguida se ve que hay bailarines estupendos y auténticos desastres, que se abandonan a una sesión que, a juzgar por la emoción con la que pisan y repisan la pista, parece previa al final del mundo.

Después de semanas de trabajo duro, de horarios que parecen no acabar nunca, la gente va ahí a morir y a olvidar las cargas de su existencia entre canciones buenas y alcohol u otras drogas. Le pide a su hermana que la acompañe a la barra para pedir unas cervezas. A ninguna de las dos les gusta, pero es la única bebida que pueden permitirse y la necesitan para calentarse y poder sumergirse con naturalidad en aquel fragor. Se quedan ahí, como ancladas, paladeando cada trago y comentando lo que sucede a su alrededor. Parecen turistas. Después de un par de pintas, el líquido amargo empieza a calentarles la sangre, se atreven a sumarse a la fiesta y danzan con los ojos cerrados como si al no mirar no las vieran, como durmiendo y sumándose al trance comunitario.

Las horas pasan y se están divirtiendo. Un chico rubio que baila desmadejado y que está a su lado le entrega un papel con su número de teléfono y algunas palabras garabateadas: «*The handsome John, I think I love him*». Cuando Sandra consigue descifrar lo que pone, le mira y empieza a reírse, momento que él, que puede que se llame John o puede que no, aprovecha para besarla. Al despegarse del chico observa a su hermana, que le guiña el ojo con cara de haber bebido más de la cuenta y sonríe. Se están divirtiendo.

Horas o minutos después, se encienden las luces del local y la música se apaga. Las dos hermanas se cuelgan los bolsos que habían dejado en el suelo para poder bailar más cómodas y regresan a casa en metro. Sara apoya la cabeza sobre el hombro de Sandra y duerme hasta que llegan a su parada. Es su última noche juntas y no ha estado mal.

Despedidas

La primera en despertar es Aurora, que es la que más horas lleva durmiendo. Procura no hacer ruido mientras hace la maleta de Sara, quien la noche anterior tiró su ropa al suelo desesperada porque no sabía qué ponerse. Sandra, que siempre ha tenido el sueño ligero, amanece con una congoja que no consigue extirparse ni al incorporarse, y eso que esta noche no ha tenido ninguna pesadilla. Se había acostumbrado a estar sin su familia en esa ciudad gris, a pasar sus días libres en solitario. Volver a verlas le hace darse cuenta de lo mucho que las extraña. Se levanta del suelo y se lleva el dedo índice a los labios para indicarle a su madre que guarde silencio. Abre la puerta con sigilo y se dirige a la cocina para preparar el desayuno.

Justo cuando el agua que va a utilizar para el té rompe a hervir, se limpia con el reverso de la mano una lágrima solitaria que recorre su mejilla. No quiere que esta visita le duela ni acabe con su concentración en su retiro en Londres. Haber visto a su familia le ha encantado y quiere tomárselo como una inyección de alegría para un depósito que, a medida que vaya pasando el tiempo, estará más vacío. Reparte el agua en tres tazas y pone dentro un sobre de chai, su gran descubrimiento, una mezcla de jengibre, cardamomo, clavo, canela y otras especias. Mientras reposa, va metiendo rebanadas de pan en la tostadora y, según van estando listas, las apila en un par de columnas sobre un plato. Cuando ya tiene suficientes, coge mantequilla y mermelada de la nevera, lo pone todo en una bandeja y regresa a su habitación. Su hermana ya está despierta, tiene mala cara, de resaca, pero cuando la mira le sonríe pícara y se le ilumina el rostro. Ayer lo pasaron bien y sabe que la noche va a durar muchos años en sus relatos, puede que para siempre. Seguramente llena de anécdotas reales y de otras infladas o, directamente, inventadas.

Comen sentadas en el suelo y Aurora aprovecha para hacerles un interrogatorio acerca de su velada nocturna. Sus hijas le responden con todo lujo de detalles, pero omitiendo al chico con el que Sandra se besó.

—Pues me voy contenta, hija, te veo bien aquí —le dice a Sandra, dándole una palmada en la pierna.

—No estoy mal, solo me falta tener una vida —le responde sonriendo—, porque trabajo ya tengo. La verdad es que no me aburro.

—Poco a poco, aún es pronto.

Sara mira el reloj y le entran las prisas.

—Tendríamos que ir saliendo, ¿no?

—Tenéis un cuarto de hora. Échale un ojo al baño, que después de todo lo que te has comprado sería una pena que te dejaras aquí algo.

—Tranquila, está más que mirado y todo en la maleta de mamá. ¡Qué pena me da que no puedas acompañarnos al aeropuerto!

—De haber sabido que vendríais, podría haber cambiado el turno en la zapatería, pero con tan poco margen era imposible. —Sandra hace una pausa parar meter la tostada en el té y darle un bocado—. Dices que te da pena, hermanita, pues anda que a mí... Soy yo la que se va a vender zapatos al lado de una pista de patinaje.

—A los que os vais de Madrid se os olvida que tenemos un invierno insoportable. Espero que eso te sirva de consuelo.

—Bueno, aquí llueve sin parar —replica con un tono de duda que les hace reír.

Su madre cierra las dos maletas y les pone unos candados minúsculos, de esos de diario de adolescente que pretende guardar su intimidad pero que se rompen con un simple manotazo.

—Vamos —les dice a sus hijas.

Sandra le arrebata la maleta a su madre y cierra la puerta de su casa. La mañana está de lo más desapacible, caminan contra el viento hasta que llegan a la estación de Battersea Park y se despiden. Las dos hermanas chocan la mano y se ríen, más que por el ahora, por el recuerdo, y Aurora le da un abrazo fugaz a Sandra. Intercambian pocas palabras, muchos «cuídate» y «come bien», y muchos «sí, sí» y «gracias, gracias», igual que cuando se iba al campamento.

Cuando Sandra se da la vuelta en dirección a la parada de autobús, su madre la llama.

—Sandra, ¿y por qué no te vuelves con nosotras? —le suelta de pronto.

—¿Ahora? —dice Sandra, sorprendida—. ¿Ha pasado algo? Papá...

—Estamos bien los tres, hija, papá también, ya te lo he dicho. Es que aún no sé qué haces aquí, con la maleta sin deshacer. Parece que estás esperando a que alguien te guíe y... eso es lo que intento hacer.

—Si te soy franca, yo tampoco sé qué hago aquí —contesta levantando los hombros—. Solo tengo claro que necesitaba caminar un rato en solitario y en esas estoy.

—Quizá ahora te haga falta un empujón para volver a casa. Solo quiero que sepas que ningún lugar es perfecto, pero en Madrid estamos nosotros.

—Ya lo sé. No se me olvida —dice mientras se acaricia la muñeca en la que lleva su pulsera de la paz.

Sandra abraza de nuevo a su madre y se va al trabajo haciendo un esfuerzo por no llorar. Detesta las despedidas, da igual si ella es la que se va o la que se queda. Y pese a odiarlas, no ha hecho otra cosa en los dos últimos años. Despedirse de gente y de lugares.

Cuando dejó España para irse a Guinea, se pasó diciendo adiós varias semanas. Lo primero que hizo fue dejar el trabajo. Fue una decisión complicada. A ella le gustaba lo que hacía en el periódico porque cada día podía sumergirse en una historia diferente; además, sus jefes le habían dado bastante confianza a la hora de decidir temas y llevarlos a cabo. Si Sandra pedía tiempo porque consideraba que algún asunto requería que se tratase en mayor profundidad, se lo daban. La prensa le generaba menos quebraderos de cabeza que el sector audiovisual, ya que le parecía una labor más íntima, lo cual no significaba que no lo echara de menos. No obstante, se comparaba con los compañeros periodistas de la televisión y se sentía afortunada por no tener que rogar a la gente que contara su testimonio delante de la cámara o robar planos o audios para poder entregar una noticia ese mismo día. Lo suyo le parecía mucho más limpio. Llegaba a los sitios, se presentaba y podía pasar toda la mañana buscando fuentes sobre el propio terreno con calma, y con la tranquilidad que les daba a sus entrevistados no tener que decir su nombre ni mostrar su cara.

Le gustaban las noticias que tuvieran que ver con la inmigración, hablar de negocios prósperos fundados por personas llegadas de todas partes, y también le resultaba interesante llevar al terreno los estudios, sondeos y estadísticas, porque le permitían dar forma a historias partiendo de un dato y ahí, pensaba, podía lucirse y ser creativa. Por ejemplo, si se decía que cada vez un porcentaje mayor de abuelos se encargaba de sus nietos, buscaba la manera de ponerles nombre y vida a esos números descarnados. Visitaba puertas de colegios a diario y, si era festivo, parques o museos hasta que daba con alguien que, de manera generosa, le hablaba de su experiencia.

Pese a todo y para su desgracia, una de las cosas que más hacía era cubrir sucesos. Le resultaba terrible tener que contar hechos desagradables y, peor aún, ir a molestar a familias dolidas, como si desconociera la respuesta ante un «qué tal estáis» tras haber pasado algo grave. Uno de sus peores momentos fue cuando le tocó cubrir el accidente aéreo de Spanair en 2008. Murieron 154 personas que iban de Madrid a Las Palmas de Gran Canaria y solo sobrevivieron dieciocho. Se pasó varios días entre la morgue y los diferentes hospitales en los que estaban ingresados los heridos. Aquello le pareció inhumano, ver aquel dolor y tener que contarlo fríamente, cuando las manos le temblaban mientras escribía en el teclado. De alguna manera, esa desgracia y la forma de cubrirlo sembró una de las semillas de su partida.

Por otro lado, le repugnaba el orden de prioridades de los medios de comunicación, que le ponían luz a una parte del mundo y condenaban a las tinieblas a otra; que dejaban sin nombre a las personas que fallecían en el Mediterráneo y que se afanaban en dar hasta el más mínimo dato de quienes nacían en el lado «bueno» del estrecho de Gibraltar.

Más allá de las dudas que tenía con respecto a su trabajo, viajar le quitó el miedo a mudarse, a comenzar de cero, le hizo ser consciente de lo a gusto que podía estar en un punto del planeta o en el opuesto. Por si eso no fuera suficiente, desde que regresó de Portugal empezó a relacionarse con personas negras, porque vio lo importante que era para ella contar con un entorno que no fuera solo blanco. Necesitaba poder narrar sin explicar, comprensión sin tener que acudir al subtitulado. Buena parte de esos amigos, con el inicio de la crisis económica en España, empezaron a irse a Guinea Ecuatorial a trabajar, al país de sus padres, al suyo o al de sus abuelos. Algunos no lo conocían siquiera cuando decidieron instalarse allí, pero todos, aunque se quejaban, lo sentían como suyo al cien por cien. Sandra todavía no sabía qué era eso y necesitaba experimentarlo, pero le daba miedo dejar su trabajo por si se arrepentía.

A medida que fueron pasando los meses, la situación fue a peor, la cantidad de personas en su entorno que se habían quedado en paro era ya incontable. A su hermana Sara también la despidieron por esa época y tardó cerca de un año en volver a encontrar algo. Las tiendas cerraban, echaban a las personas de sus casas, la gente vendía lo que tenía para pagar las facturas, los rostros se volvieron tristes y las calles perdieron densidad. La burbuja inmobiliaria explotó e hizo añicos muchas vidas, por eso contar con otro país, tener un plan B, fue una tabla de salvación para muchos jóvenes originarios de Guinea Ecuatorial. El puesto de trabajo de Sandra no peligraba, pero su mundo, tal y como ella lo conocía, se estaba desmoronando y poco a poco se le metió en la cabeza la idea de sumarse al grupo de personas que estaban volviendo a Guinea. Al principio las ganas eran solo susurro, pero con el tiempo se transformaron en clamor y, cuando las escuchó más que su propia voz, decidió hablar con sus padres.

—Quiero irme a Guinea —les soltó, como un vómito incontrolable, en el mismo salón en el que ellos le contaron a Sara y a ella que Antonio había perdido su trabajo. Justo en el mismo país al que Sandra pretendía ir.

—¿A qué? —dijo su madre enfadada, antes casi de empezar a hablar, desde el sofá del salón en el que estaba viendo la televisión.

—No lo sé, imagino que podría trabajar en alguna empresa haciendo labores de comunicación. Tengo un buen currículum.

—¿Y qué pasa con el trabajo de aquí? —continuó Aurora, sin apartar la mirada del programa que estaban echando, aunque no lo viera.

—El trabajo de aquí no me gusta, me aburro, el mundo es más grande. Entre los documentales y el periódico, llevo más de un lustro en medios de aquí y necesito salir. Hay días, cuando me paso horas delante de un tanatorio o del anatómico forense, que me avergüenzo de lo que hago —le explicó Sandra, queriendo dotarse de argumentos para que comprendieran su decisión.

—¿Y crees que a mí me gusta mi trabajo? —replicó su madre desde la víscera y clavándole los ojos—. Pero he seguido en él para mantener a esta familia, incluido tu padre, que está aquí callado como si no le importara lo que dices. —Cogió el mando y apagó la tele, furiosa.

—Es mi hija, ¿cómo no me va importar? Pero quiero escuchar lo que dice, hace mucho que dejó de ser una niña —intervino Antonio mirando a su mujer.

—*Akiba*, papá —le contestó Sandra usando una de las pocas palabras que sabía en fang, el idioma de su padre, que era y no era también el suyo—. La verdad es que no tengo mucho que explicar. España se muere y me cuentan que en Guinea todavía es posible innovar, crear, partir de cero. Aquí parece que todo está hecho y que, encima, salió mal; allí el lienzo está en blanco, aún podemos dibujarlo.

—Eso que has dicho es muy bonito, pero no es verdad. Si Guinea fuera un buen lugar yo viviría allí, y sin embargo estoy en España. No olvides lo que me sucedió a mí, me arruinaron y os arruiné. Las reglas allí son otras, lo llaman «guinealogía». Hablan el mismo idioma, pero muchas de las cosas que dicen no significan lo mismo. Si yo me pierdo y nací allí, ¿qué crees que te pasaría a ti?

—Entiendo lo que dices, pero tengo a varios amigos allí. Ellos no me dirían que fuera si no pensaran que puedo estar bien —le explicó con calma Sandra.

—Ninguno te conoce tanto como nosotros, pero si has tomado tu decisión, solo puedo apoyarte —concluye sereno su padre—. Te irás a casa de mi hermano, el tío Faustino. ¿Te acuerdas de él? Vivía en Barcelona, por eso de niña le viste poco, pero cuando venía, jugaba mucho con tu hermana y contigo.

—Sí, claro, ¿cómo no me voy a acordar? El que venía siempre de traje y oliendo mucho a perfume —respondió Sandra sonriendo y agitando la mano delante de la nariz.

—Bueno, podías no acordarte, ya hace muchos años que se fue para allá. Tú aún eras pequeña. Creo que él es la mejor opción porque como ha vivido aquí, se anticipará a las necesidades que puedas tener. Y también podrás visitar a mi hermana Celia, que fue la que me cuidó cuando éramos pequeños. Te puse tu segundo nombre, Nnom, por ella.

—¿Y ya está? ¿Que se vaya? ¿Dejando su trabajo de periodista? ¿Sabes cuántas personas se morirían por tener tu trabajo? —le gritó su madre, con pena en la voz.

—Mamá, siempre puedo volver y lo haría con más experiencia. Ya dejé lo de los vídeos y encontré otra cosa, confía en mí. No será inmediato, pero cuando me ofrezcan algo que me guste, me iré de Madrid.

—No puedes moverte por caprichos.

—¿Caprichos? Tengo derecho a conocer mi otro país. También soy de allí. Quizá en Guinea me traten mejor, tú no sabes lo que es ser negra en este país —le explicó Sandra con rabia a su madre, como si ella también estuviera entre los culpables de su marcha.

—Ni tú, lo que ha sido para mí recibirte en casa después de cada uno de los capítulos de racismo que has vivido, hija, pero no sé si esa es la solución —añadió Aurora dulcificando su tono, pues se dio cuenta de que su enfado no había servido para que cambiara de opinión.

—Ya os avisaré cuando tenga noticias —zanjó Sandra, y a renglón seguido se dio la vuelta y salió por la puerta de la calle.

Acababa de lanzar una bomba en su casa y necesitaba hablarlo con su hermana, sin testigos, pero en aquel momento no estaba allí.

Cuando se lo contó, Sara se quedó unos segundos en silencio y luego la animó a que cumpliera sus sueños, aunque la fuese a echar mucho de menos. Ella la conocía bien y sabía que si había tomado una decisión, ya no habría marcha atrás.

Los días se sucedieron sin novedades, hasta que una mañana abrió un e-mail en el que una de las empresas americanas que se dedicaba a los hidrocarburos le comunicaba que estaba interesada en su perfil y que quería entrevistarla vía Skype. Ella tardó varias horas en responder, temía que su inglés fuera insuficiente, hacer el ridículo y también que le dijeran que sí, pero finalmente envió un correo y cerraron fecha y hora para realizar la entrevista. Ni siquiera se lo dijo a sus padres porque prefería dárselo todo hecho y no perderse en explicaciones.

Los días previos vio varias películas en versión original, como si eso fuera a solucionar años de ignorancia, y cuando llegó la fecha acordada se presentó sin esperanza ni nervios ni convicción y le fue genial. Lo que le ofrecían era informar acerca de la labor social de la empresa y, a través de vídeos y notas de prensa, mostrarle al Gobierno y a los ciudadanos de Guinea la cantidad de obras positivas que estaban apoyando allí. La distancia le hizo pensar que todo era perfecto, puesto que le permitiría conocer las iniciativas que partían de la sociedad civil y, de paso, conocer esa parte de ella, de su cultura, de su genética y de su ser, que tenía pendiente. Había recorrido medio planeta con los documentales de viajes y aún no conocía su tierra. Su otra tierra.

La noticia de su marcha tuvo consecuencias dispares en el hogar familiar. Su madre casi no le hablaba, su padre sentía un orgullo extraño, empapado de miedo, y en su trabajo la frase que más oyó fue: «Así que te vuelves a tu país», lo cual, a su entender, significaba que nunca la vieron como una española más. Eso, al margen del sentimiento de pertenencia, tenía implicaciones laborales, porque si lo hacía una persona de madre y padre españoles, la consideraban intrépida y aventurera, cualidades importantes para una periodista. En su caso, que abandonara un empleo estable en época de crisis para irse sola, no solo no lo veían de la misma forma sino que entendían que era lógico que se fuera, que volviera al lugar del que había venido.

La semana anterior a su partida quedó cada día con una persona o grupo diferente: con las amigas de la universidad;

con Lidia, Elsa y Mónica, su círculo; con algunos excompañeros de los documentales de viajes y hasta con las de Puerto de Béjar que residían en Madrid, a las que fuera del pueblo veía muy poco. Todo el mundo le daba mil consejos, aunque nadie, salvo su padre, hubiera estado allí antes que ella. Le pedían que se cuidara, que no tomara más que agua embotellada y que al caer la noche se cubriera los brazos y las piernas para evitar que le picara la anófeles hembra, el mosquito responsable del paludismo. También le entregaron libros u otros regalos, como USB llenos de películas y series para que se entretuviera hasta que creara su red de amistades. Más adelante comprobaría que los inicios en solitario se llevan mejor estando entretenida.

Sandra se iba sin fecha de vuelta y eso le gustaba, pero no podía evitar sentir algo de miedo al abandonar el mundo que conocía para ir a otro que creía conocer. Justo en los días previos, se coló el quizá y el condicional. Hasta entonces, tenía claro que sabía adónde iba por los cientos de guineanos que habían pasado por su casa, por su padre, por sentirlo, pero cuando llegó el momento su seguridad se tambaleó.

—Asumir que sé algo de Guinea por tener un padre que nació ahí es ridículo. Quizá me lo tenía que haber pensado dos veces antes de tomar la decisión —le confesó con voz temblorosa a sus amigas del barrio. Les hablaba a ellas y a sí misma.

—Irá todo bien. Si aquello no te gusta, regresas y aquí te esperamos —le dijo Lidia para tranquilizarla.

—¡Volvería sin trabajo, en plena crisis!

—Pues se busca hasta que se encuentra y, mientras tanto, aquí estamos nosotras para lo que necesites, de verdad. —La que habló fue Elsa, que acompañó sus palabras con una caricia tosca en el hombro, sabedora de lo poco que le gustaba el contacto físico a Sandra.

Sus amigas eran paz, como el «casa» que gritaban de niñas cuando jugaban al pilla-pilla, un lugar a salvo de todo lo que sucediera fuera. No siempre la entendían cuando hablaba de racismo, pues achacaban sus episodios desagradables a la mala suerte, a la manía o a la casualidad, así que prefería no tocar ciertos asuntos con ellas para no enfadarse y olvidar que eran las que siempre estaban ahí, las que la sostuvieron en los peores momentos. Aunque habían tenido una evolución vital e ideológica muy distinta, eran su círculo. Por la confianza absoluta que les unía, lloró amargamente en su presencia, presa del pánico y de una incertidumbre que la devoraba. Ellas, que la conocían, en lugar de abrazarla, la escuchaban en silencio asintiendo o, como mucho, gastando bromas, con el fin de neutralizar la pena o al menos distraerla.

Se tiró diez días haciendo un equipaje en el que metía y sacaba prendas cada minuto, porque le constaba que el protocolo en Guinea Ecuatorial era fundamental. Daba igual que la temperatura y la humedad fueran altas, el traje de chaqueta era un requisito para poder ser escuchada en algunos escenarios. Cuanto más visible fuera la marca, más cara la corbata o más alto el tacón, mejor. Sandra venía de trabajar en el periódico, en la sección de sociedad, de modo que su atuendo no importaba demasiado; tampoco cuando hacía documentales, salvo que tuvieran que entrevistar a alguna autoridad. Por si acaso, llevaba siempre una americana, la americana, que paseó por medio planeta doblada y sin usar. Nada más.

Por otro lado, el hecho de que hubiera solo dos estaciones, ambas calurosas, pero una seca y otra húmeda, con lluvias torrenciales, sin alcantarillado y con las calles como lagos, complicaba mucho las cosas, de modo que finalmente, el último día, lanzó un montón de ropa al interior de su maleta, casi sin mirar, y la cerró. A pesar de los muchos viajes que había hecho desde que preparó su primer equipaje para ir a Lyon, no parecía haber aprendido demasiado.

Su hermana la llevó en coche al aeropuerto. Su padre y su madre iban detrás. Nadie hablaba en ese vehículo y todos tenían ganas de dedicarse mil palabras. En lugar de eso, miraban a través de las ventanas bajadas que les traía un aire agarrotado por la tensión. Sara puso la radio para que alguna voz les hiciera compañía y escucharon las noticias en silencio hasta que llegaron a la T4.

Su padre se empeñó en llevar la maleta grande, y la cargaba sin necesidad cuando podía empujarla porque tenía ruedas, pero Sandra intuía que era una manera de transmitirle que él seguía ahí, que podía con eso, que contara con él. Como siempre.

La cola para facturar estaba al fondo de la terminal y desde que llegaron no pararon de saludar a gente, lo cual demostraba una vez más que Guinea era un país pequeño, un país pueblo. Una vez hicieron el trámite de la maleta, su familia la acompañó al punto de no retorno del aeropuerto, donde mostró el billete. Nadie lloró, le dieron abrazos fuertes y, de nuevo, recibió muchos consejos.

—Bueno, ya está todo dicho, pero antes de que cruces el arco de seguridad quiero darte dos cosas que tengo para ti —le dijo su padre—. La primera es este libro, para que si tienes un mal día, de alguna forma, puedas refugiarte en nuestra biblioteca.

Sandra alargó el brazo y lo cogió. Acarició la cubierta y leyó en voz alta el título.

—«*En las tinieblas de tu memoria negra*».

—El autor es Donato Ndongo, guineano, y habla de la infancia de un niño en la Guinea colonizada, un poco entre dos mundos, como tú, pero desde allí.

—¡Creo que me va a encantar! ¿Y qué es lo otro?

—Bueno, no esperes gran cosa... —Su padre rebuscó en el bolsillo de su camisa y le entregó un papel con esa letra suya que parecía recién sacada de un cuaderno de caligrafía—. Te he pasado a limpio todos los números de mi agenda que podrían servirte —le explicó mirando al suelo. Estaba muy triste y no quería que nadie lo notara—. Ya sé que podía habértelos enviado por WhatsApp o por e-mail, pero yo con esas cosas no me manejo bien.

—Ni falta que hace, papá, así me gusta más. Muchas gracias.

Sandra estaba deseando que se fueran todos ya para poder deshacerse en un mar de lágrimas a gusto. Ese detalle, viniendo de su padre, era ternura pura.

—Venga, hija, que tienes que coger el tren ese interno —le dijo su madre.

—Vamos, hermanita, que parece que no te quieres ir —añadió Sara riéndose para romper el clima de solemnidad.

—Tienes razón. ¡Venid a visitarme, que aquí ya no queda nada para que empiece el frío y allí podremos ir a la playa!

—Lo haremos —contestó su hermana—. Así que ve preparando un tour por la isla de Bioko, que papá eso ya ni lo conoce.

—Así es —reconoció Antonio—. Demasiado tiempo aquí.

—Adiós, familia —dijo Sandra levantando la mano, para después darse la vuelta y perderse entre la multitud.

El protocolo aéreo fue tan tedioso que cuando terminó se le habían pasado las ganas de llorar, solo tenía nervios y unas ganas locas de montarse en el avión para poder dormir. La noche anterior no había pegado ojo.

Cuando localizó su puerta de embarque, se sentó a esperar leyendo el libro que le acababa de regalar su padre, pero hubo algo que no la dejó concentrarse. Varias mujeres, con las que había coincidido en la cola de facturación, abrieron su maleta de mano, sacaron ropa y se fueron al baño. Luego regresaron con tacones altos, pintadas y con ropa cara o con pinta de serlo. Sin saberlo, Sandra estaba asistiendo a una de las múltiples formas en las que se manifiesta la falacia de la migración, la falsa idea de prosperidad que se transmite a los que se quedan, aunque los que se fueron malviven en Europa, para que nadie piense que han fracasado. Esa mentira les ata, les obliga a quedarse en un lugar que no es el suyo cuando no disponen de fondos para fingir siquiera que todo va bien. También puede provocar que regresen endeudados a su tierra en vacaciones, con miles de regalos, con el fin de no defraudar a quienes les apoyaron para que se fueran. Y a la vuelta, saldan deudas o le suman algunos centímetros a sus agujeros de miseria, a sus alquileres impagados, a sus vidas sin electricidad y a la luz de las velas.

«¿Y quién soy yo para juzgar?», se preguntó desde su posición de observadora externa. «No sabes nada. Mejor, mira y calla.»

TERCERA PARTE

Entonces ¿eres guineana o no?

Sandra coge el autobús que la lleva al metro. A causa de la lluvia, el tráfico es lento y no quiere llegar apurada otra vez a la zapatería. El único asiento libre está al final del todo, justo detrás de una pareja que va discutiendo. Sandra lleva cinco meses en Londres y aún no entiende bien el inglés británico, a ella le parece que hablan a saltos. Para comprender lo que dicen tiene que concentrarse en sus palabras y hasta leer sus labios. El chico parece estar enfadado porque su novia trabaja demasiado y, por culpa de su celo laboral, solo pasan juntos las noches y los escasos minutos que dura el trayecto en transporte público hasta el centro.

La disputa le recuerda las llamadas perdidas de su exnovio, Miguel Ángel, y decide marcar su número. El estómago le baja y le sube al ritmo del tono de llamada hasta que, al fin, escucha su voz.

—¿Sandra?

—Sí... ¿cómo estás?

—Bien, te llamé y no me lo cogiste... —dice sin disimular su malestar.

—Ya, me pillaste fatal y no he podido llamarte hasta ahora. Tengo horarios infames en el trabajo y salgo muy tarde —se justifica.

—Bueno, no importa. ¿Cómo te va? —Parece algo más animado.

—Bien... Justo ahora voy de camino al trabajo. Mirando Londres por la ventana del autobús. Para no variar, llueve. ¿Y tú cómo estás?

—Yo ya estoy en la oficina, en Malabo II, el barrio que odias. Aquí diluvia. Ya sabes cómo es la estación de lluvias.

Sandra siente una descarga eléctrica. Recuerda las tormentas malabeñas, las calles anegadas, la gente corriendo para protegerse y los niños jugando calados hasta los huesos. Tiene fresco hasta el olor a tierra mojada y siente una punzada de añoranza irracional, casi animal.

—Uau, echo de menos esos días —dice sin pensar.

—Ja, ja, ja... Cuando estabas aquí los odiabas.

—La nostalgia es peligrosa. Te hace ver todo bonito. Hasta lo que no lo es.

—Y a mí, ¿me echas de menos?

—Claro, pero vives ahí...

—¿Y todavía sigues odiando Guinea?

—No es odio, es solo que Malabo me rompió el corazón. Aún tengo que recuperarme.

—Espero que sea pronto.

—Y yo, regrese o no. Es mejor estar en paz. Bueno, ¿y me llamabas por algo? —le pregunta al tiempo que pulsa el botón para bajarse en la siguiente parada.

—Sí, para saber cómo estás y para decirte que pienso mucho en ti, en nosotros. Creo que no hice las cosas bien y te pido disculpas.

—Ojalá nos hubiéramos conocido en otro sitio —responde Sandra—. El entorno no favoreció que la cosa prosperara.

—Este sitio también soy yo, no lo olvides. Y tú, aunque nacieras en España, sales de aquí.

—Lo sé, lo tengo muy presente —dice levantándose de su asiento—. Te dejo, que estoy saliendo del autobús para entrar en el metro y me quedaré sin cobertura.

—No pases tanto tiempo sin dar noticias. Un beso.

—¡Otro!

Sandra llegó a Malabo un sábado a las siete de la mañana. Ya era de día y la ciudad estaba viva. La isla de Bioko, en donde se sitúa la capital de Guinea Ecuatorial, está a unos mil kilómetros al norte del ecuador y en la mitad del planeta. El sol es puntual para despertarse y para acostarse. De seis a seis no falta la luz, hasta que de manera súbita se suicida, casi sin transición ni atardecer.

El primer shock al llegar fue encontrarse con los policías que revisaban el pasaporte. Sus caras eran el antónimo de la bienvenida, con una seriedad que Sandra solo se imaginaba teniendo el peor día de su vida. Iban dando paso a cada una de las personas que esperaban para recoger su equipaje sin intercambiar ni una palabra. Llegó el turno de Sandra, que saludó con un hola al hombre que estaba en el interior de la garita mientras le hacía entrega de su pasaporte. Llevaba uniforme azul oscuro de manga corta, como el resto, y estaba calvo, aunque se cubría la cabeza con una boina del mismo tono azul. Sus ojos eran pequeños y su mirada de extraordinaria dureza. No respondió a su saludo, no dijo por favor ni gracias, solo levantó su dedo índice, extraordinariamente largo, y le hizo un gesto con los labios fruncidos, como señalando, para que Sandra apoyara el suyo en el lector digital. Al acabar, levantó el índice de la otra mano y asintió con brusquedad para indicarle que debía hacer lo mismo. A continuación le hizo una foto. Cuando Sandra ya se había acostumbrado a su silencio, desde las profundidades de su diafragma el policía preguntó: «¿Dirección en Malabo?», y ella acertó a responder «Los Ángeles», que era el nombre del barrio en el que residía su tío y en donde se quedaría hasta que encontrara una casa. Por desgracia, no recordaba la calle exacta, pero al parecer no hacía falta porque el agente le devolvió su documentación, agitó la mano para indicarle que se fuera y ella pudo pasar a la siguiente prueba. Igual que si se estuviera en una yincana.

La gente recogía sus maletas y, sin hacer cola, se arremolinaba alrededor de alguno de los múltiples escáneres que había. Cada parada le suponía un consumo de energía y de paciencia inimaginable, porque no entendía por qué resultaba tan difícil meter el equipaje dentro de una máquina. Lo último que hizo antes de abandonar aquella trampa del tiempo fue abrir la maleta para que dos agentes pudieran cerciorarse, manoseando hasta su ropa interior, de que no había nada peligroso en ella. Cuando le escribieron una «r», de revisada, con tiza en el equipaje, supo que aquel suplicio había terminado y respiró tranquila. El trayecto que tuvo que hacer entre que aterrizó el avión y la calle la agotó más que el propio vuelo.

Al salir, se topó con una multitud de rostros desconocidos y temió no poder encontrar o no reconocer a su tío, a quien no había visto desde que era muy niña y solo recordaba que siempre iba en traje. Sacó de su bolso el papel con los números de teléfono que le había dado su padre y cuando estaba buscando el de Faustino, su tío le arrebató aquel folio manuscrito y la abrazó con fuerza. Parecía estar muy contento y ella se emocionó al verle sonriente, porque los policías le habían hecho pensar que las sonrisas eran un registro facial inexistente en Guinea Ecuatorial. Vestía unas bermudas y una camiseta con una antorcha dibujada y las siglas del PDGE, Partido Democrático de Guinea Ecuatorial, agrupación que, por aquel entonces, llevaba en el gobierno más de tres décadas. Enseguida le cogió la maleta y juntos se dirigieron al parking. Mientras caminaban, Sandra se dio cuenta de que su tío tenía un agujero en las deportivas.

El coche de Faustino era un taxi malabeño, blanco y con una franja roja que iba desde la matrícula trasera hasta el capó, pasando por el techo. En el maletero llevaba una nevera de camping que tuvo que poner en el asiento trasero para hacer hueco a todo el equipaje de Sandra y, como no cerraba bien, se pasó un buen rato colocando bridas y cuerdas hasta que quedó satisfecho.

—Tranquila, Nnom, no se va a caer nada, iré despacio. Ahora sube, pero no se te ocurra abrir la ventana porque este coche es un cacharro y luego no podré cerrarla.

—Vale, tío, no pasa nada, no tengo calor.

Y era real, la sensación no se parecía en nada a la que experimentaba los meses de julio y agosto en Madrid, cuando le quemaba la piel y le resultaba imposible pegar ojo por la noche. En Malabo, el cielo estaba encapotado y no podía ver el Pico Basilé, que con sus más de tres mil metros de altitud era el punto más alto del país, porque lo cubrían las nubes. El sol no picaba, aunque Sandra no había parado de sudar desde que puso el pie en la isla a causa de una humedad que rozaba el noventa por ciento y que pesaba como una losa.

—Ahora entiendo que la gente parezca cansada y hasta que hable poco, como el policía que me ha atendido. Creo que solo ha dicho dos o tres palabras. La humedad te deja baldada —le comentó a su tío, que la miró y asintió al verla con la cara brillante y la camiseta gris empapada a la altura del cuello.

—Acabas de llegar, Nnom, y ya estás así. Yo seré tu guía en Guinea. Aunque hablemos el mismo idioma, aquí el lenguaje se usa de otra forma.

—¿Qué quieres decir?

—No sé explicártelo bien, pero tú misma lo vas a ver. De entrada, para mí ya no eres Sandra sino Nnom. Ese es tu nombre fang y es posible que si te presentas con él, te reconozcan más rápido como una guineana.

—Y por mi color —afirmó ella con seguridad.

Faustino respondió riéndose de manera sonora.

Su tío había vuelto a Guinea mucho antes de que empezara la crisis económica en España y le gustaba recordárselo a la gente para hacer gala de su patriotismo. No volvió por dinero sino por amor a su bandera. Se fue tan joven que su acento se parecía más al de un español que al de un ecuatoguineano. Su idea era estudiar en Barcelona, y de hecho comenzó la carrera de Arquitectura técnica, sin embargo perdió la beca y acabó trabajando de portero de discoteca, aprovechando su corpulencia. Era un tipo locuaz que disfrutaba contando sus batallitas y tenía infinidad de contactos, «porque en la noche te encuentras a todo tipo de gente», solía decir. Por eso no era raro verle trajeado con personas de baja extracción social o con actores y actrices famosas. En lo sentimental, nunca buscó la estabilidad. Había tenido muchas novias, con algunas incluso tuvo hijos a los que veía de vez en cuando pero de los que jamás se hizo cargo. A medida que fue envejeciendo, le fue pesando la dejación de sus funciones como padre, especialmente al comparar la relación que su hermano Antonio tenía con Sara y con Sandra, a las que visitaba de cuando en cuando mientras estaba en España. Con el fin de enmendar su comportamiento del pasado, acababa de traerse a su casa a uno de sus vástagos, un chico mestizo que ni siquiera tenía su apellido pero que, según le explicó a su sobrina, era clavado a él. En Cataluña, el chaval estaba sin hacer nada, desempleado, como tantos y tantos; en Guinea, su padre había conseguido que le fichara uno de los equipos de baloncesto de reciente creación, ya que jugaba muy bien y, al igual que Faustino, era alto.

—Ahora te voy a presentar a tu primo, estará en casa esperándonos.

—Puede que ya le conozca, tío —le respondió Sandra, distraída, mirando el paisaje desde la ventana.

—No creo.

—Bueno, si tiene mi edad quizá hayamos coincidido en alguna discoteca de rap o de música africana en Barcelona. No es que haya ido mil veces, pero cuando estuve, salía por ahí.

—Ja, ja, ja —rio con ganas Faustino—. Este hijo mío no había visto a un negro en su vida y, desde luego, no iba a sitios así.

Por la autopista que iba del aeropuerto a la ciudad casi no circulaba ningún coche, parecía nueva, con sus farolas relucientes y sus líneas blancas inmaculadas. Estaba flanqueada por árboles gigantes que reclamaban su espacio en aquella isla feraz. En Bioko, la vegetación mató el horizonte, que solo podía verse desde la playa porque en el interior del mar no crecen las ceibas. Todavía.

—¿Te importa que antes de «llegar en casa» pasemos por Rebola? Es el pueblo de mi novia, me ha pedido que vaya a recoger un regalo que su familia tiene para mí.

—No hay problema, tío. Así damos una vuelta por la isla. Pero qué es eso de que tienes novia, ¿vive contigo? —le preguntó Sandra, más que por fisgona, por saber con quién iba a compartir vivienda.

—Aún no, no es mi mujer. Nos estamos conociendo sin prisas, porque están las típicas desconfianzas por ser de etnias diferentes, ¿no? Ella es bubi, pero sí «me gustaría casarla».

—Tío, por favor, tú has crecido en España, allí somos guineanos o negros, luchamos contra lo mismo. Una cosa es que estemos orgullosos del pueblo al que pertenecemos y otra, que eso suponga una división.

—Ya lo sé, pero recuerda que ahora estamos en Guinea y que el presidente, ese que «se come todo el dinero» del petróleo, es fang, como tú y como yo. Mientras, la gente va a pie por estas carreteras vacías por no tener medios para comprar coches.

—Sí, y tú mejor que yo sabes que también hay fang pobres; muchos, de hecho. En España hay un montón.

—Claro que los hay, pero también hay otros fang que no tienen dinero pero se benefician de este sistema, aunque solo sea en sus formas déspotas hacia el resto de la población.

—¿Y por qué llevas esa camiseta, entonces?

—Porque es un trozo de tela y así me dejan en paz. Ahora cállate —dijo cambiando bruscamente el semblante.

Delante de ellos había una barrera hecha con un palo de madera grueso apoyado en dos barriles oxidados. Al lado había dos militares sentados en sillas de plástico que, al verles, se levantaron con parsimonia. Uno de ellos se acercó al coche, caminando lento, con algo de inestabilidad y un fusil cruzándole el pecho.

—¿Adónde vais? —preguntó asomado a la ventana aquel niño señor, con voz todavía púber y la cara hecha un nudo.

—Vamos al pueblo de mi mujer —le respondió Faustino en fang.

—¿Esa es tu mujer? —dijo el militar en español, señalando con el dedo a Sandra.

—Sí, mi hermano —continuó Faustino en su lengua.

—¡*Kié*, es guapa! —comentó en español para que ella, de quien dedujo que no era de su etnia, pudiera entenderlo—. Y dime, ¿qué hay que hacer para estar con una como ella?

—Llevar taxi —contestó jovial el tío de Sandra.

—Tú mientes, aunque lleves este cacharro debes ser rico. Mi compañero y yo, en cambio, estamos aquí pasando frío.

—Por eso os voy a dar una tira, si usted me autoriza a cogerla, agente —indicó Faustino—. Así podréis entrar en calor.

—*Akiba*, hermano, tú me has entendido bien, puedes cogerla —concluyó haciéndole gestos con la mano.

Faustino retorció su cuerpo grande y sacó de la nevera, que estaba justo detrás de él, seis cervezas frías y se las entregó sonriente al joven militar. Él las recibió con la misma alegría que si le estuvieran regalando un tesoro y miró a su compañero, que había vuelto a sentarse, con el cuerpo estirado y la cabeza apoyada en el respaldo. Le chistó y él inmediatamente retiró el palo para dejarles pasar.

—Tío, ¿qué ha pasado aquí? ¿Por qué les has dado unas cervezas? Estás contribuyendo a perpetuar la corrupción.

—Ya hablaremos del tema más tranquilamente. Entretanto, ¿ves cómo sudas? Imagínate estar horas en el mismo sitio, mal pagado, sin nada que beber. El mundo no es negro o blanco. Acabas de llegar de Madrid y ya vienes dando lecciones. Tienes alma de colona —le dijo dándole palmaditas en el hombro.

—No digas eso ni en broma —respondió ella al tiempo que le apartaba la mano, haciéndose la enfadada—. Por cierto, ya voy entendiendo eso que has dicho del lenguaje; cuando él ha comentado que estaban pasando frío, pensé que nos estaba vacilando o que quizá estuviera enfermo.

—Ya ves. Y puede que también esté enfermo. ¿Has visto sus ojos amarillos?

—Claro que sí... No podía dejar de mirarlos mientras me señalaba. Y otra cosa, ¿qué le ha hecho pensar que tú y yo éramos pareja? ¡Si eres mucho mayor que yo!

—No quieras saberlo todo ahora. Solo te diré que en la Guinea del petróleo todo se puede comprar, incluso a las personas.

Sin poner el intermitente, giró a la derecha para entrar en el pueblo que estaba al lado de la carretera. Acababan de pasar por delante de un cartel en el que podía leerse «Rebola». Subieron una cuesta enorme que tenía a ambos lados casitas de color amarillo, azul, verde... y al fondo una iglesia blanca. Sandra estaba deseando que su tío parase para bajar y estirar las piernas, pero él fue cortante:

—No salgas, no quiero que luego le vayan diciendo a mi novia que estoy con otra.

—¿En serio? —dijo incrédula.

—Y tanto. Ya verás que esto es un país pero parece un pueblo. Apréndete bien la palabra «congosá» porque vas a escucharla mucho.

—¿Y qué significa?

—Chisme o cotilleo —dijo al tiempo que cerraba la puerta tras de sí y se internaba por un pasillo estrecho que había entre dos viviendas.

Confinada en aquel coche medio desvencijado, Sandra pudo observar el ritmo del pueblo que, al igual que en cualquier otro lugar del mundo, es más pausado y más humano que en las ciudades. La gente iba a la finca, a sus pedazos de tierra, las mujeres con su cesta sobre la cabeza, y cuando se cruzaban por la calle con alguien se saludaban y proseguían su marcha. Por la hora que era, los niños se dirigían al colegio, llevaban sus mochilas pequeñas en la espalda e iban en grandes grupos, como las bandadas; con los mayores, que son menores adultos, vigilándoles para que no les pasara nada.

Enseguida apareció Faustino con un bulto grande envuelto en papel de periódico y lo puso en el asiento trasero, sobre la neverita.

—¡Ya lo tengo! —exclamó.

—¿Qué es eso que traes?

—«Cuerpoespín».

—Querrás decir puercoespín.

—Muy bien, Sandra, ya sé que eres periodista y todo eso, pero aquí lo llaman «cuerpoespín» o «chucu chucu» y, aunque esté mal dicho, ese es su nombre. ¿No te has dado cuenta de que yo también utilizo expresiones típicas de aquí?

—¡Claro! Tienes razón, y más me vale aprender el español local si quiero comunicarme con la gente.

—¡Exacto! De lo contrario, vas a ir con ese «español alto» que tienes y no van a saber qué responderte cuando hables con ellos. Creerán que estás presumiendo de tus conocimientos. Aquí, no todo el mundo «castiza» igual.

Sandra asintió con la cabeza, como si estuviera tomando nota mental de todo lo que había sucedido y de lo que le explicaba su tío. Se quedó ensimismada hasta que, de repente, comenzó a mirar a todos lados y a respirar fuerte guiñando los ojos.

—¿A qué huele? —preguntó con asco.

—Es el chucu chucu, carne de bosque, ¡fuerte! Cuando lo preparemos, no te parecerá que huele tan mal.

—No puedo bajar la ventana, ¿podrías bajar al menos la tuya?

Faustino le hizo caso. El aire la despeinaba pero a Sandra le vino bien. Se sentía más cerca del lugar al que acababa de llegar y que pisaba por primera vez.

Después de quince minutos de trayecto entraron en Malabo, la capital de Guinea Ecuatorial, y a Sandra, que había estado bastante tranquila desde que consiguió abandonar el aeropuerto, se le aceleró el corazón. Su tío dio un rodeo para que ella viera Malabo II, el barrio nuevo, lleno de rotondas, rascacielos de color plata y dorados y viviendas de protección pública vacías u ocupadas por personas que no necesitaban protección, ya que tenían suficiente dinero como para comprarse varias.

—¿Qué te parece? Ahora que tenéis en Madrid las cuatro torres esas, creíais que eráis los únicos, ¿eh? —comentó Faustino con el pecho hinchado.

—Lo que sucede es que a mí esto no me gusta. Me parece que no tiene personalidad, que puede encontrarse en cualquier parte del mundo —dijo Sandra, a sabiendas de que sus palabras no tendrían una buena acogida.

—¡*Kié*, Sandra! Tú eres demasiado españolita —contestó algo molesto su tío.

—¿Por decir lo que he dicho? No entiendo la manía que tenéis los guineanos de no aceptar ninguna crítica.

—¿Ves? Te acabas de retratar... Pensé que tú también eras guineana, ¿lo eres o no? —comentó con una media sonrisa Faustino.

Sandra se quedó sin palabras. Su tío tenía razón, acababa de llegar a Guinea y ella sola se estaba autoexcluyendo, hablando como si fuera una turista, y eso que llevaba toda su vida considerándose de ahí.

—El mundo no es negro o blanco —dijo de forma casi inaudible, secundando las palabras que hacía un rato había pronunciado su tío.

La vergüenza la abocó al silencio y a la contemplación del otro Malabo que aparecía ante ellos, el clásico, el del trazado de damero, igual que el del Plan Cerdà de Barcelona pero en chiquitito; el de los monumentos armónicos, como la Catedral; el de las casitas bajas de color beis con los tejados marrón chocolate; el que estaba rodeado de barriadas espontáneas, producto de la autoconstrucción desordenada generada por el éxodo rural hacia la capital.

Entraba en el Malabo real. Solo lo había visto en las fotos de «la biblioteca» y en sus sueños, y le parecía un lugar de absoluta franqueza. Era una ciudad que se mostraba a cara lavada y que, precisamente por eso, podía defraudar a las visitas sorpresa. Olía genial, a pescado y a pollo a la brasa cocinado en las llantas de los puestos callejeros, y al doblar la calle resultaba hediondo por llevar los efluvios del agua estancada. Sonaba a batiburrillo, donde el claxon de los taxis compartidos se mezclaba con las melodías de moda que salían de altavoces gigantes, de las radios de los coches, de las tiendas y de las casas.

A Sandra le llamó la atención la cantidad de personas que caminaban en todas direcciones, que cruzaban sin mirar, arriesgando la vida en una urbe en la que ella contó un único semáforo.

—¿Cómo aprendiste a conducir aquí, tío? ¡Menudo peligro!

—Adaptándome y santiguándome nada más meter la llave en el contacto —respondió a gritos, y luego soltó una carcajada—. Tranquila, hija, ya te irás acostumbrando.

Faustino la llamaba «hija» porque en fang no existen las palabras «tío» y «sobrino». Los tíos son padres y los sobrinos, hijos, tanto desde un punto de vista semántico como en el trato.

—Ahora, y ya que me preguntas por la conducción, te voy a enseñar un lenguaje que debes conocer: el de los pitidos del taxi. Cuando los taxistas pasan al lado de todas esas personas que ves caminando, les hacen saber que están disponibles pintando una vez. Son coches compartidos, de modo que el usuario tiene que gritar, desde fuera, a los conductores para que sepan adonde quiere ir y solo le cogerán si coincide con su ruta. Para avisar de que puede subirse tocarán el claxon dos veces, y si no les interesa simplemente pasarán de largo. ¿Quieres que hagamos la prueba?

—¡Pero si llevas un puercoespín y una nevera en el asiento de atrás!

—Por eso solo podremos coger a dos personas, un espacio es para los bártulos. Vamos, toca el claxon.

Sandra tardó unos segundos en ejecutar la orden de Faustino. Ella no conducía y le parecía una temeridad ponerse a tocar la bocina en mitad de una ciudad en la que las normas de circulación podrían ser el nombre de una canción. Al ver que no hacía nada, su tío le cogió la mano y apretó el claxon una vez. Una persona chilló desde fuera «Segesa», así que él paró el coche, volvió a tomar la mano de Sandra y repitió el mismo gesto pero dándole dos veces. El hombre se subió y saludó escuetamente. No hizo ningún comentario por tener que sentarse al lado de un bulto apestoso. Poco después, se repitió lo mismo y se subió una señora mayor entrada en carnes. Llevaba un turbante sobre la cabeza que le confería tres o cuatro centímetros más de los que ya tenía y se colocó junto al otro pasajero sin despeinarse, a pesar de que en aquel vehículo ya no olía solo al puercoespín, sino también a la concentración de cuerpos humanos encerrados en un coche en el que solo funcionaba la ventana del conductor.

Cuando llegaron al destino de los dos pasajeros, ambos pagaron los quinientos FCFA que costaba cualquier trayecto dentro de la ciudad y se despidieron sin hacer siquiera un comentario. De ahí se dirigieron a Los Ángeles, el barrio popular en el que residía su tío. Había hileras de casas iguales, amarillas, y entre una y otra la vida vivía con frenesí. Las mujeres tendían la ropa, que dejaban fuera sin vigilancia; los niños le pegaban patadas a pelotas deshinchadas; había chicas jóvenes emprendedoras con mesas plegables llenas de pintaúñas y un par de sillas donde hacían la manicura a los transeúntes; los hombres mayores se sentaban alrededor del akong, un juego tradicional, y los dos contrincantes lanzaban sus piedrecitas a los agujeros. A Sandra le enamoró aquel lugar y supo que le resultaría imposible aburrirse.

Faustino sacó la maleta y anduvieron los escasos metros que separaban su casa del vehículo. Notó cómo todo el mundo la miraba sin disimulo, algunos incluso giraban la cabeza. En mitad de aquel murmullo clamoroso, Sandra solo entendía «*ntangan*» y le preguntó a su tío qué significaba.

—Bueno, ¿recuerdas que me he reído antes cuando has dicho que por tu color sabrían que eres guineana?

—Sí.

—Pues bien, por tu color lo que te consideran es *ntangan*, que significa blanca, europea, que viene de fuera.

—Manda narices —refunfuñó Sandra.

—Lucha para que te llamen «guineana».

—¿Por qué tengo que luchar, tío? La gente es o no es.

—Ah, hija mía, así es la vida de los que no sois ni una cosa ni la otra. A mi hijo le pasa igual. A ver si está y te lo presento. ¡Samuel!

Entraron en la casa y a Sandra le dio un golpe de calor al ver los sofás grises de escay que había en el salón frente a la televisión. Un biombo separaba aquella estancia de la cocina, que comunicaba con las escaleras que llevaban a la planta superior.

—Parece que el niño no está. ¿Tú estás cansada? ¿Quieres dormir mientras yo preparo la comida?

—Si no te importa...

—Cómo me va a importar.

Cogió la maleta y la subió al cuartito en el que Sandra dormiría los próximos días. Solo había una cama con sábanas blancas, cubierta por una mosquitera que colgaba del techo, y un ventilador sobre una banqueta.

—Ahora sí, bienvenida a casa, hija.

—*Akiba*, gracias, tío.

La metáfora del picante

Cuando Sandra llegó a Londres no había nadie esperándola en el aeropuerto ni en ningún otro lado. Que alguien te reciba al llegar a un lugar es como poder cambiarte de zapatos tras calarte los pies por culpa de la lluvia, piensa mientras se empapa en el corto trayecto que separa la parada del autobús de la entrada a la estación de metro de Victoria. Su tío Faustino, a pesar de sus diferencias, fue ese calzado en Guinea y también Miguel Ángel, con quien ahora no puede intercambiar más que unas cuantas frases. Aún necesita tiempo para hablar con él como lo ha hecho siempre. Quizá hoy no era el día, acaba de despedir a su familia y se le ha quedado un hueco en el cuerpo que poco a poco va llenándose de congoja. Tener a su madre y a su hermana cerca ha sido un inciso vital fantástico, pero no sabe si podrá volver al punto en el que estaba antes de que aparecieran en la tienda por sorpresa. Al menos, no de inmediato. Han hecho añicos su coraza solo con risas, croquetas y charlas inocuas. Tardará unos días en volver a su estado inicial de retiro voluntario, siempre con la maleta abierta, igual que las primeras semanas en Malabo.

Sandra llevaba un rato descansando en su habitación desangelada de Los Ángeles y se despertó sobresaltada al escuchar la voz grave de alguien que parecía estar dentro de la casa.

—Ha sido increíble, Faustino, ¡increíble! Ese tío se ha llevado su merecido.

—No me llames Faustino, soy tu padre.

—Vale... papá —respondió la voz, con la extrañeza de quien no ha usado esa palabra en su vida.

Sandra bajó las escaleras frotándose los ojos, despeinada, con un pantalón de chándal gris y una camiseta raída que usaba para dormir. Se encontró a su tío hablando con un chico aún más alto que él que tenía su misma cara, pero más clara.

—¡Buenas tardes o días! ¡No sé ni qué hora es!

—Hija, la comida ya está casi lista, te has levantado a tiempo —le dijo Faustino—. Mira, este es mi niño, Samuel —añadió mientras señalaba a la torre que tenía al lado.

—¡Hola! —le dijo, y se puso de puntillas para darle dos besos, muerta de la risa.

—Hola —respondió él, seco—. ¿De qué te ríes? —preguntó con acento catalán.

—¡De que tu padre te llame «mi niño» cuando mides casi dos metros! No sé, se me hace raro.

—¡Ah!, perdona, ya... sin el casi. Todo el mundo me dice lo mismo aquí. Soy el más alto de la ciudad, creo —dijo rascándose la nuca.

—Samuel, ¿y qué era tan increíble? He bajado intrigada para enterarme de qué había pasado.

—Sí, se lo estaba contando a Fau... mi padre —se corrigió—. Unos vecinos han pillado a un ladrón que estaba robando en una casa, y se han dado cuenta porque el tipo se ha dejado la puerta abierta, así que le han sacado y le han dado una paliza. Gritaban «¡ladrón!» —le explicó poniéndose las dos manos alrededor de la boca—, y así animaban a que más gente saliera de sus hogares para unirse.

—¡¿Unirse a qué?! —exclamó Sandra horrorizada.

—Al linchamiento.

—¡Ah! ¿Y te parece bien? No sé, ¿no sería más fácil llamar a la policía?

—La policía no hubiera ido o no habría llegado a tiempo, y haría lo mismo que hizo la turba.

—Ya. —Sandra no sabía qué decir.

—¿Nunca has estado en Malabo?

—No, mi familia nunca tuvo fondos para que viajáramos los cuatro. Lo más parecido a estar en Guinea, para mí, ha sido ir a alguna comunión en Móstoles y bailar canciones de Maelé —le dijo aludiendo a uno de los grandes cantantes del país.

—Entiendo, yo ya llevo aquí cuatro meses. Cuando lleves el mismo tiempo que yo, hablaremos.

—¿Y te gusta? ¿Estás bien?

—Me encanta, este lugar es genial.

A Sandra le sorprendió muchísimo que le gustara tanto el país porque incluso los amigos y conocidos que la animaron a que se fuera a vivir allí se quejaban todo el rato. Aun así, no quiso preguntarle más a su primo, sabía que tendrían tiempo para hablar y conocerse.

Faustino les pidió que pusieran la mesa. Samuel cogió los platos de un armario pequeño que había sobre el fregadero y Sandra le siguió y se encargó de los vasos y los cubiertos. La cocina era tan pequeña que los tres cabían a duras penas y tuvieron que salir en fila india. Samuel colocó los platos frente a la televisión, puesto que solían verla a esa hora, y ambos se sentaron a la espera de que Faustino apareciera. Un par de minutos después, el tío de Sandra depositaba sobre la mesa una fuente enorme con el «cuerpoespín», al que añadió un bol grande de arroz.

—Vamos, servíos.

—¿Has comido chucu chucu, Sandra? —quiso saber Samuel mientras se llenaba el plato.

—¡Cómo no va a haberlo probado! Esta niña no es como tú, se ha relacionado con guineanos y su padre cocina muy bien nuestra comida —se adelantó Faustino, arrebatándole la fuente a Samuel y sirviendo a Sandra.

—Pues... la verdad es que esto no lo he comido. Es cierto

que mi padre es un cocinero estupendo, pero en España no venden puercoespín en las carnicerías —les explicó Sandra levantando los hombros.

—Ja, ja, ja. —Su tío soltó una carcajada—. Ni aquí tampoco. Por eso hemos ido al pueblo a recogerlo. Es carne de bosque, que tiene un sabor característico, como más...

—Amargo —le ayudó su hijo—. A mí al principio no me gustaba nada, pero ya me he acostumbrado. Ya soy guineano —dijo para escucharse más que para que lo oyeran los demás.

—¿Y antes no lo eras? —le preguntó Sandra al tiempo que cortaba un trozo de carne y se lo metía en la boca.

—¿Antes? Yo no había hablado con un negro en mi vida. Es más, te reconozco que, como la relación entre mi madre y mi padre no había sido buena, no me gustaban demasiado.

—¡Pero si tú lo eres! —respondió Sandra con la boca llena—. ¡Oye, tío, sí que está amargo! —le dijo a Faustino dándole un codazo.

—Pero... ¿te gusta o no? —contestó él mirándola fijamente.

—Sí, claro, claro —mintió Sandra.

—En cuanto a eso, Sandra —prosiguió Samuel—, bueno, yo soy mulato, como tú. No es lo mismo.

—¿Qué diferencias ves? Yo he crecido en España y...

—¿En Guinea? Todas. De entrada, aquí ligo muchísimo. Verás que muchas mujeres se aclaran para tener un tono como el tuyo. Además, la gente da por hecho que estoy forrado por tener la piel más clara. En España me sucedía lo contrario, había mujeres que se agarraban el bolso por si les robaba. Tú ya lo irás viendo. Si quieres, esta noche salimos, que es sábado, y ya habrá *ambiance*. —Pronunció la última palabra a la francesa y se frotó las manos, anticipando una gran velada nocturna.

—Sí, ¿por qué no?

—Callad, que empiezan las noticias —ordenó Faustino poniéndose un dedo en los labios.

A pesar de que la conversación se ponía interesante, obedecieron y se dispusieron a ver el informativo. Para Sandra era su primera vez y se quedó con la boca abierta. La duración de las noticias le pareció eterna, acostumbrada al minuto y medio de España, pero también le sorprendió que todo el que aparecía tuviera un cargo muy largo que nunca se abreviaba; que se usaran tratamientos como «excelencia» o «ilustre»; que adornaran cada presentación con una lista de epítetos aduladores e innecesarios y que casi todas las personas que salían fueran hombres con traje poniendo las primeras piedras de obras, inaugurándolas o haciendo nombramientos. Aquel canal, el único que había por aquel entonces, era el antiguo *NO-DO* español pero en color, pensó para sus adentros. Cuando creyó que ya había acabado, una cortinilla dio paso a las noticias internacionales y en la pantalla aparecieron Ana Blanco, la presentadora del telediario de TVE, y los corresponsales españoles en el extranjero. Al terminar, otra cortinilla anunció los deportes y de nuevo aparecieron periodistas guineanos.

Sandra miró a su tío y a su primo para observar sus reacciones, pero ni siquiera se inmutaron; no obstante, prefirió no señalar que aquello era ilegal para que no la tildaran de «españolita». En lugar de eso, se levantó y se llevó los platos al fregadero. Su tío y su primo se acomodaron en el sofá y continuaron asistiendo impávidos a aquel viaje en el tiempo. Sandra abrió el grifo y no salió ni una gota, así que cogió el barreño que tenía al lado con agua y con un cazo pequeño humedeció toda la vajilla, luego la enjabonó y, sirviéndose del mismo cazo, lo aclaró todo. No estaba segura de si esa era la técnica adecuada para fregar, pero como nadie la estaba vigilando, prefirió guiarse por su instinto. El resultado final no fue malo.

Cuando terminó, regresó al salón y vio que su tío y su primo se habían dormido, así que subió a su cuarto y aprovechó para abrir la maleta. No había ningún sitio para colocar la ropa, de manera que se contentó con coger una toalla y fue a ducharse. Al entrar en el baño, minúsculo, recordó con fastidio que no tenían agua y vio que entre la bañera y el retrete había dos baldes, y entendió que la falta de agua no era algo inusual. Volvió a su cuarto, buscó entre su ropa el libro que le había regalado su padre y salió a la calle. A falta de bancos, se sentó en una silla de plástico que había junto a la puerta de entrada. Estaba tan sumergida en la lectura que no se dio cuenta de que un grupo de niños estaba a su alrededor mirándola, hasta que uno le dio un golpecito con el cubo que llevaba en la mano.

—Blanca, ¿qué lees? —le preguntó el que parecía tener más edad.

—Me llamo Sandra, no «blanca», y estoy leyendo *En las tinieblas de tu memoria negra*, de Donato Ndongo, ¿le conocéis?

—No, pero su apellido es fang. ¿Es guineano?

—Sí, y es un escritor muy bueno. ¿Adónde vais vosotros?

—A por agua —le respondió otro niño que, por sus rasgos, podría ser el hermano pequeño del que habló primero.

—Esperad un segundo y os acompaño.

Cogió los dos baldes del baño y bajó corriendo las escaleras para unirse al grupo. Según caminaban, notaba cómo les miraban los vecinos, pero Sandra procuró no hacerles caso, a sabiendas de que tan pronto como se acostumbraran a su presencia aquello cambiaría. Los niños, entretanto, le hacían mil preguntas concernientes a España, ya que la mayoría tenía algún familiar viviendo allí. Sandra cayó en la cuenta de que si ella no tuviera un padre de Guinea probablemente no sabría nada acerca de ese país. Sin embargo, esos pequeños, que estaban en el lado chico del todo asimétrico, estaban bastante enterados de lo que sucedía en Madrid o en Barcelona, en Torrejón de Ardoz o en El Prat.

Tras una caminata de unos cinco minutos, los niños le mostraron la fuente de la que cogían el agua. Era curioso porque ella había visto en los documentales que echaban por la tele imágenes de mujeres yendo a pozos situados a kilómetros de sus hogares, en entornos rurales. Tardaban horas en llegar y, en ocasiones, estaban expuestas a los peligros del camino. Sin embargo, en Malabo no tenían que recorrer grandes distancias, estaban en una ciudad y parecía que la tarea la llevaban a cabo los menores de la casa, en grupo. A veces iban todos los hermanos y cada uno portaba un recipiente acorde a su tamaño, aunque cupieran solo cuatro gotas. No era tanto una cuestión de cantidad de agua como de reparto de tareas y de asumir, desde la infancia, las responsabilidades domésticas que debían desempeñar.

Cuando vieron a Sandra cargando con los cubos, se rieron todos y se ofrecieron a ayudarla, pero ella no aceptó y continuó caminando destartalada, torpe y derramando el agua.

—Pero, Sandra, ¿por qué una blanca como tú tiene que ir a por agua? —quiso saber uno de los más pequeños, que llevaba una camiseta amarilla y unas cangrejeras de color marrón claro como las que usaba ella dos décadas antes para ir a la piscina.

—¿Cómo te llamas?

—Edgar.

—Edgar, ahora soy yo quien te pregunta: ¿tú me ves blanca?

—Sí.

—¡Pero si tengo el pelo rizado!

—No como nosotros.

—Pero... y mi nariz y mis labios y mi piel —le dijo señalándose cada parte que citaba—, ¿no ves que no son como los de una persona blanca?

—Tampoco son como los nuestros —contestó él sin entender adónde quería llegar.

—Me rindo —contestó resoplando por la frustración y el cansancio.

—Vale, pero no me has respondido. En Malabo, los blancos no «andan con los pies», van siempre en coche y en sus casas nunca falta agua ni luz. Muchos incluso tienen internet, mientras que nosotros tenemos que ir al locutorio.

—¿Ves? Ya te dije que yo no soy blanca. Mi segundo nombre es Nnom.

—Entonces eres medio blanca, Nnom, se nota porque cargas muy mal el agua. Deja que te enseñe, anda.

Edgar le mostró cuál era la postura adecuada para llevar los cubos sin volcarlos y evitar que se derramara el líquido. Pese a que seguramente no tenía ni diez años, se le marcaban los músculos de los brazos y de una espalda acostumbrada a levantar peso desde su más tierna infancia. Sandra sonrió al recordar a sus compañeros del campamento, los que ella pensaba que eran superhombres descalzos cuando en realidad eran niños pobres.

Al llegar a la puerta de su casa, Sandra se despidió de sus vecinos chocando la mano con cada uno de ellos.

—¿Vas a estar aquí más tiempo? —le preguntó Edgar cuando había dado algunos pasos.

—Claro, este ya es mi barrio —le respondió Sandra con seguridad.

—Vendremos a buscarte, entonces. Aún no cargas bien.

—Hecho —contestó Sandra riéndose.

—*Fahave okiri!* —se despidió Edgar.

—¡Hasta mañana!

Cuando entró en la casa de su tío, ya libre de la mirada de sus vecinos, subió primero un cubo y dejó el otro en la cocina. Estaba sudando y le habían salido unos granitos pequeños en el cuello y en la cara interna de los brazos, justo donde la tela de la camiseta hacía contacto con su piel. Necesitaba ducharse, pero aunque tuviera calor no quería hacerlo con agua fría, así que volcó parte del cubo en una olla y la puso al fuego. Mientras se enfriaba un poco, escogió la ropa que se pondría esa noche. Sabía cómo se vestían muchas mujeres guineanas cuando salían de fiesta porque había estado en mil celebraciones y también las había visto en discotecas. Siempre iban perfectas, como divas, y eran capaces de andar sobre unos tacones tan finos y tal altos que ella creía que se haría tres o cuatro esguinces solo con probárselos. Escogió un pantalón negro, una camiseta beis de satén y unas sandalias negras con plataforma y volvió al baño, donde se encontró una enorme cucaracha marrón. Entonces recordó lo que le contaba su padre en la biblioteca sobre que todo era más grande en Guinea, también los animales. Cuando él le narraba fábulas y cuentos le resultaba apasionante, pero estando en el baño y con aquel monstruo lamentó comprobar que tenía razón. Lo peor era que, además de su tamaño, esos bichos volaban. El asco se paseó por todo su sistema digestivo, pero como no quería hacer ruido ni montar un numerito, lo único que hizo fue agitar un poco la cortina y esperar a que saliera del plato de la ducha. Después de un par de minutos, Sandra pudo ducharse valiéndose del mismo cazo que había usado para fregar los platos.

Una vez se vistió y maquilló, bajó al salón, donde su primo y su tío ya se habían despertado y conversaban animadamente.

—*Kié*, mi niña, ¡estás guapa! —gritó Faustino

—Dame cinco minutos que me ducho enseguida —le dijo Samuel levantándose del sofá, y a continuación subió corriendo las escaleras.

—¿Quién ha traído el agua? —quiso saber su tío.

—¡Yo! —dijo ella sonriendo—. ¿A que ya te parezco más guineana? He ido con unos vecinitos que me han enseñado la mejor manera de cargar los cubos.

—¡Vaya, me has sorprendido! De todas formas, no es necesario que vuelvas a ir. Lo que yo suelo hacer es darles algo de dinero a esos niños para que la traigan ellos.

—Bueno, yo quería aprender, y así me van conociendo por aquí.

—Estás en la tierra del *congosá* —le respondió su tío bajando la voz—. Toda la gente que vive cerca ya te conocía antes de que fueras a por agua.

—O cree conocerme.

—¡Eso es!

Al poco rato, Samuel ya estaba listo. El joven tenía muy buen porte, y arreglado más. Llevaba una camisa blanca remangada, unos pantalones chinos de color marrón claro y unos zapatos que, según le contó, tuvo que comprarse para asistir a los actos protocolarios. Cuando salieron a la calle, el sol ya había desaparecido pero todavía era temprano para ir a alguna discoteca, de modo que su primo le sugirió que fueran a visitar a Celia, la hermana mayor de sus padres.

A Sandra le encantó la idea puesto que se acordaba de haber visto alguna foto suya en la biblioteca. Su padre le había contado que ella, que era quince años mayor que él, fue quien le cuidó de niño y que por eso tenían una relación muy especial. Vivía en una calle sin asfaltar que se convertía en un mar de barro cuando llovía, y todas las viviendas estaban construidas con madera, caladas en la estación húmeda y en riesgo de incendiarse en la seca.

Al llegar a su casa, Samuel saludó con energía, tal y como hacía siempre que iba a verla.

—¡Mbolo! —dijo desde el umbral de la puerta.

Celia estaba muy mayor, había perdido visión y también oído, pero cuando escuchó aquella voz con acento foráneo le gritó desde el interior:

—¡Eres bienvenido!

Dentro de la vivienda no había más que un catre, un mortero para moler el grano y las semillas con las que luego cocinaba las salsas, y un transistor que Antonio le trajo de España en su último viaje. La estancia estaba iluminada por la luz tenue de la lámpara de bosque, que dibujaba sombras en las paredes y dejaba un ligero olor a gas.

Sandra se sentó a su lado y le dijo quién era.

—Tía, soy Sandra Nnom, tu sobrina, hija de tu hermano Antonio Nsue.

—¡Aaah, *kié*! Está aquí, Dios mío, está aquí —gritaba su tía mirando al techo y contándole a todos los ancestros que la hija de Nsue había ido a verla.

Cuando se cansó de hablar con sus antepasados, envolvió las manos de Sandra con las suyas. Las de Celia eran oscuras y parecía sobrarle la piel, que formaba pliegues arrugados. A pesar de rozar los ochenta años, llevaba las uñas cortas y coquetamente pintadas de rosa. El único sonido que se oía allí dentro era el de sus pulseras de plástico y metal entrechocando y el de su voz, que en una letanía eterna repetía, ahora más bajo, «gracias». Sandra miraba con delectación a aquella anciana guardiana del tiempo y con un amor que le impedía hablarle sin emocionarse. Tenía los ojos rasgados y las líneas de expresión de su cara hacían que pareciera que estaba enfadada, porque las comisuras de su boca miraban hacia abajo. En la frente llevaba un tatuaje borroso con forma de triángulo, de color azulado, que le hicieron cuando era muy niña y del cual nunca supo su porqué.

—Tradición, hija, tradición —le respondió a Sandra cuando esta le preguntó.

La tradición era un agujero sin fondo en el que se metían todas las preguntas sin respuesta y que servía para perpetuar desigualdades.

Ahora, en Londres, Sandra acaricia la pulsera que le regaló Celia y la garganta se le llena de memoria y nostalgia, así que tiene que toser para liberarla. Sabe que si no regresa pronto a Malabo quizá no vuelva a ver los ojos grises de su tía, que, pese a estar cubiertos por el velo de las cataratas, siempre le sonreían.

Aquel día, los ojos de Celia lloraban porque estaba con la hija de Nsue, su hermano pequeño, al que todos admiraban en el pueblo porque era muy inteligente y trabajador. A su manera, con un español paupérrimo, haciendo como que escribía y tocándose con el dedo índice la sien, le contaba anécdotas de su padre. Celia acariciaba la mejilla de Sandra, sintiendo que estaba con Antonio y agradeciéndole en la distancia que hubiera transmitido a su hija la importancia de volver a una tierra que también era la suya y donde estaba la mitad de su familia, personas que la querían sin haberla visto. En un lugar en el que el Estado les falló a todos, los lazos sanguíneos eran la garantía, o al menos la esperanza, de apoyo, afecto y salvación. En Guinea, la familia era igual que sus amigas de Alcorcón: «casa», y a casa no se va, siempre se vuelve.

Pasaron muchos minutos así, casi en silencio, hasta que Celia se incorporó y le pidió a su sobrina que se levantara.

—Tú no eres mi sobrina, eres mi *muy*, mi amiga, mi tocaya —le dijo—. Nnom también es mi nombre. Te lo pusieron para que yo siga viva en ti cuando me vaya con nuestros antepasados y para que, desde arriba, pueda encargarme de ti mientras tú continúes en este mundo. Tú y yo estamos unidas —le explicó llevándole la mano a su corazón y luego poniéndosela sobre el suyo.

Sandra solo obedecía y observaba emocionada a aquella mujer que, a pesar de tener muchos años, parecía estar rejuveneciendo con su visita.

Después de un rato reconoció con voz débil que estaba cansada, y Samuel, que había permanecido en un segundo plano, y Sandra se levantaron para irse a cenar.

Al despedirse de Celia, su *muy,* Sandra le entregó treinta mil FCFA, cuarenta y cinco euros, y su tía miró al cielo y dijo gracias de nuevo.

—La tía Celia es la mejor. Es la única que nunca pide y, probablemente, es la que menos tiene —comentó Samuel.

Sandra se rio con ganas porque era cierto que, por el hecho de vivir en Europa, muchos familiares les pedían dinero por internet, y hasta tablets, asumiendo que eran ricos.

—Pero estamos amputados —dijo ya seria.

—¿A qué te refieres? —quiso saber su primo.

—A que no podemos hablar con ella como nos gustaría porque nuestros padres no nos enseñaron su lengua.

—Bueno, yo es que ni vivía con él... —respondió Samuel sin darle mucha importancia.

Sandra siguió caminando en silencio, hundiendo los pies en el barro, notando cómo los granos de arena húmedos se le pegaban en la piel. El barro era una de las marcas de clase en Guinea: los pobres se manchaban y los ricos disponían de caminos asfaltados. Cuando volvió a pisar suelo firme, empezó a quitarse con asco y brusquedad la suciedad que se le había agarrado al calzado. Estaba enfadada y no era por el estado de sus sandalias, sino porque le frustraba no poder comunicarse con su tía como le gustaría. Le dolía que la hubieran privado de la posibilidad de entender, y muy dentro sentía que si su padre no le enseñó su lengua fue porque no le dio valor, por considerarla inútil, por la misma vergüenza que experimentaban quienes paseaban con los pies llenos de barro por la ciudad, creyéndose nadas o nadies. Así anduvo Sandra por la zona bien de Malabo, donde había más luz y las casas no eran de madera sino de cemento y ladrillo.

Su primo quería invitarla a cenar en un restaurante en el que «tenían el mejor pescado». Se pararon delante de un edificio que parecía una vivienda y subieron unas escaleras. Llegaron a una especie de porche en el que había varias mesas ocupadas y un hombre al fondo alimentando con madera su parrilla. Un camarero con el uniforme del local los acompañó a una mesa que estaba por el centro y, al pasar, varios hombres se quedaron mirando. A pesar del poco tiempo que llevaba en el país, Sandra ya se había acostumbrado a volver a ser observada. Lo cierto era que solo tenía que recordar cómo eran las cosas en España en su infancia. Lo sorprendente era que en Guinea sucedía lo contrario, y eso que la ciudad era bastante cosmopolita. No obstante, en los espacios considerados puramente guineanos aún era raro ver a personas como su primo o como ella.

El camarero volvió a acercarse, les dejó un cesto de pan y un pequeño recipiente de aluminio con una salsa casi sólida de color rojo. No les entregó ninguna carta, directamente les contó qué pescados les habían llevado los pescadores y de qué tamaños. Eligieron y, mientras esperaban, Samuel comenzó a untar el pan y a comérselo con ganas. Sandra lo imitó. Tras el primer bocado, el paladar, la lengua, los labios y la garganta empezaron a arderle tanto que pensó que se le habían desconectado los pulmones porque le costaba respirar. Tosiendo, pidió agua y todo el mundo se echó a reír mientras se bebía de un trago un vaso que le llevó el camarero.

—Así era yo, pero es adictivo —le explicó sereno su primo.

—¿El qué? —respondió con los ojos llenos de lágrimas, ignorando las risas que todavía escuchaba a su alrededor por su súbito ataque de tos.

—El picante, prima. En realidad es como... ¿cómo se dice?, como una metáfora de Guinea. Al principio todo te resulta fuerte, luego te vas acostumbrando y quieres más.

—¿A ti te pasó eso?

—Y me pasa. Cada día. Yo en España la lie mucho. No acabé los estudios, tenía curros inestables y trapicheaba.

—¿Y qué pasó? —Sandra le miró casi sin pestañear para que él no pensara que su confesión la había escandalizado, aunque por dentro se moría de ganas por saber a qué se refería con lo de trapichear.

—Que mi padre apareció y me propuso venir aquí a jugar al baloncesto. Me pagan por algo que antes hacía gratis en el parque.

—¿Y te aprecian?

—También. Además, aquí sí soy de los suyos.

—¡Pero si nos llaman *ntangan*!

—Sí, pero somos «sus» —levantó los dedos para entrecomillarlo— *ntangan*, saben que somos guineanos. Nunca nos mandarían a nuestro país como nos pasa en España.

—¿Y cómo lo saben?

—Porque lo decimos y porque valoran que nos consideremos guineanos pudiendo haber escogido nuestra parte europea, que se supone que es la rica, la «buena». —Y volvió a entrecomillar con los dedos.

Siguieron charlando mientras se comían aquel pescado riquísimo que sabía al Atlántico ecuatorial, sabroso y ardiente. Sandra se sintió cerca de ese chico enorme que tenía enfrente al cual acaba de conocer y le pareció la cosa más normal, ya que era su primo y, como fang, su hermano, su *modjang*.

Watson y Ernestina

No muy lejos del restaurante estaba la discoteca. Sandra estaba desorientada en aquellas calles que le parecían todas iguales. El Malabo bien era como las personas que tuvieron dinero y lo perdieron todo. Conservaba parte de su señorío y elegancia, pero estaba vestido de sur, de sur empobrecido. Combinaba edificios hermosos como el de la Cámara de los Representantes del Pueblo, de color Malabo, vainilla y chocolate, con las telarañas que formaban los cables eléctricos peligrosamente enredados, que molestaban a la vista a los recién llegados y que, sin embargo, resultaban invisibles para quienes siempre los tuvieron delante.

Al cruzar una plaza, Sandra y su primo pasaron por delante de un grupo de adolescentes que pugnaban como polillas por encontrar un hueco en el círculo de luz que generaba la farola. Llevaban libros, cuadernos y repetían la lección en alto.

—¿Qué es eso, Samuel? —preguntó Sandra señalando a los jóvenes.

—Su sala de estudio —contestó su primo.

—No me vaciles.

—No lo hago. Muchos de estos chicos no tienen luz en sus viviendas, así que tienen que salir a la calle para hacer los deberes o prepararse los exámenes.

—Claro, las lámparas de bosque no son suficiente.

—Ya has visto en casa de tu *muy* que no. No se veía nada.

—Menuda abnegación, es de admirar. Están hechos de otra pasta —dijo muy de corrido Sandra.

—¡Qué manía tenemos los nacidos en Europa con convertir en marcianos al resto del mundo! Lo que tú llamas abnegación, aquí es lo cotidiano. No tienen otra opción, no son excepcionales sino apañados. Con lo que tienen, hacen lo que pueden. Si tú vivieras aquí serías igual —sentenció su primo.

—Entiendo, como los juguetes que hacen los niños. A mi padre no le gustaban nada: sin embargo, su exsocio nos traía alguno cada vez que iba a casa.

—Quizá a tu padre le recordaban demasiado a su infancia, sin nada, o al menos nada parecido a lo que tú has tenido en España.

—Es posible... Mi padre nunca me contó las cosas «malas» de Guinea. —Esta vez fue ella la que hizo el signo de las comillas con los dedos.

Dejó de hablar en cuanto llegaron a lo que intuyó que era la discoteca. El edificio ocupaba casi una manzana entera y había una cantante con un micrófono pintada en la pared, en tonos negros y plata, y grupos de mujeres aguardando en la puerta muy arregladas. Samuel y ella, que estaba emocionada, se pusieron a la cola. Había ido a fiestas nocturnas africanas en España y en Portugal, pero nunca en África, el continente que inspiraba esas reuniones danzantes que se hacían a kilómetros. Cuando les tocó entrar, un chico negro gigante, con acento español, saludó afablemente a su primo. Les cobró solo una entrada y les entregó tres tíquets de color rojo, indicándoles que eran copas gratis. Bajaron unas escaleras y abrieron la puerta que comunicaba con una sala forrada de espejos, como en los locales de Móstoles, un municipio que está pegado a Alcorcón conocido por sus discotecas africanas, pero a lo grande. Había varias personas bailando y mirando su reflejo, gustándose, repitiendo las coreografías que habían visto en los videoclips de los cantantes de moda. El ritmo entraba en su cuerpo y salía con los mejores movimientos. En Guinea lo llamaban «toques». A Sandra se le dibujó una sonrisa en la cara, le encantaba bailar y odiaba sentirse observada solo por dejarse llevar, sin embargo, ahí sería una más. Fueron directamente a la barra y se pidieron un cubata.

—Lo necesito para quitarme la vergüenza —le confesó su primo, que ya le había adelantado que no era un gran bailarín.

Sentados en unos taburetes y ya con su copa en la mano, escucharon cómo un chico humillaba al camarero por no haberle servido la bebida en el vaso correcto. En varias ocasiones se dirigió a él llamándole «salvaje». Al girarse, el que estaba amonestando al trabajador vio a Samuel y le dio un fuerte y sentido abrazo. Fue tan rápido que Sandra no pudo verle la cara, pero observó que, al igual que él, era alto, iba bien vestido y llevaba un reloj tan grande en la muñeca que casi parecía de pared.

Cuando se separaron, Samuel se lo presentó:

—Sandra, este es Watson, es como mi hermano aquí en Malabo.

—¿Watson? Pero... ¿Watson, Watson? —Sandra sonrió al reconocer en Guinea una cara amiga y se levantó para darle un abrazo, pero se dio de bruces con un cuerpo rígido.

—¡Hola! Mira, Sandra, esta es mi novia. —Señaló a una chica despampanante embutida en un vestido rosa que estaba a su lado—. Se llama Ernestina.

Watson no le dio pie a conversar más allá de eso, de modo que Sandra se acercó a Ernestina, pero ella ni se movió. Se quedó seria mirándola fijamente y le tendió la mano. Tenía una cara preciosa, a la que Sandra no fue capaz de poner edad por su mirada adulta y su piel de estreno. Llevaba una melena lisa, larga, voluminosa y castaña, como el color de su tez, bastante más clara que la de Sandra, quien dio por hecho que su padre o su madre serían blancos, como en su caso. Correspondió a su saludo estrechándole la mano con energía.

—¿Samuel es tu novio? —le dijo de repente.

—No, es mi primo —respondió Sandra sonriendo.

—¿No estás casada? —continuó interrogando Ernestina, fría y seria.

—¡Qué va! ¡Yo vivo la vida! Por eso he podido instalarme aquí, en Guinea, porque dejo solo a mis amigas, a mis padres y a mi hermana, pero ellos me esperan.

—¿Ni hijos?

—No. Ya he cumplido los treinta, pero todavía me considero joven para eso. Tengo muchos sueños por delante pendientes de cumplir y...

—¿Pero eres mujer-mujer? —la interrumpió.

—No sé a qué te refieres.

—Se refiere a que si eres lesbiana o no puedes tener hijos —le tradujo Samuel, incómodo.

—No, no soy lesbiana y... la verdad es que no sé si puedo tener hijos o no porque jamás lo he intentado. Además, las lesbianas pueden ser madres —le informó Sandra divertida y levantando las manos con cierta estupefacción.

Ernestina chasqueo la lengua, un sonido característico de Guinea que se usa para expresar fastidio o disconformidad, y volvió a «radiografiarla» con descaro, de arriba abajo, entreteniéndose en sus zapatos que todavía estaban algo manchados.

—Fuimos a casa de mi tía, que vive en una zona con mucho barro. Es una mujer maravillosa y, aunque yo no hablo fang y ella le pega muchas patadas al castellano, conseguimos entendernos —soltó Sandra, casi de carrerilla, como si tuviera la necesidad de excusarse al sentirse juzgada.

—Watson, ¿nos vamos a bailar? —le preguntó Ernestina a su novio, tirándole de la manga de la camisa y haciendo como si no hubiera escuchado a Sandra.

—Vamos —dijo él, y a continuación, sin que su novia lo viera, le hizo un gesto a Samuel para que les siguieran.

—Me termino la copa y nos unimos —dijo su primo.

—Creo que no le he caído muy bien —señaló Sandra tan pronto como se alejaron unos pasos.

—No te preocupes, no es nada personal. ¿De qué conoces a Watson?

—¿Te has dado cuenta?

—¡Sí!, aunque él haya intentado disimular...

—De Madrid, le he visto alguna vez —mintió Sandra—. ¿Y tú?

—De un bar de aquí. Muchos guineanos que han nacido o han crecido en España van a ver el fútbol porque hay una pantalla grande. Él está bien posicionado en Malabo, trabaja en un banco. Ya sabes, su familia es poderosa.

—¿En un banco?

—Sí, es director comercial.

Sandra no quiso añadir nada más. Sabía perfectamente quién era Watson. Había lavado muchos platos con él en el campamento, durante su infancia y su adolescencia. Más tarde se reencontraron en Alcorcón. Estaba casi igual que la última vez que le vio, solo que había cogido al menos quince kilos y eso le hacía parecer mucho mayor. Por lo demás, era como si la carcasa, con alguna diferencia, se hubiera mantenido pero le hubieran trasplantado el cerebro. Aquel no era el Watson que Sandra conoció, al que incluso acogió en su casa durante un tiempo, cuando le echaron del piso en el que vivía de alquiler por no poder pagarlo.

Tres años antes, Watson la llamó muy agobiado para contarle que tenía problemas para llegar a fin de mes. Le habían despedido de la empresa en la que trabajaba de repartidor y no podía acudir a nadie de su familia porque, según sus propias palabras, «para ellos, él no existía».

Con el objeto de dotar de más razones a su relato, le explicó cómo fue su infancia. Al parecer, tuvo una escoliosis muy severa y sus padres decidieron mandarle, con nueve años, a casa de unos parientes que vivían en Leganés. La idea era que algún traumatólogo que contara con los medios adecuados pudiera encargarse de su espalda. En la zona insular de Guinea, de donde él era, solo había uno, un médico cubano que, como todos los que trabajaban en el hospital público de la capital, estaba acostumbrado a apañarse con poco. Inventaba de la nada y ni siquiera tenía una máquina de rayos X para hacer radiografías. Fue él quien le recomendó que se marchara para que pudieran ponerle un chaleco a medida que enderezara su columna con forma de «ese». Con eso y algo de natación, le auguró que «podría tener una vida normal».

Watson conoció a sus tíos en el aeropuerto de Barajas; jamás les había visto ni hablado con ellos antes. Tuvo un recibimiento frío porque para ellos su sobrino no era una carga pero sí una obligación, la que conlleva pertenecer a la institución incuestionable e inquebrantable que es la familia. Según le contó a Sandra, nunca le quisieron. Le trataban como a un compañero de piso, con quien se pueden compartir ratos delante de la televisión, risas, cenas de pasta con atún, pero nunca conversaciones serias ni preocupaciones. Fue cumpliendo años sin afecto, transitando etapas, y pese a que dibujaba muy bien, nadie le empujó a que estudiara pintura o Bellas Artes porque no consideraban que fuera algo serio. Según ellos, la formación estaba relacionada con los números o con las letras, no con «aquellos garabatos». Desatendido e incomprendido, a Watson le dejaron crecer de la misma forma que lo hacen los cactus, sin necesidad de riego, a la intemperie y en solitario. En las dos décadas que pasó en España no regresó a Guinea ni de vacaciones, y con sus padres o sus hermanos, a los que ya solo conocía por su nombre, solo hablaba unos minutos por teléfono en Navidad. Les mentía sobre sus calificaciones y les decía que estaba bien de salud, se intercambiaban algunos monosílabos y se despedían hasta el año siguiente.

Cuando se quedó en la calle, Sandra dejó que durmiera en el sofá cama que había en su salón y le prestó doscientos euros. Estuvo ahí casi un mes, y lo cierto era que no molestaba nada porque se pasaba el día fuera de casa. Al regresar por la noche, siempre traía alguna bolsa con comida que ella nunca quiso saber de dónde salía. Y en más de una ocasión preparó la cena. Cocinaba muy bien, «como buen hombre guineano», le gustaba decir, y era un gran conversador que daba la impresión de tener un baúl de anécdotas. En una de esas veladas, le dijo por sorpresa que se marchaba a Guinea a probar suerte, ya que un tío suyo le había comentado que podría meterle a trabajar en su negocio. Reconocía que era un plan que no le apetecía demasiado, pero al no tener mucha perspectiva laboral en España, le pareció una opción válida o, más bien, una tabla de salvación.

Una mañana, Sandra se despertó para ir al trabajo y Watson no estaba; tampoco sus cosas. Se había ido sin dejar siquiera una nota. No volvió a verle hasta que se encontraron aquella noche en la discoteca en Guinea, y Sandra sintió que el cuerpo de Watson estaba presente pero ya no era el tipo afable que ella conoció. Ese nuevo Watson era un déspota con los camareros, engreído, se creía superior por ir vestido de marca, tenía una novia muy guapa y muy borde y trabajaba en un banco, aunque no hubiera terminado ni el bachillerato.

«Las vueltas que da la vida», pensó Sandra mientras observaba desde la barra a Watson rezumando aires de grandeza. Viéndole en Malabo, empezó a dudar de que todo lo que le contó en Madrid fuera verdad.

Samuel apuró su segunda copa y cogió a su prima de la mano para ir a la pista. Sandra le siguió desganada, le encantaba el local pero no la compañía. Cuando se juntaron con la pareja y se pusieron a bailar, nadie le hizo caso, menos su primo que, de tanto en tanto, le dedicaba sonrisas o la cogía de los hombros o de la cintura en mitad de unos movimientos espasmódicos a los que solo él podía llamar baile. Inevitablemente, a Sandra le entraba la risa. Sin darse cuenta, le fue subiendo el alcohol. Lo notaba por la incipiente visión de túnel, que le impedía ver lo que sucedía a su alrededor, y también por cómo su cuerpo se liberaba de las cadenas de su cabeza y se agitaba valiente, al ritmo de una música que sonaba más en su pulso agitado que en sus oídos.

—¡*Kié*, tú sí que sabes bailar! —le dijo un chico joven que estaba a su lado, sin ánimo de ligar, como una simple observación.

—¡Gracias!

—¿Desde cuándo los blancos bailáis así de bien?

—Hay blancos que bailan bien y negros que bailan mal, pero yo no soy blanca.

—¿Y qué eres?

—Guineana —zanjó Sandra, como si la nacionalidad y la raza fueran de la mano.

—Por eso bailas así de bien, porque, «aunque blanca», eres guineana, tienes nuestra sangre africana.

Sandra sonrió triunfal. A pesar de que habían incurrido en un tópico que ella odiaba, el de que todos los negros bailan bien, en aquel momento se alegró de que la reconocieran como una «de los suyos».

Después de un buen rato en la pista, le entraron ganas de orinar y le preguntó a su primo dónde estaba el baño. Él, en lugar de indicárselo, le pidió a Ernestina que la acompañara y ella, de muy mala gana, la cogió de la mano y la llevó.

Aquel servicio le pareció una nave espacial: las paredes eran de teselas de vidrio, como los espejitos de las bolas de las discotecas y formaban un pequeño mosaico. Guinea estaba plagada de esas extravagancias y de lo contrario. Caminó de un lado a otro mientras esperaba para vaciar su vejiga cargada de ron con cola y cuando le tocó su turno entró tan rápido que no cerró bien la puerta. A través de la rendija pudo observar a Ernestina, que estaba subida en unos tacones negros tan altos y tan finos que Sandra se imaginó con ellos puestos y sintió vértigo. Sin embargo, Ernestina bailaba genial, y parecía que no le molestaban lo más mínimo.

Cuando Sandra concluyó, se acercó al lavabo para lavarse las manos. A su lado estaba Ernestina, muda, repasándose el maquillaje frente al espejo. Sandra aprovechó para escrutarla. Sí, la novia de Watson era bonita, pero la piel que ella pensó que era clara parecía muerta; con la luz se veía como estirada y a punto de romperse. No era la primera vez que Sandra veía algo así; muchas mujeres se echaban productos en la cara y en el cuerpo para despigmentarse la piel porque consideraban que así estaban más guapas. En las escasas vallas publicitarias de la ciudad aparecían modelos claras anunciando cerveza, las jóvenes sonrientes de las fotografías de las peluquerías que mostraban diferentes peinados también lo eran, así como las actrices de las telenovelas o algunas de las protagonistas de las películas de Nollywood que compraban en los mercados callejeros. El resto, las mujeres de verdad, simplemente querían emular aquellos cánones de belleza. Si tenían dinero, muchas salían del país para ponerse inyecciones que les rebajaban varios tonos y de manera uniforme su color original. En caso de no tenerlo, que era lo que le sucedía a la mayor parte de la población femenina, compraban las cremas en cualquier mercadillo. Esas cremas, a las que llamaban «*maquillage*», tenían un porcentaje de hidroquinona, la sustancia blanqueante, muy superior al permitido en la Unión Europea y la mezclaban con agua oxigenada para que hiciera efecto más rápido. Cumplía su cometido. Al poco tiempo, el marrón rotundo, el que las protegía del sol, que pegaba de lleno en el ecuador del planeta, palidecía hasta devenir en algo parecido al rosa. En cambio, alrededor de los ojos se dibujaban aureolas hiperpigmentadas, casi negras, igual que en los nudillos, los codos y las rodillas, donde la negritud se resistía a desaparecer, o a mentir y hacer como si nunca hubiera pasado por ahí. Las consecuencias, más allá de lo estético, eran atroces. No tenían en cuenta que su piel oscura les servía para protegerse del sol y era un mecanismo de adaptación, por lo que el melanoma maligno causaba estragos. Y por si eso no fuera suficiente, adelgazaban tanto que, en caso de intervención quirúrgica, resultaba difícil coserlas, por no decir imposible. Al final, las caras de esas mujeres iban perdiendo expresión y su piel acababa pareciéndose a las alas traslúcidas de los murciélagos. De los mismos quirópteros que al atardecer llegaban volando, discretos, y se apostaban en las ramas de los árboles malabeños, con la cabeza mirando al suelo y gritando en grupo para orientarse.

—¿Por qué te echas eso? —le preguntó Sandra a bocajarro.

—Tú también te has pintado, ¿acaso crees que no me he dado cuenta?

—No me refiero a los polvos que te estás poniendo ahora, sino al «*maquillage*».

—Lo hago para igualarme el tono de la piel.

Sandra había escuchado tantas veces aquella excusa que le pareció un insulto que la utilizara con ella y se enfadó. Se la había oído a sus primas, a sus tías, a algunas de las amigas guineanas que tenía en España y, como no sabía nada sobre el tema, se creyó esa falacia. Era algo que hacían mucho las mujeres fang, las de su etnia, y ella no sabía por qué, solo que en los días soleados tenían que protegerse con un paraguas para andar por la calle. A veces les salían manchas como las que quedan tras haber tenido acné e intentaban taparlas con más potingue, hasta quedarse rosas.

—A los hombres les gustan las mujeres claras. Siempre se fijan más en ellas —le soltó Ernestina.

—¡Pero si eres guapísima! ¿Qué más da tu color?

—¿Por qué a las que venís de España os gusta hablar sin saber? Estás borracha, por eso no te has dado cuenta de cómo te miraban los hombres en la discoteca. Tú, que llevas los pies llenos de barro, que ni siquiera te has arreglado ni alisado el pelo, eres el objeto de todas las miradas por esa piel. ¡Mira mis piernas!

Ernestina llevaba medias y al despegárselas de la piel, Sandra observó que las tenía llenas de marcas negras, estaban comidas por las picaduras de unos mosquitos que parecían tener hambre solo de ella.

A Sandra le ofendió que Ernestina pensara que no se había arreglado, pero no creyó que fuera el momento de quejarse por algo así. En lugar de eso, trató de convencerla de su belleza y de que no existían diferencias, hablarle de autoestima y otra serie de cosas que, incluso al pensarlas, le resultaron sandeces. ¿De qué servía decir la verdad si Ernestina no iba a creerla? No obstante, lo intentó.

—Ni mi piel ni mi pelo son perfectos, solo diferentes, y eso no los hace mejores —afirmó Sandra.

—¡Qué fácil es decir eso para ti, *ntangan*! —la espetó enfadada Ernestina.

—No lo es —dijo Sandra tragando saliva—. Es algo que he tenido que aprender y recordarme casi cada día viviendo entre blancos que te tocan la piel para ver si manchamos o el pelo, sin preguntarnos. Sé que no es fácil aceptarse, enfrentarse a los cánones de belleza que nos imponen los otros, pero cuando te blanqueas la piel les estás dando la razón.

—No tienes derecho a darme lecciones. A los hombres de España sí les gustan las mujeres con piel oscura. Ojalá yo pudiera estar con quien quisiera, fuera blanco o negro. Ojalá yo pudiera escoger y no ser escogida, pero ya es tarde.

—¿Tarde para qué? Tienes pinta de ser una niña.

—Aquí, algunas dejamos de ser niñas muy pronto. Desde pequeñas nos dicen que tenemos que ser madres y eso es lo que hacemos. En cuanto nos viene la regla, a algunas, en nuestras casas, como no hay dinero, nos dicen que ya tenemos que buscarnos la vida. Con catorce o quince años, a veces incluso antes. ¿Sabes lo que significa eso?

—El qué —respondió Sandra mirando al suelo, a sabiendas de que se trataba de una pregunta retórica.

—Pues que más pronto o más tarde acabamos con hombres mucho mayores que nosotras que nos ofrecen seguridad, o con jóvenes de nuestra edad que nos ofrecen cariño, nos dejan embarazadas y luego nos abandonan.

—Ya veo.

—¡Mientes! No lo ves. Da igual que vistas con ropa cutre porque seguirán pensando que eres perfecta. Tú, con tus estudios, puedes enamorarte de un chico joven y guapo que te haga reír. Para la mayoría de las que hemos nacido aquí, las relaciones son algo mucho más práctico.

—¿Y el amor?

—El amor es lo que siento por mis dos hijos.

Regresaron a la pista. Sandra estaba derrotada, se le cortaron las ganas de bailar. Le vino a la cabeza Sonrisa, que desapareció por un supuesto embarazo precoz y ella se negó a creerlo. Tras escuchar a Ernestina, empezó a considerarlo factible y sintió un nudo en el estómago. A la novia de Watson, en cambio, la conversación del aseo no pareció afectarle. Seguía impertérrita sobre sus tacones. A Sandra le hubiera gustado irse, pero vio a su primo en actitud cariñosa con otra chica también montada en zapatos torre, maquillada, con melena de plástico larga, vestido ajustado de un color vivo y un trasero bien moldeado.

Samuel invitó a la joven a otra copa y Sandra se sentó en un sofá, dando cabezadas a pesar de que tenía cerca un altavoz y la música sonaba alta. Estaba agotada, había llegado esa misma mañana de España. No obstante, a nadie le sorprendió que se quedara dormida en mitad de la discoteca, o al menos nadie la molestó. No sabía cuánto tiempo había pasado hasta que su primo le tocó en el hombro y le dijo que se marchaban.

Antes de abandonar el local, se despidió de la chica con la que estuvo tonteando el último tramo de la noche, le aseguró que le metería saldo en el móvil y se fue sin besarla públicamente.

A Sandra le llamó la atención lo del saldo del teléfono, pero pensó que quizá se conocían de hacía tiempo y había confianza entre ellos.

—Bueno, ¿qué, ya te has espabilado? —le preguntó su primo sacudiéndola del brazo.

—Sí, me ha venido bien salir a la calle y que me diera el aire. ¿Y tus amigos?

—¡Se fueron hace un montón!

—¿Y tú qué? Ya te he visto con esa chica... —dijo Sandra guiñándole el ojo.

—No te equivoques, primita, era una busca. Yo no quiero una mujer así.

—¿Qué es una busca? ¿Así, cómo?

—Busca viene de «buscablancos». Van a las discotecas a la caza de extranjeros con dinero y, como son unos ingenuos, creen que de repente son guapos y que han triunfado, así que las invitan. ¿No has escuchado lo que le he dicho del saldo?

—Sí, y me ha extrañado. Pero si no te gustaba, ¿qué hacías con ella?

—Entretenerme mientras dormías. Aquí hay mujeres de su casa que son guapas y jóvenes. Yo solo estaría con una así.

—Como mujer, tu comentario me ofende. Me horroriza que se nos catalogue de una forma u otra por nuestra actividad sexual. La verdad es que no sabía que fueras tan antiguo.

—Ni tú tan... Bueno, da igual, es tu primer día. Yo pensaba así y luego me di cuenta de que si quería estar bien en este lugar tenía que adaptarme.

—¿En todo?

—Eso es, en todo. Guinea...

—...logía —terminó Sandra, demasiado cansada para continuar discutiendo.

Al tajo

Sandra sale del vestuario colocándose el polo del uniforme y entra en la tienda. Hoy comparte turno con Ewa y, como siempre, parece estar feliz. Es la dependienta perfecta, piensa mientras la ve reponiendo pares que se acaban de vender y adelantando trabajo para los próximos veinte años. Con ella nunca tiene grandes conversaciones, más allá de contarse cómo han ido las ventas y cuáles son los nuevos modelos de calzado, pero le parece una buena chica.

En la zapatería se reparten a los clientes por idiomas, por eso no le resulta raro que Ewa se acerque para decirle que acaba de entrar alguien que habla español. Sandra saluda al cliente en castellano.

—¡Vaya, otra española! —comenta el hombre. Su acento es de algún país de Latinoamérica que Sandra es incapaz de identificar.

—Sí, aquí está medio país —responde Sandra, divertida.

—¡Menuda pérdida, porque muchos sois universitarios! —lamenta él.

—Así es, yo era periodista.

—Nunca se deja de ser periodista. Aunque no estés ejerciendo, seguro que mantienes la curiosidad.

—De hecho —dice ella contenta porque es un tema que le gusta—, una de las razones por las que estoy en Londres es por esa curiosidad por buscar y conocer otros mundos. Durante un tiempo viajé por todo el planeta haciendo documentales y lo echo de menos.

—Yo también soy del gremio y tengo una productora pequeñita. Alguna vez he hecho coberturas sobre temas de actualidad que pueden interesar allá, como cuando detuvieron a Pinochet aquí, pero lo normal es que haga reportajes sobre comunidades latinas instaladas en Reino Unido. Hay un montón de colombianos, por ejemplo.

—Hummm —se limita a contestar Sandra, que teme parecer maleducada si le pregunta de dónde es.

—Yo soy venezolano y me llamo Luis —dice él, adivinando sus pensamientos.

—Yo Sandra, y soy de... Madrid.

—Me lo pareció por tu acento. ¿Por qué dudas al decir de dónde eres?

—Porque tengo, y soy, un batiburrillo. Nací en Madrid pero soy originaria de Guinea Ecuatorial.

—Genial, entonces eres las dos cosas.

—Eso me gusta pensar. Y disculpe, que me encanta hablar y aún no le he preguntado en qué puedo ayudarle.

—Sí, querría probarme esos zapatos de ahí y esos otros —le dice señalando dos modelos clásicos—. Tendré varias reuniones y quiero ir elegante.

Sandra le trae los pares que ha pedido y se queda con él mientras se los prueba. Finalmente, se decanta por unos marrones con la suela del mismo tono. Cuando ella se los va a cobrar, el tipo le entrega la tarjeta de crédito y una tarjeta de visita.

—Sería genial que pudiéramos hablar más tranquilos. Veo en ti a alguien con inquietudes y no creo que esta zapatería sea tu sitio. Me huelo que es como un apeadero en tu camino.

—En cierto modo sí, estoy recuperando el aliento —contesta Sandra, y le entrega el datáfono para que teclee la clave de su tarjeta.

—Pues sería bueno que habláramos. A día de hoy, no puedo ofrecerte un trabajo de cuarenta horas como el que supongo que tienes aquí. De momento, solo serían colaboraciones para hacer algún reportaje. Luego, si crecemos y nos gustamos laboralmente, podríamos pensar en otros escenarios, ¿te apetecería? —Le devuelve el aparato.

—Me muero por volver a trabajar de lo mío, y aquí podría reducir la jornada, así que no habría problema. Nunca se deja de ser periodista... —contesta riéndose al repetir la frase que él ha dicho antes.

—Espero tu llamada —concluye Luis, al tiempo que recoge la bolsa con la caja de zapatos y se da la vuelta para abandonar el local.

Sandra da aplausos sordos y sale del mostrador en el que está la caja registradora con una sonrisa que le ocupa toda la cara. Acaricia la tarjeta de visita y se la guarda en el bolsillo. Ewa la mira con curiosidad pero, como está ocupada en alguna de las múltiples tareas que ella considera urgentes, no le pregunta. Sandra no puede evitar imaginarse saliendo de nuevo a la calle a grabar, detesta estar encerrada en un centro comercial. Sin embargo, pese a que está contenta, enseguida piensa que si se le abriera ese horizonte tendría que replantearse muchas cosas. Su familia quiere que vuelva a Madrid y ella les echa de menos, y Miguel Ángel, desde Guinea, clama por una relación que abrió un paréntesis que ninguno de los dos ha querido cerrar. Todavía.

Por el momento, Sandra sigue en el camino.

El segundo día de Sandra en Guinea fue mucho más tranquilo y lo aprovechó para descansar. Todavía se sentía agotada, no solo por la falta de sueño sino por la cantidad de información que había tenido que procesar y pasar por las carnes, el estómago, el paladar, la pituitaria y la piel. La despertaron las voces de la calle. Estiró los brazos, que se le salieron de una cama verdaderamente estrecha y, poco a poco, quitó la mosquitera.

Al incorporarse, se le enredó en los pies y se tropezó sin llegar a caerse, como si todavía le quedara alcohol en las venas.

Cuando se enderezó, fue a la ventana para saber a qué se debía el rumor constante y vio oleadas de personas muy arregladas caminando en la misma dirección.

—¡Con, con, con! —Esa era la onomatopeya que usaban los guineanos para hacer que llamaban a la puerta.

—Pasa, está abierto —respondió su tío en el piso de abajo.

—Faustino, ¿por qué no vas a misa?

—Ah, Filomena, ya sabes que no me gustan esas reuniones vuestras.

Sandra esperó a que la voz femenina se marchara para bajar a desayunar. No tenía ganas de hablar con nadie que no conociera y contar otra vez lo mismo: por qué había ido a Guinea, quién era su padre o cuándo iría él al país. En realidad, se parecía a lo que solían preguntarle en el pueblo de su madre, pero a casi seis mil kilómetros de distancia.

Bajó las escaleras con energía y fue a sentarse al lado de su tío, que estaba viendo la televisión con la misma ropa que el día anterior. Le pisó la deportiva en la que tenía el agujero y él la miró con fastidio.

—Tío, cuando ibas a vernos a casa, en Alcorcón, yo era muy pequeña, pero recuerdo que siempre ibas con traje, ¡eras un tipo elegante! ¿Por qué llevas la zapatilla rota?

—Por lo mismo que llevo la camiseta con la antorcha: así me dejan en paz. De lo contrario, viniendo de España, empezarían a molestarme, los militares me pararían más veces para pedirme dinero y... así estoy tranquilo.

—Eso es guinealogía, ¿no?

—Exacto. Vas entendiendo, Nnom, hay que adaptarse un poco para estar bien.

—Y hablando de adaptarse, ¿lo de ir a misa no sería bueno?

—Seguramente, porque aquí creen en Dios y no conciben la no creencia. Puedes hablar de eso con tu tía Celia, que ya ha pasado por mil iglesias. Yo siempre me invento que tengo mucho trabajo y, más o menos, me dejan tranquilo. Excepto Filomena, la mujer que acaba de pasar por casa, esa siiiempre insiste —le dijo con sorna alargando mucho la «i».

Sandra se rio con él. Sí, su tío Faustino podría ser su guía en el largo trecho que aún le quedaba por delante y sería divertido. Se conocían poco, pero le daba confianza y él había vivido en España, de modo que podía adivinar qué obstáculos, precipicios y llanos la esperaban.

—Venga, vístete. Tus amiguitos han preguntado por ti esta mañana temprano cuando iban a por agua. Les he dicho que aún estabas durmiendo pero que otro día les acompañarías. Ja, ja, ja, ja... Seguro que por aquí no han visto nunca a una *ntangan* yendo a por agua.

—¿Y por qué no?

—Primero porque no les hace falta, y segundo porque, incluso si no tienen dinero, no lo demuestran.

—Pero ¿no es mejor aparentar pobreza como haces tú?

—Para mí, sin duda, pero aún estoy aprendiendo guinealogía. Me marché muy joven y, aunque ya lleve tiempo aquí, quizá he pasado demasiados años fuera.

Sandra se vistió informal, con los típicos pantalones de cooperante de algodón que tienen el tiro a la altura de las rodillas y una camiseta blanca de tirantes. Se había recogido el pelo y lo domó con un pañuelo de colores.

—Mmm, mmm —dijo su tío negando con la cabeza—. ¿Acaso quieres que nos timen?

—¿Por qué?

—Si vas así, van a pensar que eres de fuera.

—¡Pero si lo piensan todo el rato! —respondió Sandra con fastidio.

—Ya, pero llevas el típico look de blanca en África, estilo hippy. Aquí también hay mulatas como tú y ninguna va así.

—Di mejor «mestizas», tío. «Mulata» viene de mula —le explicó Sandra muy seria.

—Vale, mestizas. Aquí también hay, pero visten muy bien

porque suelen tener dinero y maridos poderosos. A los hombres guineanos, en general, les gustan las claritas.

Sandra chasqueó con la boca ante aquel comentario machista.

—¿Me estás diciendo que no hay mestizos pobres? —prosiguió.

—Digamos que los hubo. Antes los llamaban «bienes abandonados» o «hijos de Franco».

—¿Qué? —respondió ella con los ojos muy abiertos.

—Ahora venís de España y es diferente. Samuel y tú habéis crecido con vuestra madre blanca, pero antes las cosas no eran así. Los mestizos solían ser hijos de colonos blancos y sus concubinas guineanas. Los españoles no se casaban con ellas pero las dejaban embarazadas, y luego regresaban a España y ellas se quedaban solteras, pobres y con sus bebés mestizos. Ellos, por su parte, creaban su «verdadera» familia con mujeres blancas, en Europa. Aquellos bebés llevaban escrita en la piel la vergüenza del abandono y de la segregación que trajo consigo la colonización.

—¡Vaya! ¿Así que los mestizos eran pobres?

—Tampoco todos. Había otro tipo de mulato, quiero decir, mestizo —se corrigió Faustino para que su sobrina no volviera a reñirle—, el que sí era reconocido por su padre blanco. Esa gente vivía muy bien. Recuerdo a niños pequeños que iban al colegio en el equivalente a las limusinas de ahora. Los llevaban y los recogían mientras los demás íbamos a pie, en muchos casos caminando varios kilómetros.

—¿Y esa gente aún vive?

—Claro, y algunos todavía tienen muy buena situación económica y se mezclan con otros de su estirpe.

—¿Estirpe? Madre mía. Vale, entonces ¿qué me pongo? No quiero parecer un bien abandonado y tampoco me apetece que crean que soy una niña bien que ha ido en limusina.

—Es fácil, vístete como lo hacías en España. No vengas aquí a disfrazarte de exploradora.

Sandra subió las escaleras de nuevo, se puso unos pantalones vaqueros con la misma camiseta y se cambió las chanclas por unas sandalias de cuero. En realidad, ella no iba muy arreglada nunca, pero entendió lo que su tío le quiso decir.

Cuando bajó, Faustino ya estaba fuera esperándola. Le explicó que no podrían ir al mercado porque era domingo y estaba cerrado, de modo que su plan era pasear y comprar en las abacerías y en las esquinas de las calles, donde las mujeres vendían hortalizas en sus puestos informales. Unas cuantas maderas servían para que ellas y sus familias comieran. Solían tener tomates, pimientos, picante y cebollas, y en ocasiones también okra, una vaina estriada con la que se preparaba una salsa pegajosa de color verde claro. Si había suerte encontrarían plátanos, que allí llamaban «bananas» porque el plátano era el grande y se tomaba frito o cocido. Las bananas, en cambio, se comían crudas. A veces tenían mal aspecto porque al sol, sin ninguna cámara frigorífica, se aceleraba el proceso de maduración y se ponían negras por fuera. Sin embargo, aunque no tuvieran buena pinta eran auténtica ambrosía, dulces como nada que Sandra hubiera probado, salvo las piñas, que estaban en otra categoría. Pero era muy difícil ver piñas en los puestos callejeros, por eso caminaron hasta que dieron con uno que las tenía. La vendedora les pidió que escogieran una y su tío se hizo el entendido: cogió dos, se las puso a la altura del oído y les dio varios cachetes para escuchar su sonido hueco o lleno. Se quedó con la segunda, que era más pequeña. Le pidió a la señora que la abriera allí mismo, para ver si había elegido bien. Al partirla en dos mitades, crujió y sangró, liberando un zumo natural y abundante. Su carne era de un amarillo intenso y despedía un aroma que podía alimentar a un regimiento. Nadie echaba de menos los postres elaborados cuando había piña en la mesa. Con esa idea en la cabeza, la boca hecha agua y el estómago rugiendo, regresaron a casa.

Su primo, que había pasado la mañana entrenando, ya estaba allí. Faustino les pidió que se quedaran con él en la cocina para que aprendieran a preparar «comida del país», que era como se referían en Guinea a la gastronomía típica. Al estar tan apretados, Samuel salió a la calle y se quedó observando por la ventana que estaba justo delante de la encimera de piedra donde su padre cortaba las verduras en láminas muy finas. Era una delicia observarle, tan rápido y experimentado, con las medidas exactas en la cabeza. Mientras manejaba el cuchillo, les contó que fue su abuela quien le enseñó a cocinar, cuando todavía era muy niño y vivían en un pueblo cerca de Evinayong, en la zona continental del país. Ninguno decía ni una palabra, salvo él, que parecía encerrar toda la sabiduría en aquel lugar. Les explicó que, pese a que se hablaba mucho del machismo en África, casi todos los hombres guineanos que conocía cocinaban bien y, en un salto geográfico sorprendente, los comparó con los vascos.

—Lo que sucede es que muchos dejan de hacerlo cuando se casan, pero yo nunca me casé —dijo riéndose—. Y creedme, he tenido que cocinar mucho porque la comida española nunca me gustó del todo. Para mí es insípida, no tiene nada que ver con nuestras salsas.

Sandra le miraba embelesada, con los codos apoyados en la encimera y sin decir ni una palabra. Su padre, Antonio, sí continuó cocinando después de casarse y ella siempre lo encontró raro porque ninguno de los padres de sus amigas blancas lo hacía, salvo el de Lidia. Ahora veía que no era nada raro, sino un elemento más de su cultura. Ir a Guinea, para ella, suponía conocer su origen, pero también entender a su padre y, por tanto, a una parte de ella misma.

—Hija, tráeme el pollo de la nevera —le pidió Faustino sin levantar la mirada de la cebolla.

Sandra abrió aquella nevera pequeña, que le recordaba a la que había en casa de su abuelo José, en Puerto de Béjar. Todas las que había en el pueblo eran iguales: muy ruidosas, blancas, con un asa de color plata y un rectángulo granate en la parte superior con varias estrellas. Era antigua pero funcionaba a la perfección. «Antes, las cosas las hacían para durar», le gustaba decir a su abuelo cuando alguien se sorprendía de la antigüedad de alguno de sus electrodomésticos.

Sandra le entregó el pollo a Faustino y él abrió un cajón que tenía justo debajo y cambió de cuchillo para despiezarlo, pero en ningún momento paró de hablar.

—Hay otras labores que sí se consideran estrictamente femeninas. Un día, mi padre, vuestro abuelo, me pilló ayudando a mi madre a limpiar la casa y me pegó un bofetón que todavía me duele. «Por hacer cosas de niñas», dijo. Menos mal que eso no me disuadió y continué colaborando en el hogar familiar.

Sandra se lo imaginó en la aldea en la que nació, en el interior de la casa, o quizá en la puerta de alguna de las viviendas de barro que seguían en pie, barriendo con aquellas escobas sin mango, hechas de paja y ramitas pequeñas, con las que había que doblar la espalda para poder hacer bien la faena. Le enterneció el ejercicio de resistencia de su tío, de quien, por lo demás, no podía decirse que no fuera un completo machista.

Y luego se repitió la escena, con Samuel y ella poniendo la mesa y su tío depositando una olla llena de pollo picante y una bandeja con yuca fang al lado. Sandra no la había probado nunca porque tenía un olor muy característico que le generaba rechazo.

—Yo esto no voy a comerlo, tío. No te ofendas.

—La yuca es nuestro pan, igual que el plátano, y no tiene el gluten ese que os está poniendo a todos enfermos en España.

—Frita sí me gusta, pero así, la verdad es que no.

—Pues así es como se ha hecho siempre, fermentada en el agua de los ríos, por eso huele tan fuerte. Después se machaca hasta que se hace una pasta que se coloca en el interior de una hoja y se cuece. Es un proceso elaborado que merece que al menos le des una oportunidad, ¿no crees?

Sandra no contestó, pero se acordó de uno de sus cumpleaños en España en el que puso salsa de modika con pescado y ninguno de sus amigos blancos quiso probarlo por cómo olía. No quería comportarse como ellos, así que abrió con cuidado una de esas hojas, hincó el tenedor y se llevó un pedazo a la boca, conteniendo la respiración para no notar su sabor. Cuando se lo tragó, volvió a dejar que el aire entrara en sus pulmones y pudo apreciar el regusto que se le había quedado en la boca. Estaba deliciosa, y si se mezclaba con el pollo sabía aún mejor.

Aquel día no dio para mucho más. Sandra sacó una toalla grande de su maleta, depositó en ella parte de su ropa y escogió lo que se pondría al día siguiente para ir a Punta Europa, que era donde se ubicaba su empresa. Cogió un pantalón negro, lo estiró, lo miró y lo volvió a dejar, e hizo lo mismo con una camiseta de tirantes roja con puntilla en el escote y una americana gris oscuro. Sobre la cabeza se pondría un pañuelo pero bien atado, no «a lo cooperante», como decía su tío, puesto que le daba reparo llevar el pelo suelto rizado el primer día, teniendo en cuenta que solo había visto pelucas lisas y cabellos estirados.

Se tumbó un rato y, cuando abrió los ojos, el cielo estaba completamente negro. No eran más que las siete de la tarde, todavía le quedaban unas cuantas horas por delante, así que cogió el libro que le había regalado su padre y salió a la calle. Había más luz fuera que dentro de la casa. Se sentó en la silla roja de plástico que había al lado de la puerta, que alguien había calzado con una baldosa rota porque cojeaba, y miró a su tío, sentado en un taburete enfrente de ella, concentrado mientras echaba una partida al akong con su hijo. En la misma calle se estaban jugando varias partidas y en ninguna había mujeres. Ellos parados en un solo punto y ellas entrando y saliendo, trayendo la compra, jugando con los niños, tendiendo la colada. ¿Qué opinarían de ella, que se dedicaba a leer y a observarles desde aquella silla?, pensó.

—Cúbrete los brazos, de lo contrario vas a enfermar —le dijo una voz a su lado.

Sandra giró la cabeza. A su derecha había una mujer mayor muy seria que llevaba un vestido verde y trenzas de hilo, como las de Sonrisa, su amiga del campamento, pero con canas.

—¿Por qué? —contestó ella a la defensiva.

—Porque cuando se pone el sol es cuando pica la anófeles hembra. Le encantan los cuerpos recién llegados de España, que huelen a gel, crema, desodorante y colonia.

—¿Y qué sucede si te pica? —preguntó Sandra, desconcertada porque aquella mujer hablaba con un acento español muy marcado.

—*Kié*, ¿no sabes dónde estás o qué? Esta es una zona endémica. Si te pica ese bicho puedes contraer la malaria. Así que si quieres leer, lo cual me parece muy bien, cúbrete los brazos y los pies y así no te llevarás un susto —le explicó apuntándola todo el rato con el índice y separando mucho las sílabas al final.

—Muchas gracias —dijo Sandra al tiempo que se levantaba para hacerle caso.

—Nada.

Aquella mujer se alejó despacio, arrastrando unas zapatillas modernas que no pegaban nada con el resto de su indumentaria. En eso le recordó a Sonrisa, su Sonrisa. Cuando Sandra volvió a la calle con una cazadora puesta, fue directamente adonde estaban Faustino y Samuel.

—Tío, en el barrio hay una mujer fascinante —le contó con agitación—. Lleva un vestido tradicional con deportivas, es mayor y habla como si hubiera nacido en Valladolid.

Faustino, a quien no le gustaba que le interrumpieran mientras estaba haciendo algo, miró hacia arriba y, súbitamente, le entró un ataque de risa.

—¿Valladolid? Mi niña, ¿de dónde sacas esas cosas?

—Es que «castizaba» como si hubiera nacido en España y con un léxico increíble.

—No te pases, Nnom. Aquí hay mucha gente que habla

castellano mejor que buena parte de los peninsulares. Fuimos colonizados y reeducados por ellos, pero no todo el mundo pudo acceder a esa formación.

—Tienes razón, tío. Perdona.

—No me pidas perdón a mí, solo piensa las cosas.

Cuando Sandra se dio la vuelta para regresar a su silla de lectura, su tío la llamó y le hizo un gesto con la mano para que se acercara.

—Se llama Adoración y, sí, vivió en España, donde fue maestra durante muchos años. Cuando se jubiló, volvió al país y se compró un local pequeñito en donde da clases particulares a niñas que lo necesitan y les habla de feminismo —dijo bajando la voz, como si estuviera refiriéndose a algo terrible.

—¿Por qué hablas bajo, tío? Eso no es malo.

—Seguramente no lo sea, pero aquí significa ponerlo todo patas arriba.

—¡Pues yo quiero conocerla! —dijo Sandra dando palmas de alegría—. Quizá pueda recibir ayuda de la empresa en la que voy a trabajar.

Al poco de retomar la lectura, su tío y su primo se metieron en casa a ver las noticias. Cada vez quedaba menos gente en la calle y Sandra acabó por entrar también cuando escuchó ruido de cubiertos. Sentía algo de vergüenza por la sandez que había dicho de Valladolid, así que prefirió no sentarse a la mesa con ellos y se fue directamente a su cuarto a descansar. El día siguiente iba a ser duro.

La luz que empezó a entrar por la ventana baja de su habitación la despertó antes de que sonara la alarma. El sol mandaba en sus ciclos de sueño. Pese a que lo había dejado todo preparado, estaba nerviosa porque no sabía qué se encontraría exactamente. Le causaban cierta intranquilidad las diferencias culturales con sus compañeros de trabajo, estadounidenses, filipinos y sobre todo guineanos, y hasta el hecho de no entender bien a los jefes, casi todos anglófonos. Con la maraña de nervios atados al estómago, se duchó con sigilo, se calzó en la puerta para no hacer ruido con los tacones y salió para coger un taxi.

La ciudad se despertaba, algunas farolas aún estaban encendidas y ya había gente caminando por las calles. Pronto abandonó la urbe y llegó a una zona vallada en la que todos los carteles estaban en inglés. Punta Europa era como un pedacito de Estados Unidos en la isla de Bioko. Por fuera todo era igual, las ceibas crecían y miraban desde lo alto lo que sucedía a su alrededor, con la arrogancia y la tranquilidad de quien siempre estuvo y sabía que seguiría, independientemente de que el subsuelo dejara de producir oro negro. Por dentro ya era distinto, las casas de los norteamericanos eran igual que en las películas, de una planta, armoniosas, rodeadas de jardín y con fuentes de esas rojas que daban ganas de abrir para refrescarse, aunque, por la hora que era, todavía no ardiera el sol. Vio cómo un guineano se bajaba de su cochazo, un cuatro por cuatro, y sacaba varias garrafas de su interior que fue llenando poco a poco. A Sandra le sorprendió que alguien con un vehículo así no tuviera agua corriente en casa, pero luego pensó que el orden de prioridades es algo tan personal como intransferible.

Dio varias vueltas hasta que encontró su oficina. Era una construcción acristalada de una sola planta en la que había un cartel: SOCIAL RESPONSABILITY. En la puerta había un folio pegado con un mensaje que a Sandra le causó cierta turbación: «No chistar a las mujeres», sin embargo pronto se olvidó de él. Caminó decidida hacia la recepción, donde una chica vestida con traje de chaqueta, que llevaba un micrófono de diadema, atendía las llamadas de teléfono en inglés. Al verla, levantó las cejas a modo de saludo y le hizo un gesto con la mano para que esperara.

—¿En qué puedo ayudarla? —le preguntó en inglés.

—Hola, es mi primer día de trabajo y... no sé muy bien cuál

es mi oficina —respondió Sandra en la misma lengua y sintiéndose ridícula por conversar con alguien que, por su acento, parecía hispanohablante.

—De acuerdo, un segundo, avisaré a mister Smith para que venga a por usted —dijo la recepcionista, manteniendo su tono educado y señalándole un sofá azul para que tomara asiento.

Sandra suspiró aliviada, la primera interacción en inglés le había salido bien. Se sentó y miró a su alrededor. Le llamó la atención que en aquella sala blanquísima, que rompía su monocromía con los sofás, hubiera plantas vivas y no de plástico o de tela, como en casa de su tío, un hecho sorprendente porque si algo había en el país era vegetación. Estaba inmersa en esas reflexiones cuando se abrió una puerta al fondo de la que salió un hombre alto con unas entradas acentuadas. Se notaba que su pelo oscuro estaba teñido y Sandra tuvo que controlar sus recuerdos para no reírse porque, entre su grupo de amigas de Alcorcón, era un tema recurrente el de por qué los tintes masculinos rara vez quedaban bien. Tenían un profesor en el instituto que debió de ser rubio décadas atrás y se empeñaba en vencer la batalla al tiempo, sin éxito, echándole pigmentos amarillos a su cabello. Apartó ese pensamiento de su mente y se levantó de inmediato para saludar al que supuso que sería el señor Smith. Se dieron un apretón de manos y él la invitó a acompañarle para mostrarle la que sería su oficina.

Caminaron por una sala enorme, sin paredes, entre varias personas que parecían concentradas en lo que salía en la pantalla de su ordenador o que hablaban entre ellas con diferentes acentos. «Ambiente internacional», lo llamaron cuando le hicieron la entrevista por internet y le contaron sus condiciones de trabajo. A tenor de lo que tenía delante, no la habían engañado. Pararon al llegar a un biombo en el que ponía su nombre y debajo su cargo: RESPONSABLE DE COMUNICACIÓN SOCIAL.

—¡Vamos, aparta el biombo! —le dijo su jefe.

Ella, que empezó a sentirse observada por todo el mundo,

decidió obedecerle para acabar cuanto antes con aquella ceremonia de bienvenida y se encontró con una mesa en la que había un portátil, una cámara de fotos pequeña, varias tarjetas de memoria, un trípode, una postal de bienvenida y varias chocolatinas que sabía que no podría encontrar en ninguna otra parte del país.

—¡Gracias, es fabuloso! —acertó a exclamar, y se tapó la boca con las manos.

Le recordó a esos programas de televisión americanos en los que alguna chica joven recibía una sorpresa. Pero claro, el regalo solía ser un coche y no una bolsita de M&M's. Así que a la reacción inicial le siguió cierto pudor porque pensó que quizá había exagerado. Su jefe, en cambio, parecía contento y, con una sonrisa perfecta, de quien tuvo suerte en la vida o llevó aparato, le presentó a sus compañeros del departamento. Había arquitectos que construían colegios, sanitarios que supervisaban la distribución y la aplicación de vacunas, personas que hacían formación de formadores en diversas áreas y también economistas. Salvo un chico filipino, todos eran guineanos, nacidos allí o no, profesionales comprometidos que puede que, como ella, creyeran que el fin justificaba los medios. En efecto, a Sandra, trabajar en una empresa que estaba sacando provecho de las riquezas del subsuelo guineano le generaba muchas contradicciones, pero se decía a sí misma que al menos estaban en la parte buena del lado malo, que era inevitable. Por supuesto, esa autoexcusa no siempre le iba a funcionar, pero, de momento, todo estaba bien.

Lo primero que hizo fue reunirse con algunas personas de su sección para conocer mejor los proyectos que se estaban llevando a cabo y así elaborar los guiones y planificar una agenda de grabación. En breve saldría a la calle, que era lo que verdaderamente le gustaba y para lo que había ido a Malabo, con el objetivo de conocer el país de cabo a rabo.

Cuando terminó la reunión, regresó a su puesto y, nada más sentarse, oyó una voz a su espalda. Se dio la vuelta y vio a Berta, la hija de unos amigos de sus padres. Sabía que estaba en Guinea y que trabajaba en el sector de los hidrocarburos porque lo comentaron Aurora y Antonio alguna vez, pero desconocía en qué empresa exactamente. Pese a que la quería como a una prima, le había perdido la pista. De pequeñas se veían mucho, pero después cada cual hizo su vida y solo sabían la una de la otra por las referencias que les daban sus padres.

—¡Bienvenida, Sandra! ¡Te invito a desayunar!

—Lo cierto es que me encantaría, pero ni siquiera he encendido el ordenador.

—Pues enciéndelo y vámonos. Esta es una empresa estadounidense, no se fijan en cuánto tiempo estás sentada en tu puesto sino en si cumples con los objetivos que se esperan de ti. ¿Te he convencido?

—Totalmente —respondió levantándose.

La cafetería estaba en otro edificio y había bastante gente charlando. Berta y Sandra se pusieron en una mesita algo alejada y empezaron a recuperar el tiempo perdido. Su amiga era algo mayor que ella y llevaba un par de años en la empresa como secretaria de dirección. Le contó cómo funcionaban las cosas, lo importante que era asistir a las cenas de equipo para que no pensaran que no quería integrarse, y le previno de hablar demasiado con ciertas personas.

—De todos modos, lo mejor sería que aprendieras alguno de los idiomas de aquí, porque el oficial del país es el español y dentro de la empresa el inglés, pero la mayoría de la gente habla en su lengua. Poder comprenderles, para ti, implica entender un poco más el país.

—Ya, tiene sentido. ¿Tú sabes fang?

—No muy bien, pero lo entiendo porque mis padres lo hablan entre ellos y mi abuela pasó una larga temporada en casa cuando vivíamos en Móstoles, cuando nació mi hermano pequeño. Solo nos hablaba en fang, así que gracias a ella me entero de todo. Las secretarias de mi despacho no lo saben y a veces me ponen a parir.

—¿Y tú qué haces?

—Reírme por dentro. El último día, les cantaré las cuarenta una por una.

Ambas estallaron en carcajadas y cuando acabaron de desayunar volvieron al trabajo, no sin antes intercambiarse el teléfono y la promesa de verse pronto.

La maldición del apellido y los enchufes

En cuanto salió de la oficina, Sandra fue directa a casa de su tía Celia. A ella le hizo muchísima ilusión que la visitara de nuevo y la guio a tientas por su casita de madera, para que se sentara a su lado a compartir silencios, a sentir y a saberse juntas y cerca. Después de unos minutos así, decidió hacerle a su *muy* la propuesta que se le vino a la cabeza tras hablar con Berta.

—Tía, yo no hablo fang y quiero aprender.

—*Wahá kobo fang?* ¿Por qué tu papá no te enseñó? —continuó en español, mal dicho y muy despacio.

—No lo sé —respondió Sandra. Sin embargo, sí conocía el motivo.

Las únicas lenguas a las que Antonio dio valor fueron las de las diferentes metrópolis. Tenía la mente colonizada, consideraba que para que le vieran como a un igual tenía que perder toda la riqueza que le hacía diferente. Todas esas reflexiones se le colaron en el cerebro a Sandra, pero prefirió dejarlas ahí por su *muy*, pero sobre todo por ella, que tenía a su padre tan idealizado como a la propia Guinea.

—Bueno, no te preocupes, yo te voy a enseñar. Y si quieres, tú me enseñas a mí algo de español. En mi época, a las niñas no nos dejaban ir al colegio, así que yo no pude estudiar como tu padre, ni aprender español alto, solo el de la calle. ¿Tú me vas a enseñar?

—Trato hecho —dijo Sandra estrechándole la mano y levantándose para irse a casa de Faustino.

—¿Adónde vas?

—A casa, ya es un poco tarde.

—No, vamos a empezar hoy mismo —ordenó Celia.

Sandra volvió a sentarse y asintió.

—*Mis* —comenzó Celia tomando la mano de su sobrina y poniéndosela sobre los ojos. El movimiento de su brazo provocó que le rozara la cara con sus pulseras de metal y plástico.

—En español se dice «ojos».

—*Anú* —pronunció Celia llevándose la mano a la boca.

—Eso es la «boca», tía.

—*Djuñ* —continuó, colocando la mano sobre su nariz.

—«Nariz» —dijo Sandra pellizcándosela con suavidad.

—Y lo más importante, *muy*. —Le plantó la mano sobre el lado izquierdo de su pecho—. Este siempre tiene que estar bien, *nnem*.

—*Nnem* —repitió Sandra—, «corazón».

—«Corasón» —dijo Celia sonriendo.

La primera lección había sido corta pero muy hermosa. Sandra se despidió de su tía y se fue a casa. A la mañana siguiente grababa temprano y quería acostarse pronto.

Sandra se levantó a las seis y media y comprobó veinte veces el material antes de salir. Sin embargo, mientras esperaba al coche que la llevaría a la localización de su primera grabación, se sentó en la acera y volvió a vaciar su mochila para cerciorarse de que lo llevaba todo. Los taxis no paraban de pitarla pensando que era una posible clienta y los viandantes miraban con curiosidad a aquella *ntangan* que tenía todo desperdigado por el suelo. Se levantó con la certeza de que no le faltaba ni una pila y miró su reloj. Habían pasado cinco minutos de la hora y nadie la había avisado de que el conductor fuera a llegar con retraso. Un cuarto de hora más tarde, un coche azul marino con matrícula oficial, fácilmente reconocibles porque comenzaban por las letras PMG, se paró delante de ella. Dando por hecho que era el vehículo que tenía que recogerla, se acercó confiada a la ventana.

—¡Hola! —saludó afable.

—Vamos, sube —le dijo una voz desde dentro tras bajar la ventana.

—¡Menudas horitas! Espero que nos dé tiempo a llegar. Es mi primer día y me gustaría grabar los recursos visuales y hacer alguna entrevista —le abroncó Sandra bordeando el coche para subirse por el lado del copiloto.

—¿Con quién crees que estás hablando? —contestó con un tono autoritario el hombre que estaba al volante.

Sandra le observó. Era un hombre mayor, con el cabello blanco, llevaba uno de esos trajes de manga corta en color caqui y un pin de la antorcha prendido en el bolsillo. Del coche se escapaba el frío gélido de un aire acondicionado excesivo incluso para el infierno.

—Perdone, ¿le conozco? ¿Es usted amigo de mi padre? —acertó a preguntar, pensando que se había equivocado y que podría ser uno de los miles de guineanos que habían pasado por su casa.

—No sé quién es tu padre, niñita, yo soy su excelencia el secretario de Estado. Si quieres yo te puedo llevar a donde me digas —le explicó dulcificando mucho el tono.

—¡Ah, no! No se preocupe, muchas gracias, estoy esperando a un compañero para que me lleve. ¡Que tenga buen día!

El tipo ni siquiera respondió, subió la ventana y se fue. A Sandra se le revolvió el cuerpo y le entraron ganas de gritar, pero tuvo miedo de hacerlo porque no sabía a quién tenía delante ni qué consecuencias podría tener. Ya no estaba en casa y desconocía cómo debía actuar.

Aquel incidente fue el primero de los muchos que tuvo con varones blancos o negros, españoles, guineanos, libaneses o franceses, de vientre opulento y que conducían vehículos lujosos similares a rascacielos por barrios de lata y madera. Circulaban con dificultad por las carreteras angostas y llenas de baches de la cara B de la ciudad A. Muchas veces les funcionaba, no con Sandra pero sí con chicas sin medios, jóvenes, a las que llamaban «chuches», de chuchería, de dulce barato, de consumo rápido. Les iba bien con las desterradas de la riqueza del petróleo, aunque ellas ni siquiera supieran qué era eso. Y las pobres-pobres sentían que estaban viviendo el estúpido cuento del príncipe azul que les pedía que montaran a lomos de su corcel motorizado. Pero sin melenas rubias, sin poesía, con una diferencia de edad y económica ominosa y en pleno siglo XXI. Todas eran Ernestina.

Finalmente apareció el hombre que tenía que recogerla. Conducía una furgoneta en la que había más gente de la empresa, entre ellos Berta, que iban al mismo lugar. Le explicaron que llegaban tarde porque había venido un directivo de la zona continental y su avión se había retrasado. Sandra subió con la turbación fresca por lo que acababa de sucederle, pero trató de disimularlo con una sonrisa congelada.

Salir de Malabo le sentó bien. Las bocinas de los taxis empezaron a escucharse cada vez más tenues, y el bosque y sus sonidos, el viento meciendo los árboles, las aves descansando en ellos, los monos que gritaban a lo lejos, ganaron presencia. Hasta el olor era otro; olía a centro del mundo, a corazón de un continente, a todos los verdes del planeta y a frutas exuberantes, grandes, de colores vivos y sabores nuevos y viejos. Olía a las noches en el aeropuerto.

Por fin llegaron a Basakato, donde iban a inaugurar un colegio construido con fondos de la empresa. Estaba en la parte alta del pueblo y una marea de almas subía con *popós* rojos de fiesta. Ellos se habían hecho camisas y ellas faldas, vestidos o pañuelos. Se colocaron alrededor de la escuela y dejaron un hueco para que entraran los benefactores a dar sus discursos. Sandra se movía rápido para filmarlo todo. No tenía experiencia como camarógrafa, aunque tampoco le habían pedido que grabara. A sus jefes les bastaba con que escribiera una nota de prensa y tomara alguna fotografía, pero quiso probar. Como había trabajado en el sector audiovisual, tenía algunas nociones y sabía editar. Por otro lado, descubrió que grabar le permitía meterse en todos los sitios sin que a nadie le resultara una molestia, podía volverse invisible.

El acto discurrió sin incidencias. El director de la compañía, un hombre altísimo, rubio y con ojos claros, en un español esforzado habló de filantropía y de lo bueno que era para Guinea que los estadounidenses estuvieran en el país. Fue su amiga Berta, que estaba pendiente de todo, quien le entregó el discurso escrito. A continuación, la máxima autoridad local, una alcaldesa de piel oscura, joven y dicharachera, vestida igual que los vecinos de la localidad, trasladó unas palabras de agradecimiento a los americanos puesto que, gracias a ellos, podrían desalojar el antiguo edificio, que estaba en estado de ruina. Además reflexionó acerca de la importancia de la educación de los más pequeños para transformar el futuro. Después, las arquitectas que habían estado a cargo del proyecto contaron lo que supuso para ellas diseñar algo tan útil para la comunidad. Eran mujeres jóvenes, guineanas, una con acento catalán y la otra nacional, y pese a la brevedad de su intervención destilaron emoción; se notaba especialmente en las niñas, que las miraban y pensaban que algún día podrían ser como ellas. A modo de conclusión, un cura bubi con albinismo, la etnia de la isla, bendijo la construcción leyendo en su lengua un pasaje de la Biblia. Eran tres edificios iguales, sencillos, de color blanco, con muchas ventanas para que entrara la luz natural y con los tejados a dos aguas previendo las lluvias torrenciales.

Cuando el acto protocolario concluyó, repartieron topé, también conocido como vino de palma, que arrojaron al suelo para que la tierra y los espíritus supieran que nadie se olvidaba de ellos. Varias de las personas que habían formado el círculo se metieron dentro de él y comenzaron a bailar, dando palmas y mirando al sol y a la tierra mientras cantaban. Sandra las rodeó y grabó sus pies, sus manos y sus rostros. También filmó a los que les observaban atentos y respetuosos, y luego se alejó corriendo para tomar una panorámica.

Estar todo el rato detrás de la cámara le confería una especie de distancia que mitigaba sus sentires. Le encantó la danza *katjá*, pero estaba tan concentrada en no perderse ni un movimiento que no pudo dejarse llevar. Sin embargo, cuando entraron en la escuela, los alumnos se sentaron a recitar la lección y luego cantaron una canción en la que decían los nombres de la semana. No fue nada especialmente tierno pero, sin saber cómo ni por qué, a Sandra se le llenaron los ojos de nubes y dejó que le llovieran.

Esa fue la primera vez que lloró de felicidad en su vida y tuvo que ver con el hecho insólito de sentirse en casa. Como no le cabía en el pecho, la transformó en agua y la expulsó a través de los lagrimales para que regresara al suelo en el que estaban las raíces que tanto le tiraban.

En general, los superiores de Sandra estaban satisfechos con lo que hacía. Sus reportajes, aunque ella no pertenecía a la plantilla de audiovisual, entraban en los informativos. Conseguía que la población supiera el trabajo que la comisión de responsabilidad social de la empresa hacía y, lo más importante, que pudiera beneficiarse de él. Hubo algunas iniciativas que le encantaron, como la del reparto de mosquiteras y la fumigación intradomiciliaria. Implicaba visitar las casas de muchas personas y conocer un poquito más de sus realidades a través de las conversaciones informales que mantenían. Algo tan sencillo como entregar una tela y rociar las paredes de sus hogares evitaba la muerte de mucha gente, de modo que cuantos más supieran que podían acceder al servicio de forma gratuita, más se salvarían.

Sandra pasaba poco tiempo en la oficina, estaba todo el día fuera cumpliendo la promesa que se hizo a sí misma de conocer

Guinea. Aprendió a saludar en todos los idiomas del país, como forma de respeto, y continuó yendo a casa de su *muy* para que le enseñara fang. Había niños que la llamaban «mamá mochila» o «mamá trípode» cuando la veían pasar con sus aperos audiovisuales, subiéndose en taxis compartidos y entrando y saliendo de Malabo para respirar.

Pero no todo podía ser amable. Un día llegó a casa y su tío la recibió apesadumbrado. Nunca le había visto así. Se levantó al verla y le entregó un sobre en el que figuraba su nombre.

—Hoy han venido unos emisarios del Gobierno. Van a ofrecerte dirigir un canal que quieren estrenar próximamente.

—Es que yo no he venido a dirigir nada; bueno sí, los reportajes que grabo. Lo único que quiero es conocer el país de mi padre, y si el trabajo que hago le sirve a la gente, perfecto —contestó Sandra subiendo despreocupada hacia su habitación para dejar la mochila.

—Nnom, no puedes decir que no. Esto no es España ni tampoco una democracia —le explicó su tío en voz baja cuando ella regresó de su cuarto.

—Bueno, ya veré qué me invento —dijo sin darle demasiada importancia, y se sentó en uno de los sofás de escay.

—De todos modos, prepárate. Porque si te nombran tendrás que tener cuidado con las envidias, y con los envenenamientos.

—¿En-ve-ne-na-mien-tos? —repitió Sandra espaciando las sílabas—. Pero ¿por qué? ¿Y para qué? Es más, ¿quién lleva veneno en el bolso para tenerlo a mano? —añadió riéndose, pensando que quizá su tío le estaba gastando una broma.

—Mi niña, hay cosas que no sabes y que es mejor no saber —respondió su tío. Y ya no abrió más la boca.

Sandra sacó del sobre el papel que tanto había preocupado a su tío. Tras una presentación larguísima, con muchos cargos y palabras esdrújulas, alguien que se autodenominaba «jefe de protocolo de un viceministro» le decía que debía personarse en la televisión aquella misma tarde, y concluía con la frase «Por una Guinea mejor», como la mayor parte de los documentos oficiales.

Comió con Faustino en silencio. Él siempre preparaba platos ricos, aunque aquel día se le había apagado la jovialidad. En cuanto terminó, Sandra se duchó echándose por encima un cubo de agua helada porque no le dio tiempo a calentarla, y acudió a la cita con el pelo mojado.

La sede de la televisión estaba en Malabo II, el barrio nuevo que tanto orgullo causaba a su tío. Por fuera parecía un lugar moderno, tenía una pirámide construida con cristales que le recordó a la del Louvre, y nada más entrar vio en el suelo el escudo del país, con la ceiba en medio y las palabras «Unidad, paz, justicia» en la parte de abajo. No había nadie en la recepción, por lo que tomó el pasillo de la derecha y llamó a la primera puerta que encontró. Una voz en el interior la invitó a pasar.

—¡Buenas tardes! Me ha llegado una citación del jefe de protocolo de...

—Sí, sí, estoy al corriente, soy uno de los responsables de este medio —la interrumpió el hombre que tenía delante, dándose importancia. Era joven, llevaba unas gafas con montura roja y vestía con un traje moderno y una corbata fina—. Todavía no ha llegado. Me llamo Aquilino.

—Encantada, yo soy Sandra —respondió extendiendo la mano.

—¡Siéntate, guapa! —dijo él tras estrechársela, señalando la silla que estaba al otro lado de su mesa.

Sandra se sentó en una silla Luis XIV de terciopelo granate con la madera pintada de dorado. Ese estilo de decoración tenía éxito en las capas altas de la población, y los que no podían permitírselo se compraban las versiones baratas que vendían los carpinteros en plena calle.

—El señor Augusto aún no ha llegado, pero me ha llamado para comunicarme que está de camino.

—Perfecto, puedo esperarle fuera si quiere —dijo Sandra por educación y por incomodidad.

Hacía tanto frío en esa oficina que tuvo que abrazarse a sí misma para entrar en calor. Tampoco le gustó la manera en la que pronunció la palabra «guapa» para dirigirse a ella. El aire acondicionado era una forma más de recordar en qué capa económica y social estaba situado cada quien. Solo la gente rica podía permitirse el lujo de acatarrarse en la estación seca.

—No hace falta, para una vez que estoy bien acompañado... Con esa cara, tendrías que salir más delante de cámara.

—Me gusta estar detrás, gracias —respondió Sandra, cortante.

—Una pena. ¿Sabes que van a ofrecerte dirigir un nuevo proyecto?

—Algo decían, sí, pero a mí no me gustan los despachos.

—En los despachos se está bien. Puedes esconderte del sol y hacer lo que quieras con total privacidad —dijo con una sonrisa lasciva y clavándole los ojos—. De todos modos... ¿tú cómo te abres de piernas? —le soltó a bocajarro.

Sandra no sabía a quién tenía delante, desconocía si era uno más en el organigrama infinito de hombres con títulos largos de ese país o realmente se trataba de alguien con poder. De nuevo, volvía a encontrarse sin brújula y sin poder adivinar qué consecuencias podría tener que ella vaciara su ira y le insultara. En España tendría claro cómo reaccionar. Saldría de ahí y le denunciaría. Quizá también le regalara algún improperio antes de marcharse, pero, como le había comentado su tío, aquello no era una democracia.

—Yo eso solo lo hago con mi novio —dijo avergonzada y con un hilo de voz.

Sandra se sintió desnuda. Se culpó por no vestir «adecuadamente» y por llevar una blusa con escote. Es más, a raíz de eso cambió su indumentaria y su forma de peinarse. Entendió que allí tenía que ir siempre «respetable» y discreta para no llamar la atención.

Solo unos minutos después de aquel momento tan desagradable, alguien abrió la puerta del despacho sin llamar. Era un hombre de mediana edad, atractivo, con una barba bien cortada, elegante y con unos zapatos que parecían zapatillas de estar por casa pero en los que se veía claramente la marca. Entró con seguridad y Aquilino se puso tan nervioso que incluso le tembló la voz.

—Ilustre, aquí está la chica —le indicó, y apuntó con el dedo a Sandra.

—La gran periodista —dijo él sonriente, y se acercó a ella para darle dos besos.

Sandra lanzó sus dos besos al viento, pero él no pareció percatarse y continuó hablando con la misma energía con la que entró.

—Verás, te hemos llamado porque queremos que dirijas un canal de televisión que verá la luz próximamente.

—Es que...

—No digas nada todavía. Mi idea es que viajes por Panamá, República Dominicana, Colombia y Venezuela para reclutar reporteras y que luego tú seas su jefa.

—No haría falta, aquí hay mucha gente a la que se puede enseñar y también guineanos nacidos en España que ya están formados y sin trabajo —respondió Sandra con un mal disimulado entusiasmo. La idea de poner en marcha un canal de televisión desde cero le gustaba.

—Bueno, lo podemos valorar. Piénsatelo, vienes mañana a mi casa y me das una contestación. Por el dinero no te preocupes. Toma mi tarjeta, solo tienes que llamarme antes.

—Gracias —respondió ella mientras cogía su tarjeta y se la metía en el bolso.

Sandra regresó a casa en taxi, quería ver a su tío cuanto antes para que la aconsejara y le interpretara lo sucedido. Se lo encontró en la puerta de la calle con gesto abatido, pero le cambió la cara en cuanto la vio. Su reacción provocó que ella también se alegrara, hasta en lo más profundo de su alma, de haberse quedado a vivir con él en lugar de mudarse. Necesitaba compañía, consuelo y consejo.

—Vamos para dentro, mi niña —le dijo enseguida. No quería que ella comentara nada delante de oídos que no fueran los suyos.

En el salón, Sandra le contó lo que había pasado y él se quedó unos minutos callado, con la mano sujetándose la barbilla, hasta que pareció tenerlo ordenado todo en su cabeza y empezó a hablar.

—No sé quién sería ese hombre, pero si te ha hablado de todos esos países de Latinoamérica es porque quería que le trajeras mulatas de fuera. Mestizas, perdón. Por eso y porque los guineanos no confían en los guineanos, siempre prefieren a gente de fuera —sentenció rotundo mirándola a los ojos.

—¿Quería que le seleccionara a mujeres para acostarse con ellas? —preguntó incrédula.

—No de entrada, pero sí con esa intención a corto o medio plazo.

—¿Y solo me quería para eso? —Sandra no se lo podía creer.

—Bueno, probablemente tú también le has hecho gracia y piense que, teniéndote cerca, acabará por conquistarte. Habrá visto tu trabajo y puede que le guste, pero el guineano nunca valora al guineano. Tiende a pensar que quien viene de fuera es mejor.

—Pues no entiendo nada. O sea, ¿que este sí me considera guineana y, precisamente por eso, me valora menos? Yo he nacido, crecido y estudiado fuera. Si le dan más peso a los títulos expedidos en universidades extranjeras, yo los tengo. Entonces ¿por qué me ve inferior o solo un cuerpo con el que acostarse? —preguntó moviendo las manos con vehemencia por el nerviosismo.

—Porque llevas la maldición del apellido. Eres Edjang, tienes un apellido de aquí. No eres Martínez ni Smith. Solo tienes que fijarte en la empresa en la que trabajas: a los americanos les ponen casas lujosas; a vosotros no os dan vivienda porque se supone que sois guineanos, aunque vengáis de fuera. Muchos estáis más formados que ellos y además habláis idiomas, sin embargo, tanto los filipinos como los estadounidenses ganan más. ¿Y sabes qué es lo peor? Que esas diferencias las permite el Gobierno y la gente las acepta porque, en el fondo, muchos creen que tienen razón. Aceptan que son menos —le explicó su tío apuntándola con el dedo.

Sandra resopló y se cruzó de brazos.

—¿Por qué sucede eso, tío?

—Supongo que por la colonización. Aquí no vinieron solo a llevarse las materias primas, el cacao o la madera. Nos dijeron que lo que considerábamos que era una religión, en realidad era superstición; que nuestras lenguas eran dialectos; que lo que encontrábamos bello era feo; que nuestras manifestaciones artísticas eran artesanía, y que lo bueno era malo y lo malo bueno, creando cismas importantísimos entre generaciones. Tu propio padre despreciaba a tu abuelo por considerarle «alguien atrasado que curaba con hierbas» —dijo cambiando el tono e imitando a Antonio.

—Si te soy franca, nunca me habló mucho de él. ¡Y mira que nos ha contado cosas de gente de Guinea! Es como si el abuelo no hubiera existido.

—¿Lo ves? Los guineanos no nos queremos. ¡Maldita colonización! —exclamó levantándose del sofá.

—¿Y tú? ¿Eres distinto en eso?

—Yo me fui pronto a España y puedo verlo desde fuera, creo. A lo mejor también lo arrastro y no me doy cuenta. Pero es que además, como el ministro de tal pone a su hijo ahí y el otro pone a su hermana allá, la gente no se molesta en hacer bien su trabajo. Son conscientes de que no les van a echar.

—¿Enchufes? —Sandra también se levantó.

—Por todos lados. Y acaban por apuntalar la idea negativa que tenemos sobre nosotros. Al final, todo va mal —concluyó apesadumbrado.

Sandra no cenó aquel día. Subió a su cuarto, que seguía sin vida, sin mimo y en el limbo de la provisionalidad. Aunque ya tenía armario para colocar su ropa. Se quitó la blusa y se tumbó en la cama mirando a la bombilla del techo, que estaba cubierta de una mancha negra de mosquitos. Se echó encima la mosquitera y repasó su día entero. Su mundo se había dado la vuelta. En Guinea pasó de sentirse, sobre todo, negra, que era la parte de su identidad que más problemas le había ocasionado en España, para sentirse, sobre todo, mujer. Buena parte de los momentos desagradables que había tenido en Malabo estaban relacionados con el papel y el trato que algunos hombres le daban a las féminas en aquella sociedad.

No podía dormir ni quitarse la sensación de haber estado lenta, cobarde y torpe con el tipo de la televisión que le preguntó cómo se abría de piernas. Había «estado» y no había «sido», porque no solía ser ninguno de esos adjetivos, sin embargo los «estuvo» todos a la vez.

Su brújula, definitivamente, se había hecho añicos. Había viajado mucho, pero en el lugar que siempre había considerado su verdadera tierra estaba perdida. Hasta ese momento no fue consciente de muchas cosas, por ejemplo de que vivía en una falocracia, donde las mujeres son lo que los hombres quieren y solo si ellos quieren, si lo permiten. Sandra pensaba que se sentían orgullosos de que una de las suyas hubiera regresado desde España, pero aquellos hombres de la televisión la insultaron porque los hijos del pelotazo no pueden creer en el logro precedido del esfuerzo. Eso era solo una de las penitencias del pobre y de la mujer, con o sin dinero. Pese a todo, las mujeres se formaban y trabajaban duro dentro y fuera de casa, con las manos, con el cerebro o con la vulva, como aquellas a las que Samuel llamaba «buscablancos». Tenía su lógica, allí no era fácil encontrar un empleo siendo mujer, y había que pagar los gastos derivados de la crianza, demasiadas veces en solitario, de sus vástagos. Le contaron que uno de los idiomas del país tenía una palabra para designar a los huérfanos de padre vivo. Nunca supo si era verdad, pero hasta el rumor le pareció muy significativo.

Con lo importante que era para Sandra ir a Guinea... Ella, que se consideraba guineoecuatoriana, que creía que allí sí sería de los suyos, que allí sí estaría en casa, que allí no le dirían «vete a tu país»... Cometió el error de regalar su amor a aquel rincón africano por adelantado, como una adolescente que encierra su nombre en un corazón con el de un chico al que solo ha visto en el patio del instituto. Eso era lo que les pasaba a las desarraigadas, porque buscan plantarse solas lejos de las ciudades en las que nacieron. Necesitan hundir sus raíces, que flotan debido a que nunca pudieron atravesar un suelo duro, seco y estéril. Por eso, ingenuas, hablan de vueltas que en realidad son idas, y devienen en los puentes volados que deberían atravesar el estrecho de Gibraltar. Pero también se convierten en el agua que separa a los dos continentes y, como tal, tratan de encajar entre dos orillas cercanas que distan una eternidad.

Se levantó de la cama y sacó de la maleta su ordenador y el disco duro que había cargado con películas en Madrid pensando en las noches sin ocio y sin luz. No quería ni le venía bien pensar más, solo deseaba descansar. Dejar de ser un rato mujer, *ntangan* y negra.

Miguel Ángel

Ewa acaba de regresar de sus cuarenta minutos para comer y ahora es el turno de Sandra. Hoy la jornada en la tienda está pasando bastante rápido. Ella sabe que se debe al ánimo que le ha insuflado la conversación con Luis, el venezolano. De hecho, todo lo que ha venido después, impertinencias, exigencias o dificultad para entender a clientes con acentos de la Inglaterra profunda, se le ha hecho mucho más liviano que de costumbre. Aunque Aurora le ha dejado un montón de comida, no se ha traído nada porque prefiere disfrutarlo en sus días libres. Se acerca al supermercado que hay en el centro comercial y compra una de esas bandejas de comida preparada que metes dos minutos en el microondas y ya están listas.

Pese a que los años de comedor la han convertido en alguien poco exigente en materia gastronómica, piensa que nunca se ha alimentado tan mal como en Londres. Desganada, se sienta a comer en una mesita rodeada de cajas de zapatos y aprovecha para llamar a su madre.

—Te íbamos a escribir justo ahora para decirte que ya estamos en casa.

—¿Y todos bien? —pregunta Sandra con la boca llena.

—Sí, perfectamente. Papá nos ha cocinado un pollo que olía desde el portal, nada que ver con el pollo radiactivo que comes en Londres —le cuenta su madre.

Por el tono, Sandra sospecha que esconde algo.

—No me hables de eso, anda, que me muero de envidia. Pero, un segundo, ¿papá ya está bien para cocinar?

—Sí, bueno, se sentía un poco mejor y se ha puesto manos a la obra.

—¿Puedo hablar con él?

—Justo ahora se ha ido a tumbar —dice su madre de forma poco convincente.

—Bueno, pues probaré más tarde.

—Sí, hija, o mañana, o cuando sea, no hay prisa. Ya le hemos dicho que estás divinamente, aunque algo aburrida. He preferido callarme lo de que hemos dormido las tres en tu habitación raquítica. Tampoco hay que contarlo todo —añade riéndose.

—Yo creo que sí hay que contarlo todo, pero bueno, te dejo, que si no no me va a dar tiempo a terminarme este plato repugnante.

—¡Ya será menos! Un abrazo de parte de los tres.

—¡Otro!

Sandra cuelga pero la llamada la ha dejado con mal sabor. Cree que su madre le está ocultando algo e, inevitablemente, lo conecta con la pesadilla que ya no recuerda y con su padre. Acaricia su pulsera de la paz y continúa comiendo para volver a su hora.

A pesar del desagradable episodio de la tarde anterior en la televisión, Sandra se despertó contenta. Quería pasarse por la panadería del barrio antes de irse a la oficina. Era un local pequeñito con una puerta gigante, como las de los garajes. Siempre estaba atestado de gente que esperaba paciente las sucesivas hornadas que inundaban con su fragancia las calles aledañas. Vendían barritas con forma de baguette y churros y, especialmente para estos últimos, había que hacer cola durante un buen rato para no quedarse sin ellos.

Sandra preparó el desayuno y sorprendió a Samuel y a Faustino. No quiso hablar más de la propuesta indecente que le hicieron en la televisión, sobre todo para que no se enterara su primo, puesto que era joven e impulsivo y temía que fuera a plantar cara al directivo. Mientras desayunaban, conversó animadamente con ellos de los sabores y la manera que tienen estos de conectar con las emociones. Todos viajaron a las plazas de Madrid y de Barcelona, que huelen a café desde por la mañana, y a las terracitas bañadas por el sol tímido del invierno. Sandra se dio cuenta de que, aunque nunca lo dijeran, los dos extrañaban muchísimo su casa, su otra casa.

Aquella mañana se despidió con un beso a cada uno, de esos que nunca daba, y se marchó a la oficina. Después de la reunión con sus compañeros se fue al comedor con Berta y con Raúl, un economista que trabajaba en su departamento, a tomar un café. Cuando ya estaban sentados, apareció Miguel Ángel. Le había invitado Raúl, que pese a su aspecto de empollón era el que animaba todos los encuentros. Les contó que eran amigos de la infancia. Ambos habían estudiado en España los últimos años de instituto, en un internado de Sigüenza, como tantos y tantos guineanos. Después se separaron porque eligieron carreras distintas y cada uno se hizo su propio grupo de amigos. Aunque habían coincidido en algún cumpleaños y en bodas, hasta su regreso a Malabo no volvieron a retomar la amistad.

A Sandra, que podía ser tan abierta como tímida, Miguel Ángel le gustó tanto que no pudo ni abrir la boca. No era alguien que llamara la atención por su físico y sin embargo resultaba de lo más carismático. Tenía energía y sentido del humor, y parecía ser un enamorado de Guinea. Lo primero que se le preguntaba a alguien cuando estaba recién llegado eran las razones por las que había vuelto, pero Miguel Ángel se adelantó.

Habló de sus cinco años de carrera, del máster que cursó en Ingeniería Química, de las prácticas en una empresa en la que no le pagaban nada, pero en la que aprendió muchísimo, de las ganas que tenía de quedarse y de cómo no pudo ser. También les confesó, en un alarde de sinceridad, que tuvo que enfrentarse durante meses a la precariedad por no encontrar trabajo de lo suyo. Entretanto, comió gracias a lo que ganaba en un restaurante en el que se pasaba cuarenta horas a la semana. Al final le contrataron en una empresa del sector farmacéutico y, poco a poco, fue ascendiendo hasta convertirse en jefe de sección.

—Y entonces ¿por qué viniste, si ya te iba bien? —quiso saber Berta.

—Porque soy de aquí. Me fui a estudiar a España con quince años y ya llevaba demasiado tiempo en un lugar que no era el mío.

—¿Y tu casa? ¿Tu trabajo? ¿Tu vida allí?

—Aquí también tengo casa y trabajo, amigos, familia y, sobre todo, infinidad de recuerdos con los que me estoy reencontrando. Mi vida continúa y las relaciones fuertes se mantienen, aunque esté a seis horas de avión de Madrid.

—¿Así que dejaste alguna relación fuerte? —le preguntó Sandra, que esperaba que no se le notara lo colorada que estaba.

—Claro. He pasado más tiempo en España que en Guinea. Imagina, dos décadas volviendo muy poco, algún verano y durante un par de semanas. Lo que pasa es que estaba cansado de algunas actitudes y quería aportar a mi país.

—¿Qué actitudes? Disculpa, soy periodista y no puedo evitar lo de preguntar —dijo ella con las mejillas en llamas.

Los demás se rieron y Miguel Ángel le clavó los ojos y sonrió de una forma que provocó que Sandra acabara mirando al suelo por la vergüenza.

—Pues te pondré un ejemplo que seguro que vas a entender enseguida, porque tú también eres de allí, ¿no?

—Bueno, sí y no, ya sabes, nacida allí, de padre guineano.

—Entonces, seguro. El día que le dije a mis compañeros que

quería venir a Malabo a trabajar, uno comentó que no me imaginaba en la selva con los leones.

Todos se rieron y algunos se tapaban la cara con las manos por lo absurdo de la ocurrencia.

—Además, en la selva no hay leones —apuntó Raúl.

—Eso es lo que le contesté yo, que están en la sabana. Siempre supe que estar en posesión de un DNI no me hacía español. Ni siquiera haber estudiado en España, tener hábitos españoles o incluso haberme sentido español.

—¿Te sentiste español, tío? —le preguntó riéndose su amigo.

—¡Claro, viendo el fútbol, a veces!

Sandra se acordó de cuando estuvo en Lyon con aquellos hijos de la diáspora, emocionados al ver la bandera de Francia durante un partido. Como ella, andaban en el camino, buscaban un lugar común donde reconocer su identidad, pero lo que para Sandra solo era un trozo de tela a ellos sí les despertaba algo. Prefirió no decir nada y continuar escuchando.

—Me di cuenta de que allí una persona negra si tenía éxito o simplemente se salía de los esquemas que su entorno blanco asociaba a los africanos, entraba en esa categoría tan cargada de condescendencia del «tú no eres como los demás».

Sandra solo asintió. Podría haber usado sus palabras para describir su experiencia, que, cada vez lo tenía más claro por las conversaciones que mantenía con otros que habían regresado a Guinea, no era solo suya. Se trataba de un relato conjunto e individual que le pertenecía a la migración y a su descendencia.

—Para mí, regresar a Malabo no fue un arrebato. Siempre pensé en volver, pero las ganas se me habían quedado dormidas —prosiguió Miguel Ángel.

—Amigo, eso pasa —dijo Raúl dándole una palmadita en el hombro—. Que nos lo digan a nosotros, que llevábamos un montón sin vernos.

—La culpa la tuvieron algunas noches gloriosas de fiesta,

no te voy a mentir, y las personas que fui conociendo y que parecían llevar conmigo desde siempre.

—¿Cuál fue el «pero», entonces? —quiso saber Sandra.

—Creerme que esto —explicó sacando su DNI de la cartera—, me convertiría en español. En realidad, para muchos no es más que un trozo de plástico. Y para mí, hoy, también.

—¿Pero hubo algún catalizador para que todo cambiara? —insistió Sandra.

—Sí, que estaban pensando en ascenderme. Se suponía que yo debía estar feliz puesto que ganaría más dinero. Sin embargo, me imaginé a mí mismo pasando más horas en la oficina para que unos jefes, a los que jamás veía, pudieran disfrutar de vacaciones más largas y viviendas más lujosas. Y ahí fue cuando supe que continuar en España no era mi opción.

—Es que en España entregamos la vida a las empresas —le secundó Raúl.

—¿Y aquí no? —preguntó Berta.

—Bueno, Berta, tú eres secretaria de dirección, quizá tú algo más —le contestó Raúl—. Pero en general aquí se respetan mucho los horarios, no nos explotan de la misma forma que en España. Aunque el capitalismo es el capitalismo. Aquí tampoco estamos a salvo de él.

—Yo lo único que sé es que no quería hacerme viejo allí. Necesitaba ilusión, la de transformar y construir, cosa del todo imposible en una estructura empresarial que no dejaba margen a la improvisación —les explicó Miguel Ángel con pasión.

—¡Y ahí aparecí yo! —le interrumpió Raúl, triunfal, levantándose de su silla—. Le hablé de lo cosmopolita que se había vuelto Malabo, de lo que habían cambiado las cosas y de lo necesario que era él aquí, aunque sigamos teniendo apagones —dijo en voz baja y riéndose.

A Miguel Ángel, con solo sacarle el tema de los apagones ya le provocaba escalofríos, porque le recordaba a las noches ciegas en las que las risas, las voces y la música eran su bastón para moverse por el que consideraba el mejor barrio del mundo, Elá Nguema, donde también residía Raúl. Estaba a unos quince minutos del centro, y allí todos los pueblos se mezclaban olvidando las diferencias étnicas. Ese fue el lugar en el que pudo llamar «tío» o «tía» a personas bubis, fang, ndowé, annoboneses, bisío o kríos. De niño, su unidad de medida era otra y le encantaba pensar que vivía a un par de aventuras del trabajo de su padre. En los ochenta y los noventa no había nada, así que los guineanos solo eran dueños del tiempo, y los niños, de las calles en las que todos les conocían por su nombre y sabían a qué hogar devolverles si se caían o se ponían enfermos.

Cuando Sandra le escuchó, le pareció que lo que estaba narrando era su infancia en Alcorcón. En esa época, los vecinos eran familia y tenían potestad para regañarles y la confianza para quedarse cuidando a los hijos del de la puerta de enfrente. Cualquier tiempo pasado siempre parece mejor.

La conversación en el comedor fue tan interesante que Raúl, que era bubi y por tanto buen conocedor de la isla, les propuso quedar para hacer una excursión a Ureka, uno de los sitios más bellos de Bioko. A Sandra le pareció una idea genial. En España siempre había rehusado mezclar ocio y mundo laboral, pero en Guinea no tenía tantas opciones, de modo que claudicó a sus propias resistencias.

Ureka estaba en el extremo opuesto de la isla y tendrían que andar unos cuantos kilómetros por el bosque. A ella le gustaba caminar, así que no le pareció excesivo, hasta que Miguel Ángel les advirtió de la dificultad de transitar por una zona donde el musgo se pega a las piedras hasta comérselas, dejándolas resbaladizas, como trampas de una naturaleza que prefiere evitar que se sumerjan en ella. Les enseñó cómo debían andar para no caerse, flexionando las rodillas y convirtiendo los dedos en garras, hincando los pies en los zapatos para aferrarse al suelo inestable y fértil que pisaban.

A los pocos kilómetros, Sandra se dio cuenta de que jamás había experimentado un cansancio semejante. Sentía que los músculos le latían y dejaban de responderle. Dejó de disfrutar del paisaje, solo miraba al frente, buscando que la playa apareciera y pusiera fin a ese suplicio. Lo peor era que al dolor físico se sumó la vergüenza que pasó por el hecho de que Miguel Ángel conociera sus limitaciones.

Siete horas después de iniciar la marcha comenzó a escuchar el mar, primero como un murmullo y luego rugiendo salvaje. El Atlántico ecuatorial, abierto e indómito, bramaba en una playa vacía en la que solo se oían las olas rompiendo contra una roca gigante coronada por un penacho de plantas, que parecía un dolmen clavado por algún dios y no por el hombre. Sandra se derrumbó en la arena, fría como el agua que la bañaba, y se quedó contemplando aquel espectáculo. Había conocido muchos sitios, pero ninguno como ese. Los bubis decían que era uno de los lugares místicos de su tierra y, pese a que ella fuera más terrenal que divina, se sintió en el cielo.

Después de unos minutos inmóvil, la luz se volvió más tenue y Sandra se incorporó con dificultad. Ya tenía agujetas y temía que se hicieran más evidentes al día siguiente, pero aun así fue a ayudar a montar las tiendas de campaña en las que pasarían la noche o, al menos, una parte. Tenían intención de ver a las tortugas desovando. Estaban en una de las únicas playas del planeta en las que cuatro tipos de tortugas, entre ellas la laúd, una de las más grandes que existen, iban a poner sus huevos en la misma época.

Cuando dejaron listos sus lechos, cenaron unos bocadillos que habían llevado y organizaron turnos de guardia para no perderse el motivo por el cual habían ido. Cada turno lo harían las dos personas que compartían tienda. Sandra estaba con Berta, que era encantadora, pero con quien no había coincidido demasiado ya que desempeñaban labores muy diferentes. Tenía una sonrisa maravillosa y una risa contagiosa. Parecía estar feliz siempre, por eso le alegró tener que interrumpir su sueño con ella, ya que sabía que pasarían un rato agradable. Y así fue.

Berta le habló de sus inicios en la petrolera. Volvió a Guinea porque quería trabajar en una multinacional y también pasar algo de tiempo con su abuela, que fue la que la crio y a quien no había vuelto a ver. Le contó con todo lujo de detalles lo que solo le dijo a medias el día que Sandra se estrenó en la empresa. Durante las primeras semanas, las compañeras de Berta hablaban de ella pensando que no entendía ni una palabra de fang. Comentaban que era una chula por el hecho de venir de España, cuando era una negra igual que ellas, «y encima oscura», decían, como si ellas no lo fueran. Era algo muy común que la gente le atribuyera un presunto complejo de superioridad a los recién llegados, cuando en muchos casos no era así y lo que sucedía era que el complejo de inferioridad latía potente en el otro lado.

Llevaba un par de años en el país y había recorrido buena parte de su geografía gastando suela y durmiendo bajo una tela de estrellas porque, como amante del deporte, le gustaba ponerse a prueba. Sandra quería hacer lo mismo, pero en su caso por curiosidad.

Hablaron mucho en aquellas dos horas y se divirtieron, pero ni rastro de las tortugas, así que volvieron a su tienda y enseguida se quedaron dormidas. Sandra no sabría decir cuánto tiempo pasó, solo que, de repente, escuchó una voz que las llamaba desde fuera.

—¡Sandra, Berta, ya están aquí, corred!

Era Miguel Ángel, con quien había intercambiado alguna mirada durante la cena frugal, pero casi ni una palabra.

—Ya vamos —le respondió Sandra.

Agarró a Berta por el brazo y la meció suavemente para despertarla. Ella abrió los ojos.

—¿Han llegado? —preguntó emocionada, igual que si los Reyes Magos hubieran ido al corazón de África.

Sandra solo asintió.

Miguel Ángel le cogió la mano para ayudarla a salir de la tienda y tardó bastante en soltársela. A Sandra se le salió el corazón, como cuando era adolescente y, con solo rozar a la persona que le gustaba, sentía escalofríos desde los pies hasta la lengua.

Caminaron unos metros y se quedaron a una distancia prudencial para no molestar a aquellos hermosos monstruos prehistóricos que parecían estar en una especie de trance. Andaban despacio, como si los caparazones, que medían casi lo mismo que Sandra, les pesaran. En su trayecto, desde el mar hasta el rincón que escogían para cavar el agujero en el que enterrarían los huevos, ignoraban a aquellos humanos que les observaban. Habían recorrido miles de kilómetros para regresar al lugar en el que nacieron, por una extraña memoria genética, la misma que hacía que su padre hablara todos los días de Guinea pese a las decepciones y los quebraderos de cabeza. En aquel suelo estaba enterrada su placenta y daba la impresión de que el cordón umbilical nunca hubiera sido cortado.

Sandra sintió pena porque su experiencia guineana no tenía nada que ver con la de Antonio. Había «vuelto» a un lugar que quería hacer suyo y que, no obstante, aún no le pertenecía. «Tiempo», se decía, «tiempo», y luego ella misma se replicaba y se preguntaba si era normal tener que forzar una pertenencia que tal vez no le correspondía. Desconocía cuál era su sitio, su lugar en el mundo, más allá del camino que andaba y desandaba, hasta dejarlo romo y desgastado. Lo transitaba, a veces con fuerza y otras destrozada. Lo atravesaba, a ratos seducida y a ratos rechazada. Y llena de cicatrices, del amor y de la rabia, seguía en busca del espacio en el que sentirse a gusto y propia, no ajena. Le frustraba y le parecía estimulante al mismo tiempo, era causa y consecuencia de ese errar eterno.

Con todo aquello en la cabeza y con la retina empapada de belleza, Sandra regresó a su tienda y Berta la siguió. A la mañana siguiente amanecieron al mismo tiempo que lo hizo el sol y pudieron explorar el terreno. Ya no había ni rastro de las tortugas, pero muy cerca de donde habían acampado dieron con una poza profunda de color turquesa en la que moría una cascada que caía con furia, dificultando que pudieran escucharse. A gritos, llamaron a los chicos para que fueran a ese lugar en el que el mar entraba y la tierra salía. Se bañaron todos, salvo Raúl, que se quedó sentado cerca de la orilla, mojando los pies y salpicándose a sí mismo para combatir el calor. Sandra nadó hacia él para saber si estaba bien.

—¿Por qué no te vienes con nosotros? —le preguntó sin parar de moverse en el agua gélida.

—Estoy bien aquí, tranquila.

—¡Vale! Es solo que como fuiste tú el que sugirió que viniéramos a Ureka, me da pena que no lo disfrutes.

—Créeme, me lo paso bien viéndoos —dijo señalándose el ojo para enfatizar.

—¿De veras?

—No, es porque le tengo miedo a Mami Wata —contestó riéndose.

—¿Y esa quién es?

—Es nuestro equivalente a una sirena peligrosa y lujuriosa. Puede tener cola de pez o de serpiente. Si te secuestra, te lleva a su mundo subacuático —le explicó poniendo tono de intriga.

—¿Y qué te hace? —Sandra tenía los ojos abiertos de par en par.

—No lo sé, pero en caso de que te permitiera regresar, volverías con mucha más sabiduría. Porque entonces habrías visto dos mundos.

—¡Interesante! ¿Y dices que puede que esté aquí? —le preguntó riéndose y salpicándole.

—¡Venga, no seas pesada y vuelve con los demás!

A Miguel Ángel le había perdido la pista, así que nadó hasta donde estaba Berta, quien le dijo al oído que Raúl no sabía nadar.

—¿Y por qué no lo dice?

—Porque es isleño, y le da vergüenza que la gente lo sepa.

—Yo no me iba a reír de él. De hecho, en los campamentos a los que iba de pequeña había un montón de guineanos que no sabían nadar. Hablando de eso, empiezo a preocuparme por Miguel Ángel, hace un rato que no le veo.

De repente, notó que algo tiraba de su pie y se agitó nerviosa, creyendo que podría ser algún animal o la sirena de la que le acababa de hablar Raúl. A los pocos segundos emergió Miguel Ángel riéndose y ella reaccionó haciéndole una aguadilla. Con treinta años se estaba comportando como una adolescente, pero le gustaba. Miró a su alrededor para ver si alguien se había dado cuenta de aquel flirteo infantil y solo vio a Berta, que le hacía gestos con las manos para que continuara. Enseguida le vino a la cabeza Karen, su amiga española de Coimbra, que cuando conoció a Nelson en la biblioteca no paró de hacer mímica y guiñarle el ojo. Se preguntó qué sería de ella. Llevaban tiempo sin intercambiarse siquiera un e-mail y le apenó pensarlo porque la apreciaba mucho. Sin embargo, todo estaba relacionado con lo mismo, con ser hija del camino, con exprimir cada sitio y luego levantar el vuelo sin equipaje, para que no le pesaran los sentimientos hacia las personas y las despedidas dolieran menos. Sandra escogió disfrutar de lo que cada trecho le ofrecía, por eso siguió un rato más en aquella agua salobre jugando con Miguel Ángel.

Cuando salieron de la poza hicieron un pequeño fuego y cocieron pasta a la que solo echaron tomate y sal. No fue el mejor de los banquetes, pero la necesidad de recargar energías provocó que se lo comieran con ganas. En cuanto terminaron, se prepararon para desandar la ruta que tanto les había costado hacer. Sandra aún tenía calambres en las piernas, pero se mordió los labios y trató de mantener el ritmo del resto.

Durante el camino de vuelta casi no hablaron, los pulmones se les hicieron pequeños y pararon en varias ocasiones para recuperar el aliento. Se hicieron varias fotos en las que saldrían sudados, puesto que, aunque el sol les quedara lejos, envueltos en aquella vegetación tupida y esa humedad pertinaz, la condensación que se generaba era similar a la de los invernaderos del sur de España.

Horas más tarde ya estaban en Malabo de nuevo. El coche que les llevó fue dejándoles en cada casa, derrengados, exultantes y conscientes de que habían tenido suerte de haber visto tortugas, ya que había gente que después de pasarse una semana entera allí no había conseguido toparse con ellas. Cuando le tocó bajarse, dio dos besos a Berta y a Raúl. Quiso hacer lo mismo con Miguel Ángel, pero este le dijo que también se apeaba.

—No sabía que vivías por aquí —le espetó Sandra ya fuera del vehículo y caminando a su lado.

—Bueno, no vivo cerca, pero tampoco muy lejos.

—¿Y entonces?

Miguel Ángel se detuvo.

—Nada —contestó al tiempo que hacía dibujos con el pie en la tierra—. Quería decirte que me lo había pasado muy bien contigo y que me gusta cómo piensas.

—Bueno, tampoco hemos hablado tanto —dijo Sandra sonriendo—. Tenía agujetas hasta en la lengua.

—Eso es lo que quiero, que hablemos más fuera del trabajo, que podamos conocernos. Admiro que hayas decidido venir sin necesitarlo. No somos tantos, y se aprecia gente como tú. Creo que a Guinea hay que venir a aportar, no a aprovecharse —manifestó con cierta gravedad.

—Y yo también, la verdad. Ya nos da mucho sin pretenderlo. La excursión ha sido brutal —añadió Sandra.

—Inolvidable.

—Eso, inolvidable.

—¿Te apetece que nos volvamos a ver?

—Nos veremos en el trabajo, eso seguro —contestó Sandra riéndose—. Pero sí, me encantaría verte también fuera de la oficina.

Le entregó su teléfono y él grabó su número y su nombre. Después se despidieron con dos besos y él regresó a la carretera para coger un taxi. Elá Nguema, su barrio, quedaba bastante lejos.

Sandra caminó hacia su casa con el teléfono entre las dos manos y antes de llegar le escribió un mensaje: «Este es mi número. Nos vemos pronto». El miedo al rechazo, a estar equivocándose y pensar lo que no era, la hizo ser prudente y no añadir nada más.

Su tío la recibió entusiasmado, como si regresara de una gran batalla, cosa que al verse en el espejo no le sorprendió tanto. Estaba despeinada y andaba con las piernas rectas, como si le hubieran arrancado las articulaciones. Sandra le contó su incursión en el bosque, su torpeza, sus caídas, y se quitó las botas de montaña para enseñarle sus uñas moradas. Faustino, por su parte, la llamó floja, aunque se le notaba orgulloso de ver a esa *ntangan* mostrando respeto y curiosidad por el sitio en el que estaba.

Para cuando Samuel llegó, Sandra ya estaba en la habitación leyendo, con aquella luz amarilla y escasa que le hacía forzar los ojos. Llamó a su puerta y entró para preguntarle. Sandra le contó todo, incluyendo lo de Miguel Ángel, sin ahorrarle ni una anécdota. Estaba eufórica y, a falta de Lidia, Mónica y Elsa o su hermana Sara, necesitaba contárselo a alguien. Su primo sonrió con tristeza y entonces ella supo que había pasado algo.

—No quiero que te asustes, pero ¿te acuerdas de mi amigo Watson?

—Claro, le conozco de España, más de lo que él dio a entender —dijo Sandra sonriéndole.

—Pues está muy enfermo —le explicó Samuel con gravedad.

—¿Qué le pasa? —preguntó alarmada e incorporándose en la cama.

—Los médicos no lo tienen claro, o tal vez no nos lo quiere decir. Ha perdido peso y tiene llagas en la boca.

—¡Pero si hace nada estaba bien, bailando con nosotros!

—O quizá no estaba tan bien.

—¿Cómo estás, Samuel?

—Resignado. Aquí la gente muere todo el rato.

Se levantó y cerró la puerta con suavidad, pero dejó a Sandra pensando y con el estómago en la mano.

La muerte es gratis

Con la tripa llena por culpa de un chili con carne bastante indigesto, Sandra vuelve a la tienda y se acerca a una clienta que lleva nicab, por lo que únicamente le ve los ojos. Con un inglés con acento británico, la mujer le pide varios modelos en diferentes tallas y le explica que es para sus hijos. Mientras va a buscarlos se da cuenta de que, pese a que ha viajado bastante, en Europa nunca ha visto a tantas mujeres veladas como en París o en Londres. De hecho, en el mismo centro comercial donde trabaja hay muchas dependientas que llevan shayla o hiyab. La diversidad de la ciudad no es solo racial, también de culto, y la coexistencia probablemente no sea perfecta, pero se da y encuentra sus espacios para manifestarse.

Al volver le entrega los zapatos a la clienta y esta, tras examinarlos, los paga y se los lleva. Nadie se fija en ella, ni una mirada de soslayo. En efecto, en Londres están acostumbrados a que las personas sean como quieran y crean en lo que quieran. Menos en el ateísmo, en eso se parece a Guinea.

A Sandra no le gusta su trabajo, ni el clima, ni la falta de luz de la capital británica, pero el no cuestionamiento de sus aristas identitarias, de lo que la convierte en el prisma complejo que es, la sigue fascinando. Y hasta ahora, a pesar de los españoles que se encontró la noche que salió con Tony, que se sorprendieron al escucharla hablar en castellano, eso solo se lo ha dado Londres.

Sandra se estaba acostumbrando a madrugar y a hacer tareas en cuanto salía el primer rayo de sol. La noticia que le dio su primo la noche anterior la había entristecido. Aunque su reencuentro con Watson en Malabo hubiera sido lamentable, ella conservaba registrados los momentos buenos que había pasado con él y le apreciaba. Decidió ir a casa de Celia, porque las visitas a su *muy* le resultaban terapéuticas.

Aquel día se encontró a su tía preparándose para ir al culto. Casi no veía debido a sus cataratas, pero con bastante tino y sin un espejo delante se estaba colocando un pañuelo en la cabeza para que cubriera sus trenzas blancas de hilo.

—¡*Kié*, *muy*! Pero ¿cómo estás tan guapa? —dijo Sandra nada más verla.

—«Tampoco no» hay que exagerar —respondió su tía repitiendo la negación, a la guineana—. Fíjate en cómo me lo coloco y aprende.

—¿Y adónde vas así de elegante?

Sandra se acercó a ella para observar mejor la forma en la que se lo estaba poniendo.

—«A la casa de Dios.» Hay que mostrarle respeto a Él y al pastor, por eso me arreglo.

—¿Al pastor o al cura?

—Al pastor, yo ya no soy católica, eso lo trajeron los españoles. Ahora los americanos han traído otras religiones y me he hecho adventista. ¿Y tú?

—Yo no creo en Dios, tía.

Celia paró de arreglarse y se quedó en silencio, como congelada, y luego continuó hablando.

—No, mi niña, eso no es posible. Quizá tú no sepas que crees. A lo mejor no lo llamas Nzama ni Dios ni Yahvé, pero Él vive en ti, por eso eres tan buena.

—*Muy*, no hace falta creer en Dios para ser buena persona.

—¡*Kiééé*, *ntangan*! No vengas a decir eso en mi casa. ¿Eso es lo que os enseñan en Europa? Antonio no te ha educado bien —dijo entre dientes negando con la cabeza—. Allí os lo arregla todo la ciencia, ¿no? Aquí lo queremos y lo necesitamos. Él nos ayuda a soportar las muertes.

Sandra solo asintió, temía haber metido la pata al sacar el tema de su ateísmo.

—Cuando nació tu padre, todos estábamos muy contentos. Mi madre, tu abuela, perdió los dos hijos anteriores en el parto, así que no le puso nombre al recién llegado hasta saber si seguiría en este mundo con nosotros o se iría antes de la cuenta.

—¿Y cómo os dirigíais a él?

—Mi madre le llamaba *E mot anganing*, que significa «el que sobrevivió».

—¡Vaya! No lo sabía.

—No me sorprende —reconoció tocándole el brazo—. Lo que quiero decir es que, cuando la muerte está tan presente como la propia vida, no solo hace falta fuerza, también es necesario Dios.

—Entiendo —mintió Sandra.

—Por eso te dije que tú no sabes que crees, pero crees. Y ahora, ¿te has fijado en cómo me he puesto el pañuelo?

—Sí, *muy*, probaré a hacerlo yo misma y te lo mostraré.

—Así me gusta. Ahora debo marcharme, no quiero llegar tarde.

Las dos salieron y Sandra tomó un taxi para ir a Punta Europa.

Se había arreglado más que de costumbre por si coincidía con Miguel Ángel en la oficina, con quien no había vuelto a hablar pese a que se habían intercambiado el número de teléfono. Estuvo un buen rato trabajando en su puesto, se levantó para ir al baño y fue entonces cuando se cruzaron en el pasillo. Él continuaba con una timidez que solo parecía salirle con ella y Sandra, que tampoco se caracterizaba por su coraje a la hora de relacionarse con los hombres, sacó valor de un rincón en el que no sabía que lo guardaba, como los billetes que aparecen por sorpresa en los bolsillos, y le invitó al cine aquella tarde. Miguel Ángel aceptó sin dudarlo. A Sandra le pareció que estaba muy guapo, mirando al suelo o al techo, con los brazos cruzados y muy serio, para dar a entender que estaban teniendo una conversación meramente profesional.

Pese a que Malabo tuvo varios cines en el pasado, todos habían desaparecido. Uno de ellos, de hecho, ahora era una iglesia evangelista. Su única opción era ir a unos multicines que estaban a las afueras de la ciudad y a los que casi no iba nadie. La gente había perdido la costumbre de ver películas en la pantalla grande. Se conformaban con verlas en casa, o quizá lo preferían. Casi todo el mundo tenía discos duros llenos de series o películas que podían ver en el ordenador y en soledad. Pero Sandra aún no quería ir a casa de Miguel Ángel ni, desde luego, llevarle a la suya, donde tendría que darle explicaciones a su tío, por eso se decantó por el cine.

Con el sí de Miguel Ángel fresco, cogió de su mesa la cámara y el trípode y se fue con una sonrisa incontenible al centro escolar en el que debía grabar ese día. Estaba en su barrio, Los Ángeles, en un bajo que habían habilitado. Aquel lugar no parecía muy grande, contaba con una sala central en la que había libros forrando las paredes, espejos, sillas plegables, cojines esparcidos por el suelo y una pizarra de tamaño mediano. A cada lado de aquella sala había una puerta, una de ellas estaba abierta y podía verse el mobiliario exiguo: una mesa y un par de sillas.

Había varias chicas leyendo o hablando en corro entre ellas. Sandra les preguntó por la responsable y le dijeron que estaba «en una de sus reuniones», así que se quedó de pie esperando, en una esquina, y no pudo evitar escuchar una de las conversaciones:

—Ahora me toca a mí, Reyes, quedamos en que cada una lo tendría ocho horas —le decía una joven trenzada a otra con el pelo cortito natural que llevaba el uniforme del colegio.

—Pero es que tuve que hacer tareas en casa y no me sobró ni un minuto.

—Ya, pero entonces provocarás que las demás tampoco podamos. Lo siento —concluyó la primera, y le arrebató el volumen que tenía en las manos.

A Sandra le sorprendió que se estuvieran disputando un libro, que se turnaban entre las dos y una tercera que no estaba ahí. Un libro. Entonces se dio cuenta de que, a excepción de la Biblia, era algo que no había visto en demasiadas casas.

El ruido de la puerta abriéndose interrumpió sus reflexiones. Una joven de piel clara salió del despacho y, desde dentro, una voz la invitó a pasar.

Cuando Sandra entró, reconoció a la mujer que tenía delante. Era Adoración, la que el día que estaba leyendo en la puerta de casa le dijo que se protegiera del paludismo. Estaba sentada y rodeada de miles de archivadores y carpetas abultadas. En medio de aquellas montañas de documentos, la señora parecía más pequeña de lo que era, pero resultaba maravilloso verla en ese templo construido por ella. Se le notaba la edad en la dermis ajada, no así en la fortaleza y en la energía que emanaba. Parecía enfadada. No dejó que Sandra se presentara y, sin saludar siquiera, comentó el motivo de su enojo.

—Les encantan las claras y las contagian pronto.

—¿Cómo? —preguntó Sandra sin entender muy bien de qué hablaba, todavía de pie y esperando a que Adoración le dijera que se sentara.

—Perdona, siéntate. Tú vas a ayudarme con este reportaje. Hay muchas cosas que deben saberse para ayudar a nuestras niñas.

—¿Quiere que saque la cámara?

—Quiero que escuches y atiendas. Aquí la prisa no es buena compañera.

Adoración se expresaba como lo que era, una profesora. Incluso los dichos que utilizaba, el tono o la cadencia que tenía al hablar le recordaban a las maestras de su infancia.

Sandra le hizo un gesto con la cabeza para que continuara hablando.

—Tú eres nueva aquí y aún no entiendes nada. Recuerdo cuando te vi en este mismo barrio con gesto de asustada —dijo levantándose de la silla y colocando los papeles que tenía en la mesa en diferentes archivadores.

—¿De verdad tenía ese gesto? —preguntó Sandra con perplejidad.

—Quizá intentabas ocultarlo, pero ahí estaba. El caso es que buena parte de estas carpetas están repletas de las entrevistas que he hecho a las chicas que vienen aquí. Son jovencísimas, y cuanto más claras, más las buscan los poderosos con quienes se acuestan. Patrullan las calles en busca de ellas y van a las puertas de los colegios y los institutos.

—Sé de lo que habla —acertó a decir Sandra—. Se han dirigido a mí más de una vez desde sus cochazos.

—No lo sabes —le reprendió seria—. Tú eres adulta, tu familia no necesita que aportes dinero en casa, trabajas, no dependes del dinero de esos hombres. Tú vives aquí por deseo propio, no tienes que ir a la fuente si no te apetece y si quisieras, podrías pagarte un alojamiento con duchas de las que sale agua y no eco —le rebatió con dureza.

—Tiene razón.

—Claro que la tengo. Aquí he escuchado relatos terribles. Un día vino una chica guapísima vestida de azul que se bajó de un coche del mismo color, y hasta llevaba un bolso azul y los zapatos a juego. Tenía una melena larga, de esas de pelo liso natural, «aguacate» las llaman, creo. Acababan de diagnosticarle VIH en la UREI, la Unidad de Referencia de Enfermedades Infecciosas, y le recomendaron que viniera a hablar conmigo. Ella solo había tenido una pareja, el hombre mayor que le compró todo lo que llevaba. Cuando le comenté, aunque ya se lo habían dicho, que tenía que hablar con su pareja para no reinfectarse y con el fin de que ambos pudieran tomar la medicación, ¿sabes lo que me contestó?

Sandra continuó mirándola fijamente y no dijo nada.

—Que no pensaba hacerlo porque eso suponía perder todo lo que tenía y su esfuerzo no habría servido de nada.

Mientras decía esto último, Adoración cerró las anillas de los archivadores con tanta fuerza que Sandra temió que se rompieran.

—¿Entonces las vidas no cuentan?

Adoración suspiró.

—Es que hay vidas que no son tales, niñita. Aquí hay mucha gente, de todas las edades, que te dice con toda tranquilidad que «de algo hay que morir».

—Y entonces, ¿qué hace usted aquí?

Sandra sacó la cámara de la mochila.

—Doy asesoramiento y ofrezco alternativas a estas chicas para que no contraigan esa o cualquier otra infección o para que aprendan a vivir con ella. En la actualidad, con tratamiento, y en la UREI se lo dan gratis, es más que posible.

Parecía más relajada. Se levantó para colocar el archivador que había estado maltratando segundos antes.

—La gente dice que lo que usted hace es feminismo —dijo Sandra mientras montaba el trípode.

—Que le den el nombre que quieran. Yo solo busco que mis niñitas cumplan años, que se miren en esos espejos y se acepten, que se quieran, que sean madres cuando quieran serlo, que sus bebés no sean ni una carga ni un error. Y, por supuesto, que lean. También doy charlas en colegios sobre el estigma, para evitar la serofobia y toda la discriminación que padecen las personas que viven con VIH.

Todo eso lo dijo de espaldas, perdida entre sus mil papeles.

—¿Y cómo lo acogen los alumnos?

—Bien. En casi todas las familias hay alguien. Si quieres, puedes acompañarme algún día y grabar. Me hacen preguntas de todo tipo, incluso que si puede contagiarse a través de las picaduras de los mosquitos —dijo dándose la vuelta y apuntándola con el dedo.

—¡Vaya! —exclamó Sandra riéndose.

—Bueno, en realidad tiene sentido, el paludismo se contagia así... Pero hay enemigos contra los que es más difícil luchar.

—¿Los hombres a los que se refería antes?

En ese momento Sandra estaba sacando la lente de su funda y la colocó en la cámara.

—Sí, ellos, los guineanos poderosos. Pero también los blancos que vienen de Europa, con sus familias modélicas con las que hablan por internet y en cuanto cortan la videollamada vuelven a los brazos púberes de nuestras pequeñas. También son culpables las iglesias esas que están por todos lados. Aquí han venido chicas a las que en esos antros, en los que cantan, gritan y se desmayan por ver a Dios o por eliminar a Satanás, les dijeron que abandonaran el tratamiento y se dedicaran a rezar y a pagar un diezmo de sus salarios miserables porque eso les serviría para curarse.

Al acabar la frase, se desplomó sobre la silla.

—¿Y qué les pasó?

Adoración habló casi con desprecio.

—¿Qué les va a pasar? Pues que enfermaron y ahora ya no les vale la medicación gratuita. Necesitan fármacos de segunda o tercera línea porque se han hecho resistentes al tratamiento y esos no los regalan, son caros y la mayoría no puede pagárselos.

—¿Puedo grabar ya? —preguntó Sandra señalando la cámara.

—Claro. —Adoración cerró la última carpeta que tenía sobre la mesa y se levantó—. Voy a impartir una clase a las chicas y así podrás tener imágenes.

Sandra creyó que les daría una charla delante de la pizarra, así que se puso al fondo de la sala, pero lo que Adoración hizo fue coger varios preservativos del cuenco que tenía en su mesa, los repartió entre las jóvenes que estaban allí, unas diez o doce, y se quedó con uno para explicarles cómo se utilizaba. Rompió con cuidado el envoltorio y sacó un condón que colocó cuidadosamente en el palo de madera que hacía las veces de pene. Las niñas se miraban entre ellas, se tapaban la cara y se reían con timidez.

—Esto no es un juego, la muerte no puede ser gratis, tenéis que aprender. Toma, tu turno —le dijo a la primera entregándole el palo.

La joven repitió la operación tal y como les había explicado y luego pasó el palo a sus compañeras. Si hacían algo de forma incorrecta, Adoración se lo explicaba y ellas la escuchaban con absoluta delectación y respeto. A pesar de sus formas secas, Adoración les trasladaba todo el cariño del mundo.

Al terminar la filmación, Sandra quiso seguir charlando sin cámaras. Le provocaba curiosidad que una persona con un discurso tan poco amable para los hombres importantes pudiera hacer y decir las cosas que hacía y decía.

—Mi niña, yo no tengo miedo y soy de aquí —dijo invitándola con la mano a entrar de nuevo en su despacho—. Sé cómo piensan y cómo hacer que me respeten. He amenazado a más de uno con desnudarme delante de él. Hay quien cree que ver sin ropa a una mujer vieja, como yo, puede traerle mala suerte, así que yo me aprovecho de que desprecien y teman un cuerpo anciano para asustarles.

Después de decir eso empezó a reírse fuerte, quizá por todos los minutos en que no lo había hecho, y a Sandra le encantó ver cómo se le hinchaba el pecho de júbilo o de triunfo, o de los dos.

—¿Pero todo el mundo se lo cree? Por lo que sé, hay gente en el Gobierno muy formada —dijo Sandra mientras metía la cámara en la mochila.

—Da igual, no se trata de que la brujería exista, sino de lo que cree la gente. Si creen, eso genera una serie de prácticas. Como los que piensan que se les curará «la enfermedad», que es como llaman al sida, si se acuestan con niñas vírgenes. Aquí, los humanos y los demonios conviven y se comunican —zanjó.

Sandra salió de la pequeña escuela y se fue directa a su casa para descargar en el ordenador todo lo que había grabado. Tenía la cabeza embotada y en un rato se vería con Miguel Ángel, de modo que, antes de salir, se sentó con su tío en el salón. También ella necesitaba descargarse. Le contó lo que le había dicho Adoración y él se limitó a asentir, como si ya supiera todo lo que su sobrina le estaba narrando.

—Es toda una patriota —dijo al final.

«Patriota» era una palabra que Sandra no solía usar y que, por su biografía, le generaba rechazo. No obstante, la entendió a la perfección cuando la utilizó Faustino. Casi todo el mundo iba a Guinea a aprovecharse, no a contribuir, tal y como había comentado Miguel Ángel. Casi nadie sentía amor por aquella tierra, no la querían más que para sacar tajada del combustible fósil que había en sus entrañas.

«Miguel Ángel no es así», se dijo mientras miraba por el retrovisor del taxi camino de su cita, contenta de haberle conocido, como si no fuera igual de justo que alguien volviera a su país porque en España estuviera sumido en la precariedad.

Cuando llegó, él ya estaba esperándola con una caja de palomitas que, con el calor que hacía, le parecieron cualquier cosa menos apetecibles, pero no se lo dijo. Se dieron dos besos y Miguel Ángel le abrió la puerta para entrar. Una vez dentro, Sandra lamentó no haberse llevado un abrigo para no resfriarse. En la sala solo había un par de parejas más y tres o cuatro personas que iban solas a ver una película que en Europa habían estrenado meses atrás.

Se sentaron al fondo para que nadie les viera y antes de que empezara la película, con la excusa de que Sandra tenía frío, él ya le había pasado el brazo por los hombros. Después de los tráileres, ella se apoyó en el hombro de Miguel Ángel y notó que él se ponía rígido. Tardó un rato en relajar los músculos y fue entonces cuando la besó, y se quedaron unos segundos largos e intensos danzando con las lenguas. Solo segundos, porque ambos tenían claro que en Guinea la gente no se besa en público. O no se besa.

Al salir del cine se fueron a tomar algo a un bar de la zona, uno con sillas y mesas de plástico atravesadas por la marca de una cerveza española, algo bastante habitual. Se quedaron hablando hasta que la noche se cerró a cal y canto.

Sandra regresó a su casa con la idea de que Miguel Ángel era alguien honesto, muy leído y con millones de ideas que estaba dispuesto a implementar en el país, «aunque necesitara siglos».

Los días posteriores se vieron a diario. Iban al centro cultural francés, español o ecuatoguineano a ver conciertos o exposiciones. Era curioso que en un país tan pequeño la lista de artistas fuera infinita. A Sandra le impresionó la voz de Nélida Karr, que cantaba en castellano y que llenaba sus temas de «bes» bubis. Se acompañaba de guitarras eléctricas; ngomás, que eran como pequeñas harpas, o nkúus, un instrumento fang de percusión que fabricaban vaciando un tronco. Hacía una mezcla atrevida de todo lo que le gustaba y conocía, y el público la escuchaba en silencio hasta que el espectáculo acababa y entonces estallaba en gritos de júbilo. Sandra y Miguel Ángel se dejaban llevar y vitoreaban como los que más a los genios que llenaban con sus notas el escenario. El favorito de Miguel Ángel era Alex Ikot, un percusionista guineano que recorrió medio mundo con su batería acompañando a algunos de los músicos más grandes, pero que regresó a su tierra porque las raíces le tiraban.

Si no había conciertos, asistían a exposiciones de pintura, de cómic o de lo que hubiera. Así fue como conoció al maestro Pocho Guimaraes, que dignificaba en su obra las latas de refrescos o los retales de los trajes que se quedaron muertos, llenando de texturas sus enormes tapices. Y siempre terminaban con un nuevo tour por los restaurantes y bares de la ciudad, hinchándose a pescado fresco, a cangrejos rellenos, que los ndowé preparaban mejor que nadie, o a bilolá, los caracoles de mar que tanto le recordaban a la sepia. A veces también se aventuraban a probar el pollo que los cameruneses asaban en las llantas de los neumáticos. Olía tan bien como sabía y se lo comían con las manos en mitad de la calle, y empapándolo bien en picante. Su primo tenía razón, el paladar se le iba acostumbrando a aquel ardor.

Una noche, al llegar a casa, Sandra se la encontró vacía. Había una nota sobre la mesa del salón firmada por Samuel en la que le decía que la había llamado pero que no había conseguido dar con ella. De manera sucinta, le explicaba que se habían ido al hospital porque Watson estaba grave. En efecto, Sandra se había quedado sin batería hacía varias horas, así que puso el móvil a cargar unos minutos y llamó a su primo para preguntarle dónde estaban. Tan pronto como pudo, cogió un taxi y fue para allá.

Era un hospital privado similar a cualquiera de los que hay en Europa. Por sus pasillos impecables caminaba un alto porcentaje de personal blanco con batas también blancas hablando en inglés o en hebreo. Solo en algunos casos lo hacían en español, y eso que era la lengua oficial del país.

Sandra subió corriendo a la habitación. Se encontró a su primo delante de la puerta y no la dejó entrar.

—Watson está mal, no quiero que le veas así.

—Pero ¿qué tiene? —preguntó preocupada—. Yo también le conocía. Hubo un tiempo en el que fue mi amigo.

—Neumonía.

—¿Aquí, en Guinea?

—Sí —respondió lacónico su primo.

Sandra se dio la vuelta y entonces vio a su tío, sentado, mirándoles. Se acercó a él y se sentó a su lado, sin hablar. Sabía que Faustino lo estaba pasando mal por Sandra y por Samuel, que de golpe y porrazo estaban descubriendo la dureza de aquella parte del planeta en la que los jóvenes también mueren a diario.

Un médico salió de la habitación con gesto grave y todos se levantaron. Preguntó si alguien hablaba inglés. Sandra miró a su alrededor buscando a sus familiares pero no había nadie, ni siquiera Ernestina, así que levantó la mano y se dirigió hacia él. El médico fue breve, le pidió que avisara a sus allegados porque Watson estaba inconsciente y no le quedaba mucho tiempo de vida. Ella le dio las gracias y les trasladó a su tío y a su primo el mensaje, derramando unas lágrimas que ni ella misma esperaba.

Samuel, diligente, hizo varias llamadas.

—Ya vienen.

Y nadie añadió nada más ni preguntó qué había pasado ni cuestionó que alguien muriera de neumonía en un sitio en el que el termómetro nunca bajaba de los veinte grados. En Guinea estaban acostumbrados a ver al final de las noticias, en la sección de avisos y comunicados, fotos de personas jóvenes y mayores que fallecían súbitamente o de «enfermedades que venían padeciendo» y que jamás tenían nombre. La gente estaba y desaparecía, sin más.

Era tan habitual vivir las muertes que, en las empresas, los botes de dinero para apoyar a los compañeros no se hacían cuando nacía un bebé, sino cuando fallecía un familiar, para pagar los gastos derivados del velatorio y el entierro.

El funeral de Watson fue tremendo, como él. Su familia, que nunca le hizo mucho caso, cortó la calle y puso una carpa debajo de la cual lloraban su muerte. Sandra ya había estado en varios funerales de guineanos en España y sabía que no tenían nada que ver con los de los españoles porque, entre otras cosas, había toneladas de comida y, a veces, incluso bebida. Pero en Guinea, tal y como decía su padre, todo era más grande. Sandra había ido con su primo y cada uno se sentó en una silla a observar lo que les pareció un espectáculo. Había plañideras, mujeres que lloraban sin parar, gritaban y hasta se tiraban al suelo bajo la atenta mirada de hombres cabizbajos. En uno de los laterales había una mesa llena de ollas gigantes con comida del país, fuentes con yuca y plátano y botellas de alcohol que, cada vez que Sandra miraba, estaban más vacías. Los vecinos entraban y salían de la carpa y se acercaban a los padres de Watson a darles el pésame. La madre, una mujer aclarada que era clavada a él, sostenía su foto en una mano y en la otra un pañuelo de papel que se llevaba cada cierto tiempo a los ojos para enjugarse las lágrimas. Pese a la solemnidad del acto, a Sandra le dio la impresión de que no todos conocían al difunto porque un hombre algo bebido le preguntó cómo se llamaba la chica que había fallecido. Probablemente no era el único que fue para darse un festín sin saber siquiera quién era el muerto. Pero la ceremonia continuaba, independientemente de los advenedizos. El difunto iba a encontrarse con sus ancestros y se sumaría a la lista de seres queridos que cuidaba, desde el más allá, a los vivos, por eso merecía una celebración.

La muerte de Watson fue un duro golpe para Sandra. No sabía si le echaría de menos, pero lo sintió por Samuel y por el hecho de que alguien joven, de quien se esperaba que tuviera muchas décadas por delante, falleciera así. En Madrid, ella nunca pensó en la muerte puesto que era un escenario abocetado y lo suficientemente lejano como para no verlo con claridad. Cuando alguien fenecía, ya fuera en un accidente de tráfico o de cáncer, resultaba traumático, a menos que fuera anciano. Y aun así. En Guinea era imposible no tener presente la muerte debido a que se manifestaba cruel casi todas las semanas. Solo cabía sobreponerse para esperar la siguiente embestida. Había días que sus compañeros de trabajo faltaban y poco después regresaban como si no hubiera pasado nada. Cuando Sandra les preguntaba el motivo de su ausencia, contestaban serenos que un hermano, un hijo o uno de sus padres había fallecido pero que la vida continuaba. En aquel rincón de África, la muerte no respetaba ninguna edad, llegaba por sorpresa, no daba explicaciones y era despiadada.

Samuel estuvo varios días sin salir de su cuarto, ni siquiera bajaba para comer. Por las mañanas, Faustino y Sandra detectaban su paso por la cocina por las migas de que se quedaban en la encimera, así que empezaron a dejarle bocadillos y comida en un plato tapado para que se alimentara de algo más que de pan.

A Sandra también le afectó, se volvió una hipocondríaca y con cada dolor de cabeza, habitual tras una tarde de trabajo duro, pensaba que quizá tuviera alguna dolencia incurable. Sin embargo, en lugar de ir al médico para cerciorarse de que todo estaba bien, se quedaba arropada en su cama y esperaba a que se le pasase. Miguel Ángel redobló sus atenciones e iba a buscarla a casa para que pasearan un rato. Eso le supuso conocer a Faustino, que al principio desconfiaba de él no tanto por ser bisio, una etnia diferente a la suya, sino por ser varón. Su tío le sometía a auténticos interrogatorios policiales y se justificaba diciendo que como expareja execrable sabía «cómo eran todos los hombres».

Poco a poco, Sandra recuperó la rutina anterior a la muerte de Watson. Visitaba los centros culturales con Miguel Ángel y también empezó a acompañarle a hacer deporte cuando caía la noche, para evitar las horas de más calor. A ella le venía bien para despejarse, y de paso conocía lugares y experimentaba momentos mágicos. Una noche vieron ballenas a lo lejos haciendo piruetas, emergiendo del agua en algún punto de su migración. Ese día volvió a sentir que estaba en el paraíso, aunque tuviera brechas y heridas abiertas.

Una semana después, estuvieron cenando y al volver a casa Sandra empezó a vomitar sin control. Pensó que la comida callejera le habría sentado mal. Ya llevaba meses en Guinea y hacía mucho tiempo que no la vencía una diarrea, por lo que no se asustó. Ni siquiera le dijo a su tío o a su primo que estaba mal, se limitó a coger un barreño de la cocina, de los que se llevaban las mujeres para lavar la ropa, y lo usó para vomitar durante la noche. Cuando salió el sol, continuaba haciéndolo y ya no le quedaba nada dentro del estómago, así que bajó débil al salón y le pidió a su tío que la llevara al hospital por si la habían envenenado, tal y como él le previno alguna vez. Faustino la miró estupefacto pero en lugar de responder, se la llevó en su taxi al hospital público.

Desde que Sandra estaba en el país solo había visitado un centro médico y era en el que estuvo Watson, un hospital moderno que no tenía nada que ver con el edificio antiguo al que la llevó su tío. Allí buena parte del personal era nativo, aunque también había muchos cubanos, como parte de la cooperación que el país caribeño despliega por medio planeta.

Tuvieron que esperar horas, tantas que Sandra perdió la cuenta. Pero la gente no se alarmaba ni pedía explicaciones por la demora. Estaban acostumbrados, y «hay que aguantar» era la expresión que más se oía, invitando a la resignación como única opción. En todo. A su tío le dio tiempo a ir a comprar una libreta, que era lo que usaban los pacientes para que el médico apuntara su historial. En aquel país de petróleo y grandes coches, el sistema sanitario no estaba informatizado. Eran los propios pacientes los que tenían que llevar el cuaderno, como en la escuela.

Por fin llegó su turno y Sandra, que no había dejado de vomitar, febril y con las articulaciones torturadas por una sensación similar a la que se tiene cuando se está incubando una gripe, entró renqueante a la consulta. Una doctora guineana la tranquilizó al ver la cara de susto que tenía. Le sacó sangre y, mientras lo hacía, le explicó que probablemente fuera paludismo o tifoidea, que eran dolencias comunes.

—¿Pero entonces no cree que haya podido ser un envenenamiento?

—¿Quieres que te sea sincera? —contestó ella muy seria, sentada al otro lado de la mesa.

—¡Por supuesto! —exclamó Sandra.

—Pues no —dijo sonriendo.

Sandra suspiró aliviada.

—¿Se puede morir de paludismo o de tifoidea?

—Claro, y de un resfriado, pero no va a ser el caso, tranquila.

Salió y, al cabo de unos minutos, regresó con los análisis y le mostró los resultados.

—Mira, tienes dos cruces de paludismo y algo de tifus.

—¡Pero si me puse la vacuna de la fiebre tifoidea!

—Pues... ya ves que no ha servido —dijo poniendo las palmas de las manos mirando al techo—. Pero no te preocupes, tómate esta medicación y en unos días estarás como nueva —le explicó mientras escribía la receta—. Eso sí, si bien el tratamiento para la malaria es cada vez menos agresivo, la ciprofloxacina, que es para la tifoidea, es algo fuerte. Tómate también un protector estomacal, ¿de acuerdo?

—Sí, muchas gracias, de verdad.

—Nada. Esto no es más que el principio —dijo sin perder la sonrisa—. Estás en una zona del planeta donde es fácil contraer una de estas enfermedades, que no son graves si se cogen a tiempo. Eso es lo más importante, que vengas en cuanto te encuentres mal, no esperes nunca al día siguiente porque entonces sí puede ser letal.

—No lo haré.

Sandra salió sosteniendo un montón de recetas. Su tío sonrió cuando la vio aparecer tranquila, la dejó en casa y fue a comprar los medicamentos.

Miguel Ángel la llamó para saber cómo estaba y le dijo que tenía una noticia importante que contarle y que lo haría cuando fuera a visitarla.

Todo se desmorona

Metida en la cama, Sandra se acordó de la primera vez que vio a Adoración y le dijo que se tapara los brazos y las piernas al atardecer. Lamentó no hacerle caso y haber salido a correr por la noche sin cubrirse.

Miguel Ángel se fue directo del trabajo a casa de Sandra para estar con ella un rato y se la encontró en la cama retorciéndose de dolor. El paludismo remitió rápido con la medicación, lo que se le hizo cuesta arriba fue la ciprofloxacina. Ese antibiótico tenía unos efectos secundarios tan fuertes que su ingesta le resultó una verdadera tortura. Con todo, cuando llegó su novio, se incorporó y trató de sonreírle sin dejar de agarrarse el vientre.

—Siéntate —le dijo dando un golpecito en el colchón para que se pusiera a su lado— y cuéntame esa gran noticia.

—Madre mía, te ha sentado regular la cipro, ¿eh? —le comentó Miguel Ángel mientras se sentaba.

—Cipro, ¿eh?, abreviado, como si os tuvierais confianza.

—Ja, ja, ja, ¡sí! Más de una vez me he visto como tú —le explicó cogiéndole la mano—. Es muy fuerte, pero efectiva. A partir de ahora te llevaré a sitios menos... populares, porque no siempre cocinan para estómagos europeos delicados.

Sandra le dio un empujón suave en el hombro en respuesta a su provocación y se rio.

—Pero si tú te has pasado media vida en España... Seguro que tu estómago se ha *ntanganizado*.

—Ya ves que no. Aquí la que está en la cama eres tú.

—Está bien, no sé cuántos meses hacen falta para dejar de ser *ntangan* —dijo haciendo el gesto de las comillas con las manos—. Pero cuéntame tú, que eres el que tiene noticias.

—Vale, ¿estás preparada? —dijo generando cierta intriga y levantándose de la cama para mirarla de frente.

—¡Venga!

—Pues bien, he tenido una reunión esta mañana con gente del Gobierno y ...

—¡Vamos!

Sandra le animó a continuar agitando las manos.

—Pues que quieren que me una al Ministerio de Minas e Hidrocarburos.

—¡Vaya! —dijo ella con cierta decepción—. ¿Y en calidad de qué?

—De secretario de Estado. —Comenzó a caminar por el cuarto dando pasitos cortos—. Han dicho que conocen mi trayectoria en España y que saben que los americanos están muy contentos conmigo pero que, ahora que ya llevo algunos meses aquí y conozco mejor el sector, lo ideal sería que contribuyera de manera efectiva en el desarrollo del país.

—Ah. —Sandra, lacónica, frunció el ceño.

—¿No te parece bien? —preguntó Miguel Ángel, frenando en seco su caminata—. ¡Yo vine aquí para trabajar por mi país, no para una petrolera americana!

—No. ¿Y sabes por qué? Porque yo no me olvido de que aquí hay una dictadura. Estarás trabajando directamente para ellos —dijo, y volvió a tumbarse.

—No, lo haré para el país. Las cosas no son blancas o negras, Sandra, no hagas esa lectura tan simplona, tan de españolita que acaba de llegar y opina de forma maniquea y sin matices, sin saber ni dónde está. Dentro del régimen hay personas muy válidas que se están esforzando para que las cosas sean de otra manera y que trabajan en condiciones mucho menos amables que las que tenemos en la empresa.

Miguel Ángel volvió a sentarse en la cama para rebajar la tensión.

—Pues yo lo que veo son hombres con traje en sus cochazos con matrícula oficial —le rebatió Sandra sin moverse.

—Son los cargos más altos, ¿acaso los ministros en España van en metro? ¿Por qué aplicas distinto criterio para unos y para otros? Además, ¿crees que es más limpio trabajar para los americanos, a los que les dan igual Guinea y los guineanos? Cuando el petróleo se acabe, se irán y nos dejarán igual que estábamos antes de que llegaran, o quizá peor.

—Disculpa, yo estoy en el departamento de responsabilidad social corporativa y no es así.

Sandra se incorporó para poder mirar a Miguel Ángel a los ojos.

—Porque les interesa. ¿Ves cómo viven ellos y cómo vivimos nosotros? Tu jefe tiene menos formación que cualquiera de los que trabajáis en ese departamento, sin embargo, ese tío, que ni siquiera habla castellano, es el que os manda.

—Bueno, de hecho, mi idea era hablar con él en cuanto regrese a la oficina. Creo que, además de darme las gracias todo el rato, debería pagarme más. ¡Voy en taxi a la mayoría de las grabaciones!

—Prueba, a ver qué sucede —dijo en tono sarcástico asintiendo con la cabeza—. ¡Los estadounidenses se llevan nuestro crudo, lo refinan fuera y luego nos lo venden! A veces no tenemos ni gasolina y hay colas enormes de coches parados. ¿Te parece eso normal?

—Pero eso se debe a la mala gestión.

—No solo. ¿Crees que si a ellos no les interesara que nuestro presidente siguiera en el poder no se encargarían de echarlo como han echado a otros jefes de Estado de países africanos? ¡Eres una ingenua!

Sandra le miraba furiosa apretando los labios, llenos de arrugas por la presión que estaba ejerciendo sobre ellos, pero no dijo ni una palabra, así que él siguió.

—No volví aquí para echar un rato ni para hacer turismo, sino para quedarme. Dijimos que veníamos a poner y no a sacar. Para mí, Guinea no es solo un mandamás, es mi familia, mi casa, mi hogar, y tengo derecho a quererla y a transformarla, o al menos intentarlo. Pero, claro, tú eso no puedes entenderlo —zanjó con muy mala baba y poniéndose de pie.

Sandra continuó callada. Desde la puerta, él le deseó que se mejorara, se despidió con la mano y cerró. Ella, por su parte, se quedó hecha un nudo en la cama llorando, no sabía si de dolor, de pena o de rabia.

Estuvo varios días sin salir de casa, y para cuando pudo hacer vida normal y regresar al trabajo había perdido muchísimo peso. Cada persona con la que se cruzaba se lo decía. En España, con unos cánones que se inclinaban por la delgadez, hubiera sido un piropo. En Guinea, en cambio, querían decir todo lo contrario y Sandra lo sabía, pero no le entraba la comida, aún tenía el estómago delicado.

Durante su ausencia no habló con Miguel Ángel más que de la evolución de su salud, pero no se habían vuelto a ver. Sabía que en algún momento se encontrarían y así fue. Él venía de la máquina de agua y ella llegaba.

—Espérame, por favor, y te invito a desayunar —le dijo Sandra.

—Tengo mucho trabajo.

—Venga, anda, ¿no ves cómo me he quedado? —Se miró y se señaló con las manos el cuerpo—. Necesito comer.

—De acuerdo —dijo él sin mover ni un músculo.

Fueron a la cafetería y poco a poco derritieron el manto de hielo que cubría su conversación, su tono y hasta sus gestos. Miguel Ángel se disculpó por no haber ido a visitarla más y ella, por no haber intentado siquiera comprenderle. Durante su convalecencia, entendió que la patria no era una bandera sino el espacio en el que residen los recuerdos de la infancia, y su novio quería, de alguna forma, volver a ellos, construir una Guinea de hermandad y solidaridad, valores que ya solo quedaban en los pueblos. La ciudad era competitiva, salvaje, polarizada, petulante y desigual hasta la arcada. Él quería soñar que podría cambiarla y Sandra debía respetarle y apoyarle.

Esa misma semana, Miguel Ángel abandonó el trabajo y se mudó a su nuevo despacho en el ministerio. Sandra le ayudaba, en cuanto acababa su jornada laboral, con los traslados y con la decoración de un lugar que, como todos los organismos del país, ya fueran públicos o privados, estaba presidido por la foto del jefe de Estado. A última hora, ella empezó a notar un cansancio inusitado, de modo que le pidió a su novio que la dejara en casa.

Durante la noche, el cuerpo se le llenó de un sudor que a ratos era frío y a ratos caliente, y tuvo pesadillas de las que a la mañana siguiente no recordaba más que la sensación de angustia. Como siempre. Se despertó como si le hubieran dado una paliza y reconoció los síntomas del paludismo.

—Tío, ¿me llevas al hospital? Creo que tengo paludismo.

—¡Pero si acabas de pasarlo! —dijo él mirándola con los ojos muy abiertos.

—La doctora me comentó que fuera cuanto antes si creía que podía tenerlo. Mejor pecar de pesada que luego lamentarlo.

Faustino asintió y, no sin cierto fastidio, dejó de moler el cacahuete para la comida y se preparó para llevar a su sobrina al centro médico.

Sandra, que se encontraba mucho mejor que la otra vez, animó a su tío a que se marchara prometiéndole que le avisaría en caso de que lo necesitara. No quería que perdiera el tiempo metido en una sala de espera. Cuando le tocó su turno, entró con timidez a la consulta.

—¿De nuevo aquí? —le preguntó la doctora con la misma sonrisa de la otra vez.

—Es que usted me dijo...

—Ya sé lo que te dije —la interrumpió—. ¿Sigues vomitando?

—No, tengo agotamiento muscular y fiebre. Es como si tuviera paludismo otra vez y mi tío dice que eso no es posible, pero créame, me encuentro fatal.

—Te voy a hacer la prueba de la gota gruesa —dijo mientras sacaba una jeringuilla de un cajón—. Es una prueba específica para este tipo de dolencia. A ver qué nos dice. Nada es imposible.

Le pidió que esperara fuera y Sandra obedeció. Ni siquiera pudo sentarse porque la sala estaba atestada de gente, y algunos llevaban tantas horas ahí que, en algunos casos, dormían a pierna suelta del cansancio. Sandra lo comparó con las esperas en los hospitales de Madrid y pensó que durante años se había quejado de vicio.

Tras unos minutos, la doctora la llamó de nuevo.

—No te equivocabas —le dijo mostrándole un papel y señalando las cruces—. Tienes algo de paludismo; no mucho, pero tienes.

—¿Y eso? ¡Pero si me he cuidado y casi no he salido!

—¿Dónde comprasteis los medicamentos?

—La verdad es que no lo sé. ¿Por qué?

—¡Bienvenida a Guinea! Lo que te voy a contar no sucede siempre, debes saberlo, pero a veces entran partidas de medicamentos falsificados que no se compran en la fuente de abastecimiento habitual y tienen sus propiedades mermadas.

—¿De verdad?

—¡Claro! Lo que vamos a hacer es darte un tratamiento más agresivo para ver si acabamos de una vez con esa malaria que parece estar tan a gusto en tu cuerpo.

—¿Dolerá? —preguntó Sandra con miedo.

—Después de la cipro, todo te resultará poca cosa.

La doctora se levantó, abrió un armarito que tenía detrás y sacó unas ampollas de color marrón.

—¿Eso qué es?

—Un medicamento que no está falsificado y que te voy a inyectar yo misma.

Sandra se sentó en la silla en la que se realizaban las extracciones, estiró el brazo y cerró el puño. La doctora le corrigió la postura, le abrió la mano derecha y le palpó las venas antes de pincharla.

—¿Eres zurda o diestra?

—Diestra.

—Pues entonces te pincharé en la mano izquierda para que puedas trabajar bien.

Al abandonar el hospital, llamó a su tío para tranquilizarle. Sabía que no le agradó dejarla allí sola, pero, a diferencia de la primera vez, no se encontraba tan mal y ya sabía cómo funcionaba todo, incluso el tema del cuaderno que cada paciente debía llevar.

Aprovechó que ese día no iría a trabajar y fue directa al locutorio a llamar a su familia. Hablaba poco con ellos por teléfono debido a que salía muy caro y a que muchos días las líneas no funcionaban, aunque sí se escribían e-mails. Aquellos lugares eran un mundo aparte. Casi siempre estaban regentados por chinos, a los que la gente llamaba «chinos» en lugar de por su nombre. Pero como a ella la llamaban *ntangan* o blanca, tampoco le chocó. Era uno de los espacios de mezcolanza de la ciudad, donde árabes, blancos de segunda, o sea los que no tenían internet en casa, y por supuesto guineanos interactuaban con total normalidad. Todo el mundo hablaba muy alto y a nadie le importaba que escucharan su conversación o el vídeo que estaba viendo en su ordenador. La falta de intimidad era tal, que una vez, el chico que Sandra tenía al lado, después de cotillear descaradamente su pantalla, le mandó una solicitud de amistad de Facebook, ya que había visto su nombre de usuaria.

Guinea era un lugar extraño. Allí las personas miraban para atrás cuando querían contar algo y bajaban la voz por si acaso alguien, un espía, un enemigo, una examante enfadada, les creaba problemas. Aquella paranoia, producto de la concatenación de varias dictaduras, se contagiaba y la propia Sandra había llegado a comportarse de esa forma. Hasta cuando hablaba por el móvil evitaba tocar determinados asuntos, por si acaso. Sin embargo, en aquel microcosmos que era el locutorio, la vida se ventilaba sin ningún pudor. Sandra se metió en la última cabina para hablar sin que el resto la oyera, o al menos no tanto. Era un habitáculo en el que solo cabía una persona y estaba separado del siguiente por una madera algo más gruesa que un contrachapado.

Lo cogió su madre, que al escuchar su voz dio un grito para avisar al resto de la familia de que «la niña» había llamado.

—No grites, mamá, que te van a oír —dijo ella riéndose.

—¿Quiénes? —respondió su madre.

—La gente que está aquí en el locutorio.

—A mí me da igual que me oigan. ¿Cómo estás?

—Pues... ando con paludismo... —empezó a explicarle, enredando los dedos en el cable rizado del teléfono.

Sandra no pudo terminar la frase porque su madre se puso a gritar de nuevo para que su hermana y su padre la escucharan.

—¡La niña tiene paludismo! Antonio, por favor, dime que no es nada... —la escuchó Sandra.

—¡Mamá, mamá, mamá! —acabó chillando también ella.

—Dime, ¿qué? ¿Has ido al médico?

—Claro, y estoy bien, por eso os llamo desde el locutorio. He venido por mi propio pie. Es la segunda vez que lo tengo, y si no os lo conté antes es porque sabía que reaccionarías así.

—Vamos a ver, Sandra, estás a miles de kilómetros de casa, y si a mí me dijeras que tienes gripe me quedaría tan tranquila, pero un paludismo, que no sé bien ni lo que es, es normal que me preocupe.

—Pues quédate tranquila, porque el paludismo es como la gripe de aquí. Cogido a tiempo, todo perfecto.

—La cosa es que tu padre tuvo una pesadilla el otro día en la que aparecías tú, pero como no tuvimos noticias desde Guinea, llegué a pensar que esta vez se había equivocado.

—Los sueños de papá nunca se equivocan —afirmó Sandra, rotunda.

—La verdad es que tienes razón. En eso no se equivoca —añadió con cierta inquina.

—Bueno, ¿y vosotros cómo estáis? —preguntó mientras miraba cómo subía el contador y calculando el dinero que tenía para pagar la llamada.

—Por aquí, sin novedad. España sigue muy parada con el tema de la crisis. ¿Cuándo vas a venir? —le dijo su madre, que siempre le hacía esa pregunta trampa.

—Pronto —concluyó ella, sin convicción—. Os tengo que dejar, que si no me va a salir por una fortuna la llamada.

—Vale. Entonces ¿bien? —oyó decir a su padre.

—Dile que bien, mamá, que todo bien. Un beso a todos.

—¡Un beso! —escuchó mientras colgaba.

Sandra ya llevaba más de medio año en el país y no había regresado a España ni de vacaciones. Salvo el día de los churros, no había echado de menos Madrid. Las tecnologías habían facilitado que siguiera comunicándose con sus seres queridos y que estuviera al día de sus novedades, a excepción de las que no quisieran contarle. Pero últimamente notaba que su «casa», la de estar a salvo, la de Alcorcón, le hacía falta.

Las semanas pasaron con calma. Miguel Ángel estaba contento en su nuevo puesto porque había realizado algunos cambios que implicaban que la meritocracia fuera la condición sine qua non para trabajar en su gabinete y daba la impresión de que las cosas estaban funcionando bien. A Sandra le alegraba poder tragarse sus palabras. Sin embargo, una noche que quedaron para cenar, porque lo de ir a correr se acabó tan pronto como su novio juró su cargo, él apareció raro y triste.

—¿Te importa que hoy cenemos en mi casa?

—En absoluto —dijo Sandra agarrándole de la mano—. ¿Estás bien?

—Mejor que hablemos en casa.

Fueron en el coche de él, en silencio. Cuando llegaron a su vivienda, Miguel Ángel le hizo un gesto para que se quedaran en el patio y empezó a contarle lo que le había pasado.

—Hoy ha sido un mal día —dijo mirando al suelo.

—¿Qué te ha sucedido?

—Hará una semana, me reuní con unos empresarios extranjeros. No quiero decirte de dónde ni nada más de ellos para que sepas lo menos posible y no te comprometa —le explicó bajando la voz.

—Sigue —respondió ella muy seria y casi murmurando.

—Ellos querían llevar a cabo una operación en el país que yo consideré poco conveniente, así que les dije que no y me ofrecieron dinero para que aceptara.

—¡Querían sobornarte! No lo cogerías, ¿no?

—Espera..., más bajo —le dijo chistando—. El caso es que ayer tuvimos una reunión de alto nivel y mis superiores me dijeron que esa empresa empezaría a trabajar con nosotros y que yo debía firmar. Expliqué por qué, bajo mi punto de vista, era preferible no hacerlo y solo me dijeron que se haría así y punto, y que firmara. —Empezó a temblarle la voz—. Así que hoy he estampado mi firma en ese documento asqueroso, y después he pasado por el banco y me habían ingresado el dinero.

—¡Vaya! ¿Cómo estás?

—Fatal. Y no sé si podré acostumbrarme a esto —dijo mirándola a los ojos al fin y rompiendo a llorar de rabia—. Vamos para adentro, no quiero hablar más del tema.

Esa noche cenaron algo ligero y vieron una película que les distanció un poco de la realidad que vivían.

Pero las semanas pasaron y situaciones que antes eran excepcionales empezaron a convertirse en cotidianas. Con el tiempo, a él dejó de dolerle tanto y terminó cambiando su discurso para admitir con naturalidad que «aquí se negocia así», lo mismo que le pasó a Antonio cuando era socio de Emilio.

Mientras, su cuenta bancaria engordaba sin cesar. No era el único, ni el primero ni el último. Aunque, por supuesto, hubo otros que nunca se dejaron llevar y que optaron por dimitir.

Sandra no sabía todo lo que sucedía, pero tenía constancia de que algo pasaba. Su novio no estaba igual y su transformación no le gustaba nada. Sin hablarlo, comenzaron a distanciarse, a dejar de hacer pequeños esfuerzos para verse, a olvidar los detalles. Muchos días, él se quedaba trabajando hasta tan tarde que ni se veían ni se llamaban.

A ella en la petrolera le iba bien, sin embargo, la carga de trabajo era fuerte. Decidió hablar con su jefe para decirle que llevaba a cabo funciones que no correspondían a su puesto, como grabar y editar reportajes, y que, dado que la felicitaban tanto, consideraba que merecía un aumento salarial. Su director la miró como si hubiera pronunciado alguna palabra prohibida y le explicó con condescendencia que «los nativos tienen un límite salarial», pero que hablaría con recursos humanos por si podían hacer una excepción con ella.

En efecto, para los empresarios estadounidenses, Sandra era una nativa, y no porque se hubiera hecho el pasaporte guineano poco después de llegar o por lo que pudiera sentir, sino por lo bien que les venía pagarle menos. Daba igual que muchos guineanos hubieran estudiado más, hablaran más lenguas o conocieran más mundos que cualquier americano de Punta Europa. Las compañías extranjeras debían tener en su plantilla un porcentaje mínimo de nacionales y lo aceptaban, pero imponiendo sus condiciones draconianas.

En su cabeza, cobraba fuerza la posibilidad de volver a España. «¿Cuándo vas a venir?» Ese «pronto» que le contestó a su madre por teléfono, sin querer, ya llevaba algún tiempo dentro de su cerebro.

Sin embargo, todo se precipitó una tarde que regresó a casa y su tío le mostró un sobre con el mismo remitente que la vez anterior.

—Nnom, te dijeron que te pensaras lo de dirigir el canal de

televisión y parece ser que ya quieren su respuesta. Esto es para ti —le dijo levantándose del sofá y entregándoselo.

—No quiero trabajar para ellos. Si lo hago, quizá tenga que claudicar y hacer ciertas cosas que no quiero, tío. Me conozco esta historia antes de vivirla.

Sandra tiró el sobre al suelo.

—No puedes decir que no —contestó su tío, y recogió el sobre.

—Pero quizá sí pueda irme. A los dos hombres que conocí en la televisión les da igual mi trabajo, quieren otras cosas y yo no estoy dispuesta a hacer nada con ellos, ni tan siquiera a padecer situaciones incómodas —le dijo airada mientras se dirigía al sofá.

—¿Para ir adónde, mi niña? Ya viniste «en» Guinea, ¿vas a regresar a España? Tus padres pensarán que no me porté bien —dijo moviendo las manos con vehemencia y sentándose enfrente de ella.

—No te preocupes por eso, ellos ya saben que eres el mejor «papá-tío» que existe. España no es el único lugar.

—¿Y Miguel Ángel?

—Él sí ha encontrado su sitio aquí, como tantas y tantas personas, menos yo. Quizá el problema sea yo, y no el lugar.

—Supongo que no es fácil siendo mujer —reconoció Faustino, y le entregó el sobre de nuevo.

—No lo es —dijo Sandra con una sonrisa triste, aceptándolo.

—¿Y qué hay de mi niño, Samuel? Eres una excelente influencia para él.

—Hace mucho tiempo que ese señor de dos metros dejó de ser un niño. A Samuel lo veré en Madrid o donde él quiera. Somos fang, es mi *modjang*.

Abrió el sobre y desplegó poco a poco el papel que había en su interior. Tardó solo unos segundos en leerlo. Su tío tenía razón, querían una contestación de inmediato.

—Entonces ¿qué vas a decirles a estos de la tele? —quiso saber Faustino.

—Que me voy a España.

—Quizá no te dejen irte.

—Pues diré que me voy de vacaciones y que empezaré cuando regrese.

—Entonces, no podrás volver en mucho tiempo.

—Lo sé, pero a ti te veré en Madrid o donde sea, ¿verdad?

—Claro, Nnom —respondió visiblemente afectado y apretándole el brazo.

Sin decirle nada a su novio ni a ninguno de sus compañeros, presentó la carta de dimisión en el trabajo. Su jefe, el mismo que le dijo que era imposible que pudieran pagarle más, trató de disuadirla haciéndole una oferta económica de lo más apetecible, pero ya no había marcha atrás. Le quedaba una semana para empaquetar sus cosas, su vida, y volar otra vez a otro lugar. En esa ocasión, más que lástima por lo que dejaba, tenía prisa. Sentía una presión enorme, quería abandonar la isla y la necesidad era tal que incluso le provocó algo de ansiedad. Le daban miedo esos hombres, aceptar el trabajo, rechazarlo, fallarse a sí misma, la ciprofloxacina, la muerte de Watson, las niñas a las que llamaban «chuches», hablar en voz alta, llorar o acostumbrarse a algo que le daba asco, como le sucedió a Miguel Ángel.

Tenía que hablar con él y no encontraba el momento, ni siquiera sabía cómo decírselo. Le generaba tal desazón no habérselo contado todavía que fue a buscarle al trabajo para invitarle a dar un paseo, como hacían al principio. Así podría disfrutar a cámara lenta de los rincones hermosos del lugar más bonito del mundo y respirar hasta llenarse los pulmones de aquella humedad ecuatorial que odiaba y amaba a partes iguales.

—¡Qué alegría verte por aquí! —le dijo Miguel Ángel abrazándola al salir del edificio en el que trabajaba—. Justo hoy iba a llamarte para cenar, es que...

—Déjame adivinar —le interrumpió—. Tenías mucho trabajo, ¿verdad? Es lo mismo que llevas diciéndome desde hace semanas. Tranquilo, no he venido a echarte la bronca sino a contarte algo.

—No me asustes —dijo él cambiando la cara.

—¿Te apetece que vayamos al punto en el que vimos a las ballenas? Quiero contártelo ahí.

Fueron caminando cogidos de la mano. Miguel Ángel dejó de comportarse como el secretario de Estado ocupado para volver a ser el chico crítico y apasionado que quería transformar el sistema. En realidad, todo el tiempo fue las dos cosas, solo que en cada momento tenía una cara y la que no le gustaba a Sandra duró demasiado tiempo. Llegaron a su lugar de destino, había un banco y se sentaron.

—Verás, Miguel Ángel, me han sucedido varias cosas en los últimos meses, además del paludismo que me quitó fuerza, salud y algunos kilos, claro —comenzó Sandra.

—Creo que eso fue la cipro —contestó él riéndose.

—Sí, también. La cuestión es que me exigen que asuma la dirección del canal que va a estrenarse próximamente —le explicó mirando al suelo.

—¡Vaya! ¡Bienvenida al club!

—No, Miguel Ángel, yo no quiero eso para mí. No me gustaría tener que firmar contenidos con los que no estoy de acuerdo, ni permitir que cualquier rico se acercara a las trabajadoras más jóvenes de la cadena. Y, por supuesto, no voy a estar a merced de los deseos sexuales de cualquier desaprensivo con poder. Ya viví una escena incómoda una vez y no quiero que se repita. —Lo dijo de corrido y con los ojos llorosos.

—¿Y por qué no me lo contaste?

Miguel Ángel le cogió la mano.

—Fue hace tiempo —respondió Sandra levantando los hombros.

—¿Y entonces? —le preguntó con una expresión de dolor que Sandra jamás le había visto.

—Me marcho. Les diré que me voy de vacaciones, pero no creo que vuelva —dijo Sandra con seguridad.

—¿Y tú y yo? —quiso saber él.

—No aquí ni ahora. Tú estás cumpliendo tu sueño y debes seguir en Malabo, porque crees en esta ciudad y, como te quiero, te animo a que sigas aquí.

—Creo que se te han juntado muchas cosas y necesitas tomar aire —dijo cogiéndola de la cintura—. Tómate esas vacaciones. Seguro que vuelves. Quiero que vuelvas.

—No creo —respondió Sandra, y permitió que las lágrimas se le derramaran.

La conversación fue bonita, madura y sincera. Miguel Ángel reaccionó bien, puede que porque en ningún momento pensó que era un adiós o porque, en realidad, aunque no lo reconociera, ya había priorizado su trabajo por encima de todo.

Él tenía que viajar a la zona continental a la mañana siguiente y no volvería hasta dentro de una semana, así que esa fue su despedida. Cuando se abrazaron, Sandra volvió a Ureka, a las cascadas, a las tortugas prehistóricas, a los conciertos y las exposiciones, al pollo picante que se comían con las manos. Por un instante, se planteó si estaba haciendo lo correcto. Luego pensó que ninguna acción es irreversible, salvo la muerte.

En los días sucesivos padeció más despedidas. No las vivía, las padecía. Fue por última vez a por agua con sus amigos; quedó con Raúl y con Berta; pisó el bosque, que solo los que no eran guineanos llamaban «selva», y aprehendió sus miles de verdes para recordarlos en Europa. Una de sus últimas paradas antes de partir fue la casa de su *muy* Celia. Desde que llegó a su puerta, empezó a llorar sin consuelo. Su tía le pidió que se sentara, apoyó la cabeza de su sobrina en su pecho y la peinó con los dedos. Era muy mayor y Sandra sabía que quizá fuese la última vez que la viera. Celia parecía saber lo que estaba pensando, así que le cogió la mano y se palpó la cara, como para que una parte de ella permaneciera con su sobrina para siempre. Después se quitó una de sus pulseras de plástico y se la colocó en la muñeca a Sandra, que empezó a acariciarla. Luego abandonó aquella casita de madera, su lugar favorito de la isla.

Se fue a casa y comenzó a hacer la maleta. Muchas de las prendas las dejó fuera, sobre la cama, para que Faustino las repartiera entre los vecinos. Prefirió llenar su equipaje de piñas, cocos y atangas, esas frutas moradas que a su padre tanto le gustaban, para llevarse el sabor de aquella tierra feraz y feroz, y mientras llenaba la maleta reía y lloraba, porque se iba y porque no se quedaba.

Faustino y Samuel la acompañaron al aeropuerto, serios, alicaídos y tratando de disimular sin mucho éxito su tristeza. Su tío, al igual que Antonio unos meses atrás, se aferraba a la maleta de Sandra como una forma tosca de mostrarle su cariño, y cuando llegó el momento de separarse definitivamente, en lugar de decirle adiós, murmuró «*akiba*», gracias. Samuel, por su parte, que no quería que se le notara la pena, la amenazó con sacarla de fiesta en Madrid y avergonzarla con sus bailes la próxima vez que se vieran. Sandra se rio y le dijo que le estaría esperando. «*Akiba*», les dijo abrazándoles a la vez.

Subió al avión pensando que «gracias» era la palabra que mejor definía su paso por Guinea. Aún necesitaba tiempo para hacer balance en frío de una de las experiencias más fuertes que había tenido en su vida. Había viajado mucho, se había emocionado en diferentes paralelos y meridianos y sin embargo Guinea le dolió más que ningún otro sitio y lo amó como a pocos. Fue mucho más que un alto en el camino, allí descendió a los infiernos y conoció la gloria. Guinea era extremo, maniqueo, doloroso y extraordinario. Y viendo desde el cielo aquel brócoli gigante que era la isla de Bioko, supo que nunca podría olvidarlo.

Y así fue.

Bye bye

Sus padres se alegraron de tenerla de nuevo en Madrid y Antonio le agradeció que se acordase de traerles comida de Guinea. No quisieron hacerle muchas preguntas, solo celebrar su vuelta. Sara estaba en casa y Sandra se llevó una sorpresa cuando la vio. Se quedó aquella noche a dormir para charlar o cenar o estar sin hablar, igual que hacía la gente en Guinea.

Sandra no había estado ni un año fuera, pero la veían cambiada y mucho más delgada.

—La dieta de la cipro —dijo ella.

—Madre mía, menos mal que no me contaste lo de la falsificación de las medicinas, porque yo no sé qué hubiera hecho desde aquí —dijo Aurora mientras le ponía un plato de croquetas recién hechas delante.

—Lo sé, por eso no te dije nada.

Sandra se metió una croqueta en la boca tan rápido que se quemó la lengua y tuvo que soplar y beber un sorbo de agua.

—Pues yo no sé lo que habrás pensado, pero que sepas que esta es tu casa y que puedes quedarte aquí el tiempo que quieras. Vuestro cuarto está igual que cuando lo dejasteis. —Aurora miró a sus dos hijas alternamente—. Y aquí, además, papá y yo te vamos a cuidar.

—Mamá, acabo de llegar. Aún tengo que considerarlo, ver a la gente, hincharme a comida y descansar, estoy molida. No me hagas pensar —dijo pegando un mordisco a la croqueta.

En la mesa se rieron con la narración superficial que les hizo Sandra de su experiencia, en la que omitió los momentos más duros y solo contó las anécdotas graciosas o livianas. Aunque Antonio se mantuvo serio y ausente. Únicamente abrió la boca cuando su hija les comunicó que se iba a dormir.

—Te espero mañana en la biblioteca. He comprado algunos libros que quiero que leas —le dijo a modo de despedida.

Sandra se acostó en su colchón de cuando era niña y respiró hondo para oler la fragancia de las sábanas limpias. Era la de siempre, olía a su casa. Y el hogar familiar, en aquel momento de su vida, era tranquilidad.

Durmió nueve horas y se levantó como nueva. En la cocina, su madre y su hermana interrumpieron su charla en cuanto abrió la puerta.

—¿De qué hablabais? —quiso saber.

—¡De nada! —contestó su hermana, y le hizo un gesto para que se sentara a su lado—. De que estás delgada, pero muy guapa porque se nota que te ha dado el sol.

—Di la verdad, que te conozco desde que naciste, Sara, y a mí no me la das —le respondió tomando asiento.

—Pues mira, te lo voy a decir. Estamos muy contentas de que hayas vuelto, pero no sabemos por qué de pronto has decidido dejar aquello. Allí tenías trabajo y aquí ya sabes cómo está el panorama.

—A estas alturas deberíais saber que yo soy muy de actuar por impulsos —dijo al tiempo que se untaba mermelada en la tostada—. Cuando fui para allá fue igual, a mamá casi le da algo. Oye, ¿y papá? —preguntó para cambiar de tema.

—Lleva una hora en la biblioteca esperándote —respondió su hermana.

Sandra puso la tostada en el plato y se levantó para reunirse con su padre. Abrió la puerta y Antonio, que estaba leyendo, bajó sus gafas con la punta del dedo y la invitó a pasar. Se sintió cómoda nada más entrar, aquel sí era su rincón.

—Me gustó mucho el libro que me regalaste cuando me

fui —comenzó ella—. Lo leía por las tardes en la puerta de casa, a merced de la anófeles hembra. Así me fue —añadió riéndose.

—Ojalá tu peor mal allí hubiera sido estar enferma, ¿no?

Antonio fue al grano. Conocía Guinea, la había padecido y sabía que su hija no se rendía a la primera, y que si había vuelto era porque aquel pequeño país le había dado más de una bofetada.

—Verás, papá, es que no sé ni por dónde empezar. No es una cosa, son muchas, y a lo mejor ninguna te parece lo bastante fuerte como para volver. En cierto modo, siento que te he decepcionado. Quiero que sepas que Guinea me duele y me encanta. Ha sido el primer lugar en el que he llorado de alegría por sentirme en casa. Pero también he sido mujer y *ntangan*, y al mismo tiempo he vivido la maldición del apellido. No sé, estoy hecha un lío —dijo apoyando el codo en la rodilla y el carrillo en la mano.

Sandra hablaba como si estuviera sola, para contárselo a ella, para escucharse y poder entender qué hacía otra vez en la biblioteca.

—Creo que yo tengo la culpa, hija. Solo yo —dijo su padre mientras dejaba el libro sobre una mesita que tenía a su derecha.

—Pero ¿qué dices? Si estabas a miles de kilómetros. No hubieras podido evitar nada —le dijo poniéndole la mano en el hombro.

—Pero es que yo te incité a hacer ese viaje. Llevaba años haciéndolo. Alimentando tu hambre de pertenencia cuando te hablaba de un sitio del que solo te contaba cosas bonitas. Y me olvidé de lo malo, o quise olvidarlo, o pensé que nunca irías y no te enterarías, o quise que amaras tu parte africana más que yo mismo, que tenía mi biblioteca llena de libros escritos por personas blancas hasta que tú le inyectaste melanina. —Señaló con el dedo a su alrededor.

—Papá, de pequeña me vino muy bien pensar que existía un

sitio en el que sí sería una más. Me salvó y me hizo sentir fuerte y orgullosa. Lo que pasa es que no era real. Para mí, Guinea eras tú —le señaló con el dedo—, y luego supe que papá no era Guinea sino «de Guinea».

—Claro, es que el tiempo no se coagula. Guinea fue otra cosa desde el día que me fui de allí; ella siguió su camino y yo el mío. —Acompañó sus palabras con las manos, cada una de las cuales marcaba una dirección.

—Y la nostalgia es muy mala, papá, porque hace que te olvides de los recuerdos amargos.

—No sabes cuánto. Te confesaré algo: cuanto más tiempo pasa desde que te vas, más borras lo malo. Yo ya no pertenezco a ningún lugar. No soy ni de aquí ni de allí. Me sacaba de mis casillas ver según qué cosas cuando estaba en Malabo, pero también me pasa aquí. Los inmigrantes vivimos en un limbo.

Se levantó del sofá y se puso en la silla del ordenador, que estaba delante, para poder mirar de frente a Sandra.

—Y también muchos de vuestros hijos, créeme —dijo sonriendo y cogiéndole la mano con timidez—. Las fronteras que atravesasteis vosotros nos atraviesan a nosotros.

—¿Y ahora qué? —Le apretó la mano con firmeza para soltarse enseguida.

—Quiero pasar un tiempo con vosotros, ir al médico, saber que estoy bien...

—No me digas que tú también te has vuelto una hipocondríaca...

—¿A ti también te pasó? —Sandra abrió mucho los ojos.

—Claro. De tal palo...

—... tal astilla —completó su frase riéndose y luego se puso seria de nuevo—. El caso, papá, es que yo creo que los hijos de las personas que migráis, a veces necesitamos tomar el relevo y continuar el camino, buscar nuestro sitio. No el que nos toca sino el que elegimos, para que si nos preguntan de dónde somos o nos cuestionan, al menos podamos contar una historia propia y no la de nuestros padres.

—Entonces ¿quieres seguir en el camino? ¿Te quieres ir? ¿Adónde? —preguntó su padre con gesto de estupefacción.

—Pues la verdad es que estoy pensando en voz alta, pero siempre quise ir a Londres. Aquí con vosotros estoy genial, pero necesito trabajar y me consta que el mercado laboral está muerto, en cambio allí puedo encontrar algo. Por otro lado, quiero poner un poco de distancia con mis dos raíces para después volver, como hacen las tortugas.

—¿Qué tortugas? —preguntó extrañado su padre, girando las manos hacia el techo.

—Las de Ureka, el paraíso en la tierra.

—¿Y cuándo te irás?

—Cuando coja fuerzas, vea a mis amigas y me hinche a comer croquetas —dijo relamiéndose.

—¿Ves? En eso de las croquetas eres muy española —señaló Antonio negando con la cabeza para dejar patente su fastidio.

Sandra le miró con ternura, sabía que él se sentía culpable por lo que fuese que hubiera pasado su hija en Guinea, por lo que ocultaba para no hacerles daño, así que se acercó a su oreja y, en un susurro, le dijo:

—Tú no tienes la culpa.

Su padre la miró y asintió aliviado.

Aquella conversación le sirvió para aclararse. Cuando salió de Guinea solo sabía que no se sentía bien allí, y cuando decidió irse a Londres lo hizo por muchas razones, entre ellas no tener que contestar a las preguntas de su familia, ya que o bien no quería revivir ciertas cosas o no tenía respuestas.

Comenzaron las despedidas de nuevo, casi al mismo tiempo que las bienvenidas y las quedadas con sus amigas y los álbumes de fotos de regalo. Otra manera de edulcorar el pasado, de llenarlo de nostalgia y de hacerla creer, estando sola en Londres, que en Alcorcón nunca pasó nada malo.

Sandra sale de la tienda y busca su móvil en el bolso. Al sacarlo, ve que tiene treinta llamadas de su madre. Con el corazón latiéndole en los oídos y los dedos temblorosos acierta a devolverle la llamada. Es evidente que ha pasado algo y teme que tenga que ver con su padre, con quien no ha podido hablar en estos días. Descarta que a Antonio le operaran de cataratas y, cuando se está poniendo en lo peor, Aurora coge el teléfono y acaba con sus dudas con un disparo a bocajarro.

—Tu tía Celia ha muerto.

—¿La tía? ¿Y papá? —le pregunta Sandra, que se ha quedado clavada en mitad del centro comercial, incapaz de andar.

—Papá se ha ido a Guinea, hija. Se fue antes de nuestra visita a Londres porque Celia ya estaba muy mal. Al menos pudo despedirse de ella. ¿Sabes? Estaban muy unidos porque ella fue...

—... la que cuidó de él cuando era pequeño. Lo sé. Celia era lo mejor que me pasó en Guinea y me contó muchas cosas —dice con la voz ahogada por la tristeza—. ¿Por qué no me dijiste nada?

—Lo siento mucho. No queríamos preocuparte. Estás ahí solita y recibir noticias así...

—Lo entiendo, mamá, lo entiendo. Gracias. Intentaré hablar con papá.

—Lo agradecerá. Un beso.

—Otro.

Sandra tarda unos segundos en reaccionar. Camina de memoria, casi a ciegas, hacia la parada de autobús. Cuando sube, se sienta al lado de la ventanilla, ve Londres borroso a través de sus lágrimas. En un impulso se quita la pulsera de la paz, la que le regaló Celia, su *muy*, su amiga, su tocaya, aquella mujer sabia, que era lo que significaba su nombre fang, y empieza a besarla. Con Celia habló de la muerte y de la necesidad de Dios para soportar la pérdida, pero Sandra, que no tiene religión a la que asirse, solo siente dolor. Si Celia ha muerto, Guinea también. La anciana era su excusa para regresar, aunque fuera dentro de algún tiempo. Y si Guinea ha desaparecido de su horizonte, tendrá que hablar con Miguel Ángel, puesto que él no quiere abandonar Malabo y ella no se ve capaz de volver.

Cuando llega a casa se tumba en la cama, a oscuras, mirando al techo, con la luz del supermercado jugando sobre su cuerpo otra vez. A lo mejor no se trata de moverse, piensa, sino de reconocerse. Echa de menos una tierra que solo estaba en los recuerdos de su padre, que no era real ni tangible, que puede que nunca existiera. Una quimera que la embaucó, igual que te atrapan las sirenas de Guinea, las «Mami Wata», quienes viven en aguas negras, africanas y diaspóricas, a los dos lados del Atlántico. Hay quien las considera la deidad de la inmigración porque los que fueron secuestrados por ellas vieron dos mundos. Al regresar son más sabios, pero resultan incómodos y extraños en las dos márgenes. Por eso, los migrantes y sus hijos son eternos errantes, aunque no se muevan. Son el puente que une, la frontera que separa. Son corazón y son *nnem*, depende del momento, depende de los otros, y depende de ellos mismos.

Ella ya no es Sandra ni es Nnom, es todo junto, hasta sus nombres gritan su riqueza, su intersección y su diferencia. Narran el sendero que empezó antes de que ella naciera y que está lleno de trechos bellos y vías muertas. No queda otra que seguir la marcha: nació en un camino y continúa en él.

«Ojalá todo hubiera sido un mal sueño», se dice, cerrando los párpados.

Agradecimientos

A todas las personas que me han soportado los meses que he tardado en parir este libro y a las que me han ayudado dándome consejos y compartiendo anécdotas, vida y milagros. Ya sabéis quiénes sois.

A Ana María, por animarme a narrar, y a quienes han leído lo que había escrito y, de manera generosa, me contaron sus impresiones.

Índice

Primera parte

Segunda parte

Tercera parte